Aus Freude am Lesen

An der Westküste Neuseelands um 1870: Lange hatten der Brite Henry und die Chinesin Mai dafür kämpfen müssen, ihre Liebe auch öffentlich bekennen zu dürfen. Inzwischen aber sind sie eine kleine Familie mit zwei Söhnen, und Mai erwartet wieder ein Kind. Doch alsbald wird das beschauliche Familienglück gestört: Will Budd, ein enger Freund der Familie, kommt durch einen tragischen Unfall ums Leben. Er hinterlässt seine Frau Sylvia und seine zwei Kinder Libby und Jack, deren emotionale Notlage sogleich vom sonderbaren Untermieter Alfred Price ausgenutzt wird. Henry und Mai müssen eingreifen, bevor es zu spät ist …

KAYE KELLY, geboren und aufgewachsen in Westport, schrieb sich mit ihrem Debütroman »Jenseits des Flusses« in die Herzen vieler begeisterter Leserinnen und Leser. Nun endlich erscheint die Fortsetzung der bewegenden Geschichte aus Neuseeland. Heute lebt die Autorin mit ihrem Mann in Blenheim, Neuseeland.

KAYE KELLY BEI BTB
Jenseits des Flusses. Roman (73513)

Kaye Kelly

Der weite Weg zurück

Roman

Deutsch von Andrea Brandl

btb

Die Originalausgabe erschien 2007 unter dem Titel
»A Secret Mind« bei Random House New Zealand.

Mix
Produktgruppe aus vorbildlich bewirtschafteten Wäldern und anderen kontrollierten Herkünften
www.fsc.org Zert.-Nr. GFA-COC-001223
© 1996 Forest Stewardship Council
FSC

Verlagsgruppe Random House FSC-DEU-0100
Das FSC-zertifizierte Papier *Munken Pocket* für dieses Buch liefert Arctic Paper Munkedals AB, Schweden.

1. Auflage
Genehmigte Taschenbuchausgabe April 2010,
btb Verlag in der Verlagsgruppe Random House GmbH, München

Umschlaggestaltung: semper smile, München
Umschlagmotiv: © Werner Forman / CORBIS; © plainpicture / Johner
Druck und Einband: CPI – Clausen & Bosse, Leck
NB · Herstellung: SK
Printed in Germany
ISBN 978-3-442-73831-1

www.btb-verlag.de

Für meine Großmutter, Margaret Halliday,
in deren Klinik in der Hampden Street in
Hokitika über 1000 Babys geboren wurden.

*»Mit ihrer Fröhlichkeit und ihren lustigen Geschichten
nahm sie alle für sich ein.
Keine Aufgabe ist zu groß und keine zu geringfügig,
um sie nicht zu erfüllen, so lautete ihr Motto.«*

Lydia Paterson – *Women of Westland, Band I*

Prolog

Dienstag, 4. April 1876

Nach getaner Arbeit und nachdem alle Werkzeuge weggeräumt waren, schloss William Budd die Tür der Wellblechhütte und trat in die Kühle des herbstlichen Spätnachmittags. Das Lachen seiner Tochter drang an seine Ohren, schrill und aufgeregt.

»Du kriegst mich nicht! Du bist viel zu langsam!«, neckte Libby ihren Bruder Jack. Sie lief davon, schlug hier einen Haken, wich dort aus, stets darauf bedacht, ihn auf Armeslänge von sich zu halten, während er sie um das Sumpfufer herumjagte.

Ihr Vater grinste. Er wusste, dass er keines seiner Kinder bevorzugen sollte, doch Libby, mit ihren vier Jahren drei Jahre jünger als Jack, war so ein fröhliches Kind, unstillbar neugierig und immer voller Fragen. Er machte gerne den Witz, sie habe schon sprechend das Licht der Welt erblickt.

In diesem Moment wich das Gelächter einem entsetzten Kreischen und Schmerzensschrei, dann herrschte Stille. Will stockte der Atem. Er lief zu der Stelle, wo Libby auf dem Boden lag. Jack stand über ihr, unschlüssig.

»Aus dem Weg, Junge.« Will schob seinen Sohn beiseite und beugte sich über Libby. Sie lag da, schlaff und reglos, und er konnte ihren Atem kaum wahrnehmen. Auf ihrer Stirn hatte sich bereits eine Beule von der Größe eines Hühnereis gebildet.

»Es war nicht meine Schuld«, stammelte Jack. »Sie ist über den Rechen gestolpert und hat sich den Kopf gestoßen.« Er wich vor seinem Vater zurück, den Blick auf das Gartenwerkzeug geheftet, das Will beim Aufräumen übersehen hatte.

»Bringen wir sie heim«, sagte Will schuldbewusst.

Die Flamme der Lampe warf zuckende Schatten auf das Zeitungspapier, mit dem das winzige, aus nur einem Raum bestehende Häuschen ausgelegt war.

Libby, die in einem Bett in der Ecke des Raums lag, gab einen wimmernden Laut von sich. Sylvia packte die Lampe und trat eilig zu ihrer Tochter. Will stand hinter seiner Frau und sah zu, wie sie den Arm unter Libbys Kopf schob und ihn anhob. Das Haar des Kindes, das normalerweise die Farbe von Maisfäden hatte und glänzte, hing nun schlaff und schweißnass herab.

Sylvia wandte sich Will zu. »Hol mir ein bisschen Wasser, ja?«

Will tauchte einen Becher in den Holzeimer auf der Spüle und reichte ihn Sylvia.

»Hier, trink das. Schön schlucken.« Sylvia hielt den Becher an Libbys Lippen, damit das Wasser tröpfchenweise in ihren Mund gelangte.

Will betrachtete die riesige, verfärbte Beule auf der Stirn seiner Tochter, während ihn erneut Gewissensbisse quälten. »Sie wird doch wieder gesund, oder?«

»Mit Gottes Willen«, antwortete Sylvia, legte Libby behutsam zurück und zog die Decke über sie.

»Du und Jack solltet euch eine Weile ausruhen. Ich passe auf sie auf«, sagte er.

Sylvia nickte, obwohl sie bezweifelte, dass sie auch nur

eine Sekunde Schlaf finden würde. Vollständig bekleidet legte sie sich auf das Bett neben Libby, während Jack darunterkroch. Will machte es sich auf einem Stuhl neben dem Bett bequem.

Trotz allem schlief Sylvia ein und kam erst in der Morgendämmerung zu sich. »Will! Es geht ihr schon viel besser«, rief sie und setzte sich mit einem Ruck auf, als sie Libbys gleichmäßige Atemzüge hörte.

Will lächelte, was die tiefen Furchen und die dunklen Ringe unter seinen Augen noch deutlicher hervortreten ließ. »Sie hat das Schlimmste hinter sich«, erklärte er heiser und strich mit seiner rauen Arbeitshand über ihren Kopf.

»Dem Herrn sei Dank, dass er sie nicht zu sich geholt hat«, rief Sylvia.

Wills Züge verhärteten sich.

»Will, du solltest mehr Glauben aufbringen«, wies ihn Sylvia beim Anblick seiner säuerlichen Miene zurecht.

»Zum Teufel mit dem Glauben!«

»Oh, Will …«

Seit sie ihre beiden Ältesten verloren hatten – zuerst war Samuel der Diphterie zum Opfer gefallen, und nicht einmal einen Monat später war Philip ertrunken –, hatte sich Sylvia mehr und mehr der Religion zugewandt, um Trost zu finden. Will hatte das genaue Gegenteil getan.

»Wo war denn dein Gott, als deine Söhne ihn gebraucht haben, Weib? Sag mir das«, knurrte er mit kummervollem Blick. Gewöhnlich behielt Sylvia ihre Gedanken und Gebete für sich. Manchmal jedoch, so wie jetzt, fiel es ihr schwer, sich ihre Freude nicht anmerken zu lassen.

Bis zum Nachmittag hatte es Libby, auch wenn sie noch immer blass und erschöpft war, geschafft, ein paar Löffel in

Milch eingeweichtes Zuckerbrot zu sich zu nehmen. Unvermittelt lächelte sie und sah zur Tür.

»M-M-M-Mr MacKinnon«, stammelte sie.

Sylvia hob den Kopf und folgte dem Blick ihrer Tochter. Die Tür war geschlossen, und niemand war zu sehen.

»Wo denn, Herzchen?«

»A-an der Tür.«

Sylvia sah erneut hinüber. Doch noch immer konnte sie keinen Menschen erkennen. Ihre Tochter nahm sie auf den Arm. Donald MacKinnon, ein Ladenbesitzer aus Stafford, war bereits seit Monaten schwer krank. Der Mann würde wahrscheinlich nie wieder jemanden besuchen kommen.

»Genug jetzt mit deinen Spielchen, Libby«, tadelte sie sanft und erfreut zugleich, dass ihre Tochter so weit genesen war, um ihr einen Streich zu spielen. »Höchste Zeit, ein wenig zu schlafen.«

Libby schloss die Augen, noch bevor ihr Kopf das Kissen berührte.

Will und Jack, die unbedingt erfahren wollten, wie Libbys Genesung voranschritt, kehrten früh von der Arbeit zurück.

»Hugh Doherty war am Nachmittag bei mir und hat erzählt, Donald MacKinnon sei heute gestorben«, sagte Will, zog Mütze und Jacke aus und hängte beides an den Haken an der Tür. »Ein Segen für ihn, wenn du mich fragst.«

Sylvia wandte sich um und starrte die tief und fest schlafende Libby an. Gänsehaut breitete sich auf ihren Armen aus.

Sonntag, 16. April

Drei Männer ritten auf die Lichtung in der Nähe des Buddschen Sumpfes. Zwei von ihnen stiegen ab und taumelten lachend umher. Der dritte hob den Fuß aus dem Steigbügel, schwang das Bein über den Sattel und fiel prompt zu Boden. Unter röhrendem Gelächter zogen ihn seine Begleiter auf die Füße.

»Dämlicher Narr!«, lachte einer der beiden, ein fetter Kerl mit schütter werdendem Haar, torkelte zu seinem Pferd, löste den Verschluss der Satteltasche und holte eine Whiskyflasche hervor.

»He, gib sie sofort wieder her, du Scheißkerl, ich hatte sie zuerst!«, schrie er, als ihm die Flasche von dem schlankeren dunkelhaarigen Bärtigen aus der Hand gerissen wurde.

Sie setzten sich im Kreis hin, und der Bärtige reichte die Flasche dem, der vom Pferd gefallen war. »Trink aus«, forderte er ihn grinsend auf.

Der Fette starrte ihn finster an. »He, Alf, wieso soll er alles kriegen?«

»Halt den Mund, Grub. Mr Hartley – Jon – ist unser neuer Freund. Wir müssen uns um ihn kümmern.« Alf zwinkerte Grub zu.

»Oh … ja, klar. Ich vergess meine Manieren.« Ein Grinsen erhellte seine finstere Miene.

Der Dritte, den sie Jon nannten, wirkte wesentlich sauberer und gepflegter als seine beiden Begleiter, trotz der Grashalme und des Staubs auf Hose und Jackett von dem Sturz. Gierig trank er, ehe er die Flasche Alf reichte.

»Nein, trink aus.« Alf drückte ihm die Flasche wieder in die Hand. »Du siehst durstiger aus als wir. Außerdem haben wir noch einen langen Ritt vor uns.«

»S-sehr g-großzügig«, nuschelte Jon und gehorchte. »Und jetzt muss ich eine Weile schlafen.«

»Mach das«, meinte Alf. »Wir wecken dich, wenn wir so weit sind.«

Wahrscheinlich hörte Jon ihn gar nicht, da er augenblicklich auf dem von Gestrüpp bedeckten Boden zusammensackte und laut zu schnarchen begann.

Alf wandte sich an Grub. »Ich passe auf ihn auf, während du das Geld holst.«

Eilig zog Grub die Satteltasche vom Pferd des schlafenden Mannes und nahm einige Geldbündel heraus, die er Alf unter schallendem Gelächter hinhielt.

»Schnauze, du Idiot!«, zischte Alf und beäugte Jon, doch ihr Begleiter war bereits wach. Er setzte sich auf, sah die beiden Männer mit rot unterlaufenen Augen und verwirrt an, ehe er bemerkte, dass Grub mit der Satteltasche und dem Geld in der Hand dastand.

»Heda! Finger weg!«, schrie er und kam mühsam auf die Füße.

Alf versetzte ihm einen Schubs, der ihn rückwärts taumeln ließ, doch Jon fing sich, senkte den Kopf und stieß ihn seinem Angreifer in die Magengrube. Alfs Atem entwich mit einem lauten Stöhnen, dann kippte er um. Jon wandte sich zu Grub um.

Auch wenn er betrunkener war als die beiden Männer, hatte er doch den Vorteil, größer und muskulöser zu sein. Mit voller Kraft rammte er seine Schulter in Grubs Brust, so dass auch dieser zu Boden ging.

»Herrgott noch mal, Alf, hilf mir!«, brüllte Grub, als Jon ihn am Kragen packte und zum Schlag ausholte.

Alf griff sich einen abgebrochenen Ast, stürzte zu Jon und ließ ihn auf seinen Kopf herabsausen. Der behelfsmäßige

Knüppel traf den Schädelknochen des Mannes mit einem widerlichen Knacken. Jon riss entsetzt die Augen auf, dann brach er über Grub zusammen.

»Nimm ihn von mir runter!«, schrie Grub und strampelte unter Jons Gewicht.

Alf packte den erschlafften Körper bei den Füßen und zog ihn beiseite. Der Schweiß lief ihm übers Gesicht und sickerte in seinen dichten schwarzen Bart, als er Grub aufhalf.

»Jesus, ich dachte schon, der bringt mich um.« Grub klopfte sich den Staub ab. »Wir haben das Geld. Lass uns verschwinden, bevor er zu sich kommt.« Er sah Alf an, der jedoch reglos dastand, den Blick auf den Mann zu ihren Füßen geheftet.

»Er ist tot, Grub … der Mistkerl ist tot.«

Grub ließ die Satteltasche fallen, kniete sich neben den Bewusstlosen und betrachtete ihn mehrere Momente lang. »Verdammte Scheiße!«

Alf schien den Tränen nahe zu sein. »Was hab ich dir gesagt, Grub? Der ist hinüber, hab ich recht? Was machen wir jetzt? Wir haben doch noch nie einen umgebracht.«

Grub blickte Alf panisch an. »Du warst das – es war deine Schuld. Du hast ihm diesen verdammten Prügel auf den Kopf geschlagen. Dafür werden wir beide am Strick baumeln – alle haben gesehen, wie wir mit ihm im Pub gesessen und getrunken haben.«

»Halt den Mund und lass mich nachdenken.« Hektisch blickte Alf sich um. »Da drüben«, murmelte er und deutete auf einen Schuppen auf der anderen Seite der Lichtung. »Mal sehen, ob wir da drin eine Schaufel finden. Damit können wir ihn vergraben. Wenn sie die Leiche nicht finden, werden sie nicht wissen, dass er tot ist, stimmt's? Dann denken sie, er sei mit dem Geld abgehauen.«

In der Hütte fanden sie eine Schaufel. Sich abwechselnd, hoben sie eine niedrige Grube am Rand des Gestrüpps aus. Sie ließen die Leiche hineinfallen und verteilten eilig die Erde darauf, ehe sie sie mit Farn und etwas Gestrüpp bedeckten, um die frisch ausgehobene Erde zu kaschieren. »Da hast du's – keiner wird merken, was da drunter liegt«, grunzte Alf, wandte sich um und schleuderte die Schaufel ins Gebüsch.

»Gütiger Gott!«, stieß er hervor und starrte in ein Paar blauer Augen.

Kapitel 1

Februar 1883

Unter lautem Hufgetrappel holperte der Vierspänner über die meilenlange Revell Street in Hokitika. Die Passagiere reckten die Hälse und schauten nach links und rechts, um einen Blick auf die Häuser und Geschäfte am Straßenrand zu werfen. Vor dem Golden Age Hotel kam die Kutsche langsam zum Stehen. Der Kutscher sprang vom Bock und lud das Gepäck ab, noch bevor die staubigen und müden Reisenden, steif und mit schmerzenden Gliedern von der unruhigen Fahrt, ausstiegen.

Augenblicklich hatte sich eine Menschentraube um die Kutsche versammelt – einige waren gekommen, um Freunde und Bekannte abzuholen, andere trieb die Neugier, wer den Weg in die Stadt gefunden haben mochte. Alle Blicke ruhten auf der hochgewachsenen, bemerkenswert gut aussehenden Frau, die das schlammbespritzte Gefährt verließ.

»Einen schönen guten Tag noch, Mrs Gilpin. Ich hoffe, Sie hatten eine angenehme Reise«, sagte der Kutscher, in dessen gewöhnlich säuerlichen Tonfall sich eine Spur Bewunderung und freudige Erregung gemischt hatte, und reichte ihr eine Hutschachtel und ein Köfferchen. Sollte er auf irgendeinen Hinweis gehofft haben, was Anne Gilpin hierher führte, wurde er bitter enttäuscht, denn sie dankte ihm höflich und wandte sich ab.

Mit einem freundlichen Nicken nahm sie die neugierigen Blicke der Umstehenden zur Kenntnis, als sie den Weg zum Hotel einschlug. Ihre aufrechte Haltung überspielte die Tatsache, dass sie hundemüde war. Die Eisenbahnfahrt von Christchurch nach Springfield war ereignislos, wenn auch wenig erfreulich verlaufen, da der Qualm der Lokomotive durch die Waggonfenster hereingeblasen hatte. Die Passagiere waren von Hustenanfällen geschüttelt worden, ehe mehrere von ihnen klugerweise die Fenster geschlossen hatten.

In Springfield waren sie auf die Kutsche umgestiegen, um den Rest der langen gefährlichen Reise nach Hokitika zurückzulegen. »Ich hoffe nur, die Bremsen halten durch«, hatte ein Mitpassagier mit bleichem Gesicht erklärt, als sie förmlich um die Kurven und Biegungen auf der abschüssigen Straße nach Otira geflogen waren, was ihr Nervenkostüm arg strapaziert hatte.

Wegen des wilden Gelages, das Mr O'Malleys Tanztruppe am Vorabend im Bealey Glacier Hotel ausgelöst hatten, wo sie und ihre Mitreisenden einquartiert gewesen waren, hatte sie die ganze Nacht kein Auge zugetan.

Auch wenn sie es niemals zugeben würde, hatte sie sich während dieser Reise mehrfach einen raschen, schmerzlosen Tod herbeigewünscht, um die Strapazen nicht länger erdulden zu müssen. Beim Überqueren der Brücke über die Bealey-Schlucht hatte es den Anschein gehabt, als flöge die Kutsche dahin, ohne auch nur ein winziges Fleckchen festen Boden unter den Rädern zu haben, und die Straße durch die Otira-Schlucht war teilweise so schmal gewesen, dass die Kutsche gerade noch hindurchgepasst hatte – mit eindrucksvollen Klippen auf der einen und dem reißenden Fluss auf der anderen Seite. Eine Frau, die mit einem Baby auf dem Arm reiste, hatte darauf bestanden, auszusteigen und hinter der Kutsche herzugehen. Wäre ihr Platz nicht auf der dem Fluss zugewandten Seite gewesen, hätte Anne sich ihr angeschlossen.

»Da gibt es mehr Zwischenraum, als man denkt. Wir sind ziemlich sicher«, hatte ein männlicher Mitreisender sie beruhigt. »Er ist ein guter Kutscher, dieser Mann. Versteht sein Handwerk, und die Pferde würden den Weg auch mit verbundenen Augen finden.«

Sie war verschwitzt und klebrig und wünschte sich nichts sehnlicher, als sich bis auf den Unterrock auszuziehen, um die erfrischende Kühle eines feuchten Tuches auf der Haut zu spüren. Der säuerliche Geruch, der einigen der Männer in der Kutsche entströmt war – und, ehrlich gesagt, auch der einen oder anderen Dame –, verriet ihr, dass diese Leute seit langer Zeit kein Bad mehr gesehen, geschweige denn, in einem gesessen hatten. Sie fürchtete, der Gestank könnte sich mittlerweile auch auf sie übertragen haben. Wie ein Seemann zu stinken – das war nicht der erste Eindruck, den sie bei ihrer neuen Arbeitgeberin hinterlassen wollte.

Sie betrat das Hotel und rümpfte die Nase, als ihr die durchdringende Mischung aus schalen Gerüchen entgegenschlug: Tabak, Bier, Makassar-Haaröl, alter Männerschweiß, Möbelpolitur und, unter all dem, Kernseife. Zögernd blieb sie in der Lobby stehen und gestattete ihren Augen, sich an die schwache Beleuchtung zu gewöhnen, ehe sie den Weg zur Bar einschlug. Mrs Minnie Cullen, die Besitzerin des Hotels, eilte ihr mit unübersehbarer Erleichterung entgegen.

»Oh, dem Himmel sei Dank! Sie müssen Anne Gilpin sein, unsere neue Barkellnerin«, sagte sie und führte sie hinter den Tresen. »Sie sind keine Minute zu früh gekommen, das kann ich Ihnen versichern. Seit unser letztes Mädchen vor zwei Wochen ohne ein Wort verschwunden ist, hatte ich keine ruhige Minute mehr.« Sie deutete auf eine freie Stelle unter dem Tresen. »Hier können Sie Ihr Gepäck und Ihren Hut lassen. Später zeige ich Ihnen dann Ihr Zimmer, aber jetzt geht es erst einmal an die Arbeit.«

Annes Mut sank beim Gedanken daran, dass ihr lang ersehntes Bad würde warten müssen, dennoch gelang es ihr, ein williges Lächeln aufzusetzen, ehe sie, unter den strengen Blicken von Mrs Cullen, den Weg zu den Gästen antrat, die bereits ungeduldig auf ihre Getränke warteten.

Im Lauf des Abends erregte vor allem ein Mann Annes Aufmerksamkeit. Schon beim Hereinkommen schien er nicht mehr ganz nüchtern gewesen zu sein, und nun saß er allein da und wollte offensichtlich die gesamten Vorräte der Bar vernichten. Er leerte seine Bierhumpen etwa doppelt so schnell wie die anderen Männer. Einige Stunden später hatte sich jener typisch stiere, dümmliche Ausdruck eines Volltrunkenen auf seinem Gesicht ausgebreitet. Er kramte ein paar Münzen aus seinen Jackentaschen und legte sie auf den Tresen.

»Noch eins«, brummte er.

Minnie Cullen, die gerade dabei war, einen der anderen Stammgäste zu bedienen, hob den Kopf. »Ich mache das schon«, sagte sie zu Anne. »So, Bert«, erklärte sie mit fester Stimme, »ich kriege fünf Shilling, wenn's recht ist.«

»Ah … Schie schind eine harte Frau, Mischusch Cullen … ja, dasch schind Schie«, lallte der Mann. »Weisch gar nich, wieso ich nich anderswo hingeh.«

Minnie schnaubte. »Sie wissen ganz genau, wieso Sie das nicht tun. Weil Sie in jeder anderen Bar in der Stadt Lokalverbot haben.«

Er brummte vor sich hin und kramte erneut in seinen

Taschen, bis er einige Münzen gefunden hatte und auf die Bar warf.

»Danke.« Minnie nahm das Geld und reichte es Anne. »Gehen Sie damit vor die Eingangstür, ja? Dort steht seine Frau, Agnes Roberts. Sie wird schon sehnsüchtig darauf warten.«

Anne durchquerte die überfüllte Bar und die Lobby. Wie Minnie gesagt hatte, wartete eine Frau im fahlen Schein der Gaslaterne, der ihre tief liegenden Augen und hohlen Wangen noch deutlicher hervortreten ließ. Fünf Kinder standen, barfuß und zitternd, wie die Orgelpfeifen neben ihr.

»Sind Sie Agnes Roberts?«, fragte Anne.

Die Frau nickte, ohne Anne in die Augen zu sehen.

Anne reichte ihr die Münzen. »Mrs Cullen meinte, die hier soll ich Ihnen geben.«

»Danke«, sagte Agnes Roberts leise. In ihrer Haltung lag eine Würde, die ihr ärmliches Äußeres nicht vermitteln konnte. Als sie Annes immer noch auf ihr ruhenden Blick spürte, zog sie ihre Stola enger um sich, und Anne fiel nicht nur auf, wie zerschlissen sie war, sondern bemerkte auch das sorgfältig mit Flicken ausgebesserte Oberteil ihres Kleides darunter.

»Kommt jetzt«, sagte Agnes Roberts zu ihren Kindern, »wir müssen gehen.« Sie wandte sich ab, so dass einen Moment lang ihr ganzes Gesicht von der Gaslaterne erhellt wurde. Anne schnappte entsetzt nach Luft, als sie sah, dass die dunklen Schatten unter und um ihr Auge herum in Wahrheit Blutergüsse waren. Sie öffnete den Mund, um etwas zu sagen … aber was? Die Frau starrte sie mit unübersehbarer Ablehnung an. Mitleid würde ihr nicht helfen, so viel stand fest, stattdessen wäre jeder Kommentar nur Salz in der Wunde.

»Vielleicht sehe ich Sie ja irgendwann wieder«, sagte Anne und hätte sich im selben Moment für diese unbedachte Bemerkung am liebsten geohrfeigt.

»Garantiert«, antwortete die Frau mit ernster Miene. Als sie davonging, bemerkte Anne ihren eigentümlichen Gang, bis ihr auffiel, dass sie ein Paar viel zu großer Männerstiefel trug.

Als der letzte Gast aufgebrochen war und sie alles weggeräumt hatten, war es beinahe Mitternacht. Erschöpft folgte Anne Minnie Cullen die Treppe hinauf und den Korridor entlang bis zum Ende, in ein Zimmer, das sie für sich allein haben würde.

»Tut mir leid, dass Sie gleich an Ihrem ersten Tag so anpacken mussten.« Minnie öffnete die Tür und ließ Anne in das kleine Zimmer treten, das aufgrund der dunkelroten Tapete und der mit weißen Lilien bedruckten Zierborte noch kleiner wirkte, als es war. »Das Problem ist eben, dass unsere letzte Barkellnerin ein zu verlockendes Angebot bekam und uns ohne mit der Wimper zu zucken sitzen gelassen hat. Und seither wissen wir nicht, wo uns der Kopf steht.«

»Man muss die Gelegenheiten beim Schopf packen, wenn sie sich bieten, nehme ich an«, bemerkte Anne, mehr aus Höflichkeit als aus echtem Interesse. Sie setzte sich aufs Bett, fuhr sich mit den Handflächen über den Rücken und massierte die schmerzenden Muskeln. Sie blickte sich im Raum um, bemerkte den Waschtisch in der Ecke neben der Tür, den Kleiderschrank auf der anderen Seite und die kleine Kommode zwischen Bett und Wand. Und wie zum Beweis, dass die Vermieterin keinen Millimeter Platz ungenutzt lassen wollte, war auch noch ein Rohrstuhl zwischen den Kleiderschrank und die Kommode gequetscht worden.

Minnie Cullen schnaubte. »Wohl wahr, aber ein bisschen mehr Rücksicht hätte nicht geschadet. Wenn sie wenigstens noch ein, zwei Wochen geblieben wäre, bis wir Ersatz für sie gefunden hätten. Stattdessen kommt der erstbeste Kerl dahergelaufen, und weg ist sie, ohne einen Gedanken an andere zu verschwenden.«

Anne, die viel zu müde war, um zu antworten, nickte nur mitfühlend.

Minnie deutete auf den Waschtisch. »Der Wasserkrug ist voll, falls Sie noch die Kraft aufbringen, sich zu waschen. Ich dagegen werde es auf Morgen verschieben, sonst schlafe ich mit der Nase in der Schüssel ein.«

Sie legte den Kopf schief und musterte Annes Kleid, ganz besonders den hohen Ausschnitt mit den Rüschen unmittelbar unter ihrem Kinn. »Haben Sie nichts dabei, was ein bisschen tiefer dekolletiert ist? Das hier mag ja anständig sein, aber nicht das, woran unsere Gäste gewöhnt sind.«

Bei der Vorstellung, ungebührlich viel Haut zu zeigen, legte Anne sich verlegen eine Hand auf ihre Brust, als sei sie schon jetzt halb entblößt.

»Ah, keine Sorge«, beschwichtigte Minnie beim Anblick von Annes roten Wangen eilig. »Ich erwarte nicht, dass Sie sich zur Schau stellen. Ehrlich gesagt würde ich es sogar missbilligen, wenn Sie es täten. Aber ich muss sagen, in diesem Kleid ähneln Sie eher einer Pfarrersfrau als einer Barkellnerin. Das ist dem Geschäft nicht besonders förderlich.«

Anne sah ihre neue Arbeitgeberin bestürzt an. Sie wusste, dass ihr Kleid aus tief kastanienbrauner Baumwolle nicht so modisch wie etwas aus Satin oder Taft war, doch sie fand es praktisch und robust. Sie hatte nicht einmal einen Gedanken daran verschwendet, ob es für die Arbeit an einer Bar passend sein könnte, und selbst wenn sie es getan hätte, wäre es immer noch schwierig gewesen, das Geld für ein anderes Kleid aufzubringen.

»Ich habe noch ein zweites«, sagte sie, »aber es ist genauso wie dieses hier, nur in einer anderen Farbe.«

»Und zwar?«

»Marineblau. Und ich kann es mir nicht leisten, mir ein neues Kleid nähen zu lassen«, fügte Anne hastig hinzu.

»Ah … nun, wenn das so ist … Wir werden Folgendes tun.« Mit zusammengekniffenen Augen musterte Minnie Annes Oberteil. »Gleich morgen früh schicken wir Sie zu einer Näherin und sehen, was sie aus denen machen kann, die Sie haben. Ich übernehme die Kosten für die Änderungen, und Sie können mir zwei Shilling pro Woche zurückzahlen.« Sie wandte sich zum Gehen, zögerte jedoch und hielt ein Glas hoch.

»Beinahe hätte ich es vergessen – der Schlummertrunk, den ich für Sie vorbereitet habe. Ich trinke selbst jeden Abend ein Schlückchen Portwein, da ich sonst nur schwer einschlafen kann. Aber ich dachte, eine Mischung aus Ale und Brandy mit einem Hauch Muskat und Zucker wird Ihnen heute Abend guttun, zumal Sie bestimmt noch die Strapazen der Reise in den Knochen haben.« Ohne sich die Mühe zu machen, ihr herzhaftes Gähnen zu unterdrücken, das Ausblick bis auf ihre Rachenmandeln bot, stellte Minnie das Glas auf den Nachttisch und verließ das Zimmer.

Anne packte ihren Koffer aus, holte ihr Nachthemd hervor und gab ihre wenigen Kleidungsstücke in die Schublade unter dem Kleiderschrank. Erleichtert betrachtete sie den Waschtisch, goss Wasser in die Schüssel und entkleidete sich.

Es war ein seltsamer Abend gewesen. Und anstrengend. Sie hatte noch nie an einer Bar gearbeitet – und hätte sich niemals vorstellen können, in einem Hotel beschäftigt zu sein. Nicht bei ihrem Problem. Doch ohne eine Referenz ihres vorherigen Arbeitgebers hatte sie keine andere Arbeit finden können. Heute Abend hatte sie nicht nur Minnie Cullen damit beeindruckt, wie schnell sie gelernt hatte, ein Pint richtig zu zapfen und die Zeche der Gäste zu addieren, sondern auch sich selbst, dachte sie mit einem erschöpften Lächeln.

Sie genoss die kühle Frische des feuchten Lappens auf ihrer Haut und befreite sich genüsslich vom Schmutz der Reise und der Klebrigkeit, die die Schwüle mit sich brachte – etwas, woran sie nach der trockeneren Hitze in Canterbury nicht gewöhnt war.

Mrs Looms, die Köchin in Ashleigh Downs, wo Anne bisher gearbeitet hatte, war diejenige gewesen, die sie für den Job als Barkellnerin im Hotel ihrer Cousine empfohlen hatte.

»Von einer solchen Kleinigkeit solltest du dich nicht aufhalten lassen«, hatte sie Annes Protest, sie habe doch keinerlei Erfahrung, abgetan. Und heute Abend hatte sie auch begriffen, warum. Scheinbar wurde jede alleinstehende Frau, ob hübsch oder nicht, im Nu von einem Junggesellen auf der verzweifelten Suche nach ein wenig heimischer Behaglichkeit weggeschnappt, so dass Hotelbesitzer händeringend nach Barkellnerinnen und noble Leute Hausmädchen und Dienstboten suchten.

Als sie ins Bett steigen wollte, fiel ihr Blick auf den Schlummertrunk. Ihr lief das Wasser im Munde zusammen, sie griff nach dem Glas und hielt es fest. Ein paar Tropfen Alkohol schwappten über den Rand, weil ihre Hand zitterte. Sie dachte an ihre letzte Arbeitgeberin, die sie mit eiskalter Gemeinheit vor die Tür gesetzt hatte. Ehe sie es sich anders überlegen konnte, schob Anne das Fenster hoch und schüttete den Inhalt des Glases hinaus.

Kapitel 2

Oktober 1883

»DAMIT IST FÜR den nächsten Monat alles geregelt, vielen Dank, Will.« Henry Bramwell nahm das Geld, mit dem Will Budd die Lebensmittelrechnung beglichen hatte, und gab es in die Registrierkasse. »Auch wenn beim nächsten Mal schon der neue Besitzer von Bramwell's abkassieren wird.«

»Aye, Henry, und es tut weh, Sie und Mai gehen zu sehen. Aber ich wünsche Ihnen beiden alles Gute.«

»Vielen Dank, Will. Auch wir gehen nicht gerne weg, aber ich spüre es in den Knochen, dass es an der Zeit ist, weiterzuziehen. Und ganz bestimmt sehen wir uns in Hokitika von Zeit zu Zeit. So, sind Sie sicher, dass es nichts mehr gibt, was ich für Sie tun kann?« Er lächelte Libby Budd zu, die neben ihrem Vater stand.

Will nahm die Schachtel mit den Einkäufen von der Ladentheke. »Ich glaube, das ist alles.« Er zwinkerte Henry zu.

Ein enttäuschter Ausdruck trat auf Libbys Gesicht. Das Mädchen war elf und sah doch viel jünger aus, dachte Henry. Wiremu und Don, seine beiden eigenen Söhne, waren drei beziehungsweise vier Jahre jünger als sie, jedoch mindestens einen Kopf größer.

»Was ist denn?«, fragte Will seine Tochter, die ihn am Jackensaum zupfte. »Habe ich etwas vergessen?«

Libbys Kopf hüpfte wild auf und ab.

»Oho! Was könnte das wohl sein?« Übertrieben umständlich kramte Will in den Einkäufen und überprüfte die Lebensmittel. »Ich bin ziemlich sicher, dass deine Mutter und ich alles haben, was wir wollten.« Er wandte sich an seine Frau. »Oder gibt es etwas, was wir vergessen haben, Mrs Budd?«

Sylvia schüttelte den Kopf. »Nicht dass ich wüsste, Mr Budd.«

Libby sprang von einem Fuß auf den anderen, während ihr Blick besorgt zwischen ihren Eltern hin und her flog.

Mit verwirrter Miene schüttelte Will den Kopf. »Mr Bramwell, sehen Sie vielleicht etwas, woran ich nicht gedacht haben könnte?«

»Oh nein, keineswegs, Mr Budd«, erwiderte Henry und erfreute sich an dem Ritual, das sich immer dann vollzog, wenn die Budds ihre Lebensmittel kauften und die Rechnung des Vormonats beglichen.

Will zuckte die Achseln. »Scheint so, als hätten wir alles.«

Libby warf ihren Eltern einen tadelnden Blick zu, ehe sie auf die Gläser starrte, die mit Karamellbonbons, Zuckerlutschern, Pfefferminz, Malzstangen und in leuchtend buntes Papier eingepackten Toffees gefüllt waren.

»Ah, herrje! Was habe ich denn da in der Hand?« Henry zog eine spitze, mit Lutschern gefüllte Papiertüte hinter seinem Rücken hervor und reichte sie Libby. Strahlend suchte sie ihren Lieblingslutscher heraus, eine Malzstange, schob sie sich in den Mund, winkte Henry zum Abschied und folgte ihren Eltern nach draußen.

»Das Gesicht der kleinen Libby fing an zu leuchten wie eine Laterne, als ich ihr den Lutscher geschenkt habe«, sagte Henry zu seiner Frau, als der Wagen der Budds davonfuhr.

»Sie fällt jedes Mal darauf rein«, bemerkte Mai und wischte die Regale hinter der Ladentheke ab, die sich beinahe über die gesamte Breite des Geschäfts erstreckten. »Will und Sylvia werden einen Schock bekommen, wenn sie es eines Tages nicht mehr tut.«

»Verdammte Schande, dass sie nicht ganz richtig im Kopf ist«, fuhr Henry fort und dachte an seine beiden eigenen gesunden Söhne. Einen von ihnen mit einer derartigen Behinderung zu sehen, würde ihn in tiefsten Kummer stürzen.

Weder Henry noch Mai erwähnten Libbys Epilepsie oder die Visionen, die das Mädchen seit jenem Herbst plagten, als sie um ihren Verstand gekommen war. Tote Menschen zu sehen war nicht richtig; über solche Dinge sprach man nicht, es sei denn, man wollte selbst als Einfaltspinsel gelten.

Das Mädchen war eine schwere Bürde für ihre Eltern, dennoch liebte ihr Vater sie voller Hingabe. Insgeheim dachte Mai, es sei vielleicht besser gewesen, sie hätte jenen Herbst, als sie ihren Verstand verlor, nicht überlebt. Die Budds waren gute Freunde von ihr und Henry. Sie würde Sylvia vermissen, wenn sie nach Hokitika gingen, wo Henry einen neuen Laden eröffnen wollte.

Mai war völlig verblüfft gewesen, als Henry das erste Mal davon gesprochen hatte, Stafford zu verlassen. Der Laden hier sicherte ihnen ein anständiges Einkommen, und das Leben war angenehm und vertraut. Schon längst hatte sie das Misstrauen und die Engstirnigkeit, mit denen so viele Leute ihrer chinesischen Herkunft gegenübertraten, zerstreuen können. Was, wenn all das wieder von vorn anfing, wenn sie wegzogen?

»Stafford wird immer kleiner«, hatte Henry ihren Protest abgewehrt. »Es ist eine sterbende Stadt. In den letzten zwei Jahren sind unsere Einnahmen zurückgegangen. Noch nicht so sehr, dass es mir schlaflose Nächte bereiten würde, aber die Anzeichen sind nicht zu übersehen. Wir sollten jetzt in eine größere Stadt ziehen und dort einen größeren Laden eröffnen.«

»Aber Hokitika, Henry?« Mai rief sich die vernachlässigten Fassaden vieler Häuser ins Gedächtnis, die ihr bei ihrem letzten Besuch aufgefallen waren. »Es ist auch nicht mehr die blühende Stadt, die es einmal war.«

»Jedenfalls ist es größer und belebter als Stafford.«

»Und was, wenn wieder ein solcher Brand ausbricht wie der, der so viele Häuser in der Revell Street zerstört hat? Außerdem gibt es ständig Überschwemmungen. Der Hokitika River ist so dicht bei der Stadt. Was, wenn alles überflutet und mitgerissen wird?«

»Herrgott, Weib! Was, wenn wir von einem Karren überfahren oder von einem Pferd niedergetrampelt werden? Wir dürfen nicht unser ganzes Leben von *Wenns* und *Abers* bestimmen lassen. Das Feuer hat sich '69 ereignet – vor vierzehn Jahren! Dann die Überflutungen: Vielmehr ist diese heimtückische Hafeneinfahrt schuld daran, dass so viele Gebäude weggerissen wurden, die Flut selbst war gar nicht so schlimm. Und ich habe nicht die Absicht, mir oder meiner Familie zu erlauben, einen Fuß auf ein Schiff zu setzen, deshalb werden wir auch niemals in Gefahr sein zu ertrinken.«

Sie hätte das Thema auf sich beruhen lassen, wäre da nicht seine Überheblichkeit gewesen, mit der er davon ausging, sie würde seine Entscheidung stillschweigend hinnehmen, ohne dass er zuvor mit ihr darüber gesprochen hatte.

»Wieso warten wir nicht eine Weile und sehen, was aus Stafford wird?«, hatte sie beharrlich gefragt. »Wer weiß? Bestimmt gibt es hier eine Menge Goldminen, die noch nicht entdeckt worden sind, Henry? Was ist, wenn es so ist und wir dann nicht mehr hier sind?«

»Dasselbe Argument würde auch für Hokitika gelten. Nein, ich habe mich entschieden. Am besten gehen wir jetzt weg, solange wir den Laden noch gut verkaufen können.« Sein kühler Blick hatte Mai verunsichert. Sie hatte wieder an ihren schrecklichen Streit vor Jahren denken müssen, als sie beschlossen hatten, es Dick Seddon mit seinem Laden in Big Dam nachzutun und ebenfalls Alkohol zu verkaufen. Sie hatte viel zu viel durch Alkohol ausgelöstes Leid und Armut gesehen, um auch nur darüber nachzudenken, mit den anderen Schankbetrieben im Ort gleichzuziehen. Doch Henry hatte ihre Einwände starrköpfig abgetan und versucht, eine eingeschränkte Schanklizenz zu erwerben. Erst eine Abordnung der Wirte, die gedroht hatte, sie würden ihre Lebensmittel anderswo einkaufen, falls er seine Pläne weiterverfolgte, hatte ihn umgestimmt.

Es hatte Monate gedauert, bis die Kluft zwischen ihnen wieder geschlossen gewesen war. Sie ertrug die Vorstellung nicht, dass so etwas noch einmal passieren könnte, also hatte sie am Ende nachgegeben. Zimmerleute arbeiteten bereits an dem Haus, das Henry in der Revell Street gekauft hatte, dennoch war ein Hauch Bitterkeit in ihrem Herzen geblieben.

»Ich werde den schönsten Laden der ganzen Stadt haben«, hatte er ihr erst am Vortag voller Stolz verkündet. »Hokitika ist die richtige Stadt für uns. Dort gibt es jede Menge Händler, der Hafen liegt direkt vor der Tür, und das wird sich günstig aufs Geschäft auswirken. Denk nur, was wir an Transportkosten sparen, und die Bestände, die wir direkt übers Meer aus Melbourne oder gar Sydney kommen lassen können.« Sein Gesicht leuchtete vor Begeisterung – so hatte sie ihn seit Langem nicht mehr gesehen.

Henry hatte an Jimmy Edwards, einen ehemaligen Angestellten und alten Freund geschrieben, der mittlerweile in Australien lebte, und ihm eine Stellung im neuen Laden angeboten. Und, wie die Antwort bewies, die an diesem Morgen eingetroffen war, hätte das Angebot zu keinem passenderen Zeitpunkt kommen können. Jimmy habe ohnehin vorgehabt, nach Neuseeland zurückzukehren, und wolle irgendwann im November in Melbourne in See stechen. Bis zu seiner Ankunft hätten sich die Bramwells mit ihrem Laden in Hokitika gut eingelebt.

Kapitel 3

Es war Libby, die die Tür öffnete, als es klopfte. Jack, der seiner Schwester ein Stück den Korridor entlang gefolgt war, schaute über ihre Schulter und betrachtete den Mann auf der Türschwelle. Ein Fremder, glatt rasiert und schwarzes Haar, glänzend von Makassar-Öl. Er trug Hosen und eine Tweedjacke, die zwar abgetragen, aber sauber waren, und stand mit respektvoll gezogenem Hut in der Tür.

»Sind euer Vater oder eure Mutter da?«, fragte er lächelnd und entblößte eine Reihe weißer Zähne.

Jack wollte gerade nach ihrer Mutter rufen, als Libby die Tür zuwarf.

»Mutter!«, schrie Jack und schob Libby mit dem Ellbogen beiseite. »Da ist ein Mann, und Libby hat ihm die Tür vor der Nase zugeschlagen!«

Sylvia kam mit ärgerlicher Miene aus der Küche gelaufen. »Wie kannst du so unhöflich sein? Du weißt doch, dass man so etwas nicht tut!«, schimpfte sie, drängte sich an Libby und Jack vorbei und öffnete die Tür.

»Was können wir für Sie tun, Mr …?«, rief sie dem Mann nach, der sich bereits zum Gehen gewandt hatte.

Er drehte sich um und kam zurück. »Price – Arnold Price. Und Sie müssen Mrs Budd sein, hab ich recht?«

»Freut mich, Ihre Bekanntschaft zu machen, Mr Price«, sagte Sylvia mit einem Anflug von Misstrauen in der Stimme. »Und was führt Sie zu uns?«

»Ich suche Arbeit. Ich habe gehört, Ihr Mann braucht jemanden in seinem Sägewerk und seiner Möbeltischlerei.«

Sylvia musterte Arnold Price von oben bis unten, dann nickte sie. »Das stimmt. Er muss gerade auf dem Weg hierher sein. Sie können gern eintreten und warten.« Sie führte den Besucher durch den Korridor und deutete auf ihren Sohn und ihre Tochter. »Das ist mein Sohn, Jack, der gerade aus der Fabrik nach Hause gekommen ist, und meine Tochter Libby.«

»Freut mich, euch kennenzulernen.« Arnold schüttelte Jack die Hand und lächelte Libby zu, die sich jedoch abrupt wegdrehte und ihn stehen ließ.

»Deine Manieren, Libby«, schimpfte Sylvia beim Anblick von Arnolds überraschtem Gesicht.

»Hübsches Haus, das Sie da haben, Mrs Budd«, bemerkte er, scheinbar ohne sich an Libbys Unhöflichkeit weiter zu stören.

Sein Blick schweifte durch die großzügige Küche, die lackierten und mit bunten Flickenteppichen ausgelegten Böden.

Sylvia strahlte. »Das ist es, wenn ich das so sagen darf, Mr Price. Wir haben einen Salon, zwei Schlafzimmer, und kürzlich hat Mr Budd einen Anbau für Jack gemacht. Kein Vergleich zu der schäbigen Hütte mit einem Zimmer, in der wir gelebt haben, bis Mr Budd mit dem Sägewerk und der Möbeltischlerei zu Wohlstand gekommen ist.«

»Da kann ich wohl von Glück reden, dass ich einen so passenden Moment erwischt habe.« Arnolds Blick blieb an den Scones hängen, die Sylvia gerade mit Butter bestrich.

»Allerdings«, bestätigte sie. »Ich habe immer eine Kanne Tee und Scones für Mr Budd bereit, wenn er nach Hause kommt.« Sie bemerkte, dass Libby den Fremden anstarrte, und warf ihr einen warnenden Blick zu. »Sie müssen Libby entschuldigen. Sie ist ein wenig langsam und kann nicht gut sprechen.«

»Die meiste Zeit spricht sie überhaupt nicht«, erklärte Jack und griff sich einen Scone.

»Jack! Das reicht jetzt.« Sylvia bot den Teller ihrem Besucher an.

Arnold Price nahm eines der Gebäckstücke und biss genüsslich hinein. »Ah! Dann kann sie also nicht hören, ja?«, murmelte er mit vollem Mund.

»Sie hört hervorragend. Und sie *kann* sprechen, wenn auch nicht sonderlich gut«, korrigierte Sylvia.

»Tut mir leid, ich wollte Sie nicht beleidigen, Mrs Budd«, erklärte Arnold Price eilig mit einem Blick in Libbys Richtung. »Dann ist sie bestimmt eine angenehme Gesellschaft.«

»Ja … ja, ist sie.« *Manchmal,* dachte Sylvia und entspannte sich ein wenig, als der Fremde zu einer lebhaften Schilderung seiner Reisen durchs Land ansetzte und die Menschen beschrieb, denen er bei seinem Besuch des Franz-Josef- und des Fox-Gletschers an der Westküste begegnet war.

»Ich habe die Gletscher noch nie selbst gesehen, obwohl sie nicht weit von hier entfernt sind«, gab sie zu.

»Ah, das ist jammerschade, Mrs Budd. Sie müssen Ihren Ehemann unbedingt überreden, einmal mit Ihnen hinzufahren. Ich sage Ihnen, diese Eisfälle … Es sieht aus, als hätte jemand einen riesigen Krug Milch über dem Berg ausgekippt, der dann festgefroren ist. Ein herrlicher Anblick, ja, wirklich.«

Sylvia lauschte wie verzaubert und war beinahe ein wenig enttäuscht, als Nipper, ihre kleine braun-weiß gefleckte Terrierhündin, in die Küche getrottet kam und die Ankunft ihres Ehemannes ankündigte.

Auch Will schien sehr angetan von Arnold Price zu sein, nickte interessiert, als ihr Besucher sein Anliegen vorbrachte, und lud ihn ein, zum Abendessen zu bleiben.

»Sie genießen einen ausgezeichneten Ruf, Mr Budd, sowohl in Stafford als auch in Hokitika«, meinte Price nach Rinderbraten und Gemüse.

Will nickte bescheiden, auch wenn seine Wangen glühten.

»Es heißt, Ihr Sägewerk und die Möbeltischlerei liefen sehr gut.«

»Ich gebe mir alle Mühe«, meinte Will, »und im Moment komme ich mit den Bestellungen kaum nach. Ich habe ausreichend Rohholz, um alle meine Kunden zu bedienen, die Material für den Haus- und Brückenbau und solche Dinge brauchen, aber für Möbel ist Rohholz nicht geeignet. Überhaupt nicht. Es muss mindestens zwölf Monate austrocknen. Und das Sägen von Hand geht sehr langsam vonstatten. Viele Sägewerksbesitzer verwenden mittlerweile Dampfmotoren für den Antrieb von Kreissägen. Damit verarbeiten sie die Stämme natürlich im Handumdrehen.«

»Sie wollen also auch so eine haben?«

Will zuckte die Achseln. »Irgendwann … ich habe eine bei Davidson in Hokitika gesehen, sie sind ziemlich teuer. Vielleicht erhalte ich eine zu einem etwas vernünftigeren Preis von der Dispatch Foundry in Greymouth, aber dazu kommt natürlich noch der Transport. Das ist ziemlich schwierig. Mit dem Pferdewagen würden wir es auf keinen Fall den No Name Hill hinaufschaffen. Die einzige Möglichkeit wäre, die Maschine von Greymouth nach Hokitika zu verschiffen, was wahrscheinlich so teuer wäre, dass es sich nicht mehr lohnt.«

»Ich sage, kauf eine und pfeif auf den Preis«, warf Jack ein.

Will grinste. »Da spricht die Jugend. Nur den Fortschritt im Kopf, ohne sich Gedanken über die Kosten zu machen.« Er zupfte Jack liebevoll am Ohr.

»Und Sie wollen also unbedingt die Möbeltischlerei erlernen, ja?«, fragte Will Price später, als sie beim Dessert aus üppigem Fruchtpudding in einem See aus dicker, frischer Sahne saßen.

»Das will ich, Mr Budd. Auch wenn ich keinerlei Erfahrung mitbringe. Aber ich lerne schnell und kann ebenso gut mit einer Säge umgehen wie jeder andere. Ich wäre sehr dankbar, wenn Sie eine Anstellung in Erwägung ziehen würden.«

Will betrachtete den Mann, dann nickte er. »Wir werden sehen. Ich gebe Ihnen für eine Woche Arbeit, und wenn Sie den Anforderungen gerecht werden, können wir über eine Anstellung nachdenken.«

Unauffällig beobachtete Sylvia ihren Besucher. Ihrer Schätzung nach musste er fünf oder sechs Jahre jünger sein als sie und Will, etwa fünfunddreißig. Er war ein durchaus ansehnlicher Mann und zweifellos jung genug, um Will eine große Stütze zu sein. Sie hoffte inbrünstig, dass er sich als passend erwies. Will war neuerdings immer so beschäftigt, ganz besonders seit Matthew Card, der die letzten drei Jahre für ihn gearbeitet hatte, nach Christchurch gegangen war.

Seit Jack vor zwei Jahren von der Schule abgegangen war, hatte auch er sich als sehr hilfreich herausgestellt, doch mit seinen fünfzehn Jahren besaß er den zarten Körperbau eines Jungen und verfügte noch nicht über die Kräfte eines erwachsenen Mannes. Sie wusste, dass Will den Jungen bevorzugt im Sägewerk einsetzte, doch sie war besorgt, die Arbeit könnte noch zu schwer für ihn sein.

Wills Möbeltischlerei hatte sich eher durch Zufall ergeben. Er hatte ein angeborenes handwerkliches Talent an sich entdeckt, als er das Mobiliar für seine Familie selbst gebaut hatte. Besucher hatten die Stücke bewundert, und allmählich waren erste Aufträge eingegangen, zuerst vereinzelt, dann immer mehr und in immer kürzeren Abständen. Bis zu dieser Zeit war ihr Leben beschwerlich gewesen – Will hatte von morgens bis abends gearbeitet, um das Land zu bestellen, das Sägewerk zu betreiben und die Möbel zu bauen, während sie sich um das Haus und den Gemüsegarten gekümmert und ihre Kuh gemolken hatte.

Das Geld war knapp gewesen, und häufig hatten nur die Einnahmen aus dem Verkauf der Butter und des Käses ihren Lebensunterhalt gesichert. Dennoch hatte es Zeiten gegeben, in denen sie sich nicht einmal die billigsten Talgkerzen hatten leisten können, von Öl ganz zu schweigen. Ohne Henry und Mai Bramwell, die ihnen Kredit gewährten und ihre Monatsrechnung höher ansteigen ließen, als es die meisten anderen Ladenbesitzer tun würden, hätten sie die Wintermorgen und -abende im Dunkeln verbringen müssen.

Wer hätte gedacht, dass sie sich so gut entwickeln würden? Voller Stolz betrachtete sie Will. Sein wettergegerbtes, sommersprossiges Gesicht leuchtete, während er Arnold Price in die Eigenheiten der Rohhölzer einweihte. Obwohl seine Augen stets rotgerändert vom Sägemehl waren, das hineinrieselte, wenn er in der Grube die Stämme zersägte, und sich einige graue Strähnen in den jugendlichen Sandton seines Haares mischten, wirkte er lebendiger und jünger als früher, ein Beweis, sofern man einen dafür brauchte – und Sylvia brauchte keinen –, dass Wohlstand ein erstrebenswerterer Zustand als Armut war. Sie lächelte und dachte an die Ponykutsche, die Will ihr kürzlich gekauft hatte, damit sie allein nach Stafford fahren konnte und nicht zu warten brauchte, bis er die Zeit fand, im großen Pferdewagen mit ihr zu fahren.

Wenn Will zu dem Schluss gelangte, dass Mr Price passend war, würde er dem Neuen nach der Einarbeitung einen Teil der schwereren Aufgaben überlassen und vielleicht ein wenig mehr freie Zeit haben. Er sah immer so müde aus. Es täte ihm gut, sich etwas Ruhe zu gönnen.

»Mit der Kommode für die Bramwells bin ich fast fertig«, erklärte Jack und durchbrach damit Sylvias Gedanken.

»Braver Junge«, lobte Will mit einem kurzen Blick auf seinen Sohn, ehe er auf den Platz neben sich klopfte und Libby heranwinkte. »Komm, Libby, setz dich neben deinen guten alten Dad.«

Sylvia bemerkte Jacks gekränkten Gesichtsausdruck, als er registrierte, dass seine Bemühungen so beiläufig abgetan wurden, und zugleich das liebevolle Lächeln sah, das Vater und Tochter einander schenkten. Will widmete sich Libby unfairerweise auf Kosten seines Sohnes.

Wie so oft in der Vergangenheit betrachtete Sylvia staunend Libby, deren hübsches Äußeres in krassem Gegensatz zu ihrem eigentümlichen Wesen stand. Sie war zartknochig, mit so dünnen Handgelenken, dass sie aussahen, als könnten sie jederzeit brechen, besaß hellgoldenes Haar und eine Gesichtsfarbe von fast durchscheinender Blässe – wie ein Engel, sagten die Leute oft. Doch das ätherische Äußere des Kindes widersprach ihrer Zähigkeit: etwa wenn sie die schweren Gusstöpfe vom Herd hob. Es war nicht Libbys körperliche Verfassung, die Sylvia Sorgen bereitete, sondern vielmehr ihre Wutanfälle, ihr mangelndes Sprachvermögen, ihr hitziges Temperament und, was am schlimmsten war, ihre Gewohnheit, merkwürdige Dinge zu sehen.

Zu häufig schon hatte Libby ihnen erzählt, sie habe jemanden gesehen, von dem sie wenig später erfuhren, dass er das Zeitliche gesegnet hatte. Und manchmal schien sie Dinge zu ahnen, noch bevor sie geschahen. Sylvia schlang ihre Arme um den Oberkörper, und ein Schauder überlief sie bei der Erinnerung an das erste Vorkommnis dieser Art – an jenen Tag, als Libby Donald MacKinnon gesehen hatte.

Will sah auf. »Aye, der Winter mag fast vorbei sein, aber abends ist es noch kalt genug, dass es einem bis ins Mark dringt«, meinte er und interpretierte ihr Erschauern offenbar falsch. Libby löste sich von der Seite ihres Vaters und fing an, die Teller abzuräumen. Arnold Price lächelte ihr zu, doch Libbys Miene blieb todernst.

»Die lächelt nicht oft, was?«, bemerkte er. »Ah … ich meine, sie ist ein ernstes Kind …«, korrigierte er sich eilig, als er Wills Stirnrunzeln bemerkte.

»Sie hat auch nicht allzu häufig Grund dazu«, erklärte Will abrupt. »Es ist schwer für das Mädchen, nicht richtig sprechen zu können.«

Sylvia wollte gerade protestieren, Libby müsse sehr dankbar für das sein, was sie hatte – besonders für die Art, wie ihr Vater sie verwöhnte –, besann sich jedoch eines Besseren, als sie Wills Gesichtsausdruck sah. Er war ein guter Mann und nicht sonderlich reizbar, doch wenn er es war, verzog sich selbst Nipper, die ihm sonst in sklavischer Ergebenheit überallhin folgte, bis sich die Stimmung ihres Herrchens gebessert hatte.

»Das Leben ist nicht einfach für sie«, sagte sie stattdessen.

»Pass mit den Eiern auf, Libby«, warnte Sylvia am nächsten Morgen und unterdrückte das Bedürfnis, die Hand auszustrecken und die zerbrechlichen Eier an sich zu nehmen.

Libby, deren Lippen vor Konzentration geschürzt waren, nahm ein Ei aus dem Korb, legte es in eine zur Hälfte mit Sägemehl gefüllte Schachtel und schüttete das restliche Sägemehl darüber – geradezu tödlich langsam, wie Sylvia fand. Die Eier waren für ihre Nachbarn gedacht, die ein Stück die Straße hinauf wohnten und noch kein eigenes Federvieh besaßen, da sie neu in der Gegend waren.

Sylvia wandte sich um und griff nach dem Schachteldeckel, wobei ihre Unterröcke und ihr Kleid raschelten. Irritiert sah Libby auf und ließ prompt ein Ei fallen.

Sylvia stöhnte. Missgeschicke waren bei Libby an der Tagesordnung.

»I-ich ma-mache sauber«, stammelte Libby und ging auf die Knie, wobei einer ihrer von einem blauen Band zusammengehaltenen Zöpfe ins Eigelb fiel.

»Geh weg! Ich mache es schon selber!«

Sylvia schüttelte den Kopf, als ihr Blick auf den leuchtend gelben Fleck auf ihrer ansonsten makellos weißen Schürze fiel. Gütiger Himmel, sie allein würde diese Dinge so viel schneller erledigen, doch Will bestand darauf, dass Libby ihr zu Hand gehen durfte.

»Wie soll sie etwas lernen, wenn wir ihr nichts beibringen? Wir müssen ihr helfen und ihr zeigen, wie alles geht«, sagte er, wann immer Sylvia ungeduldig und ratlos eingriff und die Aufgabe selbst übernahm.

Natürlich hatte er recht, aber wenn er doch nur begreifen würde, wie viel zusätzliche Arbeit ihr die Tollpatschigkeit des Mädchens bereitete. Jeden Tag machte sie mindestens eine Schürze schmutzig. Die beiden Töchtern ihrer neuen Nachbarin schafften es, manchmal eine ganze Woche lang mit einer einzigen auszukommen, hatte sie Sylvia erst gestern erzählt, als sie gekommen war, um die Eier zu bezahlen.

Gab es im Umkreis einer Meile eine Schlammpfütze, konnte man sich darauf verlassen, dass Libby sie fand und, wie hoch die Säume auch über ihren Stiefeln sein mochten, sich beschmutzte. Dafür zu sorgen, dass Libby sauber blieb, war ein nicht enden wollender Krieg. Sylvia war pausenlos damit beschäftigt, den Saum des etwas schwereren Sonntagskleides des Mädchens zu säubern und abzuklopfen und die leichteren Alltagskleider zu waschen. Die meiste Zeit gelang es ihr, Libbys Tobsuchtsanfällen, ihrer Stummheit und ihres eigentümlichen Verhaltens mit Gleichmut zu begegnen, doch manchmal, so wie jetzt, empfand sie selbst das kleinste Missgeschick als unerträglich.

Wie anders wäre ihr Leben verlaufen, wäre Libbys Unfall nicht geschehen.

Kapitel 4

November 1883

Obwohl die Eröffnung von Bramwell's Store in Hokitika gerade einmal einen Monat zurücklag, wimmelte es von Kunden. Die Einnahmen überstiegen Henrys Erwartungen sogar, nicht zuletzt dank seiner Bereitschaft, die Öffnungszeiten an die Bedürfnisse der Kunden anzupassen, egal ob groß oder klein. Und dank Mais bemerkenswertem hausfraulichem Talent blitzte der Laden vor Sauberkeit.

»Es ist jedesmal eine Freude, hierherzukommen, Mr Bramwell«, hatte schon mehr als ein Kunde gesagt und sich dabei mit unverhohlener Bewunderung umgesehen.

Und nun begrüßte er Anne Gilpin, die Barkellnerin aus dem Golden Age Hotel. »Was kann ich heute für Sie tun?«

»Nur eine Büchse ganze Nelken«, erwiderte Anne mit einem entschuldigenden Lächeln angesichts ihrer nicht gerade üppigen Bestellung. »Die Köchin ist dabei, einen Apfelkuchen zu backen und ziemlich außer sich. Sie sagt, die Äpfel seien verhutzelt und mehlig, weil sie aus dem letzten Jahr sind, und außerdem hat sie auch keine Nelken mehr.« Sie schüttelte den Kopf und warf Henry einen gequälten Blick zu. »Sie ahnen ja nicht, wie wütend diese Frau werden kann, wenn etwas nicht nach ihrem Kopf geht.«

»Ich muss sie aus dem Lager holen. Dauert nur einen Moment«, erklärte Henry. Als er nach draußen trat, hielt er den Atem an, um den strengen Geruch nicht einatmen zu müssen, der wie eine dichte Wolke vom Metzgersladen auf der anderen Straßenseite herüberwehte und sich mit dem Gestank nach Pferdemist aus den Ställen in der Hamilton Street um die Ecke mischte. Bereits seit Tagen war es sehr heiß. Das mochte gut fürs Geschäft sein, weil es die Leute aus ihren Häusern trieb, aber weniger gut für die Fleischabfälle, die in Fässern im Hinterhof zum Abtransport bereitstanden, während sich bereits die Maden daran freuten.

Er kehrte mit einem Karton Gewürze zurück, nahm eine kleine Büchse heraus und reichte sie Anne Gilpin. Ein unvermitteltes »Ho! Halt!« ließ ihn aufblicken, und zu seiner Überraschung sah er eine Hansom-Kutsche vor dem Laden anhalten.

Der Kutscher stieg vom Bock und öffnete die Tür, damit die Fahrgäste aussteigen konnten.

Als Erstes erblickte er eine auffallend elegante Frau in einem hellaprikosenfarbenen Kleid und dem dazu passenden Hut, der so geschickt platziert war, dass er die blonden Locken um ihre Stirn betonte, gefolgt von zwei Gentlemen, die, gemessen an der Lautstärke ihrer Stimmen und ihren finsteren Mienen, mitten in einer hitzigen Debatte steckten.

Eilig versammelten sich die Kunden vor dem Laden, um sich diese Art der Zerstreuung keinesfalls entgehen zu lassen.

»So etwas könnten wir gut zu Ladenschluss gebrauchen«, bemerkte Henry mit einem reumütigen Lachen, und ging, dicht gefolgt von Mai und Anne Gilpin, ebenfalls hinaus. »So wären wir die Nachzügler im Handumdrehen los und bräuchten nicht stundenlang zu warten, bis wir unser Abendessen bekommen.«

Der größere der beiden streitenden Männer zuckte lässig die Achseln und machte auf dem Absatz kehrt.

»Hmpf, der ist ja ein richtiger Stutzer«, flüsterte Henry. »Sieh ihn dir bloß an.«

Mai musste ihm zustimmen. Das Ziegen- und Oberlippenbärtchen des Mannes waren sorgsam mit Wachs getrimmt und gezwirbelt, was auf ein pedantisches Naturell schließen ließ. Die Kniebundhosen und der einreihige Gehrock mit tief sitzender Taille und Samtkragen verliehen ihm etwas Affektiertes. Seine modische Kleidung wurde durch einen Homburg aus steifem grauem Filz vervollständigt. Bestimmt keiner, der sich die Hände schmutzig macht, dachte Mai, als sie beobachtete, wie er sich auf einen Gehstock mit Silberknauf stützte, während der zweite Mann einen Koffer und eine kleine Ledertasche von der Kutsche hob und beides auf dem Bürgersteig abstellte.

Der Dandy bückte sich nach dem Koffer.

»Vorsicht, lieber Elmer«, warnte die Frau, »du willst dich doch nicht übernehmen.«

»Gütiger Himmel, nicht einmal ein Kind hätte bei so einem Koffer seine Mühe«, bemerkte Henry, worauf die Menge in schallendes Gelächter ausbrach. Die Frau fuhr herum und fixierte ihn mit finsterer Miene, während sie den kleineren Mann mit der Spitze ihres Schirms anstieß.

»Trag den kleineren Koffer bitte in den Laden, James, wenn's recht ist«, ordnete sie an. In Begleitung ihres Dandys trat sie an Henry und Mai vorbei in den Laden und ließ James mit den Koffern zurück.

»Henry? Wer ist das? Wieso gehen die in unseren Laden?«, zischte Mai.

»Ich habe keine Ahnung«, erwiderte Henry, der dem Trio ebenso verwirrt nachsah.

Der kleinere Mann stellte den Koffer im Laden ab und nahm seine Melone ab, unter der ein nahezu kahler Schädel zum Vorschein kam. »Henry!«, rief er erfreut und packte Henrys Hand. »Es ist ja eine Ewigkeit her!«

Henry starrte den Mann eindringlich an, bis er ihn wiedererkannte und einen Freudenschrei ausstieß.

»Jimmy, mein Gott!« Bei seiner letzten Begegnung mit seinem alten Freund war dieser glatt rasiert gewesen, während er nun einen sorgfältig gestutzten Oberlippen- und Backenbart trug.

»Das ist meine Verlobte, Claire.« Stolz nickte James in Richtung der ausgesprochen hübschen Frau neben ihm.

Mai tauschte einen verblüfften Blick mit Henry. In James' Briefen war nie die Rede von einer Verlobten gewesen.

Ebenso wie die restlichen Kunden war auch Anne Gilpin wieder in den Laden zurückgekehrt. »Ich hätte mir eher den Dandy als ihren Begleiter vorstellen können«, flüsterte sie Mai mit einem Nicken in James' Richtung zu und musterte die junge zierliche Frau mit widerstrebender Bewunderung. Verlegen strich sie über ihr eigenes Kleid, dessen minderwertige Qualität ihr neidvoll bewusst war.

Miss Green, die Näherin, die Minnie Cullen mit der Änderung von Annes Kleid beauftragt hatte, hatte den Ausschnitt geschickt so tief platziert, dass das Kleid für die abendliche Arbeit tauglich war. Die Näherin, eine überaus praktisch veranlagte Frau, hatte Annes Problem, auch etwas Passendes für den Tag zu brauchen, gelöst, indem sie zwei hochgeschlossene Sättel angesetzt hatte, die Anne über das Oberteil streifen konnte. Sie bestanden aus weißer englischer Spitze und bedeckten nicht nur das Dekolletee, sondern bildeten auch einen hübschen Kontrast zu dem satten Kastanienton des einen und dem dunklen Marineblau des anderen Kleides. Anne hatte sich ganz besonders modisch darin gefühlt – bis zu diesem Augenblick.

Claire zog ihre Handschuhe aus und gestikulierte betont

mit der linken Hand, um einen Blick auf den exquisiten, mit einer Perle besetzten Brillantring zu gewähren, ehe sie Henry ihre vornehm blasse Hand hinstreckte. Mai unterdrückte ein Kichern beim Anblick ihres Ehemanns, der mit Zeigefinger und Daumen die Hand der Frau ergriff, als fürchtete er, sie könnte zerbrechen.

»Wie schön, endlich Ihre Bekanntschaft zu machen«, sagte Claire. »Ich habe das Gefühl, Sie bereits seit Langem zu kennen. James hat nur in den höchsten Tönen von Ihnen geschwärmt.« Sie schenkte Henry ihr strahlendstes Lächeln.

Doch es schien seine Wirkung zu verfehlen, denn Henry nickte lediglich. Seine Söhne Wiremu und Don hingegen, die Henrys Freund Tane geholfen hatten und soeben von seiner Lieferrunde zurückgekehrt waren, starrten die Frau mit aufgerissenen Mündern an.

»Und das muss Ihre kleine Frau sein«, fuhr Claire fort und wandte sich Mai zu.

Mai blinzelte verblüfft. Das sagte ja die Richtige! Trotz ihrer modischen Stiefel mit den geschwungenen hohen Absätzen überragte Mai die goldblonde Claire um einige Zentimeter. Sie betrachtete die lederne Zierleiste, die in der Stiefelmitte verlief und hübsch um die Knöpfe herum vernäht war, ehe ihr Blick auf ihre eigenen Stiefel fiel. Auch wenn sie mit ihrem elastischen Schaft und den wesentlich flacheren Absätzen praktisch waren, wirkten sie im Vergleich dazu jämmerlich schlicht.

Der Dandy kam angeschlendert und stellte sich neben Mai, wobei er seine Hände affektiert herumbaumeln ließ, als wären sie nur notdürftig an den Handgelenken befestigt.

Er ergriff Mais Hand. »Ich bin entzückt, Sie kennenzulernen. Ich bin Elmer Harrington, Claires Bruder.« Er nickte in James' Richtung. »James und ich haben diskutiert, wer von uns zur Werft fahren und unseren Schrankkoffer abholen soll.«

Mai sah, wie sich die weiblichen Kunden zu kleinen Grüppchen zusammenfanden und neiderfüllt Claires modisches Kleid musterten. Es war aus Seide und Brokat gefertigt – und wäre für Mais Geschmack eher als Bekleidung für die Nacht geeignet –, mit einem Rock, der sich dank einer kurzen, mit Rüschen besetzten Schleppe herrlich bauschte. Das Mieder war schmal, hochgeschlossen und verjüngte sich in der Mitte zu einer Spitze, die die schlanke Taille der jungen Frau betonte. Die schmalen Ärmel wurden mit jeweils vier Perlknöpfen an den Manschetten geschlossen.

Claire, die sich der kritischen Blicke der anderen Frauen durchaus bewusst war, betastete ihr mit Satin und Spitze besetztes Hütchen und nahm es behutsam ab, so dass das zu einem tadellosen Knoten frisierte Haar zum Vorschein kam. Langsam und betont drehte sie sich einmal um die eigene Achse und warf jeder der anwesenden Frauen ein reizendes Lächeln zu, die augenblicklich ihre Eifersucht überwanden und das Lächeln erwiderten.

»Vielleicht kann Tane ja helfen«, schlug Henry vor und tätschelte Tanes Schulter. Der Mann grinste und entblößte eine Reihe makellos weißer Zähne, deren Perfektion nur von einer Lücke zwischen den Schneidezähnen gestört wurde. Trotz seiner europäischen Kleidung ließen seine dunkle Hautfarbe mit den Moko-Verzierungen und das tiefschwarze Haar keinen Zweifel daran aufkommen, dass er Maori war.

Erschrocken trat Claire einen Schritt rückwärts.

»Schon gut, Miss, ich beiße nicht«, meinte Tane zwinkernd, ehe er sich an James und Elmer wandte. »Ich bin Tane. Mein Wagen steht draußen. Wenn einer von Ihnen mitfahren will, hole ich gern den Schrankkoffer von der Werft ab.«

Elmer warf Jimmy einen störrischen Blick zu. »Ich bin ja gern bereit zu helfen, aber wie du siehst, ist meine Schwester ziemlich erschöpft. Sie muss sich ausruhen, und ich denke, ich sollte bei ihr bleiben. Deshalb wirst du wohl gehen müssen.«

»Jimmy, du bleibst hier bei Mai. Ich begleite Tane und hole das Gepäck ab«, schaltete sich Henry ein und verhinderte so geschickt eine weitere Auseinandersetzung zwischen den beiden Männern.

»Und ihr beide wollt bestimmt mitkommen, stimmt's?«, fragte er, an Wiremu und Don gewandt.

»Wir bleiben lieber hier«, antwortete Wiremu, dessen Blick ebenso wie der seines kleinen Bruders an der Besucherin hing.

»In diesem Alter schon von einem hübschen Gesicht gefesselt«, sagte Henry zu Tane. »Das verheißt nichts Gutes für ihre Zukunft.«

Tane lachte leise. »Stimmt, aber ich kann mir trotzdem nicht vorstellen, dass sie eines Tages bei einer wie der da kleben bleiben«, meinte er mit gedämpfter Stimme. »Dafür sind sie ihrem Vater zu ähnlich, schätze ich.«

Kapitel 5

DIE WERFT BEFAND sich am flussseitigen Ende der Revell Street und lag nur einen Steinwurf vom Laden der Bramwells entfernt, etwa fünf Minuten für jemanden mit einem strammen Gang, trotzdem nahm Henry den Pony-Wagen. Da seine Fahrten zur Werft meist dem Zweck dienten, Waren von den verschiedenen Groß- und Einzelhändlern am Gibson's Quay oder direkt von den frisch eingelaufenen Schiffen abzuholen, konnte er auf einen Wagen nicht verzichten.

Die Nähe des Ladens zu diesem Teil der Stadt war einer der Gründe, weshalb Henry sich für diese Lage entschlossen hatte. Einsame Matrosen, die sich nach der Gesellschaft – oder auch mehr – einer Frau sehnten, kamen regelmäßig vorbei und kauften ein schönes Band, ein Fläschchen Eau de Cologne, Elfenbeinkämme oder andere Kleinigkeiten, um die Chancen zu erhöhen, eine der wenigen verfügbaren Frauen zu einem Spaziergang mit ihresgleichen zu bewegen. Inzwischen führte er sogar Straußenfedern im Sortiment, da diese den Damen besonders gut gefielen. Bei einem Preis von drei Shilling und sechs Pence machte Henry sogar einen hübschen Gewinn.

An manchen Tagen erfüllte das Klingeln der Kasse den Laden, wenn die Seemänner ihre Heuer bei ihm ließen. Erst am Vortag war ein junger Schwede, ein blonder Schrank von einem Mann, dessen blaues Hemd und Baumwolljacke ihn als Matrosen verrieten, in den Laden gekommen. Er hatte sich eine Flasche Brandy unter den Arm geklemmt, und seine Einkäufe – Sultaninen, Rosinen, kandierte Kirschen, Zucker, Butter, Mehl, Eier und zahlreiche Gewürze – hatten Henrys Neugier geweckt.

»Ah … dann backen Sie also einen Kuchen, ja?«, hatte er gefragt, als seine Neugier über seine Diskretion gesiegt hatte.

Das Gelächter des Wikingers hatte den Raum erbeben lassen. »Nein, nein, ich kaufe für eine Witwe ein. Sie backt den Kuchen für mich.«

Obwohl Henry in sein Lachen eingefallen war, hatten ihn doch Zweifel an den Erfolgschancen des jungen Mannes beschlichen.

Als sie sich nun auf den Weg zur Werft machten, bewunderte er Tanes Umgang mit dem Wagen und den Pferden. Geschickt dirigierte er das Gefährt die Revell Street entlang, die im Gegensatz zu den restlichen, soldatisch gerade verlaufenden Straßen Hokitikas in einer leichten Biegung zum Strand verlief. Er hielt sich links und wich entgegenkommenden Wagen und Kutschen aus, rief dem einen oder anderen Fußgänger, der seinen Pferden in die Quere kam, eine gutmütige Warnung zu und lenkte routiniert um irgendwelche Reiter herum, von denen einige den Eindruck machten, als seien sie nicht mehr nüchtern.

Henry und Tane winkten einem Grüppchen Hochradfahrer zu. Die Männer in ihren spitzen Kappen, schwarzen Jacken mit passenden Schutzwesten, engen Karohosen und schwarzen Stiefeln fegten fröhlich an ihnen vorbei.

»Diese verdammten Narren«, brummte Tane, wenn auch wohlwollend, »diese zweirädrigen Gefährte werden sich nie im Leben durchsetzen. Da ist mir ein Pferd allemal lieber.«

Als sie die Werft erreicht hatten, lenkte Tane den Wagen an Lagerhäusern und Verwaltungsgebäuden vorbei. Obwohl der Goldrausch von 1860 längst Geschichte war und statt der einst über vierzig Schiffe an der Werft nun gerade einmal eine Handvoll vor Anker lagen, herrschte noch immer Betrieb im Hafen und zwang jeden, ein waches Auge zu haben, um nicht mit anderen Fahrzeugen zu kollidieren oder geschäftige Männer zu überfahren. Rechts von ihnen befand sich die Mündung des Flusses, an deren nördlicher Landzunge Wrackteile herumlagen.

Überall entlang der Werft waren Frachtstücke aufgestapelt, einige bereit zum Verladen und Verschicken in die verschiedenen Teile der Kolonie und der Welt, während andere darauf warteten, von Tane und anderen Transportunternehmern abgeholt zu werden. Große und kleinere Dampfer, aus deren Schornsteinen geräuschvoll Qualmwolken aufstiegen, bereit, den Anker zu lichten, waren zwischen den Schiffen eingezwängt. Masten mit aufgerollten Segeln ragten gen Himmel, und die violett-bläulichen Berge in der Ferne bildeten einen atemberaubenden Hintergrund des Netzes aus Masten und Takelagen. Stimmen bellten Befehle und fluchten, während die Fracht geladen und gelöscht wurde.

Ein Junge, der die *West Coast Times* verkaufte, ging an der Werft entlang. Er hatte sich die Stoffmütze tief ins Gesicht gezogen, um seine Augen gegen die Sonne abzuschirmen, und musste den Kopf heben, damit er etwas erkennen konnte. »BlitzerschlägtspielendeKinderinInvercargilllesenSieallesdarüber«, schrie er im typischen Zeitungsverkäufer-Singsang.

Im Hintergrund versuchte ein Mitarbeiter von Wade & Spence lautstark, im Rahmen einer Auktion zwanzig Ballen Weizen aus Wanganui an den Mann zu bringen.

Neben der *Empress Star* kamen sie zum Stehen.

»Zum Glück sind wir zwei kräftige Burschen«, bemerkte Tane beim Anblick des riesigen, mit einem Namensschild der Harringtons versehen Schrankkoffers, der gemeinsam mit anderen nicht abgeholten Gepäckstücken auf der Werft stand.

»Ich will verdammt sein, wenn ich mir an diesem Ding keinen Bruch hebe«, brummte Henry und stemmte den Koffer mit Tanes Hilfe auf den Karren.

»Oho, wenn das nicht Henry ist«, rief eine Stimme.

Henry wandte sich um und wischte sich mit einer Hand über die schweißfeuchte Stirn, während George Benning, einer der ortsansässigen Händler, auf den Wagen zukam. »Das nenne ich Glück«, meinte er leicht atemlos. »Ich hatte vor, Sie heute in Ihrem Laden zu besuchen. Ich habe eine Lieferung erstklassiges Mehl aus der Union Mill in Taranaki bekommen. Sie könnten es für einen guten Preis haben, Henry, sogar einen verdammt guten. Zu gut, um sich das Geschäft entgehen zu lassen.« Er tippte sich gegen die Nase und bedachte Henry mit einem wissenden Blick. »Ich habe gehört, dass die Mühle kurz vor dem Bankrott steht. Sie unterbieten die Preise anderer Mühlen, weil sie hoffen, auf diese Weise im Geschäft zu bleiben.«

»Hast du Zeit, eine Lieferung Mehl für mich abzuholen?«, fragte Henry Tane. Ein günstiges Angebot durfte man sich nicht entgehen lassen, und wo sie ohnehin schon einmal hier waren, könnte er sich einen Weg ersparen.

Tane grinste bei der Aussicht auf das zusätzliche Geschäft. »Ich nehme mir die Zeit, Henry.«

Henry legte den kurzen Weg zu Bennings Lager zu Fuß zurück, während Tane den Wagen durch die hohen Tore lenkte und unmittelbar neben einer erhöhten Holzplattform anhielt.

»Ich habe auch Zucker von der Victorian Sugar Company, falls Sie das interessieren sollte, Henry. Kam gestern rein, mit der *Belle Star*. Sie haben doch noch Platz auf dem Wagen. Wäre eine Schande, ihn zu vergeuden.«

Henry war klar, wie Benning es zu seinem geschäftlichen Erfolg gebracht hatte, und nahm das Angebot des Händlers eilig an. Der Vorrat an Zucker war gewaltig – deshalb konnte er froh sein, eine helfende Hand bei sich zu haben.

Nachdem sie das Mehl und den Zucker säuberlich um das Gepäck der Harringtons gestapelt hatten, wollte Henry auf den Wagen klettern, als er seinen schwedischen Kunden erblickte. Unübersehbar sturzbetrunken, taumelte er die Werft entlang und steuerte auf einen kleinen Walfänger zu. Bei Henrys Anblick blieb der Seemann stehen und strahlte. Er torkelte auf den Wagen zu und stieß einen, wie Henry annahm, herzhaften Fluch in irgendeiner skandinavischen Sprache aus, als er über ein herumliegendes Tau stolperte. Er kam wieder auf die Füße und hob triumphierend eine große Büchse hoch.

»Die Witwe hat guten Kuchen gebacken«, verkündete er mit einem dröhnenden Lachen.

Dem Zustand des Mannes nach zu schließen, war ein guter Teil seines Brandys eher in seine Kehle statt in den Kuchen geflossen, vermutete Henry.

Bestürzt starrte Mai den Schrankkoffer auf Tanes Wagen an. Sie hatte vorgehabt, ein zusätzliches Bett in Wiremus und Dons Zimmer zu stellen, und nicht damit gerechnet, dass zwei weitere Personen bei ihnen leben würden.

»Tragt den Schrankkoffer herein. Ich habe inzwischen eine kleine Erfrischung für unsere Gäste vorbereitet.«

»Oh, wunderbar«, rief Claire. »Ich bin so ausgedörrt, dass

meine Kehle förmlich zugeklebt ist. Aber Sie brauchen sich nicht die Mühe zu machen, den Schrankkoffer ins Haus zu schleppen. Wir haben vor, in einer Pension abzusteigen.«

»Dann bleiben Sie also nicht bei uns?«, fragte Mai und hoffte nur, dass ihre Erleichterung nicht allzu offensichtlich war.

»Gütiger Himmel, nein. Wo sollten Sie uns auch unterbringen?« Ihr Lachen war glockenhell. »Vielleicht könnten Sie uns eine saubere und anständige Unterkunft empfehlen.«

Mai nahm ihr Porzellangeschirr von der Kommode und goss den Tee in die Tassen.

»Oh … Tee?« Claire rümpfte ihre perfekt geformte Nase. »Es tut mir wahnsinnig leid, aber ich habe nicht viel für Tee übrig – oder Kaffee. Ich bevorzuge heiße Schokolade. Meine lieben Freunde, die Cadburys – sicher haben Sie schon von ihnen und ihrem himmlischem Schokoladenkonfekt gehört – stellen eine köstliche Trinkschokolade her, die auch in diesem Teil der Welt inzwischen erhältlich ist, soweit ich weiß.« Sie lächelte zögerlich. »Führen Sie zufällig …?«

»Oh, ich fürchte, nein. Aber wir haben ihren Bournville Kakao.« Mai erinnerte sich mit aller Deutlichkeit an Henrys Weigerung, Konfekt und Trinkschokolade von Cadbury ins Sortiment aufzunehmen, bis sich ihr Laden einen Namen gemacht hatte. »Zu teuer, außerdem wird er sich vermutlich nicht schnell genug abverkaufen«, hatte er gesagt, und sie hatte ihm zugestimmt.

»Tut mir leid. Ich habe nicht nachgedacht«, erklärte Claire schnell. »Das muss an der Reise liegen. Der Weg von Melbourne bis Hokitika wird ziemlich lang, wenn man den Seegang nicht verträgt. Mir war fast die ganze Zeit übel. Kakao ist natürlich genauso gut.«

Elmer nippte an seinem Tee und stellte seine Tasse ab. »Ich hätte nichts gegen ein Schlückchen Scotch einzuwenden, wenn Sie welchen haben«, sagte er zu Mai, rieb sich den Bauch und zuckte vor Schmerz zusammen. »Ich fürchte, mein Magen schlingert noch ein wenig. Meine Schwester war nicht die Einzige, für die die Reise eine qualvolle Erfahrung war.«

Der Blick, mit dem Claire ihren Bruder bedachte, hätte einen Spiegel zum Zerbersten bringen können. »Ein Glas Wasser wäre ganz bestimmt besser für deinen Magen als Alkohol, Elmer.«

Er quittierte ihren eisigen Blick mit einer nicht weniger eisigen Miene. »Ich bin ein erwachsener Mann, liebe Schwester. Ich glaube, ich weiß inzwischen, was meinen Magen beruhigt und was nicht.« Er verdrehte die Augen und wandte sich an Mai. »Wie die Cadburys ist auch meine Schwester eine auf die Bibel pochende Quäkerin und dem Alkohol alles andere als wohlgesonnen.«

Empört starrte Claire ihren Bruder mit ihren blauen Augen an. »Elmer, ich wäre dankbar, wenn du dir diese abfällige Bezeichnung verkneifen könntest.« Sie kehrte ihm den Rücken zu und wandte sich an Mai. »Ich gehöre zu den *Freunden.«*

Freunde? Wessen Freunde?, fragte sich Mai und musterte sie verwirrt.

»Ich gehöre zur Religiösen Gesellschaft der Freunde«, erklärte Claire. »Und ich bin absolut und vollkommen gegen den Genuss von Alkohol. Leider teilt Elmer meine Einstellung nicht.«

Damit hatte Claire augenblicklich Mais Sympathie gewonnen. »Ich glaube nicht, dass wir welchen im Haus haben«, sagte sie zu Elmer.

Natürlich stimmte das nicht. Henry trank zwar nicht viel, doch er war ein guter Gastgeber und hatte deshalb gern eine Flasche im Haus.

Genau in diesem Moment betrat Henry die Küche. »Natürlich haben wir welchen hier. Hast du das vergessen?« Er holte eine Flasche Walker's Kilmarnock Whisky aus dem Schrank und goss Elmer einen kleinen Schluck davon ein.

Elmer kippte ihn in einem Zug hinunter, ehe er sich einige weitere genehmigte. Claire beobachtete ihn finster.

Nach dem Tee begleiteten Jimmy und der leicht angetrunkene Elmer Claire ins nahe gelegene Golden Age Hotel. Claire war nicht gerade erfreut gewesen, Quartier in einem Hotel zu beziehen, doch da das Fairway, eine der größeren Pensionen der Stadt, erst zwei Tage zuvor einem Brand zum Opfer gefallen war, standen kaum private Unterkünfte zur Verfügung. Jimmy lieferte Claire in ihrem Zimmer ab, ehe er zurückkehrte, um mit Henry das Geschäftliche zu besprechen.

Henry schenkte Jimmy einen Whisky ein und hob die Brauen beim Anblick des winzigen Rests in der Flasche. »Ich muss zugeben, es hat mich einigermaßen überrascht, als du mit einer Verlobten und einem zukünftigen Schwager angekommen bist«, sagte er.

»Das kann ich mir vorstellen, Henry, und es tut mir leid. Aber ich habe Claire erst kennengelernt, nachdem ich beschlossen hatte, dein Angebot anzunehmen.«

»Das war ein wenig überstürzt, oder nicht?«

»Mag sein. Ich habe sie kennengelernt, als ich Geld bei Elmer investiert habe. Er ist Aktienhändler, und Claire arbeitet für ihn. Sie ist nicht nur schön, sondern auch eine gute Buchhalterin. Ich konnte mein Glück kaum fassen, als sie bereit war, mit mir auszugehen. Und als sie meinen Antrag angenommen hat …« Mit verträumter Miene ließ er die Worte im Raum verklingen.

»Ich war drauf und dran, dein Angebot abzulehnen. Überleg mal, Henry – eine schöne Frau wie sie, mit einem guten Leben in Melbourne. Ich hätte sie eigentlich unmöglich aus all dem herausreißen können, oder?«

»Wie kommt es dann, dass du am Ende doch nach Hokitika gekommen bist?«

»Ah! Das ist ja das Schöne daran. Als ich Claire und Elmer von deinem Angebot und meiner Absicht erzählt habe, es abzulehnen, meinten sie, es sei eine zu gute Gelegenheit, um sie nicht beim Schopf zu packen. Und da Elmer ohnehin überlegt hatte, zu verkaufen und nach Neuseeland zu gehen, würden sie mich begleiten. Ohne Begleitung wäre Claire nicht mitgekommen, deshalb hat alles wie am Schnürchen geklappt.«

Insgeheim wunderte Henry sich ein wenig über die Verbindung. Claire war ohne Zweifel eine schöne Frau, und er mochte auch Jimmy glauben, dass sie klug war, doch aus irgendeinem Grund konnte er sich nicht recht vorstellen, dass Jimmy mit einer Quäkerin glücklich werden würde. Er hatte mit der Kirche nie viel am Hut gehabt, außerdem trank er gern einen guten Tropfen. Vielleicht würde er in der Anfangszeit bereitwillig darauf verzichten, doch wenn der erste Reiz erst einmal verflogen wäre, was dann?

Trotzdem war es allein Jimmys Angelegenheit. »Tja, *James*«, sagte er mit einem vielsagenden Grinsen und stieß mit ihm an, »dann lass uns auf dein zukünftiges Leben trinken. Möge es voller Glück und mit wenig Kummer verbunden sein.«

Was auch immer die Zukunft für Jimmy bereithielt, es würde sicher interessant werden.

Zu Mais Überraschung verlor Elmer Harrington keine Zeit, ein Versicherungs- und Aktienhandelsbüro zu eröffnen. Innerhalb einer knappen Woche nach ihrer Ankunft hatte er einen kleinen Laden neben dem Fischhändler an der Ecke Revell/Stafford Street gemietet und eingerichtet.

An ihrem ersten Tag luden Elmer und Claire zur offiziellen Eröffnung ein. Henry, der die Räumlichkeiten bereits am Vorabend besucht hatte, blieb im Laden, während Jimmy Mai begleitete.

Obwohl es ein milder und sonniger Tag war, hatte die Stadt gerade drei Tage heftigen Regens hinter sich. Die Revell Street, die etwa achtzehn Jahre zuvor mit Schotter aufgefüllt worden war, zeigte wie so viele andere Straßen und Gebäude sichtliche Gebrauchs- und Altersspuren. In den zahlreichen Pfützen schwamm eine Mischung aus brackigem Wasser und aufgelöstem Pferdedung. Mai war dankbar, dass sich Elmers Büro auf derselben Seite wie ihr Laden befand.

Sie hatte keine Zeit fürs Mittagessen gehabt, deshalb knurrte ihr Magen lautstark, als der Geruch nach frisch gebackenem Brot, dem zweiten Schub an diesem Tag, aus der Bäckerei über die Straße strömte.

Dick Seddon, Parlamentsmitglied für den Wahlbezirk Kumara, ein Städtchen im Landesinneren, war eingeladen worden, die offizielle Eröffnung von Harrington's Versicherungen & Investment vorzunehmen. Er traf gerade ein, als Jimmy und Mai sich dem Büro näherten. Prächtig herausgeputzt mit grauem Anzug, Lieblingshut und Fliege, schien er den gesamten Türrahmen einzunehmen. Jimmy und

Mai traten respektvoll zur Seite und warteten. Beide waren Seddon bereits einmal begegnet, als er vor ein paar Jahren Bramwell's Laden in Stafford besucht hatte.

Als der Parlamentsabgeordnete sie erblickte, tippte er sich gegen den Hut. »Guten Tag, Mr Edwards und Mrs Bramwell«, sagte er und beeindruckte sie mit seinem erstaunlichen Namensgedächtnis.

»Ein guter Mann, dieser Dick Seddon«, bemerkte Jimmy, während er Seddon und seinem Gefolge wohlwollend nachsah. »Er steht auf der Seite der arbeitenden Bevölkerung, Mai, was man nicht von vielen Politikern behaupten kann. Die meisten dieser Leute sind doch nur darauf aus, sich das Leben so angenehm wie möglich zu machen, und scheren sich keinen Pfifferling um die Arbeiter.«

Mai nickte. Seddon war in der Tat ein Held der Arbeiterschaft, und dafür zollte sie ihm Respekt. Doch sie hatte gehört, seine Unterstützung der einfachen Leute reiche nicht ganz so weit, dass es auch die Angehörigen ihres Volkes mit einschloss, deshalb stand sie dem Mann etwas misstrauisch gegenüber.

Claire sah sie hereinkommen. »Oh! Endlich seid ihr hier.« Sie nahm Mai am Arm. »Und … was meinen Sie?«, fragte sie aufgeregt lächelnd.

Mai sah sich im Raum um und nahm die Verwandlung staunend zur Kenntnis. Zuletzt hatte sie den ehemaligen Tuchhändlerladen vor einer Woche gesehen. Ohne Mobiliar und Innenausstattung hatte er kalt und feucht gewirkt. Dic Holzvertäfelungen an den Wänden waren rissig, verzogen und abgeblättert gewesen und hatten dem jahrelang vernachlässigten Raum eine trostlose Atmosphäre verliehen. Doch nun waren sie abgeschliffen und frisch lackiert worden, so dass sie in einem warmen Grünton schimmerten.

Tapeten mit einem sich wiederholenden Muster von salbeigrünen Bärenklaublättern zierten die obere Hälfte der Wände.

»Oh, ich wusste, dass es Ihnen gefallen würde, Mai«, erklärte Claire, entzückt über Mais staunend geweitete Augen. »Ist diese Tapete nicht göttlich? Sie heißt Sandringham – nach der Heimat unserer geliebten Königin in Norfolk benannt. Angeblich hängt dieselbe in ihrem kürzlich erbauten Flügel. Ich habe mich sofort in sie verliebt, als ich sie gesehen habe. Ein Glück, dass wir sie bekommen konnten … eine stornierte Bestellung.«

»Sie ist schön. Aber wie haben Sie all das so schnell geschafft?«, fragte Mai und betrachtete den großen Holzschreibtisch in der Ecke des Raums, der teilweise von einem mit exquisiten Stickereien verzierten chinesischen Wandschirm verdeckt war, neben dem ein weiterer Schreibtisch mit abgeschrägter Platte stand – vermutlich Claires Arbeitsplatz. Links davon befand sich eine Chaiselongue, deren ebenfalls salbeifarbener Samtbezug perfekt zur Tapete passte.

Sprachlos ließ Mai sich auf einen hochlehnigen, üppig gepolsterten Sessel nieder, ein beeindruckender Beweis gediegener Handwerkskunst mit gedrechselten Beinen. Selig seufzend sank sie in die Polsterung.

Claire breitete die Arme aus. »Es war alles Teil der stornierten Bestellung!« Sie senkte die Stimme zu einem verschwörerischen Flüstern. »… von der Frau eines einst wohlhabenden Landbesitzers. Offenbar hat ihn diese nicht enden wollende Depression in den Ruin getrieben.«

Im Kamin glühten Kohlen orangefarben, und ihr Flackern spiegelte sich in den mit Blumenmustern verzierten Kacheln der Feuerstelle. Mai streckte die Hände aus, um sich zu wärmen. »Scheint so, als hätte sich deren Unglück zu Ihrem Vorteil erwiesen.«

»Wenn Sie möchten, kümmere ich mich auch um Ihr Haus, Mai«, bot Claire an, als sie einen Anflug von Neid spürte, den Mai nicht zu verbergen vermochte.

Bei der Vorstellung, wie Henry auf ein so verschwenderisches Vorhaben reagieren würde, musste Mai lächeln.

Kapitel 6

März 1884

Nachdem sie zwei Teelöffel Essig mit einem Teelöffel Salz auf einer Untertasse vermischt hatte, tauchte Sylvia den Zipfel eines Flanelltuchs hinein und begann, den Kupfertopf damit zu bearbeiten, bis er wie neu erstrahlte. Sie zuckte zusammen, als Libby die abgetrockneten Teller lautstark aufeinanderstapelte. Dank der Unbeholfenheit des Mädchens war kaum noch ein Teller ihres guten Speiseservices unversehrt. Sie versetzte ihr einen leichten Schubs. »Los, geh schon, Libby.«

Überrascht blickte Libby das restliche Geschirr an.

»Ich trockne den Rest ab. Schließlich hast du heute Geburtstag. Nimm Nipper mit, aber pass auf, dass keine anderen Hunde in ihre Nähe kommen. Sie ist läufig.«

Schon als sie die Worte aussprach, war ihr klar, dass sie sich die Anweisungen ebenso gut sparen konnte. So sorgsam sie dieses kleine Luder auch im Auge behalten hatten, war es ihr doch gelungen, jedes Jahr einen frischen Wurf Welpen zu bekommen.

Sylvia sah zum Küchenfenster hinaus, wo sie vage erkannte, wie Will und Arnold die alte verrottete Hütte abrissen, die ihnen einst als Zuhause gedient hatte.

Libbys Geburtstag. Zwölf Jahre alt wurde sie heute. Sie hatten ihr ein silbernes Medaillon gekauft, das sie am Abend bekommen sollte. Es war ein ausgesprochen hübsches Schmuckstück von der Größe einer Silbermünze, wenn auch oval und nicht rund und mit eingravierten Lilien darauf. Anfangs hatte Sylvia gegen Wills Vorschlag protestiert, weil sie es als Verschwendung empfand. Sie hatte an die Hoffnungen und Träume gedacht, die sie mit ihrer Tochter verbunden hatte. Gott möge ihr vergeben, aber so viele Male fragte sie sich, ob es nicht besser für Libby gewesen wäre, hätte sie diesen Tag, als sie sich den Kopf gestoßen hatte, nicht überlebt. Seit diesem Tag war sie nicht mehr bei sich. Die meisten Leute hielten sie für verrückt. Diesen Gedanken hatte auch Sylvia von Zeit zu Zeit, doch sie verdrängte ihn jedes Mal. Trotzdem war das Kind bei weitem nicht normal. Die gutturalen Laute, die sie von sich gab, wenn sie wütend wurde – was viel zu oft der Fall war –, und die allein Will zu verstehen schien, dieses grauenhafte Gestammel, diese Wutanfälle … Und dann die Visionen, wie Will es nannte.

Seltsamerweise gelang es ihr nur in diesen Augenblicken, einen oder zwei deutliche Sätze herauszubringen. Am Tag nach Libbys Unfall, als sie geschworen hatte, Donald MacKinnon gesehen zu haben, hatte sie so klar und deutlich gesprochen, dass Sylvia nicht bemerkt hatte, wie schwer ihr armer Verstand in Mitleidenschaft gezogen war. An diesem Tag hatte sie ihre Tochter zum letzten Mal als normal betrachtet.

Ein Geräusch vor dem Haus riss sie aus ihren Gedanken. Sie sah aus dem Fenster und beobachtete entsetzt, wie Libby auf Will zulief und ihn ablenkte, so dass er den herabfallenden Holzbalken nicht bemerkte. Arnold stieß einen Warnschrei aus, so dass Will in letzter Sekunde beiseitespringen konnte.

Einige Minuten später rief Sylvia die Männer zum Abendessen herein. Will, Jack und Libby kamen sofort, nur von Arnold fehlte jede Spur.

»Ich kann den Braten ebenso gut aufschneiden, während wir auf ihn warten. Es bringt ja nichts, ihn kalt werden zu lassen«, meinte Will und erhob sich.

In ihrer Aufregung, ihm helfen zu dürfen, packte Libby das Tranchierbesteck mit Knochengriff und prallte dabei gegen das Gewürzset, das prompt quer über den Tisch schlitterte.

Sylvia stieß einen erschrockenen Schrei aus und packte es – ihr bestes Gewürzset aus Kristallglas mit Silberdeckeln, das um ein Haar Opfer von Libbys Unbeholfenheit geworden war. Resigniert betrachtete sie die angeschlagene Staffordshire-Soßenterrine. Sie und die dazu passenden Servierplatten waren allesamt ramponiert. Sie hatte sie nicht zu retten vermocht.

»Wo kann er nur sein?«, fragte Sylvia, nachdem sie weitere zehn Minuten auf Arnold gewartet hatten.

Will zuckte die Achseln. »Er ist zur selben Zeit hereingekommen wie ich.«

Gerade als Sylvia Jack losschicken wollte, damit er nach ihrem Untermieter suchte, erschien Arnold, mit rotem Gesicht und vor Zorn bebend.

»Wer war an meinen Zähnen?«, fragte er.

»Wie bitte? Was meinen Sie damit?«, fragte Sylvia.

»Das meine ich damit!« Er riss den Mund auf und zeigte auf seine Zähne. Statt ihrer gewohnten unschuldig-weißen Farbe wiesen sie dunkle Flecke auf.

»Gütiger Gott«, rief Will, dem die Kinnlade herunterfiel.

Ausnahmsweise tadelte Sylvia ihn nicht für seinen lästerlichen Ausdruck, da auch sie entsetzt hinstarrte.

»Was haben Sie damit angestellt?«, wollte sie wissen.

»Ich habe überhaupt nichts angestellt, und ich würde mein Leben darauf verwetten, dass das schwarze Schuhcreme ist – ich rieche sie sogar.« Wieder deutete er auf seine Zähne. »Ich habe ein Geschwür, und ich habe heute mein Gebiss herausgenommen, damit die Schwellung ein wenig zurückgehen kann, und als ich es wieder einsetzen wollte, sah es so aus. Seit zehn Minuten versuche ich, dieses Zeug abzubekommen.«

Jack brach in schallendes Gelächter aus.

Arnold fuhr herum. »Ich schätze, das warst du, du elender kleiner Scheißkerl!«

Sylvias Miene verzog sich missbilligend. »Arnold … falls Jack das tatsächlich mit Ihrem Gebiss getan hat, werden wir ihn dafür bestrafen. Aber ich lasse nicht zu, dass solche Schimpfworte in meinem Haus gebraucht werden, wenn ich also bitten dürfte …«

Sie wandte sich an ihren Sohn. »Steh sofort vom Tisch auf. Dein Vater wird sich später mit dir befassen.«

Jack verstummte abrupt.

»Was hast du dir dabei gedacht, Junge?«, knurrte Will mit tiefer, bedrohlicher Stimme.

»Ich war's nicht«, protestierte Jack und schüttelte den Kopf. »Ehrlich. Ich wusste nicht mal, dass es nicht seine richtigen Zähne sind.«

»Wenn du es nicht warst, wer dann, wenn ich fragen darf? Arnolds Zähne sind schließlich nicht von allein schwarz geworden.«

Aus dem Augenwinkel beobachtete Sylvia, wie Libbys Hände unter dem Tisch verschwanden.

Auch Arnold war die Bewegung nicht entgangen. »Du da!« Er wies mit dem Finger auf Libby. »Zeig deine Hände her.«

Libby beachtete ihn nicht.

Sylvia erkannte diese ausdruckslose Miene ihrer Tochter

sofort. Sie setzte sie immer dann auf, wenn sie bei einer ihrer unzähligen Dummheiten erwischt worden war. »Elizabeth, tu, was Arnold sagt.«

»Komm schon, Libby.« Wills Ton war fest, doch nicht so drohend wie der, den er Jack gegenüber angeschlagen hatte, bemerkte Sylvia etwas verärgert angesichts des neuerlichen Beweises, dass er ihre Tochter vorzog.

Libby behielt die Hände unterm Tisch.

»Los, zeig sie uns. Sei ein braves Mädchen«, beharrte Will.

Libby ballte die Hände zu Fäusten und hob sie hoch.

»Mach sie auf«, verlangte Will ruhig.

Libby löste einen Finger nach dem anderen.

Sylvia sah die schwarzen Fingerspitzen. Sie rief sich ins Gedächtnis, mit welcher Freundlichkeit Arnold Libby begegnet war: Er hatte ihr Pfefferminzbonbons angeboten – die sie natürlich abgelehnt hatte –, hatte sie angelächelt, etwas Nettes zu ihr gesagt, nur um dieses ausdrucklose Starren zu ernten. Und nun das! »Elizabeth, wie konntest du das dem armen Arnold antun?«

»H-h-hab's nicht«, stammelte Libby und senkte die Lider.

»Elizabeth Budd …« Sylvia ließ den Rest des Satzes unausgesprochen und sah zur Spüle hinüber, wo sie den Lappen und die Spülseife aufbewahrte.

Libby schüttelte den Kopf.

»Genug jetzt mit deinen Lügen. Statt des Abendessens werde ich dir den Mund mit Seife auswaschen.«

»Die Seife könnte Arnold wohl besser gebrauchen«, murmelte Jack. »Damit bekäme er seine Zähne wieder sauber.«

Sylvia tauschte einen schockierten Blick mit ihrem Mann. »Will, was haben wir da nur großgezogen?«

Will legte Messer und Gabel neben seinen Teller. Seine Bewegungen verrieten nicht die geringste Eile, dennoch lag eine unausgesprochene Drohung darin. »Jack, du entschuldigst dich auf der Stelle bei Arnold.«

»Tut mir leid, dass ich frech war«, platzte Jack heraus.

Arnolds Empörung schien sich angesichts von Jacks Entschuldigung ein wenig zu legen, doch dann wandte er sich mit finsterer Miene Libby zu.

Sylvia stand auf und bedeutete Libby, ihr zu folgen. »Los, rüber zur Spüle. Ich werde dir beibringen, keine Lügen zu erzählen.«

Will hob die Hand. »Das muss ja nicht ausgerechnet heute Abend sein. Immerhin hat sie Geburtstag. Ich denke, wenn sie keinen Pudding bekommt, wird unsere Libby schon begreifen, dass sie etwas falsch gemacht hat. Einverstanden?«

Sylvia war nicht einverstanden. Hätte Jack Arnolds Zähne mit Schuhwichse geschwärzt, hätte Will ihn mit dem Riemen versohlt. Doch Wills Wort war Gesetz im Haus, deshalb behielt sie ihre Meinung für sich, auch wenn ihr nicht entging, dass Arnolds Augen vor Wut über Libbys lasche Bestrafung glühten.

Um den Vorfall für beendet zu erklären, griff Will wieder nach seinem Besteck. »Wäre Arnold heute Nachmittag nicht gewesen, Sylvia, könntest du jetzt Witwe sein«, erklärte er – ein Versuch, sowohl Sylvia als auch Arnold zu besänftigen. Er neigte den Kopf in Arnolds Richtung. »Hätte er mich nicht gewarnt, wäre dieser riesige Holzbalken auf mich gefallen und hätte mich zerquetscht.«

»Das habe ich gesehen«, bemerkte Sylvia und wagte nicht hinzuzufügen, dass es erst gar nicht dazu gekommen wäre, hätte Libby ihn nicht abgelenkt.

»Ah … ich habe doch nur kurz gerufen, um Sie zu warnen, Will«, wiegelte Arnold ab, dessen Verärgerung allmählich nachließ. »Es ist ja nicht so, dass ich in einen reißenden Fluss gesprungen bin und Sie vorm Ertrinken gerettet habe, oder?«

»Ohne Sie könnte ich jetzt tot sein«, erwiderte Will. »Und ich danke Ihnen für Ihre Wachsamkeit, Arnold.«

»Ja, Sie sind ein echter Segen, Arnold«, stimmte Sylvia zu, die sich ebenfalls langsam wieder beruhigte.

Libby gab einige Grunzlaute von sich und schüttelte vehement den Kopf.

»Was ist denn los …«, begann Sylvia.

»Lass gut sein«, warf Will ein, »sie wird ihr Geschenk haben wollen. Wir haben dich auch lange genug warten lassen, was, Libby, Schatz?« Er zog eine kleine violette Schachtel aus der Tasche.

In Momenten wie diesen war es einfach, sich Libby als so normal wie alle anderen vorzustellen, dachte Sylvia und sah zu, wie ihre Tochter vom Stuhl sprang und strahlend zu Will stürmte.

»Sch-sch-schön«, stotterte sie und stand reglos da, während Will ihr das Medaillon umhängte.

Nachdem das Geschirr abgeräumt war, zündete Libby eine Lampe an und trug einen Teller mit Abfällen zu den Hühnern hinaus.

Arnold entschuldigte sich. »Wenn es Ihnen nichts ausmacht, würde ich das gern Libby bringen«, sagte er zu Will und zeigte auf seine Schüssel mit dem halb aufgegessenen Pudding. »Es war nur ein Kinderstreich. Mir ist klar, dass sie nichts Schlimmes tun wollte.«

»Was sagst du dazu, Sylvia?«, fragte Will lächelnd.

»Gehen Sie nur.« Sylvia war froh, Arnold wieder guter Stimmung zu sehen.

»Er hat ein gutes Herz, dieser Arnold«, meinte sie, als er den Raum verlassen hatte.

Arnold ließ sein Ende der Säge los, so dass Will sie anheben konnte, und stieg aus der Grube. Er löste ein Taschentuch, das er sich um den Hals gebunden hatte, und wischte sich den Schweiß und die Sägespäne vom Gesicht.

Will beugte sich vor, stützte sich mit den Händen auf den Oberschenkeln ab und rang nach Luft. Ausnahmsweise schien ihn die Arbeit mehr angestrengt zu haben als Arnold.

»Wir können auch aufhören. Libby wird jede Minute mit dem Mittagessen hier sein. Rufen Sie Jack her, ja?«, sagte er, als er wieder zu Atem gekommen war.

Arnold rief nach Jack, ehe sie sich vor die Fabrik setzten und die warme Herbstsonne genossen, während sie auf Libby warteten. Das Leben war schon eine seltsame Sache, sinnierte er. Als er und Grub '76 diesen armen Teufel kaltgemacht hatten, wäre es ihm niemals in den Sinn gekommen, dass er eines Tages hierher zurückkehren würde. Und nun lebte und arbeitete er praktisch genau auf der Stelle, wo es damals passiert war. Es hatte ihn zu Tode erschreckt, als Libby ihm an jenem Tag die Tür geöffnet hatte. Er hatte sie sofort wiedererkannt. Diese Augen hatte er nie vergessen, die leuchtend blaue Iris, die sich so deutlich vom Weiß darum herum abhob, voller Angst. Es war die Göre, die ihnen damals im Sumpf begegnet war. Abgesehen davon, dass sie größer geworden war, hatte sie sich kaum verändert. Sein Herz hatte wie wild gehämmert, und der Atem hatte ihm gestockt, doch ihre Augen hatten kein Zeichen des Erkennens verraten.

Er dachte an den Schock, nachdem er begriffen hatte, dass es eine Zeugin für ihren Mord gab. Er war dem Mädchen hinterhergelaufen und hatte sie auf dem Boden liegend gefunden, wo sie gezittert und geschlottert hatte, als hätte sie einen Sack Maden verschluckt. Der Anblick hatte ihm Todesangst eingejagt, und er war entsetzt zurückgewichen. Grub hatte Hartleys Pferd geschnappt, und eilig hatten sie das Weite gesucht.

Allein beim Gedanken daran brach ihm der kalte Schweiß aus. Er und Grub hatten Banken ausgeraubt, alles gestohlen, was ihr Herz begehrte, ohne jemals erwischt zu werden, und hatten dabei so manchen verletzt. Wenn eine Frau zögerte, ob sie ein nettes Stündchen mit einem von ihnen verbringen sollte, befriedigten sie trotzdem ihre Bedürfnisse. Aber sie hatten nie vorher jemanden getötet. Die Aussicht, am Strick zu baumeln, war alles andere als verlockend gewesen. Er legte sich die Hand auf den Hals und schnitt eine Grimasse.

Danach waren sie nach Greymouth weitergezogen. Auf dem Weg dorthin hatten sie sich mit Hartleys Whisky volllaufen lassen. Grub, der arme Narr, war im Taramakau ertrunken. Der Pegel war nicht sonderlich hoch gewesen, doch sein Pferd hatte den Halt in dem steinigen Flussbett verloren. Grub, blau wie ein Matrose, war prompt vom Pferd gefallen und im Handumdrehen Richtung Meer getrieben worden. Er hatte aus Leibeskräften um Hilfe geschrien, wobei sein kahler Schädel auf und ab gehüpft war, bis die graue Flut ihn endgültig mitgerissen hatte. Arnold hatte nichts tun können. Er vermisste den fetten Mistkerl beinahe, auch wenn er verdammt schnell bereit gewesen war, ihm die Schuld an Hartleys Tod in die Schuhe zu schieben.

Als Grubs Leiche am Strand angespült worden war, hatte die Polizei gedacht, sie seien beide ertrunken. Vermutlich war es besser, für tot gehalten zu werden. Also hatte er sich den

Bart abrasiert und sich auf den Weg nach Otago gemacht, wo ein Zahndoktor ihm seine schmerzenden Stummel gezogen und ein hübsches neues Gebiss verpasst hatte. Das allerdings, dachte er verbittert, während er es herausnahm und inspizierte, war seit dem Tag, als dieses unterbelichtete Balg es mit der Schuhwichse traktiert hatte, nie wieder so weiß geworden wie vorher, obwohl er es oft schrubbte. Dieses Mädchen gehörte weggesperrt. Sie war eindeutig nicht ganz richtig im Kopf.

Eine Zeitlang hatte er gut gelebt, bis das Geld aufgebraucht gewesen war. Dann hatte er Robin Hood gespielt, hatte die Reichen ausgeraubt, um den Armen zu helfen … sprich, sich selbst. Und auch den Armen hatte er einiges abgeknöpft. Die meisten verdienten es ohnehin nicht, Geld zu haben, weil sie es nur für Unsinn ausgaben. Er lachte.

Will trat zu ihm, setzte sich und sah Arnold fragend an. »Was ist so lustig?«

»Ich musste nur an etwas denken, das mich zum Lachen gereizt hat«, erwiderte er.

In Otago war es nach einer Weile zu heiß für ihn geworden, so dass er beschlossen hatte, an die Küste zurückzukehren. In einem Pub in Stafford war ihm zu Ohren gekommen, Will suche einen Mann für die Arbeit im Sägewerk – ein guter Ort, um eine Zeitlang abzutauchen. Billige Unterkunft und jede Menge zu essen. Und er achtete darauf, dass er nur gerade so viel arbeitete, um sich Will vom Hals zu halten. Aber bald war ihm dieser Ort ans Herz gewachsen. Es gefiel ihm, abends zwischen die sauberen Laken zu schlüpfen. Saubere Kleider – noch dazu gebügelt, bitte sehr – und Mrs Budd, die wie eine Glucke um ihn herumgackerte. Will war ein anständiger Kerl, behandelte ihn fair – zum ersten Mal in seinem Leben, soweit er sich erinnern konnte.

Er hatte keine Erinnerung an seinen Vater und ging jede Wette ein, dass auch seine Mutter keine Ahnung hatte, wer er war. Sie war eine hinterhältig dreinsehende Bordsteinschwalbe mit einem noch hinterhältigeren Naturell, die ihm früh beigebracht hatte, wie er die Taschen eines Freiers leerte, während sie ihn beschäftigt hielt. Sie hatte ihm gezeigt, wie man sich unter die Leute mischte und sich eine Geldbörse aneignete oder was auch immer sonst in den Taschen eines Mannes zu holen war. Er hatte schnell gelernt, und noch viel schneller hatte er gelernt zu entwischen, so schnell wie eine Buschratte, und einer Tracht Prügel zu entkommen, wenn er seine Sache nicht gut gemacht hatte.

Er könnte sich an dieses neue Leben gewöhnen. Er hatte es so verdammt satt, ständig auf der Flucht zu sein, stets darauf bedacht, der Polizei einen Schritt voraus zu bleiben.

Kapitel 7

Jack und Arnold waren vor Will zum Sägewerk gegangen. Gerade als Will ihnen folgen wollte, kam Libby aus dem Zimmer gelaufen, packte seine Hand und zerrte daran.

»Was ist denn los?«, fragte er beim Anblick der Wildheit in ihren Augen, die so oft eine Vision oder einen Wutausbruch ankündigte.

»Sie hat einen ihrer Anfälle«, erklärte Sylvia. »Ich habe versucht, ihr ein Pulver gegen die Kopfschmerzen zu geben, aber sie hat alles ausgespuckt.«

Libby stieß ein Knurren aus und zerrte weiter an Wills Hand. »K-k-kommen. J-j-jetzt.«

»Libby, Liebes, ich muss zur Arbeit. Wovon soll ich sonst meinem hübschen Mädchen so hübsche Sachen kaufen können?«, meinte er und berührte ihr Medaillon.

Sie heulte ohrenbetäubend auf.

»Du bist so blass wie der Winterfrost, Schatz. Das Bett ist genau das Richtige für dich.« Sanft befreite er sich aus ihrem Griff und schob sie zu Sylvia.

Seine Arbeit schien ihm in Fleisch und Blut überzugehen, dachte er später, als er mit gleichmäßigen, ausladenden Bewegungen den Hobel übers Holz zog, während er mit den Gedanken bei seiner Tochter war. Später an diesem Morgen hatte sie sich in einen regelrechten Tobsuchtsanfall hineingesteigert. Er hatte bereits befürchtet, dass sie einen ihrer berüchtigten Wutanfälle bekäme, oder, schlimmer noch, zumindest in Sylvias Augen, von einer ihrer Visionen heimgesucht wurde. Könnte sie doch nur anständig sprechen.

Sie hatten versucht, sie nach Stafford in die Schule zu schicken, doch sie hatte sich wie die reinste Teufelin gebärdet, hatte die anderen Kinder gebissen und gekratzt und eines Tages sogar eine Lehrerin angegriffen. Man hatte ihr dann den Zutritt verwehrt. Nicht dass er der Lehrerin einen Vorwurf daraus machen konnte. Danach hatten er und Sylvia versucht, ihr Lesen und Schreiben beizubringen, jedoch mit ebenso wenig Erfolg wie in der Schule. Sobald man in Libbys Gegenwart ein Buch aufschlug, ohne dass man ihr eine Geschichte vorlas, endete dies unweigerlich in einem ihrer Wutanfälle.

Sylvia mit ihrer verdammten Frömmigkeit glaubte, Libbys Probleme seien Gottes Wille, nicht jedoch die Visionen. Sie hielt sie für einen gottlosen Fluch und hatte schreckliche Angst vor ihnen. Doch Will wusste, dass die Schuld für das Elend ihres Kindes auf seinen Schultern lastete, und ertrug die Visionen mit stiller Resignation.

Er war fest davon überzeugt, irgendwo tief in Libbys Innern schlummere eine wahre Intelligenz, ein geheimer Verstand; und sein Kind würde eines Tages aufblühen, wenn er nur den Schlüssel dazu fände.

Wieder und wieder, im Schlaf und im Wachen, durchlebte er jenen Tag, an dem sie über den daliegenden Rechen gefallen war. Hätte es einen Unterschied gemacht, wenn sie in einer dichter besiedelten Gegend mit besserer medizinischer Versorgung gelebt hätten? Doch er verdiente ihren Lebensunterhalt nun einmal mit dem Sägewerk im Wald. Schränke konnten auch in der Stadt gebaut werden, ein Sägewerk dagegen ließ sich dort nicht betreiben, und es waren genau die Kosten, die er für den Kauf des Holzes sparte, die sein Geschäft so lukrativ machten.

Doch er sollte sich lieber auf die Arbeit konzentrieren, ermahnte er sich und ließ den Hobel sinken. »Arnold … Jack!«, rief er. »Wir sollten zusehen, dass wir mit diesem Stamm fertig werden.«

Jack legte seine Säge beiseite, nahm den Vorschlaghammer und trat zu seinem Vater.

»Bevor wir anfangen, müssen wir die Stützbalken beiseiteschieben«, sagte Will.

»Dann los.«

»Wo ist Arnold?«, fragte Will, als sie zur Grube gingen.

»Gerade war er auf dem Weg ins Gebüsch. Er meinte, er hätte die Kühe dort herumstreifen sehen, und wollte sie zusammentreiben.«

»Verdammt!« Will blieb abrupt stehen. »Wir warten lieber, bis er wieder hier ist und bei den Stützbalken helfen kann. Allein ist es zu gefährlich.«

»Nein, ist es nicht. Ich kann in die Grube steigen und die Balken loshämmern, während du oben am Hebel bleibst.«

Will schüttelte den Kopf. Sie hatten schon mehrere Male die Stützbalken bewegt, die die Stämme stabilisierten, nur sie beide, doch es war riskant. Allzu leicht konnte sich ein Stamm lösen und auf denjenigen fallen, der in der Grube arbeitete.

»Nein, wir warten auf ihn. Lieber kein Risiko eingehen«, murmelte Will, leicht verärgert über die Verzögerung. »Ich bin mir bei Arnold nicht ganz sicher. Er ist gestern Abend erst sehr spät nach Hause gekommen, und sogar heute Morgen noch konnte ich riechen, dass er getrunken hat. Mir ist schon öfter eine anständige Schnapsfahne an ihm aufgefallen.

Wenn er glaubt, seine Pfefferminzbonbons würden über den Gestank hinwegtäuschen, irrt er sich.«

»Ich habe ihn auch einmal beim Trinken erwischt«, sagte Jack. »Ich habe die Flasche gesehen, bevor er sie verstecken konnte.«

»Das hättest du mir sagen müssen«, meinte Will.

»Es war nur ganz kurz, und ich dachte, ich hätte mich vielleicht geirrt.«

»Trotzdem wärst du besser zu mir gekommen. Er ist kein schlechter Arbeiter, wenn er bei klarem Verstand ist, aber ich kann nicht zulassen, dass er uns in Gefahr bringt, nur weil er benebelt vom Alkohol ist. Ehrlich gesagt, habe ich überlegt, ob ich ihn sonst vor die Tür setzen soll.«

»Bestimmt wird er eine Weile brauchen, wenn er die Kühe sucht und auf die Weide zurücktreibt. Dadurch geht ein Großteil des Tages verloren«, meinte Jack.

»Falls es überhaupt die Kühe sind, um die sich dieser Narr kümmert«, grollte Will. »Ich schätze, wir schaffen es auch ohne ihn, aber ich gehe runter.« Er kletterte in die Grube und ging in die Knie. Mit seiner Achtlosigkeit hatte er schon Libbys Leben ruiniert, er würde nicht auch noch das seines Sohnes aufs Spiel setzen.

»Fertig?«, rief er Jack zu.

»Alles klar!«

Das Blut pulsierte in seinen Schläfen, als Jack versuchte, den Hebel zu bewegen, und sein gesamter Körper bebte, während Will auf den Querbalken eindrosch. Der Stamm bewegte sich kaum.

»Du musst fester schlagen«, rief Jack.

Sein Vater ließ den Vorschlaghammer mit voller Wucht auf das Holz sausen, auf dem das Gewicht ruhte.

»Pass auf! Er kommt runter!«, schrie Jack und erkannte,

dass er keine Chance hatte, den Balken aufzuhalten. Er spürte, wie der Boden unter ihm vibrierte.

Ein unterdrückter Schrei ertönte, gefolgt von einem satten Platschen, als der Balken über den Rand in die Sägegrube kippte.

Dann herrschte Stille.

Einen Augenblick lang stand Jack reglos da, ehe er sich aus seiner Erstarrung löste und über die Kante schaute. Es war seinem Vater gelungen, sich mit dem Oberkörper nach hinten zu werfen, um zu verhindern, dass ihn der Balken am Kopf traf, stattdessen lag er nun quer über seinem Brustkasten, und seine Augen starrten blicklos zu Jack herauf. Blut sickerte aus seinem Mundwinkel und breitete sich zu einem dunklen Fleck an der Stelle aus, wo der Balken Wills Brust zerquetscht hatte.

Arnold kauerte sich in seinem Versteck aus plattgedrückten Bodenfarnwedeln zusammen, über denen sich ein natürliches Dach aus Zitronenholzblättern spannte. Meine Güte, nach dieser Nacht in Hokitika hatte er dringend einen anständigen Schluck gebraucht. Er hatte eine Ladung Holz zu Hartworth's, dem Holzhändler in Gibson's Quay, gebracht. Der »kurze Drink« im Golden Age Hotel war der Anfang vom Ende gewesen. Er hatte festgestellt, dass sowohl das Ale als auch die Barkellnerin, Anne Gilpin, genau seinem Geschmack entsprachen. Vom einen hatte er reichlich bekommen, vom anderen hatte ihm diese hochnäsige Kuh fast nichts geben wollen. Als er versucht hatte, ihre Brüste zu berühren, hatte sie ihn kurzerhand vor die Tür gesetzt.

Er nahm einen letzten Schluck Whisky, ehe er die Flasche unter dem Farn versteckte. Eigentümliche Stille empfing ihn, als er durchs Gebüsch auf die Lichtung trat. Keine dröhnenden Hammerschläge, kein raues Quietschen der Säge, die sich durch die Holzbalken fraß. In diesem Moment hörte er es – erstickte Schluchzer, die aus der Sägegrube drangen. Er sah den Balken, der schräg über die Grubenkante hing, und stürzte los. »Gütiger Gott, nein!«, schrie er, blieb abrupt vor der Grube stehen und starrte hinab.

Jack kauerte dort unten, eingezwängt neben seinem Vater. Tränen strömten ihm übers Gesicht. »Er ist tot, Arnold, er ist tot!«

Hastig schluckte Arnold gegen sein mit Whisky versetztes Frühstück an, das ihm in der Kehle aufzusteigen drohte, und sprang in die Grube. »Du ziehst ihn hoch, während ich versuche, den Balken anzuheben.« Er packte einen dicken Ast, der in die Grube gefallen war, und rammte ihn unter den Holzbalken.

»Zieh, Herrgott noch mal, zieh, Jack«, stieß er hervor, während er sich mit seinem gesamten Körpergewicht auf den Ast stemmte, doch der tödliche Klotz wollte sich kaum bewegen lassen. Schweiß sickerte ihm über die Stirn, brannte in seinen Augen, und sein Herz fühlte sich an, als zerspränge es in seiner Brust. »Ich kann es nicht länger halten«, knurrte er.

Die Lippen zu einer entschlossenen Linie zusammengepresst, begann Jack zu ziehen. Endlich gelang es ihm, den leblosen Körper seines Vaters zentimeterweise unter dem Balken hervorzuzerren.

Das Balkenende knallte mit voller Wucht auf den Boden, als Arnold den Stützpflock losließ. Er ließ sich gegen die Grubenwand sinken und schnappte nach Luft. Da hörte er ein heiseres Jaulen, das eher nach einem verwundeten Tier klang und nicht nach einem Menschen. Arnold blickte über den Balken hinweg zu Jack, der seinen Vater noch immer in den Armen hielt, während sein Körper von heftigen Schluchzern geschüttelt wurde.

»Komm schon, Jack«, sagte Arnold leise. »Wir müssen ihn herausheben und nach Hause bringen. Du musst jetzt stark sein, Junge. Ich schaffe es nicht allein.«

»Tut mir leid.« Jack warf den Kopf hin und her. »Es tut mir leid. Ich kann nicht anders.« Er schob sich unter Will hervor, wischte sich mit dem Ärmel die Nase ab und stand auf.

Als sie Will aus der Grube gehoben hatten, nahmen sie eine Plane zu Hilfe, um Will zu tragen.

Es war ein langer Weg durch den Wald. Schon im Leben war Will ein kräftiger Mann gewesen, tot jedoch schien er eine ganze Tonne zu wiegen. Jack hatte zwar die Größe, nicht aber den stämmigen Körperbau seines Vaters geerbt, deshalb schleppte Arnold den Großteil des Gewichts. Seine Arme schmerzten, und seine Schritte wurden immer kleiner, doch unter seine Erleichterung beim Anblick des Buddschen Hauses mischte sich die Furcht davor, Wills Witwe die schreckliche Nachricht überbringen zu müssen.

»War bestimmt kein allzu schöner Anblick, deinen Vater so sterben zu sehen«, stellte der Constable am nächsten Tag fest, als er den Schauplatz des Unglücks in Augenschein nahm.

Jack saß mit eingesunkenen Schultern da. »Wäre nicht passiert, wenn wir zu dritt gewesen wären, um den Stützbalken zu entfernen, wie es hätte sein sollen.«

»Oh?« Der Blick des Constable richtete sich auf Arnold, dann wieder auf Jack.

Arnold zuckte bei den Worten des Jungen zusammen. Aber wie hätte er denn wissen sollen, was los war, als er sich auf einen Schluck davongemacht hatte? Und hätte Will auf Jacks Rat gehört und einen Dampfmotor gekauft, um eine Kreissäge damit anzutreiben, hätte er gar nicht in die Grube steigen müssen. »Ich war im Wald, um nach Mr Budds Kühen zu suchen«, sagte er. Sein Bedürfnis, seine Gewissensbisse zu zerstreuen, war so groß, dass er die Lüge inzwischen beinahe selbst glaubte.

»Und haben Sie sie gefunden?«, erkundigte sich der Constable.

»Ich …« Arnolds Stimme verklang. Sein Kopf war wie leergefegt.

»Ja«, sprang Jack für ihn ein. »Sie waren gestern Abend auf der Weide.«

Arnold errötete. Er war sicher, in den Augen des Jungen einen Funken Misstrauen erkannt zu haben.

»Wie ist es Ihnen eigentlich so schnell gelungen, sie zusammenzutreiben und zurückzubringen?«, fragte Jack.

Arnold wand sich unter seinem vorwurfsvollen Blick. Der Junge hatte ihn einmal dabei erwischt, wie er sich in seinem Versteck einen Schluck genehmigt hatte. Er hatte die Flasche im Gebüsch versteckt, als er ihn kommen gehört hatte, doch Will hatte sich nie dazu geäußert, deshalb wusste er nicht, ob Jack etwas gesehen hatte.

»In Wahrheit«, sagte er, während er sein Gehirn fieberhaft nach einer Erklärung durchforstete, »hatte ich die Suche gerade aufgegeben und bin in die Fabrik zurückgekommen. Ich wollte nicht zu lange weg sein, verstehen Sie. Nachdem wir deinen Vater nach Hause gebracht hatten, bin ich in den Hof gegangen und habe gesehen, dass die Mädels von ganz allein zurückgekommen sind. Verstehst du, wie die das machen, Jack?« Er bedachte Jack mit einem reumütigen Lächeln, ohne ihm Zeit für eine Antwort zu lassen. »Also habe ich sie wieder auf die Weide getrieben und das Tor zugemacht.«

»Ich habe auch gehört, dass sie so etwas können«, bemerkte der Constable. »Sie grasen irgendwo, und pünktlich wie die Uhr kommen sie nach Hause zum Melken. Sie können übrigens von Glück sagen, dass es so ausgegangen ist.«

»Inwiefern?«

»Tutu.« Der Constable deutete auf einen Tutu-Strauch mit üppig grünen, von dicken Venen durchzogenen Blättern und halb vertrockneten schwarzen Beeren, die von langen Stielen herabbaumelten. »Mittlerweile sind diese Beeren vertrocknet, trotzdem sind sie immer noch giftig. Sie machen die Kühe trunken und blähen sie auf, so dass sie sterben.«

»Ach? Tja, wie Sie sagen, wir hatten noch Glück …«

»Dann gehe ich mal lieber und lasse Sie allein«, sagte der Constable, ehe er sich in vertraulichem Tonfall an Arnold wandte. »Sie wollen bestimmt ein bisschen sauber machen, nehme ich an. Schließlich möchten Sie nicht jedes Mal daran erinnert werden, wenn Sie in diese Grube steigen, oder?« Er sah zur Sägegrube hinüber. Ein Teil des Holzstapels war zusammengebrochen, als der Balken herausgefallen war, doch die Seite, die noch stand, war mit dunklen Flecken von Wills Blut verschmiert.

»Ich übernehme das«, erklärte Arnold und überließ es Jack, den Constable zu verabschieden. Er wäre froh, wenn er den Kerl nur von hinten zu sehen brauchte. Bullen mit ihren naseweisen Fragen machten ihn immer nervös.

Der Pfarrer trank seine dritte Tasse Tee aus und stellte sie mit der Untertasse auf den Tisch. »Tja, dann werde ich mal wieder gehen«, sagte er zu Sylvia. »Und Sie wissen ja – wenn es etwas gibt, das wir für Sie tun können, lassen Sie es mich bitte wissen, Mrs Budd.«

Sylvia erhob sich, als es an der Tür klopfte. Sie begleitete den Pfarrer hinaus und nahm zugleich den Besucher in Empfang.

»Sind Sie mit der Untersuchung des Sägewerks fertig?«, fragte sie den Constable, der auf der Veranda stand.

»Ich bin froh, dass alles in Ordnung ist, Mrs Budd.«

»Daran gab es nie einen Zweifel«, erwiderte Sylvia knapper als beabsichtigt. Doch es waren so viele Menschen heute da gewesen, dass ihr der Kopf schwirrte. Sie konnte noch immer nicht an Wills Tod glauben. Ihr Verstand wusste, dass es so sein musste, doch in ihrem Kopf war er unten im Sägewerk, und jede Minute würde sie den Kopf heben und ihn aus dem Wald treten sehen, während Libby ihm entgegenlief.

Sie sah zu Libby hinüber, die auf den Verandastufen saß, so wie gestern, als Will ins Sägewerk aufgebrochen war. Eine halbe Ewigkeit hatte sie gestern dort gesessen, ohne den Blick von der Stelle zu lösen, wo der Pfad in den Wald führte, ehe sie aufgesprungen und auf etwas zugelaufen war, das nur sie allein sehen konnte. Sylvia hätte wissen müssen, dass Will etwas zugestoßen war.

Der Constable tätschelte Libbys Kopf, wie man es bei einem viel kleineren Kind tun würde. Sie rührte sich nicht.

»Sie hat es nicht gut aufgenommen, was?«

»Sie sitzt schon seit Stunden dort. Sie war nicht dazu zu bewegen, hereinzukommen.«

In diesem Moment machte Libby eine abrupte Bewegung, kippte von den Stufen und begann zu zittern, bevor Sylvia oder einer der Männer zu ihr eilen konnten. Sylvia spürte eher das Entsetzen der beiden beim Anblick des Urins, der durch Libbys Rock sickerte, als dass sie es sah.

»Es ist nicht so schlimm. Wir müssen nur dafür sorgen, dass sie sich nicht selbst wehtut«, erklärte Sylvia, ging auf die Knie und bettete Libbys Kopf in ihren Schoß. »Halten Sie um Himmels willen ihre Arme fest«, herrschte sie die beiden Männer an, die dastanden und sie unsicher anstarrten. Schließlich setzten sie sich in Bewegung. Einer fixierte Libbys Arme, der andere ihre Beine. Der Anfall dauerte länger als gewöhnlich, und die Krämpfe waren heftiger, während sich Schaum vor Libbys Mund zu bilden begann.

»Würden Sie sie bitte ins Haus tragen?«, bat Sylvia, als der Anfall nachgelassen hatte, und ging voran in Libbys Zimmer.

»Ich hatte einen Cousin mit genau derselben Behinderung wie Ihre Tochter«, meinte der Constable, nachdem Libby umgezogen und ins Bett gesteckt worden war und Sylvia eine weitere Kanne Tee für ihn und den Pfarrer zubereitet hatte. »Er hatte auch ständig diese Anfälle, obwohl er eigentlich gut sprechen konnte. Am Ende haben sie ihn in eine Anstalt gebracht. Das sei das Beste, hat der Doktor zu meiner Tante gesagt. Er hat sich immer selber wehgetan. Es steht mir nicht zu, das zu sagen, Mrs Budd, aber vielleicht denken Sie ja mal darüber nach, dasselbe mit Libby zu tun. Jetzt wo Sie Witwe sind, haben Sie sicher alle Hände voll zu tun.«

»Ich werde sie nicht in eine solche Einrichtung stecken!«

»Es ist nur ein Vorschlag, Mrs Budd«, meinte der Pfarrer.

»Anstalten sind etwas für Verrückte. Meine Tochter ist aber nicht verrückt. Und wenn Sie mich jetzt entschuldigen wollen, ich muss mich um sie kümmern.« Doch obwohl sie protestiert hatte, wurde Sylvia den Gedanken nicht los, dass der Vorschlag durchaus seine Vorteile haben mochte.

Kapitel 8

SYLVIA LAG WACH und lauschte dem traurigen Ruf einer Eule, als ein anderes Geräusch, ein leises Schlurfen, aus dem Korridor hereindrang. Ein Tier aus dem Busch musste zum Fenster hereingekommen sein, vermutete sie, stand auf und schaute auf den Gang hinaus. Da sie nichts sah, ging sie auf Zehenspitzen in den vorderen Salon, wo Wills offener Sarg aufgebahrt war. Auf der Kommode brannte eine Lampe. Sie wich zurück und beobachtete mit hämmerndem Herzen, wie Libby mit einer Schere in der Hand vor dem Sarg stand.

»Was tust du da? Gib das her.« Sylvia streckte die Hand nach der Schere aus und kreischte entsetzt, als Libby damit auf sie losging. Sylvia floh in ihr Schlafzimmer und warf sich mit dem Körpergewicht gegen die Tür. Sie wagte sie erst zu öffnen, als sie Jack und Arnold nach ihr rufen hörte.

»Was zum Teufel ist hier los?«, fragte Arnold und hielt Sylvia fest, deren Knie nachzugeben drohten. »Ich habe Sie schreien gehört.«

»Ich habe Libby dabei erwischt, wie sie Wills Leiche geschändet hat. Sie ist mit der Schere auf mich losgegangen.«

»Niemals!« Jack starrte sie mit offenem Mund an. »Oh, Mutter, sieh doch nur!« Er zeigte auf die Haustür, wo Libby zitternd kauerte, die Schere neben sich auf dem Boden.

»Sie ist verrückt!«, rief Arnold mit vor Entsetzen brüchiger Stimme und schob Sylvia zu Jack. »Kümmere dich um deine Mutter, während ich nach Libby schaue.«

Sylvia, die noch nie in ihrem Leben solche Angst gehabt hatte, wünschte sich voller Inbrunst, Arnold möge ihr das abnehmen, doch sie war ihr Kind, deshalb trug sie die Verantwortung für sie. Sie fürchtete, Arnold könnte Libby unbeabsichtigt noch mehr aufbringen.

»Nein, Arnold, am besten überlassen Sie das mir. Sie ist jetzt ruhig. Wenn Sie sich ihr nähern, könnte sie das von Neuem aufregen.«

Mit zitternden Knien ging Sylvia auf Libby zu. »Du bist ein böses, böses Mädchen! Wie konntest du auch nur auf die Idee kommen, deinen Vater zu schänden!«

Libbys Kopf fuhr hoch. »N-n-nein!«, stammelte sie, öffnete ihre Hand und hielt sie Sylvia hin.

Instinktiv wich Sylvia zurück, ehe sie registrierte, was Libby in der Hand hielt. »Oh, gütiger Himmel, es ist eine Locke.«

»Va-Vat-« Libby hielt die Locke an ihr Medaillon.

»Wills Haar … sie will es in ihr Medaillon geben.« Teils aus Scham, weil sie ihre Tochter für fähig gehalten hatte, Wills Leiche Gewalt anzutun, teils aus der Überzeugung, dass Libby aus kindlicher Unschuld handelte, gaben Sylvias Beine plötzlich nach.

»Steh auf, Mutter, hilf mir. Libby bekommt einen Anfall«, flehte Jack und packte seine Schwester bei den Armen.

Sylvia holte tief Luft und schob die Hände unter Libbys Kopf. »Keine Panik. Es geht ihr gut, solange wir sie nur stillhalten können.«

»Es tut mir leid, dass ich Sie so in Aufruhr versetzt habe, Arnold, aber sie hat mir einen mächtigen Schreck eingejagt«, erklärte Sylvia. Der Anfall war vorüber, und Sylvia hatte Libbys uringetränktes Nachthemd gewechselt und sie ins Bett gesteckt. »Ich hatte allen Ernstes Angst, sie sei endgültig verrückt geworden und mit der Schere auf Will losgegangen.«

»Das ist doch nur verständlich, Mrs Budd. Sie konnten es ja nicht wissen. Selbst der stärkste Mann würde kehrtmachen, wenn sie so auf einen losgeht.«

Sylvia nahm seine Worte kaum wahr. Wie sollte sie nun, da Will tot war, mit Libby zurechtkommen? Dieser Anfall war viel zu schnell auf den vorhergehenden gefolgt, und beide waren deutlich schlimmer gewesen als die bisherigen. Ganz bestimmt war es ihre Schuld. Sie hatte Libby Angst eingejagt, war viel zu schnell mit ihrem Urteil bei der Hand gewesen, aber konnte man ihr einen Vorwurf daraus machen, dass sie das Schlimmste vermutet hatte, so wie Libby sich manchmal aufführte?

Am Tag des Begräbnisses betrachtete Sylvia den toten Will ein letztes Mal, die leblose, wächserne Gestalt, die im vorderen Salon im Sarg lag. Der Unfall und sein Tod erschienen ihr noch immer nicht real, sondern vielmehr wie ein entsetzlicher Albtraum, aus dem sie nicht erwachen konnte.

Für einen Mann, der eines so gewaltsamen Todes gestorben war, wirkte er bemerkenswert ansehnlich, was sie sehr erleichterte. Sie hätte es nicht ertragen, ihn anzusehen, wäre er schrecklich entstellt gewesen. Der Balken war auf seine Brust gefallen, hatte Arnold gesagt. Trotz ihres eigenen Kummers fühlte sie mit Arnold. Er war so durcheinander gewesen, als er und Jack Will nach Hause gebracht hatten.

»Sie konnten es nicht vorhersehen«, hatte sie zu ihm gesagt. »Sie haben alles getan, was Sie konnten, und dafür bin ich Ihnen dankbar. Es war Gottes Wille.«

Nun stand Jack auf ihrer einen, Libby auf der anderen Seite, und gemeinsam sahen sie ihren Vater ein letztes Mal an, ehe der Sarg geschlossen wurde.

Mit vor Kummer verzerrtem Gesicht kämpfte Jack mit den Tränen, während Libby unbewegt dastand, ohne auch nur ein Zeichen von Gefühl zu zeigen. Abgesehen davon, dass sie Will eine Locke als Andenken abgeschnitten hatte, schien sie sein Tod nicht im Mindesten zu kümmern, dachte Sylvia bitter. Dabei war sie doch Wills Liebling gewesen. Sie rief sich Libbys eigentümliches Verhalten am Tag des Unfalls ins Gedächtnis. Die Art, wie sie dort gesessen, nach Will Ausschau gehalten, darauf gewartet hatte, dass er nach Hause zurückkehrte – in gewisser Weise war er das auch, aber einzig und allein Libby hatte ihn gesehen. Sylvia erschauderte und blickte wieder zu Jack hinüber. »Sag deinem Vater Auf Wiedersehen.«

Eilig blinzelte Jack seine Tränen weg, beugte sich vor und drückte die Lippen auf Wills Stirn.

Libby sah mit leerem Blick zu, als wäre ihre Seele mit der ihres Vaters von ihr gegangen. Gerührt beobachtete Sylvia, wie Arnold sie bei den Hüften nahm und hochhob, so dass sie Will besser sehen konnte, doch Libby wand sich in seinem Griff und biss und trat wie eine Wildkatze um sich.

Sylvia stürzte zur anderen Seite des Sargs und packte Libby. Augenblicklich beruhigte sich das Mädchen, und für einen Moment glaubte Sylvia, sie hätte sich den Anfall nur eingebildet, doch Arnolds und Jacks schockierte Mienen verrieten, dass es nicht so war.

»Libby, das war sehr böse von dir. Manchmal glaube ich, du hast den Teufel in dir.«

Sie sah Arnold kopfschüttelnd an. »Ich kann Ihnen nicht sagen, wie leid es mir tut und wie ich mich schäme. Es geht ihr offensichtlich immer noch schlecht.« Sylvia führte Libby zum Sofa. Wären sie nicht gerade dabei gewesen, in die Kirche zu fahren, hätte sie dem Mädchen eine Tracht Prügel verpasst.

»Und hier bleibst du, bis es Zeit ist zu gehen, sonst setzt es etwas«, drohte sie mit zornbebender Stimme.

Sie wandte sich Arnold zu. »Kommen Sie in die Küche. Ich schenke Ihnen einen Schluck Sherry ein.« Und damit führte sie den kreidebleichen Mann fort.

»Es ist die Trauer, wissen Sie. Die Trauer und ihre Krankheit«, erklärte sie lahm und reichte ihm einen Sherry, den er in einem Zug hinunterkippte. »Sie hat Will sehr nahe gestanden, näher als Jack … und sogar näher als ich.« Ihre Augen brannten und füllten sich mit Tränen. »Es lag auf der Hand, dass sie darunter leiden wird.«

»Machen Sie sich wegen mir keine Gedanken, Mrs Budd. Ich hab schon Schlimmeres überlebt«, wiegelte Arnold ab, während sein Gesicht allmählich wieder Farbe bekam. »Wie Sie sagen, es geht ihr nicht gut, und sie trauert um ihren Vater. Das verstehe ich doch.«

Sein Verständnis verschlimmerte Sylvias Gewissensbisse nur noch. Krank oder nicht, Libbys Benehmen war entsetzlich gewesen. Sie fürchtete sich davor, was das Mädchen beim Begräbnis veranstalten würde. Mai Bramwell – Gott möge das gute Herz dieser Frau segnen – hatte angeboten, ein paar Tage bei ihnen zu bleiben. Doch Mai erwartete wieder ein Kind, wie sie Sylvia erst kürzlich anvertraut hatte. Mit Rücksicht auf ihre Schwangerschaft, die Arbeit im Laden und die Tatsache, dass Wiremu und Don sich vor Libby ziemlich fürchteten, hatte Sylvia mit Bedauern abgelehnt.

»Machen Sie sich keine Gedanken«, fuhr Arnold fort. »Ich verstehe schon, dass sie nichts für ihre Anfälle kann. Sie ist eben so. Sie hat keine Kontrolle über ihren Verstand und weiß es nicht besser.«

Sylvia war hin und her gerissen zwischen dem Bedürfnis nach Mitgefühl, der Scham angesichts Libbys Handeln und dem Drang, ihn für die Andeutung, ihre Tochter sei verrückt, zu ohrfeigen. Ohne jeden Zweifel war Libby schwierig und trieb Sylvia oft schier in den Wahnsinn, aber sie konnte auch sehr liebevoll und manchmal sogar eine echte Freude sein. Nein, Libby war bei weitem nicht normal, doch eine Irre war sie ganz bestimmt nicht.

Menschen wie der Constable und der Pfarrer glaubten, sie würden helfen, indem sie ihr vorschlugen, Libby in eine Irrenanstalt zu stecken, doch mit ihrem unangemessenen Vorschlag lösten sie ein Gefühl der Verbitterung in ihr aus.

Die Messe zog in einem Nebel aus Kirchenliedern, Lobreden auf den Verblichenen und Beileidsbekundungen an ihr vorüber, an die Sylvia sich später kaum noch erinnern konnte. Nach der Messe erschien ihr das Haus, auf das sie so stolz war und das ihr immer so groß vorgekommen war, mit einen Mal winzig und beengt wie die Hütte, in der sie früher gelebt hatten. Überall wimmelte es von Trauergästen.

Sylvia dachte an Libby, die vor dem Begräbnis so verängstigt und unkontrolliert gewesen war, wohingegen sie die Messe scheinbar ungerührt hinter sich gebracht hatte. Ohne sichtliche Gemütsregung hatte sie sich von den Menschen abgewandt, als sie ihr Mitgefühl ausdrückten. Ein derartiges Benehmen war doch ohne jeden Zweifel unnatürlich. Sic rief sich die Worte des Constable über die Einweisung seines Cousins ins Gedächtnis und dachte darüber nach.

Kapitel 9

Mai 1884

Arnold sass neben dem Ofen. Ihm war warm, und er fühlte sich angenehm benebelt. Er streckte die Beine aus und kreuzte die Knöchel, während er Wills Witwe beobachtete, die sich auf ihre Stickarbeit konzentrierte, ohne seinen kritischen Blick zu bemerken. Er bedauerte Wills Unfalltod zutiefst. Der Mann war ein fairer Arbeitgeber gewesen, dem er ein solches Ende sicher nicht gewünscht hatte. Da er die Bequemlichkeit des Lebens und Arbeitens bei den Budds zu schätzen gelernt hatte, verspürte er nun den Drang, seine Position innerhalb des Haushalts zu stärken.

Sieben Wochen waren seit Wills Begräbnis vergangen. Oberflächlich schien Mrs Budd mit dem Verlust ihres Ehemanns zurechtzukommen, doch bereits mehrmals hatte er ihr Weinen gehört, wenn sie sich allein glaubte, und das hatte ihn nachdenklich gestimmt. Dank des Sägewerks und der Möbelfabrik war sie eine wohlhabende Witwe, von dem Haus ganz zu schweigen. Und jeder Idiot sah, dass die Arbeit viel zu schwer für einen Jungen war. Sie brauchte einen Ehemann.

Er krümmte die Zehen, die sich mollig warm in den Socken anfühlten, die sie liebevoll für ihn gestrickt hatte. Es ging ihm ausgesprochen gut hier. Er bekam regelmäßige Mahlzeiten, seine Wäsche wurde gewaschen und geflickt, ehe er auch nur einen Ton sagen konnte, und er hatte genug Geld in der Tasche.

Bevor er zu den Budds gekommen war, hatte er keinen einzigen Tag seines Lebens mit ehrlicher Arbeit zugebracht und auch nicht die Absicht gehabt, etwas an diesem Zustand zu ändern, doch seit Wills Tod hatte sein Leben eine ungewohnte Behaglichkeit gewonnen.

Könnte er die trauernde Witwe dazu bringen, ihn zu heiraten, besäße er sogar noch mehr Geld. Sie mochte keine Augenweide wie die Barkellnerin aus dem Golden Age Hotel sein, aber die war ohnehin ein mieses Dreckstück. Nein, Mrs Budd war nicht mehr die Jüngste und mit ihrem langweiligen Gesicht und der riesigen Nase weit von jeder Schönheit entfernt, aber wen störte das im Dunkeln schon? Hätte er ihr Verlangen nach seiner Männlichkeit erst einmal geweckt, wäre sie sicher gern bereit, ihm auch im Bett stets zu Diensten zu sein.

Doch das würde bedeuten, dass er dieser Frau den Hof machen musste – etwas, was er noch nie zuvor getan hatte, und eine höchst unerfreuliche Vorstellung. Das Werben um eine Frau war in seinen Augen reine Zeitverschwendung. In der Vergangenheit hatte er sich stets genommen, was er wollte, wann immer sich die Gelegenheit geboten hatte. Andererseits war er früher niemals auch nur in die Nähe einer wohlhabenden Frau gekommen. Mrs Budd war der Schlüssel zu einem sorgenfreien Leben, und wenn er das Beste aus einer seltenen Gelegenheit wie dieser machen wollte, musste er Geduld haben.

Entschlossen, mit seiner Werbung zu beginnen, verließ er das Sägewerk am nächsten Tag früh. »Mir geht es nicht sonderlich gut, Jack. Ich gehe nach Hause, solange ich noch laufen kann. Mein Rücken lässt nichts Gutes ahnen«, log er und humpelte aus der Werkstatt. Er hatte vor, Mrs Budd –

oder Sylvia, wie er sie im Geiste inzwischen nannte, nachdem er sich entschlossen hatte, sie zu seiner Frau zu machen – zu erwischen, solange sie allein war. Beziehungsweise so gut wie allein. Unter Garantie lungerte Libby in ihrer Nähe herum, aber da sie ohnehin nicht richtig im Kopf war, zählte sie nicht. Er würde mit Sylvia plaudern, ihr ein wenig schmeicheln und so den Weg für ernsthaftere Bemühungen ebnen. Er wusste, dass sie einsam war und ihren Will schrecklich vermisste. Doch wenn er es geschickt anstellte, wäre sie Wachs in seinen Händen.

Im Haus war es still, als er eintrat. Vielleicht hatte Sylvia den Einspänner genommen und war nach Stafford gefahren, doch dann hörte er gedämpftes Schluchzen aus ihrem Zimmer. Vorsichtig schaute er um die Ecke. Sylvia saß mit einem zerknüllten Taschentuch in der Hand auf dem Bett. Ihre Augen waren rot und verquollen. Sie hatte ihn nicht bemerkt, deshalb zog er sich zurück und klopfte leise an die Tür.

»Warum sind Sie schon so früh zu Hause? Was ist passiert? Wo ist Jack?«, fragte sie erschrocken und stand auf.

»Nichts ist passiert, überhaupt nichts. Sie brauchen sich keine Sorgen wegen Jack zu machen. Als ich gegangen bin, war er in der Fabrik und hat gearbeitet«, beruhigte Arnold sie eilig. Er hatte zwar vorgehabt, die Frau in Erregung zu versetzen, aber auf eine ganz andere Art und Weise.

»Es ist mein Rücken. Es geht ihm nicht sehr gut. Ich sage Ihnen, Mrs Budd, ich versuche ja, den Schmerz zu vergessen, aber an manchen Tagen, so wie heute, lässt er sich nicht ignorieren.«

Sylvia tupfte sich die Augen trocken. »Ich mache Ihnen eine Tasse Tee. Damit vergessen Sie die Schmerzen zwar auch nicht, aber es ist immerhin ein kleiner Trost, denke ich.«

»Nein, das werden Sie nicht tun«, widersprach Arnold mit fester Stimme und folgte ihr in die Küche. »Sie setzen sich hin, während ich den Tee zubereite. Vor mir brauchen Sie nicht die Tapfere zu spielen. Sie haben einen guten Ehemann verloren, Mrs Budd, und Sie sollten sich nicht dafür schämen, dass sie ihn vermissen.«

»Ich versuche ja, tapfer zu sein, Arnold, aber es ist nicht leicht. Er war immer so gut zu Libby, so geduldig. Ich weiß ja, dass sie nichts dafür kann, aber ihre Wutanfälle und ihre Launen treiben mich in den Wahnsinn, und nun, da Will tot ist, geht es ihr noch schlechter, wie Sie ja selber mitbekommen haben.«

»Wo ist sie eigentlich?«, fragte Arnold, als ihm aufging, dass Libbys Abwesenheit der Grund für die Stille im Haus war.

»Wer weiß das schon? Inzwischen verschwindet sie jeden Tag, nachdem sie mir im Haus geholfen hat.« Sylvia schniefte und putzte sich lautstark die Nase.

Arnolds Puls raste – nicht vor Leidenschaft, sondern weil er es kaum erwarten konnte. Er trat näher zu Sylvia. »Ah, Mrs Budd, was für eine gewaltige Last Sie auf Ihren Schultern tragen. Es erstaunt mich, dass Sie sich so gut halten, wenn man bedenkt, welches grausame Los Ihnen das Schicksal aufgebürdet hat.«

Wieder strömten Tränen über Sylvias Wangen.

Behutsam nahm Arnold ihre Hand, jederzeit bereit, sie loszulassen, sollte sie Einwände erheben, doch sie schien sich nicht daran zu stören. Er trat noch einen Schritt näher und legte ihr den Arm um die Schultern. Das Schluchzen wurde leiser. Er drehte sie an den Schultern herum und drückte sie an sich, so dass ihr Kopf unter seinem Kinn lag. So blieben sie einen Moment lang stehen, nur der eine oder andere

Schluchzer durchbrach die Stille. Ermutigt regte sich seine Männlichkeit, und Arnold wollte gerade eine Hand auf ihre Brust legen, als er Libby bemerkte, die im Türrahmen stand und sie mit irrem Blick anstarrte. Aus Furcht vor einem neuerlichen zornigen Angriff ließ er Sylvia augenblicklich los.

»Ich mache Tee«, sagte er, dankbar, dass ihn das Schicksal in Gestalt von Libby davon abgehalten hatte, voreilig den entscheidenden Schritt zu tun. Als sein Blick erneut zur Tür wanderte, war sie verschwunden.

Mit Libby im Schlepptau kehrte Jack an diesem Abend früh nach Hause zurück. »Ich habe keine Ahnung, was mit ihr los ist«, meinte er leicht gereizt. »Sie ist in die Fabrik gekommen und war völlig aufgelöst. Ich musste früher gehen, weil sie sich nicht beruhigen ließ. Ich hatte Angst, dass sie einen ihrer Anfälle bekommt. Aber das geht nicht, Mutter. Wir hinken schon jetzt viel zu sehr nach.«

Kaum hatte er das gesagt, stürzte Libby sich auf Arnold, zerkratzte ihm das Gesicht und biss ihn in die Hand, als er sie abzuwehren versuchte.

»Nehmt dieses Mädchen von mir weg, sie ist ja völlig verrückt geworden!«, kreischte er und berührte die brennenden Striemen, die Libbys Nägel auf seiner Nase hinterlassen hatten.

Jack packte Libby und schaffte es, sie von Arnold wegzuziehen, doch sie mussten alle drei anpacken, um das wild um sich schlagende Mädchen in ihr Zimmer zu bringen.

Noch lange, nachdem Jack und Arnold zu Bett gegangen waren, saß Sylvia am Küchentisch. Es war still im Haus, bis auf das leise Schlabbern von Nipper, die ihre Welpen ableckte. Drei Tage zuvor hatte das kleine Miststück geworfen. Zwei lebten, zwei waren tot zur Welt gekommen. Die

Mischlingshündin trauerte noch immer um Will und folgte Jack jeden Tag in die Fabrik, wo sie in der Werkstatt herumschnüffelte und alles nach Will absuchte. Immer wieder starrte sie Sylvia jämmerlich an, als wartete sie darauf, dass sie sie zu ihm führte, doch zum Glück hatte die Geburt der Welpen diesem Trauerspiel ein Ende gemacht.

Will war tot, und nichts konnte ihn zurückbringen. Doch dieses Wissen vermochte ihre Gewissensbisse nicht zu vertreiben, weil sie den ganzen Abend nur an Arnold hatte denken können. Sie wusste zu gut, dass er sie am Nachmittag lediglich hatte trösten wollen, doch sie konnte die ungewohnte Hitze nicht leugnen, die sie überkommen und den Wunsch in ihr geweckt hatte, sich in seine Arme zu schmiegen, als könnte seine Berührung wie durch ein Wunder ihren Schmerz vertreiben. Natürlich hätte sie sich das niemals gestattet, doch allein die Tatsache, dass so etwas gedacht hatte, erfüllte sie mit Scham, noch dazu, wo Will nicht einmal zwei Monate unter der Erde war.

Gütiger Himmel, wie sehr sie ihn vermisste, und nicht nur körperlich. Sie starrte die Monatsabrechnung an, die auf dem Tisch vor ihr ausgebreitet lag. Außer der Rechnung des Lebensmittelhändlers und des Fleischers hatte sie seit Wills Tod bisher keine beglichen. Sie waren die beiden einzigen, die ihr einleuchteten, während alle anderen – die des Eisenwarenhändlers und des Eisen- und des Hufschmieds – mit ihren fremden Waren und nicht nachvollziehbaren Lohnkosten ein echtes Rätsel darstellten. Ebenso verwirrend war diese Zahlung von R. & T. Haworth, dem Holzhändler aus Hokitika, und einige andere Zahlungen von Kunden der Möbelfabrik. Sie hatte nicht die leiseste Ahnung, wer wem welchen Betrag schuldete. Will hatte einen guten Teil seiner Buchhaltung im Kopf gehabt, und Jack, der zwar den Möbelbau und die Arbeit im Sägewerk beherrschte, verstand noch weniger von der Büroarbeit als sie.

Erschaudernd dachte sie daran, wie viel schlimmer es gewesen wäre, hätte ihr Ehemann sein Vorhaben in die Tat umgesetzt, sein Testament zu ändern und Jack das Haus und die Fabrik zu hinterlassen, wenn auch mit einer Klausel, die Sylvia und Libby ein Wohnrecht und ein auf der Basis der abgeworfenen Gewinne berechnetes Auskommen garantierte. Als er darauf zu sprechen gekommen war, hatte sie nicht allzu viele Gedanken daran verschwendet. Sie war davon ausgegangen, dass sie dann bereits älter wäre oder vielleicht sogar vor Will stürbe.

Jack würde irgendwann einmal selbst heiraten. Doch nur eine Frau konnte dem Haushalt vorstehen, und diese Frau wäre nicht sie gewesen, hätte Jack alles geerbt.

Sie schob sämtliche Rechnungen zu einem ordentlichen Stapel zusammen. Es gab keinen anderen Ausweg. Sie würde Arnold um Hilfe bitten müssen.

Die Wut, mit der Libby sich an diesem Nachmittag auf ihn gestürzt hatte, bereitete ihr ebenfalls Sorge. Der Anfall war völlig unerwartet gekommen und ungerechtfertigt und hatte Sylvia zutiefst entsetzt. Ohne Wills ruhige und besonnene Art geriet das eigenartige Verhalten des Mädchens zunehmend außer Kontrolle.

Kapitel 10

Ihre Waden und Knöchel waren angeschwollen und schmerzten. Neidisch sah Mai zu ihrer Katze hinüber, die gerade sechs Junge geworfen hatte – ohne jede Mühe, wie es schien. Nun lag Puss da und schnurrte entspannt, während ihre noch blinden Kätzchen hungrig nach ihren Zitzen tasteten und zu nuckeln begannen.

»Wie gern ich mit Puss tauschen würde«, sagte sie zu Henry, bückte sich unter Mühen und massierte ihre Knöchel.

»Du würdest also gern sechs Kleine gleichzeitig zur Welt bringen?«, fragte Henry erstaunt.

»Nein, Henry, ich würde nicht gern sechs Kinder gleichzeitig bekommen, aber ich sehne mich danach, diese Angelegenheit endlich hinter mir zu haben.« Trotz ihres Unwohlseins konnte sie leise lachen. Liebevoll betrachtete sie die Katze und rief sich den Tag ins Gedächtnis, als Henry sie nach Hause getragen hatte. Er hatte sie in einem Sack am Fluss gefunden. Ihr Zustand war erbärmlich gewesen, deshalb hatte er gedacht, es sei besser für sie, wenn sie tot wäre. Gerade als er es tun wollte, hatte sie ihn angesehen, mit großen, mitleiderregenden Augen, und miaut. »Ich konnte es nicht, Mai«, hatte er gesagt. »Wahrscheinlich stirbt sie sowieso, aber sie verdient wenigstens eine Chance.« Und Mai hatte ihm zugestimmt. Puss war gediehen, und diese Kleinen hier – der dritte Wurf, seit

Henry sie mitgebracht hatte – war offenbar wild entschlossen, dasselbe zu tun.

Henry nahm Mai in die Arme und drückte sie tröstend an sich. »Es dauert nicht mehr lange, bis das Kleine da ist, Mai. Ich würde dir die Schmerzen und das Unwohlsein ja gern abnehmen, wenn ich könnte.«

Den Frauen kam bei der Fortpflanzung ohne jeden Zweifel der übelste Teil der Aufgabe zu, dachte Henry. Und seine Zusicherung, er würde ihr jederzeit gern all die Unbequemlichkeiten abnehmen, sagte sich leicht in der Gewissheit, dass es nicht möglich war. In Wahrheit würde er lieber sein Leben aufs Spiel setzen, als einem Kind das Leben zu schenken. Auch er wäre froh, wenn die Schwangerschaft endlich vorüber war, die sich als erheblich mühsamer als die vorherigen erwies. Henry freute sich über Claires häufige Besuche. Mit ihrer unbeschwerten Art sorgte sie stets dafür, dass Mai eine Zeitlang abgelenkt war.

Er begann, die Lieferung Bournville-Kakao und Trinkschokolade von Cadbury und die Paraffinkerzen auszupacken, als er das Objekt seiner Überlegungen den Laden betreten sah. Er winkte ihr zum Gruß. Und Jimmy lächelte sie verzückt an, als sie an ihm vorbei ins Hinterzimmer zu Mai rauschte.

Henry fragte sich, wie viel Zeit Jimmys Verlobte eigentlich mit der Arbeit in der Versicherungs- und Aktienagentur ihres Bruders zubrachte. Sie schien häufiger bei den Bramwells zu sein als bei Harringtons Insurance Brokers.

Zum x-ten Mal stieß Jimmy einen tiefen Seufzer aus und riss Henry, der mit dem Zählen der Ware beschäftigt gewesen war, aus seiner Konzentration. »Wenn du etwas zu sagen hast, wieso spuckst du es dann nicht einfach aus? Mit deinem ewigen Geseufze und Geschmachte treibst du mich noch in den Wahnsinn.«

»Ich habe gar nicht mitbekommen, dass ich seufze und schmachte.«

»Oh, das tust du, glaub mir. Also, was macht dir Sorgen?«

Jimmy warf einen kurzen Blick über die Schulter, um sicherzugehen, dass Claire sich außer Hörweite befand. »Geld. Das ist es, was mir Sorgen macht.«

»Hast du vielleicht zu viel davon?«, erkundigte sich Henry grinsend.

»Na ja …«, meinte Jimmy. »Den einen oder anderen Shilling habe ich bei Elmer angelegt, und er hat mir versprochen, es sei eine sichere Investition. Er sagt, die Aktien steigen jeden Tag weiter.«

»Was macht dir dann Sorgen?«

»Oh, ich mache mir keine Sorgen«, wiegelte Jimmy eilig ab. »Obwohl es langsam ein wenig knapp wird, wenn ich sehe, wie viel ich für unsere Unterkunft und all das hinblättern muss. Jeder von uns hat ein eigenes Zimmer, und allmählich geht meine Barschaft zur Neige.«

»Du meinst, du übernimmst die Rechnung für euch alle?«, fragte Henry erstaunt. »Wieso bezahlt Elmer nicht für sich selbst? Und wo wir gerade dabei sind – wieso teilst du dir kein Zimmer mit ihm? Das würde deine Ausgaben senken.«

»Das würde es, Henry. Meine Rede. Aber ich wollte es bisher nicht vorschlagen. Ich fühle mich ihm gegenüber verpflichtet. Claire wäre ohne Begleitung gar nicht nach Neuseeland gekommen. Als Elmer beschlossen hat, seine Agentur in Melbourne zu verkaufen und sich hier niederzulassen, bedeutete das, dass sie mit uns reisen konnte. Ich wäre eher in Australien geblieben, als sie zu verlieren. Und natürlich würde Elmer seine Rechnung selbst begleichen, aber er musste einiges hinblättern, um sein Büro zu eröffnen und zum Laufen zu bringen, deshalb ist er im Moment nicht recht flüssig.«

Das klang einleuchtend, fand Henry. Auch bei ihm war Bargeld zeitweise knapp gewesen, besonders in der Anfangsphase.

»Warum heiratest du die Frau dann nicht? In diesem Fall bräuchtest du auch nur für zwei Zimmer zu bezahlen.«

»Praktisch wie immer«, meinte Jimmy. »Aber so einfach ist es leider nicht. Claire will ihr Eheleben nicht in einem Hotel beginnen. Du weißt doch, sie verabscheut Alkohol. Sie nimmt es nur hin, dass wir im Golden Age leben, weil es keine andere Möglichkeit gibt. Sie will etwas Eigenes haben, aber solange ich mein Geld nicht zurückbekomme, kann ich mir nicht einmal eine Scheune leisten, von einem Haus ganz zu schweigen.«

»Ich verstehe dein Problem nicht. Sag Elmer einfach, dass du dein Geld zurückwillst, und gib der Frau, was sie will.«

»Das habe ich schon vorgeschlagen, Henry, aber Elmer ist absolut dagegen, das Geld jetzt herauszuziehen, wo die Aktie gerade steigt und noch mehr steigen soll. Er hat selbst Geld in die Billingford Southern States investiert und im Moment nicht die Absicht, zu verkaufen. Er sagt, das sei unsere große Chance, richtig Geld zu scheffeln.«

»Dann lässt er sich in der Zwischenzeit also von dir aushalten, stimmt's? Sehr großzügig seinerseits, findest du nicht auch?« Henry stieß ein abfälliges Schnauben aus.

»Ah, Henry, mach dir keine Gedanken. Er wird mich schon auszahlen, wenn er es kann. Ich werde mit diesen Aktien ein Vermögen verdienen, und bis es so weit ist, komme ich schon zurecht.« Jimmy hielt inne, während sich ein hingerissenes Lächeln auf seinem Gesicht ausbreitete. »Claire ist es wert. Sie ist ein fantastisches Mädchen. Ich kann mein

Glück, dass ich sie gefunden habe, immer noch nicht fassen.«

Henry musterte Jimmys einfältiges Gesicht mit einem Anflug von Verärgerung. Claire war ein großartiges Mädchen, wenn sie auch für seinen Geschmack zu sehr die feine Dame spielte – und für Jimmys Geschmack ebenfalls, vermutete er. Im Moment war er viel zu bezaubert von ihr, um es zu bemerken, doch Henry erinnerte sich daran, wie er selbst notfalls einen Feuer spuckenden Vulkan erklommen hätte, um Mai zu retten, als sie einander damals begegnet waren. Und es vermutlich noch immer tun würde. Diese Liebesdinge schalteten den Verstand eines Mannes aus, und auf Jimmy traf dies mehr zu als auf jeden anderen. Soweit Henry wusste, hatte es für Jimmy mit seinen achtunddreißig Jahren vor Claire niemals eine Frau gegeben, deshalb war es nicht weiter erstaunlich, dass er sich Hals über Kopf in sie verliebt hatte.

»Und da ist noch etwas«, fuhr Jimmy fort, ohne Henry in die Augen zu sehen. »In Melbourne habe ich Claire und Elmer erzählt, dass ich hier in Hokitika ein Stück Land besitze. Elmer war ganz versessen darauf, dass ich es verkaufen und das Geld in Aktien anlegen soll. Ich habe behauptet, ich müsste persönlich herkommen, um es zu verkaufen. Und jetzt liegen sie mir in den Ohren und fragen ständig, wieso ich es noch nicht getan habe. Sie raten mir, mit dem Preis herunterzugehen, um es endlich abzustoßen, wo sich doch die Aktien gerade so prächtig entwickeln.«

»Mag sein, dass sie recht haben, Jimmy. Grundstücke erwirtschaften im Moment keine sonderlich guten Preise.«

Die Undurchsichtigkeit von Aktien und Anleihen übten keinen allzu großen Reiz auf Henry aus. Er selbst würde sein Geld niemals in etwas anderes als Häuser und Grundbesitz investieren, dennoch hörte sich Harringtons Rat vernünftig an.

»Es ist deine Entscheidung«, fuhr Henry fort. »Wenn du das Gefühl hast, du solltest dein Geld bei Elmer investieren, dann folge seinem und Claires Rat. Geh mit dem Preis herunter. Verkauf das Land, wenn es Claire glücklich macht.«

»Verdammt!« Jimmy sah mit einem Mal jämmerlich drein. »Das würde ich ja, aber die Wahrheit ist – ich besitze gar kein Land.«

»Was zum Teufel willst du damit sagen? Du hast gerade erzählt, du hättest ein Stück Land, und nun behauptest du auf einmal, dass es nicht so ist?«

»Gott, Henry, ich komme mir wie ein Idiot vor. Als ich Claire kennengelernt habe, wollte ich nur Eindruck bei ihr schinden, deshalb habe ich mit meinen Schilderungen ein wenig übertrieben. Ich hätte doch nie im Leben gedacht, dass sie meine Frau werden würde, und als sie meinen Antrag angenommen hat, hatte ich nicht den Mut, ihr die Lüge zu gestehen. Ich habe gehofft, sie würde es vergessen.«

»Was hast du dir nur dabei gedacht, Jimmy? Eine Frau hat ein Gedächtnis wie ein Kamel. Sie vergessen nie etwas.« Henry schnaubte und verpasste seinem Assistenten einen mitfühlenden Klaps auf den Rücken. »Ich kann dein Problem nachvollziehen, aber eine andere Lösung, als deine Lüge zuzugeben, sehe ich nicht.«

»Wahrscheinlich hast du recht.« Jimmy wandte seine Aufmerksamkeit wieder den Bestellungen zu, die ausgepackt und in die Regale einsortiert werden mussten. Doch der Mangel an Begeisterung in seiner Stimme ließ Henry bezweifeln, ob er seinem Ratschlag folgen würde.

Enttäuscht schüttelte er den Kopf. Lügen und Unaufrichtigkeit waren kein guter Beginn für eine Ehe. Claire verdiente etwas Besseres, und Elmer ebenfalls. Zuerst hatte Henry gedacht, Elmer sei ein eitler Geck mit einem übermäßigen Hang zum Alkohol, doch der Mann hatte keine Zeit vergeudet, sein Geschäft auf die Beine zu stellen. Sicher war er der Flasche mehr zugeneigt, als gut für ihn war – sehr zur Verärgerung seiner Schwester –, doch es schien sich zumindest nicht auf seine Arbeit auszuwirken. Laut Jimmys Beschreibungen war dieser Harrington ein gewitzter Investor, und Henry fühlte sich beinahe geneigt, selbst ein wenig Geld bei ihm anzulegen.

In diesem Moment betrat Mrs Selby, die Ehefrau von Henrys Rechtsberater, mit ihren Zwillingen Emily und Arthur den Laden. Die beiden Kinder trugen identische knielange rote Kleidchen mit weißen Rüschenschürzen und dazu passenden roten Schärpen und hatten dieselben goldenen Locken, so dass Henry Mühe hatte, zu sagen, wer von ihnen Arthur war. »Wie geht es Ihnen und den Kindern heute, Mrs Selby?«, erkundigte er sich, sorgsam darauf bedacht, die Kinder nicht persönlich anzusprechen, für den Fall, dass er sie verwechselte.

»Es geht mir gut, danke, Mr Bramwell, und wie Sie sehen, gedeihen Emily und Arthur prächtig.«

»Das freut mich zu hören. Also, was kann ich heute für Sie tun?«, fuhr Henry fort und rieb sich die roten Koteletten, während er beschloss, dass es sich beim größeren der beiden Kinder wegen seines besonders hübschen Gesichtchens um Emily handeln musste.

Mrs Selby zog eine Liste aus ihrer Tasche. »Nur ein paar Kleinigkeiten, Mr Bramwell. Ich habe kein Reinigungsmittel und keine Möbelpolitur mehr. Wir haben ein wunderbares neues Hausmädchen gefunden. Sie ist ein echter Schatz und putzt gerade in diesem Moment das Haus von oben bis unten. Also, lassen Sie mich sehen …« Mit kurzsichtigen Augen musterte sie ihre Liste. »Ich nehme ein Pfund Ätznatron, um Seifenlauge daraus zu machen. Bei dem Eifer dieser Frau wird sie im Handumdrehen aufgebraucht sein. Außerdem eine Flasche Zedernholzpolitur, eine Dose von Clever Marys Fettreiniger und am besten auch gleich eine Büchse von Rowlands Odonto Zahnpulver, wo ich schon hier bin. Das sollte vorerst genügen.« Sie verstaute die Liste wieder in ihrer Tasche.

»Und, oh, du lieber Himmel, das hätte ich beinahe vergessen – eine Dose Gold Flake Tabak und eine Schachtel Zündhölzer für Mr Selby. Er würde es mir übelnehmen, wenn er keinen Tabak für seine Pfeife mehr hätte.«

Mai, die gerade einen anderen Kunden bedient hatte, plauderte mit Mrs Selby, während Henry die Einkäufe zusammenstellte. »Meine Güte, Ihre Kinder sehen ja so reizend aus. Was für hübsche Locken sie haben«, schwärmte Mai und reichte jedem der Kinder ein Bonbon.

»Allerdings, Mrs Bramwell. Aber Arthur hier …« Mrs Selby tätschelte den Kopf des Kindes, das Henry für Emily gehalten hatte, »muss heute noch zum Friseur. Er bekommt die Haare geschnitten, und ab morgen wird er Hosen tragen«, fügte sie mit einen betrübten Blick auf seine goldenen Locken hinzu.

Mai rief sich ins Gedächtnis, wie traurig sie gewesen war, als Wiremu und Don ihre ersten Hosen bekommen hatten, und fühlte mit Mrs Selby.

»Genau zum richtigen Zeitpunkt, sagt Mr Selby«, fuhr Mrs Selby fort, »aber sie werden so schnell groß, finden Sie nicht auch, Mrs Bramwell?«

»Ich dachte, Arthur sei das Mädchen«, sagte Henry später

zu Mai, als Mrs Selby ihre Einkäufe eingepackt hatte und gegangen war.

Mai nickte zustimmend. »Verständlich. Die arme kleine Emily ist so nichtssagend und Arthur dagegen ein so hübsches Kind.«

»Wie jemand die Kinder unterscheiden soll, begreife ich nicht.«

»Es ist ganz einfach, Henry. Du musst dir nur ihre Schuhe ansehen.« Mai lachte beim Anblick seiner verblüfften Miene. »Emily hatte Riemchenschuhe an, Arthur dagegen Stiefel mit Knöpfen an der Seite.«

»Ahhh«, Henry sah drein, als hätte er endlich eines der letzten großen Geheimnisse dieser Welt gelüftet.

Kapitel 11

Sylvia kippte die Essensreste in den Koben und stieß einen erschrockenen Schrei aus, als Arnold neben sie trat und ihr den leeren Eimer aus der Hand nahm.

»Sie hätten mir sagen müssen, dass Sie die Reste den Schweinen bringen wollen, Mrs Budd. Ich hätte mich doch darum gekümmert. Der Eimer ist viel zu schwer für Sie.«

Gerührt von dieser Geste konnte sich Sylvia ein Lachen nicht verkneifen. »Das war eine reizende Idee, Arnold, aber der Eimer hier ist ein gutes Stück leichter als ein Trog voll nasser Wäsche, das kann ich Ihnen sagen.«

»Mag sein, aber Sie müssen eben dafür sorgen, dass ich all das in Zukunft für Sie erledige. Wenn ich Ihre Last mindern kann, tue ich das mit Vergnügen. Sie waren immer so gut zu mir.«

»Das ist sehr freundlich. Ich will gar nicht daran denken, wie wir seit Wills Tod ohne Sie zurechtgekommen wären.«

»Ah, sehr liebenswürdig, Mrs Budd.« Er drückte Sylvias Schulter.

Bei dem Gedanken daran, dass sie sich so unverblümt – so schamlos – in seine Arme hatte sinken lassen, versteifte sie sich, doch es lag aufrichtige Besorgnis in seinem Blick, keine Lust, also entspannte sie sich. Es war nicht mehr als eine Geste des Mitgefühls, und wenn sie ganz ehrlich war, fühlte sich die Wärme seiner Berührung tröstlich an und erinnerte sie in gewisser Weise an Will.

Plötzlich hatte sie das Gefühl, beobachtet zu werden, und als sie sich umdrehte, sah sie Libby, die sie mit finsterer Miene anschaute – besonders Arnolds Hand auf ihrer Schulter. Sylvia schüttelte sie mit einem Achselzucken ab, ehe sie sich etwas verärgert fragte, warum sie sich zu dieser Geste verpflichtet fühlte. Arnold hatte nichts Böses im Sinn gehabt. Mit zusammengepressten Lippen erwiderte sie Libbys Blick und überlegte, ob ihre Tochter wohl endlich merken würde, dass sie sich unhöflich benahm, und sich abwandte. Aber nein, sie stand da und starrte sie an, vorwurfsvoll und ohne zu blinzeln. Irritiert kehrte Sylvia ihrer Tochter den Rücken zu und unterhielt sich weiter mit Arnold.

»Ich sage nur die Wahrheit. Ohne Ihre Hilfe würden wir bis zum Hals in der Klemme stecken.«

»Ich bin ein gewissenhafter Mann, Mrs Budd. Wenn ich ehrlich sein soll, muss ich zugeben, dass ich nach Wills Tod überlegt habe, weiterzuziehen …«

Sylvias Herz schlug schneller.

»… aber ich konnte Sie nicht allein mit allem zurücklassen. Nicht mit einem Familienmitglied, das kaum mehr als ein Junge ist, und einem kranken Kind. Nicht, wo Sie so sehr um Will trauern und sich um das Geschäft sorgen. Nun allerdings …«

»Oh, Arnold, Sie denken doch nicht darüber nach, uns zu verlassen?«

»Nicht innerhalb der nächsten Woche oder so, nein. Irgendwann schon. Sie müssen verstehen, dass ich meine eigene Art habe, mein Leben zu führen. Ich wäre schon seit Wochen fort, aber jetzt, wo Will tot ist …«

»Gibt es denn nichts, das Sie zum Bleiben bewegen könnte? Eine kleine Lohnerhöhung, vielleicht?« Sylvia schämte sich des Zitterns in ihrer Stimme, doch die Vorstellung, ohne Arnolds Hilfe zurechtkommen zu müssen, war zu beängstigend.

»Mrs Budd! Für wen halten Sie mich! Es wäre niederträchtig und gierig, wenn ich in Zeiten der Not auch nur an so etwas denken würde! Sie tun schon jetzt viel zu viel für mich.«

»Wie können Sie nach allem, was Sie für uns getan haben, glauben, ich tue zu viel für Sie? Ein wenig zusätzlichen Lohn anzunehmen, sollte doch nicht als niederträchtig und gierig gelten.«

»Sie haben mir ein großzügiges Angebot gemacht, Mrs Budd. Und von einer anständigen Frau wie Ihnen würde ich auch nichts anderes erwarten. Aber, nein, ich kann nicht das Brot nehmen, das Sie sich vom eigenen Mund und dem Ihrer Kinder absparen, daran gibt es nichts zu rütteln. Und jetzt kommen Sie ins Haus, es wird langsam kalt.« Er bot ihr seinen Arm an.

Libby beobachtete sie noch immer mit finsterer Miene. Trotzig – denn wer war Libby, dass sie sie kritisierte? – hakte Sylvia sich bei Arnold unter, und gemeinsam schlenderten sie über den Pfad zurück zum Haus.

»Ich wollte Ihnen vorhin keine Angst einjagen, Mrs Budd, als ich davon geredet habe, wegzugehen. Aber dieses wunderbare Geschäft zu sehen, das Will sich hier aufgebaut hat, das weckt den Wunsch in mir, es ihm nachzutun. Vielleicht sogar, irgendwo in einer bereits etablierten Firma Partner zu werden. Deshalb muss ich mich bald auf den Weg machen, verstehen Sie? Ein Mann wird nicht jünger, und je schneller ich damit anfange, umso früher kommt der Erfolg.«

Ein Kloß bildete sich in Sylvias Hals. Sie wünschte sich verzweifelt, er möge bleiben. Zu wissen, dass er fortgehen wollte, ließ sie erkennen, wie sehr sie seine Gesellschaft und auch seine Unterstützung schätzte. Doch sie hatte ihren Stolz und würde keinesfalls betteln.

»Arnold, ich war dermaßen mit meinen Problemen beschäftigt, dass ich keinen Gedanken daran verschwendet habe, wie es Ihnen dabei gehen muss, wo Sie Ihre eigenen Bedürfnisse doch beiseite geschoben haben, nur um uns zu helfen. Natürlich müssen Sie Ihren eigenen Weg gehen. Ich bin dankbar, dass Sie mir die Zeit geben, jemanden zu finden, der Ihren Platz einnimmt. Ich glaube, wir werden einen fähigen Mann finden. Schließlich dauert es auch nicht mehr allzu lange, bis Jack alt genug ist, um das Geschäft zu übernehmen. Er hat die Gabe seines Vaters für den Möbelbau geerbt. Wir werden Sie vermissen, aber Sie verlassen unser Haus mit meinem Segen und meiner großen Dankbarkeit.« Tränen brannten in ihren Augen. Eilig wandte sie den Blick ab.

»Ich habe Sie verärgert.« Arnold blieb stehen, löste seinen Arm und nahm ihre Hände. »Vielleicht kann ich ja noch eine Weile bleiben. Es stimmt, dass ich den Drang verspüre, mein eigenes Geschäft zu eröffnen, aber ein paar weitere Monate hier werden schon nicht schaden. Sie brauchen keine Eile zu haben, jemanden zu finden, der mich ersetzen kann. Ich würde niemals fortgehen und Sie in einer Notlage zurücklassen. Und in der Zwischenzeit lege ich einfach noch mehr Geld für mein eigenes Geschäft beiseite. Damit tue ich auch mir einen Gefallen und nicht nur Ihnen.«

»Das würden Sie für mich tun? Sie sind so ein guter Mann, Arnold Price. Der Tag, an dem Sie an unsere Tür geklopft haben, war ein echter Segen. Sie sind uns ein guter Freund geworden. In der Tat betrachte ich Sie mittlerweile als Teil unserer Familie, und ob es Ihnen nun gefällt oder nicht, von heute an bekommen Sie eine Extrazahlung in Ihrer Lohntüte. Wenn Sie entschlossen sind, ein eigenes Geschäft zu eröffnen, ist dies das Mindeste, was ich tun kann, um Ihnen dabei zu helfen.«

Arnold tätschelte Sylvias Hände, ehe er sie losließ. »Wenn Sie darauf bestehen, soll es so sein. Aber Sie müssen verstehen, dass ich schwere Gewissensbisse habe, weil ich mehr Geld von Ihnen annehme, Mrs Budd.«

Arnolds Worte hätten ebenso gut aus Wills Mund kommen können. Auch sein Tonfall glich dem ihres Mannes verblüffend. Sylvia brachte kein Wort heraus.

»Herrje, ich bin kein Freund großer Worte und habe Sie mit meiner umständlichen Ausdrucksweise aus der Fassung gebracht, das sehe ich«, fuhr Arnold fort und schaute Sylvia in die Augen, in denen, wie sie beschämt spürte, Tränen standen.

»Nein, nein, das haben Sie nicht«, stammelte sie. »Doch … eigentlich haben Sie es doch – aber auf eine sehr nette Weise«, fügte sie beim Anblick von Arnolds bestürzter Miene hinzu. »Sie klangen so sehr wie Will, dass es war, als würde er durch Sie zu mir sprechen.«

»Sie haben mir ein großes, großes Kompliment gemacht, Mrs Budd.«

»Das ist die Wahrheit, Arnold. Und wo wir gerade dabei sind – bitte nennen Sie mich doch Sylvia. ›Mrs Budd‹ ist viel zu förmlich für einen wahren Freund, als der Sie sich erwiesen haben.«

»Damit machen Sie mir noch ein großes Kompliment, Mrs – Sylvia.«

In diesem Moment drang Gackern und aufgeregtes Kreischen aus dem Hühnerstall.

»Du heulst doch nicht schon wieder, oder, Libby?«, hörten sie Jack sagen. »Ich schwöre, du zerfließt noch zu einer

Pfütze, wenn du nicht aufpasst. Sie hat schon wieder die Hennen rausgelassen«, knurrte er, als Sylvia und Arnold neben ihn traten.

»Elizabeth Budd, wirst du es denn nie lernen?«, schimpfte Sylvia verärgert beim Anblick der Hennen, die mit hoch aufgerichteten Schwanzfedern herumliefen und jedes Weizenkörnchen aufpickten, das sie in ihrem Auslauf finden konnten.

»Das tut sie ständig«, erklärte sie Arnold. »Sie macht das Türchen auf, streut die Körner aus und lässt die Hühner frei. Bis wir die dummen Dinger wieder eingefangen haben, sind sie so aufgedreht, dass die meisten tagelang nicht richtig legen. Ich sage Ihnen, ohne den Cayennepfeffer, den ich ihnen regelmäßig gebe, damit sie mehr legen, würden wir nie ein Ei bekommen.«

Libby klatschte in die Hände und versuchte, sie in den Stall zurückzuscheuchen.

»Lass das, du machst sie nur noch verrückter«, herrschte Sylvia sie an und schob sie zur Seite. »Jack und ich scheuchen sie in den Stall zurück.«

Libby schleuderte die leere Schüssel weg und stürzte davon.

Die Lampe auf der Kommode tauchte das Schlafzimmer in trübes Licht, das perfekt zu Sylvias gedrückter Stimmung passte. Arnolds Entschluss, zu gehen, hatte sie schlagartig erkennen lassen, wie abhängig sie von ihm war. Doch seine Bereitschaft, ihre Bedürfnisse über seine eigenen zu stellen und länger zu bleiben als beabsichtigt, hatte sie zutiefst berührt. Es war genau die Art Freundlichkeit, die Will anderen entgegengebracht hätte, und sie fragte sich, ob ihr bislang nur niemals aufgefallen war, wie sehr Arnold ihrem verblichenen Ehemann ähnelte. Nicht äußerlich – Arnolds dunkler Teint war keinesfalls mit Wills Hellhäutigkeit vergleichbar –, dafür in seiner Art, Rücksicht auf andere zu nehmen.

Würde er doch nur bleiben. Was hätte aus ihrer Freundschaft werden können, wäre der Altersunterschied zwischen ihnen nicht ganz so groß?, fragte sie sich und spürte, wie sie angesichts der Vermessenheit, so etwas zu denken, vor Scham errötete. Vielleicht hätte er ihr irgendwann einmal einen Antrag gemacht. Vielleicht würde er es ja auch jetzt noch tun? Trotz des Altersunterschieds. Aber diese Hoffnung war idiotisch. Wieso sollte er sich mit einer älteren Frau einlassen, dazu einer so unansehnlichen?, schimpfte sie mit sich. Im Hinblick auf ihre mangelnde Schönheit gab sie sich keinerlei Illusionen hin. Er könnte jede Frau bekommen … eigene Kinder, gesund und wohlgestaltet. Sicher war ein Leben mit einer Last wie Libby das Letzte, wonach er sich sehnte.

Würde Libby doch nur das Gute in Arnold sehen, aber sie schien entschlossen zu sein, ihn zu hassen. Sylvia gab es nur höchst ungern zu – Libby entwickelte sich immer mehr zum Problem. Und es war nicht allein auf die Tatsache zurückzuführen, dass Wills Tod sie aus der Bahn geworfen hatte. Auch zuvor hatte sie sich seltsam benommen. Seit der Zeit, als Arnold zu ihnen gekommen war.

War sie eifersüchtig?, rätselte Sylvia. Mit Arnolds Erscheinen hatte sie nicht länger im Mittelpunkt von Wills Aufmerksamkeit gestanden, da er damit beschäftigt gewesen war, Arnold in sein Handwerk einzuweisen. Was auch immer der Grund sein mochte – es ließ sich nicht leugnen, dass Libby ihm das Leben schwermachte. Selbst jetzt noch errötete Sylvia bei der Erinnerung daran, wie sie sein Gebiss mit Schuhwichse eingestrichen hatte.

Arnold hatte Libby nie von ihrer guten Seite erlebt. Sie hatte schon immer etwas Stures an sich gehabt, manchmal auch einen Hang zur Unkontrolliertheit, doch auch mit der Bereitschaft zu lächeln. Inzwischen jedoch war ihre Miene stets finster, und Sylvia bezweifelte, dass sie ohne Arnolds Unterstützung mit der Bockigkeit ihrer Tochter zurechtkäme.

Heute hatte er Fortschritte mit Sylvia erreicht, dachte Arnold und schmiegte sich zwischen die sorgfältig gebügelten schneeweißen Laken. Bei der Erinnerung daran, wie kurz er davor gestanden hatte, seine Pläne zu zerstören, stieß er einen leisen Pfiff aus. Er war ein klein wenig zu überzeugend gewesen, als er Sylvia von seinen Plänen erzählt und sich geweigert hatte, mehr Geld von ihr anzunehmen. Er hatte keineswegs die Absicht, die Budds zu verlassen, sondern hatte es nur behauptet, um ihr einen Schreck einzujagen und sie noch gefügiger zu machen, wenn er sie um ihre Hand bat. Es war ein gutes Stück Arbeit gewesen, wieder auf den richtigen Kurs umzuschwenken, als sie sich seinem Vorhaben so schnell gefügt hatte.

Er war ungeduldig und fest entschlossen, diese Frau zu heiraten, bevor ein anderer kommen und sich Chancen bei ihr ausrechnen konnte. Dieser Constable, der am Tag nach Wills Tod hier aufgekreuzt war, hatte sich in der Zwischenzeit mehrmals blicken lassen. Und gefragt, ob sie Hilfe brauche. Zumindest hatte er das behauptet. Doch Arnold bezweifelte das. Und es gab noch einige andere, die trotz ihrer mangelnden Attraktivität ebenfalls um die reiche Witwe herumscharwenzeln würden. Will hatte ihr ein beachtliches Grundstück hinterlassen, das gemeinsam mit der Fabrik und dem Sägewerk ein hübsches Sümmchen wert sein musste. Will war ein anständiger Mann gewesen, der umsichtig mit seinem Geld umgegangen war und ein sehr ansehnliches Einkommen gehabt hatte.

Und Sylvia hatte sicher ebenfalls einiges auf der hohen Kante. Kaum eine Woche verging, ohne dass sie Eier, Butter und Käse verkaufte, und sie neigte nicht dazu, ihr Geld für Stoffe oder sonstige Dinge auszugeben, wie manche andere Frau es in ihrer Position getan hätte – leider ganz im Gegenteil, denn es würde nicht schaden, wenn sie ein wenig mehr Mühe auf ihr Äußeres verwendete. Doch je weniger sie verbrauchte, umso mehr blieb für ihn.

Er sah sich bereits ein fürstliches Leben führen: mit Sylvia, die sich seiner Bedürfnisse annahm, und dem jungen Jack, der den Großteil der anfallenden Arbeit im Sägewerk erledigte. Der Junge war recht freundlich und akzeptierte ihn bereits als Familienoberhaupt.

Libby war der einzige Dorn in seinem Fleisch. Er hatte ihr noch immer nicht verziehen, dass sie um ein Haar sein Gebiss ruiniert und bereits zweimal auf ihn losgegangen und ihn gebissen und gekratzt hatte. Und, jede Wette: Sie war für die leere Whiskyflasche in seinem Versteck verantwortlich. Das Verlangen nach einem Schluck hatte ihn hingetrieben, als er es herausgefunden hatte. Hätte er sie dabei erwischt, hätte er dem kleinem Miststück eine anständige Tracht Prügel verpasst. Bei Sylvia konnte er sich nicht beschweren. Sie dachte, er rühre keinen Tropfen an, und wenn sie es wüsste, könnte er keinen Blumentopf mehr bei ihr gewinnen. Das Mädchen hatte eindeutig einen Schaden. Das Beste wäre, wenn man sie in die Anstalt stecken würde, und wenn er ihrer Mutter erst einmal einen Ring an den Finger gesteckt hätte, wäre er in einer weitaus besseren Position, ihre Mutter davon zu überzeugen.

Kapitel 12

Arnold zog sich eilig an. Zwei Wochen des Umgarnens waren vergangen. Er hatte vorgehabt, noch ein oder zwei Wochen abzuwarten, ehe er den nächsten Schritt wagte, doch dieser verdammte Constable war gestern wieder aufgetaucht. Die Art, wie Sylvias Hände geflattert und sich ihre Wangen gerötet hatten, als sie von seinem Besuch erzählte, war Arnold Warnung genug gewesen. Er würde nicht zulassen, dass ihm ein anderer diese Frau vor der Nase wegschnappte.

Er ging vom Anbau ins Haus, wobei er dem verschlafenen Jack auf dem Korridor begegnete.

»Sie sind ja schon früh auf den Beinen heute«, murmelte der Junge.

»Mein Rücken ist schuld. Vor Schmerz habe ich letzte Nacht kein Auge zugetan.«

»Was ist denn damit?«

»Ah, es ist dasselbe alte Problem, mein Freund. Immer wieder fängt es aus heiterem Himmel an, und wenn es so weit ist, kann ich kaum einen Fuß vor den anderen setzen. Ich fürchte, ich werde dir heute in der Fabrik keine große Hilfe sein.«

Jack, mittlerweile hellwach, blickte ihn mit gerunzelter Stirn an. »Sie wissen, dass wir mit den Bestellungen zurückliegen, und wollen doch nicht allen Ernstes zu Hause zu bleiben, oder?«

»Natürlich gehe ich zur Arbeit, Junge. Ich lasse dich nicht

im Stich.« Arnold trat einen Schritt vor, stieß einen lauten Schrei aus und sackte gegen die Wand. »Verdammt! Ich sage es ja nur ungern, aber Ruhe ist das Einzige, was da hilft. Ich wäre nicht zu gebrauchen, Jack, das siehst du bestimmt ein. Ich verspreche, ich arbeite doppelt so schwer, sobald ich wieder auf dem Damm bin, um die verlorene Zeit aufzuholen.« Er humpelte in die Küche und grinste, wohl wissend, dass Jacks erboster Blick sich in seinen Rücken bohrte.

Eilig schob Sylvia ihm einen Stuhl hin.

»Es ist mein Rücken, Sylvia. Ich kann mich kaum auf den Beinen halten. Sie haben ja keine Ahnung, welche Schmerzen ich habe.«

»Sie wollen doch nicht allen Ernstes in die Fabrik gehen, oder?«

Ehe er antwortete, kam Jack in die Küche gestapft. »Als ich ihm auf dem Korridor begegnet bin, konnte er noch einwandfrei gehen«, sagte er mürrisch.

»Ja, das konnte ich, Junge. Aber so ist das nun mal mit meinem Rücken. Es kommt und geht, und ich weiß nie vorher, wann es wieder anfängt«, erklärte Arnold mit schmierig-charmantem Lächeln und wandte sich Sylvia zu. »Ich habe heute Nacht keine Sekunde Schlaf gefunden. Bei jeder Bewegung war es, als würde ich mit Nadeln gestochen werden, aber ich bin keiner, der sich unterkriegen lässt, Sylvia. Ich habe mich heute Morgen aus dem Bett gezwungen. Und was soll ich sagen – kaum sprach ich mit Jack, hat es wieder angefangen. Ich würde ihm nur im Weg herumstehen und wäre sogar eine Gefahr für ihn, wenn ich versuchen würde, trotzdem in die Fabrik zu gehen.«

Jack machte sich allein auf den Weg.

Arnold kehrte in sein Zimmer zurück und döste bis mittags, um sicher sein zu können, dass Libby zur Fabrik aufgebrochen war, um Jack das Mittagessen zu bringen. Er stand auf und ging in die Küche.

»Sie sehen schon viel besser aus«, bemerkte Sylvia und klang erleichtert. »Ich wollte Ihnen gerade ein Tablett mit dem Mittagessen bringen.«

»Ich fühle mich nicht mehr ganz so mies wie vorhin, Sylvia.« Arnold massierte seinen Rücken und sog zischend den Atem ein, als hätte er Schmerzen.

»Ach, herrje, es ist wohl immer noch nicht vorbei. Sollten Sie sich vielleicht noch eine Weile hinlegen?«

Sylvias Besorgnis war genau die Reaktion, die Arnold sich erhofft hatte. »Nein, nein, Sylvia. Ich gibt etwas, das ich Ihnen sagen muss, und ich möchte, dass Sie sich eine Weile zu mir setzen.«

Er setzte ein ernstes Gesicht auf, während seine Ungeduld, sein Vorhaben voranzutreiben und ihr einen weiteren Schreck einzujagen, um seinen Einfluss auf sie zu vergrößern, mit jeder Sekunde wuchs.

»Sylvia, ich fühle mich so schlecht, wie man sich nur fühlen kann, aber ich muss Ihnen sagen – ich kann nicht länger bleiben.«

»Oh!« Sylvia starrte ihn entsetzt an. »Ich dachte, wir hätten uns darauf geeinigt, dass Sie bleiben. Was hat diesen Sinneswandel ausgelöst? Habe ich Sie in irgendeiner Weise beleidigt? Sind Sie mit Ihrem Lohn nicht zufrieden? Brauchen Sie mehr?«

Die Fragen prasselten wie ein Kugelhagel auf ihn ein. Es lief sogar noch besser als erhofft.

»Nein, nein, Sylvia, Sie haben mich nicht beleidigt … ganz im Gegenteil. Ich war sehr glücklich darüber, noch ein paar Monate bleiben zu können. Sie kümmern sich so gut um mich. Und ich habe keinerlei Einwände gegen meinen

Lohn zu erheben.« Er hielt inne, um ihr Zeit zu geben, die Worte auf sich wirken zu lassen und sich ernsthaft Sorgen zu machen.

»Warum dann, Arnold? Wieso verspüren Sie das Bedürfnis zu gehen?«

»Ah, Sylvia, das möchte ich Ihnen lieber nicht sagen. Wenn schon nicht von Geburt an, sind Sie doch charakterlich eine feine Dame. Es würde Sie nur in Verlegenheit bringen.«

Besorgnis flackerte in Sylvias Augen auf, doch Arnold schwieg.

»Arnold, ich bin gewiss aus härterem Holz geschnitzt, als Sie mir zugestehen wollen. Ich verlange, den Grund zu erfahren, weshalb Sie weggehen wollen. Ich werde keine Ruhe geben, bis ich ihn kenne. Sie sagen, ich hätte sie nicht beleidigt, aber welchen anderen Grund kann es geben, uns so schnell zu verlassen?«

»Ah, Sylvia … Ich wollte nicht derjenige sein, der Ihnen das sagt, aber … ich habe mitbekommen, dass einige Leute in der Stadt – Leute, die nichts Besseres mit ihrer Zeit anzufangen wissen, möchte ich hinzufügen – Gerüchte und Lügen über Sie verbreiten und Ihr Ansehen in den Schmutz zu ziehen versuchen.«

»Mein Ansehen in den Schmutz ziehen?«

»Ich bin ein alleinstehender Mann, Sylvia, und Sie sind Witwe.« Arnold betrachtete sie mit einem vielsagenden Achselzucken.

»Oh!« Sylvia presste die Handflächen auf ihre plötzlich flammend roten Wangen.

»Ihnen ist also klar, weshalb ich gehen muss, ja?«

»Ich hätte niemals gedacht – wie können die Leute nur … Sie sind doch so viel jünger als ich«, stieß Sylvia aufgebracht hervor.

»Nicht dass das jemandem auffallen würde«, konterte Arnold galant. »Sie sind eine gut aussehende Frau, Sylvia«, log er ohne jede Skrupel weiter. »Es musste Gerede geben.«

»Wie schnell wollen Sie aufbrechen?«

»Das kommt darauf an. Ich möchte Ihnen einen Vorschlag machen.«

Beim Anblick von Sylvias hoffnungsvollem Gesicht verkniff er sich ein Grinsen.

»Ich habe festgestellt, dass ich nur sehr ungern weggehen würde, da eine gewisse Person mein Herz für sich gewonnen hat. Ich habe mich gefragt, ob diese Dame meine Zuneigung vielleicht erwidert?« Er nahm ihre Hände. »Sylvia, eine Heirat mit mir würde diesen Gerüchten ein Ende setzen. Erweisen Sie mir die Ehre, meine Frau zu werden?«

»Arnold! Das ist das Letzte, was ich aus Ihrem Mund zu hören erwartet habe!«

»Ich kann mir nicht vorstellen, weshalb. Sie müssen meine Zuneigung in den letzten Monaten doch mitbekommen haben.«

»Ich ... ich kann nicht behaupten, dass ich das getan hätte. Ich bin geschmeichelt von Ihrem Antrag. Sogar sehr. Trotzdem muss ich zuerst in Ruhe darüber nachdenken.«

»So gern ich Ihnen alle Zeit lassen möchte, die Sie benötigen, muss ich doch auf Ihre Antwort drängen. Ich habe von einem neuen Geschäft in Nelson gehört, das mir dabei helfen könnte, bald mein eigener Herr zu werden. Ich muss morgen aufbrechen, wenn ich meine Konkurrenten aus dem Feld schlagen möchte.«

»So schnell schon?«, stieß Sylvia schockiert hervor.

»Ich fürchte, ja. Ich habe bisher nichts davon erzählt, weil ich nicht wollte, dass Sie sich Sorgen machen, wie Sie all das allein schaffen sollen«, fuhr er fort, wohl wissend, sie damit endgültig in Panik zu versetzen. »Diese Lösung für dieses Problem ist mir erst gestern Abend in den Sinn gekommen, und seither versuche ich, meinen Mut zusammenzunehmen und um Ihre Hand anzuhalten.«

»Oh, gütiger Himmel … in diesem Fall … Ja, Arnold, es wäre mir eine Ehre, Ihre Frau zu werden.«

»Sie machen mich zu einem glücklichen Mann.« Er hielt Sylvias Hände fest und spürte beinahe, wie ihr Geld und Reichtum bereits auf ihn übergingen. In diesem Augenblick sah er erschrocken, dass Libby im Türrahmen stand und sie bedrohlich anstarrte.

In der folgenden Woche gingen sie mit Libby zu einem Doktor in Hokitika. Er befragte Sylvia, untersuchte dann Libby, schickte sie anschließend aus dem Raum und sah Sylvia über den Rand seiner Brille hinweg an.

»Nach allem, was ich von Ihnen erfahren und selbst beobachtet habe, Mrs Budd, liegt es auf der Hand, dass die Krankheit Ihrer Tochter in ihrem Kopf sitzt.« Er beugte sich vor, stützte die Ellbogen auf dem Tisch auf und legte die Finger aneinander. »Ich bin sicher, es wäre das Allerbeste für sie, wenn sie einige Zeit in Seaview verbringen würde, wo man ihr helfen kann.«

»Seaview … die Irrenanstalt?« Sylvia starrte ihn entsetzt an. »Aber dort wimmelt es von Kriminellen.«

Der Doktor lächelte herablassend. »Nein, nein, Mrs Budd. Ich versichere Ihnen, in Seaview sind keine Kriminellen untergebracht. Bevor wir eine Einrichtung für geisteskranke Patienten hatten, waren sie tatsächlich Tür an Tür mit den Verbrechern im hiesigen Gefängnis untergebracht – doch das ist schon Jahre her.« Er setzte sich auf seinem Stuhl zurück und blickte sie mit einem Anflug von Stolz an. »Seaview ist ein ausgezeichnetes Krankenhaus, und wir haben das große Glück, ein fähiges Ehepaar, Mr und Mrs Gribben, als Leiter und Oberschwester dort zu beschäftigen.«

»Aber … Libby einsperren … inmitten von Verrückten?« Sylvia schüttelte heftig den Kopf. »Oh, nein, Herr Doktor, das würde ich niemals zulassen.«

»Meine liebe Mrs Budd, Ihre Tochter wird nicht eingesperrt und von der Gesellschaft ausgeschlossen werden. Mr und Mrs Gribben sorgen dafür, dass die Insassen jede Woche Spaziergänge unternehmen. Oft wird auch ein Ausflug in die Stadt organisiert, manchmal ein Konzert.«

Sylvia war keineswegs überzeugt. »Das mag ja sein, aber eine Anstalt ist für Verrückte gedacht – für Menschen, die den Verstand verloren haben.«

»Ihre Tochter *hat* den Verstand verloren«, erklärte der Doktor rundheraus. »Und nicht nur das, ihre Anfälle werden immer schlimmer. Sie braucht medizinische Betreuung, und genau davon wird sie in Seaview reichlich erhalten.«

Bis zu diesem Moment hatte Sylvia, so sehr sie sich auch über Wills Beharren, Libbys Verstand funktioniere ebenso gut wie der jedes anderen, geärgert hatte, tief in ihrem Innern doch gehofft, es sei tatsächlich so. Die Worte des Arztes waren wie ein Schlag ins Gesicht. »Aber sie ist doch noch ein Kind. Bestimmt ist sie noch viel zu klein, um … verrückt zu sein.«

»Geisteskrank zu sein ist keine Frage des Alters.«

»Oh nein, nein.« Kopfschüttelnd stand Sylvia auf. »Ich werde sie nicht an diesen Ort schicken. Niemals! Diese Schande! Was würden die Leute nur sagen?«

»Es ist Ihre Entscheidung, Mrs Budd. Niemand zwingt Sie, Ihre Tochter einzuweisen. Nichtsdestotrotz bin ich sicher, dass Sie eine beträchtliche Verbesserung ihres Zustands feststellen würden, wenn sie Patientin in der Anstalt wäre.« Er nahm die Brille ab und hauchte auf die Gläser, ehe er sie mit einem makellos weißen Taschentuch aus seiner Jackett-tasche polierte.

»Ah … schon besser.« Lächelnd sah er Sylvia an, als hätte er sich gerade mit ihr übers Wetter unterhalten und ihr nicht vorgeschlagen, ihrer Tochter ein Leben inmitten von Geistesgestörten aufzunötigen.

Kapitel 13

Claire, ansehnlich und adrett wie immer in ihrem grünen Taftkleid, goss Milch über ihre Trinkschokolade, ehe sie mit einer geübten Bewegung ihren Rock ausbreitete und sich aufs Sofa sinken ließ. »Wir sind so erfreut über die Art, wie sich Elmers Geschäft entwickelt hat«, erklärte sie Mai und hielt inne, um an ihrer Schokolade zu nippen. »Es wäre sehr klug von Ihrem Henry, ein wenig Kapital bei ihm zu investieren.«

Mai musste lächeln. »Davon werden Sie ihn niemals überzeugen. Er schwört darauf, dass es keine bessere Geldanlage gibt als etwas, das man sehen kann – etwas zum Anfassen. Aktien und Anleihen sind Feengeld, sagt er immer – ein Wink mit dem Zauberstab, und schon ist es verschwunden.« Sie deutete in Richtung Zimmerdecke. »Außerdem haben wir vor, das Haus um ein Stockwerk zu erweitern. So hätten wir mehr Wohnraum und könnten den bereits vorhandenen Platz nutzen, um den Laden auszubauen.«

»Selbst schuld«, bemerkte Claire mit einem angedeuteten Achselzucken.

Mai, die mit ihrem wachsenden Bauch immer ungelenker wurde, versuchte, eine bequemere Position einzunehmen, was ihr jedoch nur teilweise gelang. Normalerweise war Claires Geplapper eine nette Abwechslung, doch an diesem Morgen hatte sie Kopfschmerzen und empfand ihre Stimme als unangenehm schrill. Doch natürlich hätte sie

sie niemals gebeten zu gehen. Die Frau tat ihr leid, und ihr war klar, dass sie auch deshalb so viel Zeit bei den Bramwells verbrachte, weil sie es verabscheute, in einem Hotel leben zu müssen. Doch die Möglichkeiten einer privaten Unterkunft waren nach wie vor sehr begrenzt, da mehr und mehr Touristen, die die Gletscher ein Stück die Küste hinunter besichtigten, in die Stadt strömten und die Besitzer der vom Brand zerstörten Fairway-Pension noch nicht mit den Renovierungsarbeiten begonnen hatten.

»Wenn James erst sein Land verkauft …«, begann Claire.

Wie immer lächelte Mai über Claires Gewohnheit, von Jimmy als James zu sprechen.

»… werden Elmer und ich ihn davon überzeugen, dass er sein Geld lieber in Aktien und Anleihen statt in ein Haus investieren soll.«

»Ich dachte, Sie wünschen sich ein Heim, damit Sie etwas haben, wo Sie ihr Leben als Ehefrau beginnen können.«

»Oh … nun ja, das stimmt … natürlich. Aber wenn James mehr Geld bei Elmer investieren würde, könnten wir uns ein schöneres Haus leisten, das mir besser gefallen würde als irgendeine bescheidene Hütte.« Claire reckte ihren Schwanenhals und sah sich im Raum um, der den Bramwells als Küche, Salon und Esszimmer diente – ein deutlicher Beweis für Mai, dass ihr Heim zu wünschen übrig ließ. Sie fragte sich, wie Claire wohl reagieren würde, sobald sie erfuhr, dass Jimmy kein Land besaß, das er verkaufen konnte. Es war dumm und gemein von ihm gewesen, seine Verlobte zu belügen. Er wollte Claire beeindrucken, doch die Unwahrheit zu sagen, war sicher nicht die richtige Methode. Er hätte ihr die Lüge beichten müssen, bevor er ihr einen Antrag machte. Ihr selbst wäre es sehr schwer gefallen, Henry zu verzeihen, hätte sie herausgefunden, dass er sie auf diese Weise hintergangen hatte.

»Helfen Sie heute denn nicht Elmer?«, erkundigte sich Mai schuldbewusst und lenkte das Gespräch auf ein weniger gefährlicheres Thema.

Die Tasse noch immer an den Lippen, sah Claire Mai mit erschrocken aufgerissenen Augen an und begann zu kichern. »Oh! Natürlich! Mein lieber Bruder. Ich muss mich schleunigst auf den Weg machen.«

Gerade als Claire aufbrach, betraten Sylvia und Libby Budd in Begleitung von Arnold Price den Laden. Mai erkannte ihre Stimmen und kam nach vorn, um sie zu begrüßen. »Welch eine reizende Überraschung! Was führt Sie denn hierher? So weit fort von zu Hause?« Seit die Bramwells in Hokitika lebten, war Sylvia nicht länger Kundin ihres Ladens, da er zu weit entfernt lag.

»Wir mussten mit unserer Libby zum Arzt.«

»Oh je, ich hoffe, es ist nichts Ernstes?« Schockiert bemerkte Mai den leeren Gesichtsausdruck des Mädchens und das Fehlen des gewohnten Funkelns in ihren Augen.

»Ihre Anfälle – sie kommen immer häufiger.«

»Der Doktor will sie in die Anstalt überweisen«, schaltete sich Arnold ein.

Libby umfasste die Hand ihrer Mutter so fest, dass ihre Fingerknöchel weiß wurden, ebenso wie ihr Gesicht.

Sylvia warf Arnold einen warnenden Blick zu. »Bitte, Arnold, doch nicht vor Libby«, mahnte sie leise.

Mai beobachtete mit Genugtuung, wie Arnold in seine Schranken verwiesen wurde. Es war gemein und grausam, so etwas vor dem Mädchen zu sagen. »Komm, Libby«, sagte sie und zeigte auf die Gläser mit den Lutschern, um die Aufmerksamkeit des Mädchens von Price abzulenken. »Mal sehen, was Mr Bramwell für dich hat.«

Sylvia nahm zwei Pennies aus ihrer Geldbörse und reichte

sie Henry. »Malzstangen für unsere Libby, wenn's recht ist, Henry.«

»Du verwöhnst das Mädchen auch noch«, knurrte Arnold.

»Will hat unserer Libby immer Malzstangen gekauft, wenn wir in die Stadt gekommen sind, Arnold.«

Henry gab die Süßigkeiten in eine braune Papiertüte. »Hier, bitte sehr. Lass sie dir schmecken, Kind«, sagte er und reichte sie Libby.

Arnold packte sie, ehe Libby danach greifen konnte. »Sie kann sie für später aufheben. Wenn sie sie jetzt aufisst, will sie kein Abendessen mehr.«

»Ich denke, das ist Sylvias Entscheidung«, erklärte Mai. Es empörte sie, wie Price, der nur ein Angestellter von Sylvia war, es wagen konnte, sich derart in Familienangelegenheiten zu mischen.

Arnold musterte sie blasiert. »Sylvia, meine liebe Frau, ich denke, es gibt da etwas, was wir Mrs Bramwell sagen sollten.«

Mai blieb der Mund offen stehen. *Meine liebe Frau?*

»Arnold und ich ...« Sylvia wurde rot und schaffte es nicht, Mai in die Augen zu sehen.

»... sind Mann und Frau«, ergänzte er an ihrer Stelle. »Aus Sylvia ist inzwischen Mrs Price geworden.«

Trotz ihres Schocks registrierte Mai Sylvias Lächeln – zuerst unsicher, als sie Mai und Henry ansah, dann jedoch voller Bewunderung, als sie sich Arnold Price zuwandte.

»Ich ...«, krächzte Mai. »Wann denn?«, brachte sie schließlich hervor und räusperte sich.

»Letzte Woche«, erwiderte Price knapp.

»Wir dachten, unter den Umständen wäre es das Beste«, erklärte Sylvia mit einem Anflug von Trotz in der Stimme.

»Nun ... ja ... natürlich«, stimmte Mai zu. Das Leben war

schwer für eine alleinstehende Frau, besonders mit Kindern, deshalb galt es durchaus als üblich – und auch sehr vernünftig –, wenn eine Frau möglichst schnell wieder heiratete. Doch sie war überrascht und auch gekränkt, dass Sylvia ihr nicht geschrieben und sie über ihre Pläne in Kenntnis gesetzt hatte. Und sie fragte sich, ob ihre Wahl klug gewesen war. Noch nicht einmal fünf Minuten verheiratet, und schon schien Price sie fest an der Kandare zu haben. Andererseits empfand sie es vielleicht so, weil sie sich dagegen sträubte, einen anderen Mann Wills Platz einnehmen zu sehen.

»Ich kann mir nicht vorstellen, dass Libbys Appetit leidet, nur wegen eines Lutschers vor dem Essen, Arnold. Außerdem dauert es noch Stunden, bis wir wieder zu Hause sind«, meinte Sylvia.

Price lächelte – allerdings etwas schmierig, wie Mai fand – den beiden Frauen zu. »Wenn du es willst, werde ich es dem Mädchen nicht versagen«, erklärte er friedfertig, nun da sein Status offiziell gemacht worden war, und reichte Libby die Lutscher. In diesem Moment platzten Wiremu und Don mit einer Horde Maori-Kinder in den Laden, ehe Tane und seine Frau gemesseneren Schritts folgten.

»Wir haben Tane geholfen, Kutschpferde einzufangen, die frei auf der Straße herumliefen«, verkündete Wiremu voller Stolz. »Eine Frau hat geschrien, und ein paar Mädchen haben vor Angst geweint.«

»Es war so aufregend«, warf Don ein.

»Nicht schon wieder! Das ist das dritte Mal in dieser Woche«, knurrte Henry. »Ich sage euch, es wird höchste Zeit, dass der Ordnungsinspektor etwas gegen die Leute unternimmt, die ihre Pferde allein auf der Straße herumlaufen lassen. Irgendwann wird noch jemand verletzt oder sogar getötet.«

»Wir haben sie gerne wieder eingefangen, Pa. Der Besitzer hat uns einen Penny gegeben, und wir waren keine Sekunde in Gefahr, niedergetrampelt zu werden. Tane hat aufgepasst, damit sie uns nicht zu nahe kommen.«

»So, so. Vielen Dank, Tane«, sagte Henry. »Wir können von Glück sagen, dass du dabei warst und dafür gesorgt hast, dass den Jungs nichts passiert ist.«

»Ah, nicht der Rede wert, Henry. Es sind gute Jungs, immer bereit, anderen zu helfen. Aber wo wir gerade vom Ordnungsinspektor reden, der seine Arbeit nicht erledigt – der Stadtrat muss endlich etwas wegen der Abflüsse am Cass Square unternehmen. Sie sind voll bis zum Überlaufen von den Abfällen und den ausgekippten Nachttöpfen der Leute. Ah, es stinkt fürchterlich, und die Ratten … groß wie Katzen, sage ich euch. Ich möchte da nicht reinfallen. Die fressen einen bei lebendigem Leib auf, ehe man es schafft, auf die Straße zurückzukommen.«

Beim Anblick der erschaudernden Frauen und voller Befriedigung, Eindruck bei ihnen geschunden zu haben, unterbrach er seine unappetitliche Schilderung und hob einen Flachskorb in die Höhe. »Hier, Mrs Bramwell, ein paar Aale für Sie. Ich weiß doch, wie gern Sie die mögen.« Er öffnete den Korb und ließ zwei lange, sich windende Aale auf den Ladentisch fallen.

»Ah … was für widerliche Viecher!«, quiekte Sylvia und machte einen Satz.

Henry überließ es Mai, die zappelnden Tiere zu packen. Er hatte die Vorliebe seiner Frau noch nie geteilt, doch Tane brachte regelmäßig Aale und andere Fische vorbei, auch Hühner und frisches Gemüse. Im Gegenzug dazu gab Henry ihm einen anständigen Rabatt auf seine Monatsrechnung.

Die Kinder brachen angesichts von Sylvias Reaktion in hysterisches Gelächter aus, das jedoch schlagartig verstummte, als sie Libby bemerkten. Ängstlich wichen sie zurück.

»Wieso nehmt ihr Libby nicht mit und zeigt ihr die Kätzchen?«, schlug Mai vor, in der Hoffnung, die angespannte Stille zu durchbrechen. Doch sie Jungen rührten sich nicht vom Fleck. Sylvia sah bestürzt in die Runde.

Haki, Tanes Frau, in deren braunen Augen ein mitfühlender Ausdruck lag, ging zu den Kindern hinüber und zupfte ihren Ältesten am Ohr. »Los jetzt, die beiden haben andere Dinge zu tun.« Sie scheuchte die Kinder aus dem Laden.

»Komm mit«, sagte Wiremu schließlich zu Libby, trat jedoch vorsichtshalber einen Schritt zurück und ließ sie in die Küche vorangehen. Er deutete auf einen Karton neben dem Herd, in dem sich sechs Kätzchen unterschiedlicher Färbung um Puss scharten und gierig nuckelten.

»Halten?« Libby deutete auf die Katzenkinder.

»Ja, aber du musst aufpassen, dass du sie nicht zu fest drückst. Sie sind noch ganz klein«, warnte Wiremu und sah zu, wie sie das grau getigerte Katzenbaby nahm und in ihren Arm bettete.

»N-nicht t-trinken?«, fragte sie mit erstaunlicher Klarheit und betrachtete das ingwerfarben-weiße Katzenbaby im Karton. Es war kleiner als die anderen und stand auf wackligen Beinchen da, ohne Anstalten zu machen, etwas zu trinken. Wiremu nahm es, schob behutsam die anderen beiseite und legte es an den Bauch der Katzenmutter. Doch sofort wurde es von seinen Geschwistern verdrängt.

»Sie schieben es immer weg«, erklärte er und nahm das ingwerfarbene Katzenkind aus dem Karton. Dann griff er nach einem Krug Milch, steckte den kleinen Finger hinein und hielt es dem Kätzchen ans Maul.

»T-trink gut.« Libby grinste, als es schwach an Wiremus Finger leckte.

»Ja, aber es wird bald ertränkt. Pa sagt, keiner will ein krankes Kätzchen.« Allein bei diesen Worten war Wiremu elend zumute. Er besänftigte das miauende Kätzchen und hielt erneut den Finger in die Milch. Er wusste, dass sein Vater nur ungern die weiblichen oder kranken Katzenkinder ertränkte und es normalerweise stets unmittelbar nach ihrer Geburt tat. Je älter sie wurden, umso schwerer fiel es einem, sagte er immer. Doch zu Beginn hatte das Kätzchen einen recht gesunden Eindruck gemacht, deshalb hatte Pa nicht vorgehabt, es zu töten. Wiremu hatte versucht, ihn zu überreden, es noch eine Weile zu behalten, falls es doch noch zulegte, doch sein Vater war hart geblieben.

»Sohn, wenn es nach dir ginge, würdest du den Laden in ein Heim für kranke und schwache Tiere verwandeln«, hatte er gesagt. »Es ist gut, Mitgefühl mit Tieren zu haben und sich für sie einzusetzen, aber die Mutter und die anderen Kleinen wissen, dass es schwach ist. Deshalb schieben sie es beiseite. Sie wissen, dass es sterben wird. Es ist nicht richtig, es noch länger leiden zu lassen.«

»Ich versuchen?«, fragte Libby nun, setzte das graue Kätzchen in die Schachtel zurück und streckte die Hände nach dem ingwerfarbenen aus.

Ihr sanfter Umgang und die klare Sprechweise überraschten Wiremu. Sie war ganz anders als das Mädchen, das in der Schule von allen nur »die verrückte Libby« genannt worden war. Er reichte ihr das Kätzchen, ließ sie jedoch keinen Moment aus den Augen, während sie den Finger in die Milch tauchte und dem Kätzchen vors Maul hielt.

»Nicht sterben.«

»Libby, es wird trotzdem sterben.«

Libbys Mundwinkel sackten nach unten. Sie schüttelte den Kopf, machte auf dem Absatz kehrt und ging in den Laden zurück. Aus Angst, was sie in ihrem aufgebrachten Zustand tun könnte, liefen Wiremu und Don ihr nach. Doch Libby wollte das Kätzchen nur ihrer Mutter zeigen.

»I-ich behalten?«

»Meine Güte, Libby, du sprichst ja ganz deutlich.«

Libbys Wangen röteten sich vor Freude angesichts der freudigen Verblüffung ihrer Mutter.

»Henry«, sagte Sylvia, »wenn sich sonst niemand für dieses Kätzchen interessiert, würden wir es gern haben.«

»Ich wollte es ertränken – es ist ein kränkliches kleines Ding. Im Karton sind auch noch andere. Möchtest du nicht lieber eines von denen?«, fragte er Libby.

»Wir sollten ein gesundes nehmen«, schaltete sich Arnold ein und streckte die Hand nach dem Kätzchen aus.

»Nein!« Libby kreuzte die Arme, so dass er das Kätzchen nicht zu fassen bekam.

Unsicher blickte Sylvia zwischen Libby und dem Kätzchen hin und her. »Sie ist völlig hingerissen von diesem hier.«

»Eines ist wie das andere.«

»Nein!« Libby hielt das Kätzchen noch eine Spur fester.

»Bitte, lassen Sie sie es behalten.« Wiremu trat vor, so dass er zwischen Libby und Arnold stand.

»Aus dem Weg, Junge«, blaffte Price ihn an, packte Wiremu an der Schulter und griff nach dem Kätzchen.

Henry, der sich schweigend ums Geschäft gekümmert hatte, sah unmissverständlich verärgert auf. »Das genügt jetzt.«

Augenblicklich ließ Price Wiremu los.

»Wiremu, am besten lässt du Libby ein anderes Kätzchen aussuchen«, sagte Henry zu seinem Sohn, ohne seinen wütenden Blick von Price zu wenden. Es lag auf der Hand, dass er diesem Mann nicht gestatten würde, sich bei seinen Kindern irgendwelche Freiheiten herauszunehmen.

Wiremu bedeutete Libby, ihm zu folgen, doch sie blieb stehen, das Kätzchen an ihre Brust gepresst.

»Libby, du erstickst es noch, wenn du nicht aufpasst«, warnte Sylvia, trotzdem lag ein Anflug von freudiger Erregung in ihrer Stimme. »Ich habe sie seit einer Ewigkeit nicht mehr so lebhaft gesehen.«

»Nun, vielleicht ist das Kätzchen ja tatsächlich für sie bestimmt. Wieso erlauben Sie ihr nicht, dass sie es behält? Ohne andere Kätzchen, gegen die es kämpfen muss, hat es vielleicht eine Überlebenschance«, meinte Mai mit einer gewissen Befriedigung, Price die Stirn zu bieten. »Etwas zu haben, worum sie sich kümmern und das sie lieb haben kann, täte ihr sicher gut.«

»Genau, Mrs Budd«, stimmte Wiremu zu, »Es hat vorhin Milch von ihrem Finger geleckt.«

»Price. Ihr Name ist jetzt Mrs Price«, erklärte Arnold mit einem unfreundlichen Blick in Wiremus Richtung.

»Ich denke, Sie haben recht«, stimmte Sylvia zu, ohne der Verärgerung ihres Mannes Beachtung zu schenken. »Sie hat das Kätzchen so ins Herz geschlossen, dass ich glaube, wir sollten es behalten. Meinst du nicht auch, Arnold?«

Er schürzte die Lippen und sah aus, als hätte er einen Löffel Essig geschluckt.

»Dann soll sie es um Himmels willen haben. Schließlich ist sie geistig nicht ganz bei sich, wie der Doktor selbst gesagt hat. Wenn wir es ihr nicht geben, bekommt sie wieder einen ihrer Wutanfälle, und das wollen wir doch nicht, oder?«

Mrs Budd – Price, korrigierte sich Wiremu im Geiste – sah aus, als hätte sie eine Ohrfeige bekommen, und einen Moment lang dachte er, sie würde ihrem Ehemann widersprechen. Doch dann wandte sie sich an Pa. »Jetzt sollten wir gehen. Wir haben einen langen Weg vor uns.«

Nachdem ihre Besucher aufgebrochen waren, holten Wiremu und Don Schaufel und Eimer und gingen nach draußen.

»Und was habt ihr damit vor?«, fragte ihre Mutter und musterte sie eindringlich.

»Wir räumen den Pferdemist beiseite«, antwortete Wiremu und rätselte, weshalb sie ihnen diese Frage stellte, wo sie doch jeden Tag vor und nach der Schule den Mist vor dem Laden wegschaufelten, der einmal wöchentlich vom hiesigen Gärtner abgeholt wurde.

»Aber ganz bestimmt nicht in diesen Sachen.«

»Oh …« Wiremu sah Don an und bemerkte, dass sie noch immer ihre guten Schulkleider – Knickerbockers, Stiefel und Jacketts – trugen. Dons gestärkter weißer Kragen und die Krawatte saßen schief. Seinen eigenen hatte Wiremu abgestreift und in seine Jackentasche gesteckt, und auf seinem weißen Hemd prangte ein Schmutzfleck. Die Jungen tauschten einen verlegenen Blick.

»Arbeitshosen und Kittel an … auf der Stelle!«

Mai folgte den Jungen in den Laden und hielt inne, als sie Gelächter hinter sich hörte. Zwei voll besetzte offene Einspänner, deren Räder über Schlaglöcher auf der geschotterten Straße holperten, fuhren vorbei.

»Die kommen aus der Anstalt. Völlig plemplem, die meisten«, klärte ein Passant Mai auf. »Die haben die Vormittagsvorstellung besucht. Diese Woche gastiert ja diese Truppe von Schauspielern und Sängern in der Stadt.«

Mai wusste, dass sie die Kranken nicht wie alle anderen hier anstarren sollte, schaffte es jedoch nicht, den Blick von dem eigentümlichen Grüppchen zu lösen. Einige der Patienten, sowohl Männer als auch Frauen, wirkten vollkommen normal. Einer oder zwei, denen es regelrecht peinlich zu sein schien, in der Gesellschaft von »Irren« gesehen zu werden, auch wenn sie selbst offiziell als genau das galten, hatten glühend rote Wangen und trauten sich nicht, nach links oder rechts zu sehen.

Die restlichen ... bei ihrem Anblick spürte Mai, wie sich Mitgefühl in ihrem Innern regte. Einige grinsten und sabberten vor sich hin, andere lächelten irr und winkten, und eine Frau lachte lauthals. Eine andere zerrte an den grauen Haarsträhnen, die unter ihrer Mütze hervorlugten. Eine besonders arme Seele schien aus Wackelpudding zu bestehen. Sein Kopf hing nach vorn und bebte unkontrolliert bei jedem Schlag, den der Einspänner abbekam. Gütiger Himmel, mit einer derartigen Behinderung leben zu müssen, dachte Mai voller Dankbarkeit darüber, dass ihre Familie niemals von Geisteskrankheit heimgesucht worden war.

Wiremu und Don, die den Lärm hörten, gesellten sich zu ihrer Mutter und starrten die Leute mit einer Mischung aus Entsetzen und Faszination an.

»Die kommen vom Irrenhügel«, stellte Wiremu fest. »Da oben sind alle verrückt. Oder Mörder oder Diebe«, fügte er erschaudernd hinzu.

»Ja – oder tot«, ergänzte Don mit angstverzerrtem Gesicht.

Wieder spürte Mai ein Ziehen in der Magengegend, als ihr der Reim einfiel, den sie Kinder singen gehört hatte, nachdem ein beinahe nackter Insasse aus Seaview geflüchtet war. Und jetzt sangen das ihre eigenen Jungs.

»Tot, tot, tot, das bist du, Idiot. Kommst du auf den Hügel, kriegst du 'ne Tracht Prügel«, stimmten sie im Chor an.

»Das reicht jetzt«, sagte Mai. »Diese armen Leute sind keine Verbrecher wie die, die im Gefängnis sitzen, und haben niemandem etwas getan.« Trotzdem fragte sie sich insgeheim, ob es wohl so war.

Auf dem Nachhauseweg saß Libby hinten auf dem Wagen, das Kätzchen fest an sich gepresst. Sylvia konnte kaum den Blick von ihr wenden. Zum ersten Mal seit Wills Tod wirkte Libby lebhafter. Bedeutete dies einen Wendepunkt? Ihre Lippen bewegten sich in einem stummen Gebet.

»Du wirst dafür sorgen müssen, dass das Kätzchen nicht in die Nähe von Nipper und ihren Jungen kommt«, warnte sie ihre Tochter. »Du weißt ja, wie sehr sie sie verteidigt.«

»Wahrscheinlich würde sie das Kleine bei lebendigem Leib auffressen«, bestätigte Arnold mit säuerlicher Miene. »Reine Zeitverschwendung, dieses jämmerliche Ding überhaupt mit nach Hause zu nehmen, wenn du mich fragst.«

Libby hatte den kleinen Kater Bobby getauft. Sylvias Hoffnung, sie könnte Fortschritte mit dem Sprechen machen und ihre Wutanfälle überwinden, wuchs in den folgenden beiden Tagen. Libby versuchte unermüdlich, den Kater dazu zu bewegen, Milch von ihrem Finger zu lecken. »Trink, Bobby, trink«, sagte sie wieder und wieder, endlos oft und glasklar, ohne das geringste Stammeln. Doch am dritten Morgen war Bobby lethargisch und schlaff. Nichts, was Libby unternahm, veranlasste ihn zu trinken.

Arnold zeigte nicht das geringste Mitgefühl. Wüsste Sylvia es nicht besser, hätte sie beinahe vermutet, dass ihn der gesundheitliche Verfall des Kätzchens freute.

»Habe ich's dir nicht gleich gesagt, Sylvia?«, fragte er. »Ich habe versucht, euch beide zu warnen, aber nein, ihr wolltet ja nicht auf mich hören. Vermutlich dachtest du, ich bin zu streng mit dem Mädchen, dabei wollte ich ihr nur den Kummer ersparen. Es ist sinnlos, einen Krüppel zu nehmen, wo es jede Menge gesunder Kätzchen in diesem Karton gab, um die man kein solches Theater zu machen braucht.«

»Mag sein … aber noch ist es nicht zu spät. Vielleicht erholt er sich ja wieder.« Sylvia wagte nicht daran zu denken, welche Auswirkungen der Tod des Kätzchens auf Libbys Zustand hätte.

Am nächsten Morgen war Bobby sogar noch schwächer. Wie gewohnt half Libby ihrer Mutter am Vormittag bei der Wäsche, doch Sylvia sah, dass sie mit den Gedanken woanders war.

»Oh … nun geh schon. Sieh nach deinem Kätzchen«, sagte sie. »So wie du heute herumtrödelst, bin ich allein schneller fertig. Aber komm gleich wieder her, wenn du fertig bist.«

Minuten später drang ein zorniger Schrei aus dem Haus. Sylvia stürzte hinein und blieb abrupt stehen, als sie sah, wie Libby Arnold vors Schienbein trat.

»Elizabeth!«

Schwer atmend fuhr Libby herum.

»Arnold, das Kätzchen ist doch nicht etwa tot, oder?« Sylvia machte sich Vorwürfe, selbst an Libbys Wutanfall schuld zu sein. Sie hätte auf Arnold hören und nicht zulassen sollen, dass Libby den kleinen Krüppel behielt.

Libby zeigte auf Arnold, dann auf Bobby, der mit Nipper und ihren beiden Welpen im Korb lag und an einer Zitze nuckelte.

»Meine Güte! Sieh sich das einer an!«, rief Sylvia staunend.

Arnold rieb sich das Schienbein und humpelte zum Körbchen. »Ich habe Libby dabei erwischt, wie sie Bobby zu Nipper gelegt hat. Ich habe versucht, sie davon abzuhalten. Ich dachte, Nipper und die Welpen würden den Kater in Stücke reißen – zu spät. Ein Glück, dass Nipper den Kleinen angenommen hat, aber ebenso gut hätte sie ihn totbeißen können.«

»B-bobby geworfen«, stammelte Libby.

Arnold starrte Libby böse an. »Ja, reingeworfen hast du ihn einfach, obwohl er so schwach ist. Das war lebensgefährlich.« Langsam schüttelte er den Kopf, als sei er fassungslos über Libbys jüngsten Anfall. »Ich weiß nicht, was wir noch mit ihr tun sollen, Sylvia. Ich habe doch nur versucht, ihr zu helfen, und du hast ja gesehen, wie sie auf mich losgegangen ist.«

Sylvia wandte sich an Libby. »Du dummes, dummes Ding! Nipper hätte den armen kleinen Kater töten können. Und du trittst Arnold, wo er doch nur helfen wollte?« Sie verpasste Libby eine schallende Ohrfeige.

Kapitel 14

Juli 1884

BEREIT, EINEN WEITEREN Arbeitstag in Angriff zu nehmen, betrat Henry den Laden. Wie aus heiterem Himmel setzte heftiger Regen ein, der so laut auf das Blechdach einprasselte, dass er jede Unterhaltung unmöglich machte. Die Läden auf der anderen Straßenseite waren schlagartig nicht mehr zu erkennen, da der Regen wie aus Eimern herunterschüttete. Henry zündete die Lampen an.

Er stand mitten in seinem Laden, staubtrocken und zufrieden, und ließ den Blick über die Ladentheke aus Kauri-Holz wandern, die sich U-förmig durch den Raum erstreckte und deren polierte Oberfläche im Schein der Gaslampe warm schimmerte.

An der Decke des kleinen Nebenraums hingen riesige Schinken und Speckschwarten, deren verlockender Duft aus den dünnen Musselin-Säcken drang.

Mit einem Anflug von Befriedigung betrachtete Henry die Regale, die vom Boden bis zur Decke mit Waren gefüllt waren: Götterspeisepulver in gelben, orangefarbenen und roten Packungen, je nach Geschmacksrichtung, Gläser mit Bovril-Rindersuppe, die wegen des grimmig dreinblickenden Bullen auf dem Etikett ganz besonders beliebt bei den Kindern war. Auf der Theke stand die glänzende Messingwaage, daneben die brandneue Registrierkasse mit den üppig verzierten Gusseisenplatten an den Seiten, so schwer, dass der Tischler die Theke an dieser Stelle hatte verstärken müssen.

Gläser mit Lutschern säumten den Tresen, bis zum Rand gefüllt mit runden Karamellbonbons, leuchtend orangefarbenen Malzstangen und in bunten Papierchen verpackten Toffees.

Nahe der Tür befanden sich die Emailwaren – Kuchenformen, Schüsseln, Becher und Teller –, daneben gusseiserne Backbleche, Bratpfannen und Kochtöpfe. An einem Holzständer hingen verschiedenste Obst- und Gemüsesamen.

Henry holte tief Luft und sog das satte, üppige Aroma der Kräuter ein, unter das sich der scharfe, saubere Geruch des Ladens mischte.

Er war höchst zufrieden mit der geschäftlichen Entwicklung der vergangenen neun Monate, seit er H. & M. Bramwell's in Hokitika eröffnet hatte. Zu Beginn war das Geld knapp gewesen: Er hatte mit bereits eingeführten – und in vielen Fällen auch florierenden – Lebensmittelläden konkurrieren müssen, doch er hatte ausreichend auf der hohen Kante gehabt, so dass sie diese Phase unbeschadet überstanden hatten.

Inzwischen erwog er, einen weiteren Laden in Greymouth zu eröffnen. Natürlich würde er einen Geschäftsführer brauchen, schließlich konnte er nicht an zwei Orten gleichzeitig sein. Und er wusste, dass es keinen Besseren für diese Aufgabe gab als Jimmy. Noch hatte er seine Pläne nicht mit Mai besprochen. Da mittlerweile ihr drittes Kind unterwegs war, hatte sie es sich in den Kopf gesetzt, ihre Wohnräume auszubauen, und würde sicher Einwände erheben. Doch er konnte das Gespräch nicht ewig hinauszögern. Er würde einen günstigen Augenblick abwarten und es ihr heute sagen.

Ein harsches, kurzes Klopfen ertönte. Henry schloss die Tür auf und ließ Anne Gilpin, die Barkellnerin aus dem Golden Age Hotel, herein.

»So, was kann ich heute Morgen für Sie tun?«, fragte er munter.

»Als Erstes können Sie dafür sorgen, dass dieser Regen aufhört. Ich bin mitten in den Schauer geraten – leider habe ich vergessen, einen Schirm mitzunehmen, dafür bin ich jetzt nass bis auf die Knochen. Sie sollten den Laden auf dieselbe Straßenseite wie das Hotel verlegen. Dann könnte ich unter den Verandadächern bleiben und bräuchte die Straße nicht zu überqueren.« Schaudernd zog sie sich die Stola enger um die Schultern und trat entschlossen zum Ladentisch, wobei sie ihr feuchtes Kleid und die Unterröcke von sich hielt, um zu verhindern, dass der Stoff an ihren Strümpfen kleben blieb.

»Ich brauche etwas Nelson-Moates-Tee. Ein Pfund sollte genügen, vielen Dank.«

Henry hatte gerade eben den Tee aus der Büchse in die Anderthalbpfund-Tüten abgefüllt, nahm eine von dem säuberlichen Stapel, der noch auf dem Wiegetisch lag, und reichte sie Anne.

»Ich schwöre bei Gott, Henry, es ist nur gut, dass Mrs Cullen das Hotel gehört, sonst würde sie niemals ihre Stellung behalten«, bemerkte Ann und ließ den Tee in ein großes gehäkeltes Einkaufsnetz fallen. »Obwohl es mich zugegebenermaßen immer wieder erstaunt, wie eine Frau, die so vergesslich sein kann, was das das Bestücken der Vorratskammer angeht, gleichzeitig aber einen rasiermesserscharfen Verstand hat, wenn es darum geht, in der Bar anständige Gewinne zu machen.«

»Das stimmt«, bestätigte Henry, der Mrs Cullen für ihre Nachlässigkeit nur dankbar sein konnte. Ebenso wie er selbst bezog sie den Hauptanteil ihrer Waren von irgendwelchen Großhändlern, doch die standen den Kunden bei weitem nicht so dienstbeflissen zur Verfügung, wenn sie einen gerade brauchten. Wann immer es der Hotelbesitzerin einfiel, dass ihr Eier, Speck, Tee oder Derartiges ausgegangen war, kam dies Henry zugute.

Henry bewunderte Anne Gilpin mit ihrem breiten, aufrichtigen Lächeln und ihrer angenehmen Art. Mai hatte sie ebenfalls ins Herz geschlossen. Er wünschte nur, sie fänden eines Tages jemanden wie sie, um Mai im Haushalt zu helfen. Es blieben nicht einmal mehr drei Monate bis zur Niederkunft, und allmählich ermüdete sie schnell. Doch er konnte es sich nicht leisten, den Lohn einer Barkellnerin zu bezahlen, deshalb würden sie Anne keinesfalls von ihrer Stellung im Hotel weglocken.

Annes früher Besuch stellte den Beginn eines arbeitsreichen Tages dar, doch am späten Nachmittag hatte das Geschäft so weit nachgelassen, dass er den Laden für eine Weile verlassen konnte, um mit Mai zu sprechen.

»Ich habe mir etwas überlegt«, sagte er und übernahm die Zubereitung des Tees, um sie milde zu stimmen.

»Ja?«, sagte sie, sah von ihrer Näharbeit auf und betrachtete ihn misstrauisch. Verdammt, ihr war also nicht entgangen, dass er einiges im Schilde führte.

»Wie du selbst weißt, entwickelt sich das Geschäft prächtig, und nichts deutet darauf hin, dass es nachlässt …« Beim Anblick von Mais undurchdringlicher Miene unterbrach er sich. Seit ihrem Umzug nach Hokitika war sie härter geworden.

»Es läuft gut … sehr gut …«, fuhr er schließlich fort.

»Und?«

»Wir haben mehr als genug Kunden …«

»Henry.« Inzwischen tat Mai nicht länger so, als sei sie mit ihrer Näharbeit beschäftigt. Stattdessen blickte sie ihm streng ins Gesicht, genauso wie sie ihre Söhne musterte, wenn sie sie mit der Hand im Bonbonglas erwischt hatte. »Du erzählst mir, dass die Geschäfte gut gehen, auch wenn ich das durchaus wusste. Jetzt würde ich gerne erfahren, weshalb du um den heißen Brei herumredest, bevor meine Haare grau werden und mir alle Zähne ausfallen.«

Henry lachte leise. »Ich möchte einen Laden in Greymouth eröffnen«, erklärte er rundheraus.

Mai kniff die Augen zusammen.

»Natürlich habe ich nicht vor, diesen hier zu verkaufen«, fügte er eilig hinzu, um jeden möglichen Einwand im Keim zu ersticken. »Ich meine einen zweiten Laden. Es erscheint mir sinnvoll. Jimmy könnte ihn für uns führen. So hätten wir das doppelte Geschäft, verstehst du. Vielleicht denken wir sogar darüber nach, irgendwann einen Laden in Westport aufzumachen. Stell dir vor ... einen H. & M. Bramwell's in Greymouth und einen H. & M. Bramwell's in Westport. Was sagst du dazu, Mai? Ist das nicht ein großartiger Plan?«

»Ja, Henry, es ist ein großartiger Plan. Ein bisschen zu großartig für den Augenblick, meine ich. Du weißt ja, wie viel mir daran liegt, unsere Wohnräume zu erweitern. Und du warst einverstanden, damit anzufangen, sobald wir es uns leisten können. Wieso kannst du dich nicht damit zufriedengeben, diesen Laden hier zu vergrößern?«

»Mai, denk mal ... Wenn wir einen zweiten Laden eröffnen würden, könnten wir uns schon bald ein Haus leisten, das eines Königs würdig wäre.« Mit einer geringschätzigen Geste sah er sich in der Küche um. »Dann könnten wir diesen Raum hier für den Laden verwenden. Es wäre doch idiotisch, Geld für den Bau eines weiteren Stockwerks zu vergeuden.«

»Henry, ich bitte dich, überleg es dir gut, bevor du diesen

Schritt tust.« Mai stand so abrupt auf, dass der Schaukelstuhl wild hin und her schwang und die Babydecke, an der sie gerade gearbeitet hatte, zu Boden fiel.

»Reden wir erst mal nicht mehr darüber.« Er hob die Decke auf, die Mai ihm wortlos aus der Hand nahm.

»Darf ich dir eine Tasse Tee einschenken?«, fragte er und entschied angesichts ihrer plötzlichen Kühle, das Thema zu wechseln.

»Nein.«

Er schenkte zwei Becher voll ein und verließ eilig die Küche.

»Den kann ich weiß Gott gebrauchen, Henry.« Jimmy blies in den Becher, um den Tee abzukühlen.

»Ich muss zugeben, ich bin selber froh über eine Tasse von diesem Gebrä«, stimmte Henry aus tiefster Seele zu und bemerkte erfreut, dass Claire in diesem Augenblick hereinkam.

»Sehen Sie doch bitte kurz bei Mai vorbei, ehe Sie wieder gehen«, meinte er in der Hoffnung, die Gesellschaft eines anderen weiblichen Wesens hebe die Stimmung seiner Frau ein klein wenig.

Die Enthüllung von Henrys ehrgeizigen Plänen war ein gewaltiger Schock für Mai gewesen. Es hatte sie wütend gemacht, wie schnell er sein Versprechen vergessen hatte, ein zweites Stockwerk für die Familie zu bauen. Nicht nur weil es bedeutete, dass sie einige weitere Jahre in ihren beengten Räumen würden leben müssen – damit könnte sie sich arrangieren. Nein, sie fand es grundsätzlich unklug, ihr gesamtes Geld in weitere Geschäfte zu stecken. Sie würde sich lieber darauf konzentrieren, ihren bestehenden Laden auszubauen oder andere geschäftliche Projekte anzugehen, um mehr als nur ein Eisen im Feuer zu haben.

Mit einem Mal machten sich ihre schmerzenden Knöchel wieder bemerkbar, deshalb setzte sie sich und zog ihre Schuhe aus. Beim Klang von Claires vertrautem »Halloooo« hellte sich ihre Stimmung ein klein wenig auf.

»Endlich lässt der Regen etwas nach, aber es ist immer noch ziemlich ungemütlich da draußen«, erklärte Claire und schloss ihren Schirm. Als sie ihn gegen einen Stuhl lehnte, fiel ihr Blick auf Mais nackte Füße und die geschwollenen Knöchel.

»Oh je, ich habe wirklich keine Ahnung, wie Sie all das ertragen«, erklärte sie leichthin, während sie ihren Tweedmantel auszog, unter dem ein offenbar brandneues Kleid zum Vorschein kam – zumindest hatte Mai es noch nie vorher gesehen. Es war aus einem prachtvollen Taft genäht und schillerte bei jeder Bewegung in unterschiedlichsten Grüntönen.

»Wenn Sie erst einmal verheiratet sind, werden Sie es selbst schon bald herausfinden«, konterte Mai mit einer Spur Gereiztheit in der Stimme.

Claire sah sie an, als hätte sie geflucht wie ein Seemann. »Ich möchte lieber noch nicht über diese Dinge nachdenken«, erwiderte sie und erschauderte. »Sie sehen so erschöpft aus. Soll ich Ihnen eine heiße Schokolade machen?«

»Nein, danke. Im Moment ertrage ich den Geschmack nicht. Der hier ist daran schuld.« Sie tätschelte ihren Bauch. »Aber Henry hat eine Kanne Tee gekocht. Es wäre nett, wenn Sie mir eine Tasse einschenken könnten.« Ein widerstrebendes Lächeln breitete sich auf ihrem Gesicht aus, als sie an Henrys ungelenken Versuch dachte, gute Stimmung zu machen, um ihr seinen ungeheuerlichen Vorschlag zu unterbreiten.

»Haben Sie das gehört?«, fragte Claire.

Mai spitzte die Ohren und lauschte dem rhythmischen Hämmern, das von der Straße hereindrang.

»Klingt nach einer Trommel. Wollen wir nachsehen, was da los ist?«, schlug Claire vor und nahm ihren Schirm.

Mai zwängte ihre Füße in die Schuhe, und gemeinsam gingen sie zur Vordertür des Ladens. Eine Gruppe Frauen kam mit entschlossenen Schritten die Revell Street entlangmarschiert, ohne dem Nieselregen Beachtung zu schenken. Beide Anführerinnen hielten Holzstangen in der Hand, zwischen denen ein Transparent mit der Aufschrift *TEMPERANCE SOCIETY – Abstinenz für alle* gespannt war, während eine Frau am Ende der Gruppe mit aller Kraft auf eine Trommel einhämmerte.

Entsetzt starrte Mai eine der Bannerträgerinnen an. »Gütiger Himmel, das ist Agnes Roberts!« Während sie einerseits den Mut der Frauen bewunderte, für Abstinenz und Mäßigung auf die Straße zu gehen, überlegte sie, welcher Gefahr Agnes sich aussetzte, wenn ihr Mann dahinterkäme. Und das würde er ohne jeden Zweifel tun.

»Wie können sie so ein Spektakel daraus machen?«, fragte Claire und starrte das Grüppchen staunend an.

»Ich wage zu behaupten, dass es nicht weiter schwierig ist, wenn die eigenen Kinder hungern müssen, nur weil der Vater das ganze Geld für Alkohol ausgibt«, konterte Mai scharf beim Gedanken an Agnes und einige andere Kundinnen, die es nie schafften, ihre Monatsrechnung pünktlich zu bezahlen. Wie beschämt sie in den Laden geschlichen kamen und darum baten, ihnen noch ein wenig Aufschub zu gewähren, ohne Mai in die Augen sehen zu können. Einige, darunter auch Agnes Roberts, hatten häufig böse Blutergüsse im Gesicht, deren Entstehung jedoch niemals erwähnt wurde.

Mittlerweile hatten sich entlang der Straße etliche Neugierige eingefunden, vorwiegend Männer. Einige lachten, andere stießen wüste Beschimpfungen aus. »Nieder mit dem Alkohol«, schrie die Frau laut über das Stimmengewirr hinweg.

»Ich mach *dich* gleich nieder!« Bert Roberts, der so betrunken war, dass Mai seine Fahne aus mehreren Metern Entfernung noch riechen konnte, löste sich aus der Menge und taumelte auf das Grüppchen zu. »Ab nach Hause, blödes Miststück!« Er riss ihr so abrupt das Banner aus der Hand, dass sie ins Taumeln geriet.

Empörtes Zischen, Johlen und Geschrei erhob sich, doch keiner der Umstehenden half der Frau. Der Protestmarsch war mittlerweile zum Stillstand gekommen, und die Frauen standen dicht gedrängt beisammen, offenkundig verängstigt und dennoch entschlossen, nicht nachzugeben.

»Halt!« Verblüfft beobachtete Mai, wie Claire sich an ihr vorbeischob und auf die Frauen zulief. »Lassen Sie sie sofort los, Sie Unhold!«, kreischte Claire und drosch mit ihrem Schirm auf den Kopf des Mannes ein.

»Das da iss meine verdammte Frau, und ich mach mit ihr, was ich will«, dröhnte Roberts, taumelte rückwärts und rieb sich den Kopf. »Sie halten sich gefälligst da raus, verflucht noch mal!« Er holte aus und versuchte, Claire einen Hieb zu verpassen, dem sie jedoch mühelos auswich.

»Geh ins Haus zurück, bevor dir etwas passiert«, rief Henry Mai zu und schob sich mit Jimmy durch die Menge.

Zu schockiert, um auf seine Warnung zu hören, stand Mai da und beobachtete, wie sich vor ihren Augen ein wildes Handgemenge entwickelte. Bert Roberts, der seine Frau am Arm gepackt hatte und mit sich zerren wollte, wandte gerade noch rechtzeitig den Kopf, um Jimmys Faust zu sehen, die auf seiner Nase landete. Blut spritzte. Agnes' Gesicht und graues Kleid waren von roten Flecken gesprenkelt, ehe ihr Mann mit einem dumpfen Poltern zu Boden ging. Jimmy stand über ihm, die Fäuste drohend erhoben, als er mühsam auf die Füße kam und davontaumelte. Agnes stand da, zitternd und kreidebleich. Was für eine Tracht Prügel würde ihr diese närrische Demonstration ihres Mutes heute wohl noch einbringen?, überlegte Mai.

Die Gruppe der sichtlich entsetzten Frauen löste sich auf, während sich die Menge zerstreute.

Jimmy nahm Claire beim Arm und betrachtete sie sehr genau. »Wenn dieser Mistkerl dir wehgetan hat, besorge ich es ihm.«

Mai lachte, fast hysterisch vor Erleichterung. »Diese Gefahr bestand nicht«, beruhigte sie ihn und musterte Claire mit neu gewonnenem Respekt. Ihrer Ansicht nach war sie eine kluge und reizende junge Frau, doch sie hätte sie niemals für so mutig gehalten. »Ich denke eher, Sie haben Roberts davor bewahrt, blind zu werden. Ich dachte schon, Claire sticht ihm mit ihrem Schirm die Augen aus.«

»Das hätte passieren können«, meinte Jimmy, der seine Verlobte noch immer besorgt musterte. »Aber wenn sie ihm in die Quere gekommen wäre, hätte er sich auf sie gestürzt, ohne auch nur eine Sekunde zu zögern. Wir wissen ja, was seine Frau manchmal durchmacht.« Ein angewiderter Ausdruck trat auf sein Gesicht. »Nur Gott allein weiß, wie es ihm gelingt, seine Stellung im Gaswerk zu behalten. Er ist kaum jemals nüchtern.«

»Das war wirklich tapfer von Ihnen«, sagte Mai zu Claire, als sie in die Küche zurückgekehrt waren.

»Jemand musste Sie doch daran hindern, selbst dazwischenzugehen und verletzt zu werden«, gab Claire leichthin zurück, auch wenn ihre Hand zitterte, als sie ihre Schokolade umrührte. »Oh Gott«, stieß sie hervor. Ihr Gesicht war mit einem Mal kreidebleich.

»Claire … ist alles in Ordnung?«

Claire schüttelte den Kopf. »Ich fühle mich gar nicht gut.« Sie sank aufs Sofa.

»Das wundert mich nicht. Sich diesem Kerl entgegenzustellen, wäre selbst für den stärksten Kerl zu viel. Glauben Sie, Sie schaffen es, ein wenig heiße Schokolade zu trinken?«, fragte sie Claire, deren Wangen wieder etwas Farbe hatten.

»Ja … oh … je … nein.« Claire schlug sich die Hand vor den Mund und stürzte hinaus.

Mai hörte, wie sie würgte. Gerade als sie sich auf den Weg machte, um Jimmy zu holen, stieß sie mit Elmer zusammen, der hereingeschlendert kam. »Was habe ich mir da sagen lassen, Claire tut sich mit diesen dummen, verdammten Abstinenzlerinnen zusammen?«

Seine Arroganz gegenüber diesen Frauen, die mutig – oder, wie in Agnes Roberts Fall, verzweifelt – genug gewesen waren, um trotz der möglichen Peinlichkeit für die Rechte der Kinder und ihre eigenen einzustehen, war zu viel für Mai.

»Etwas zu tun, um dafür zu sorgen, dass die eigenen Kinder nicht Hunger leiden müssen, nur weil der Mann das ganze Geld versäuft, ist alles andere als dumm. Aber keine Sorge, Ihre Schwester war keine dieser tapferen Frauen. Sie hat das Glück, einen Mann gefunden zu haben, der ihr niemals Anlass geben würde, auf die Straße zu gehen und zu protestieren. Doch sie war mutig genug, um eine von ihnen gegen ihren betrunkenen, gewalttätigen Mistkerl von einem Ehemann zu verteidigen.«

»Sie sollte sich lieber um ihre eigenen Angelegenheiten

kümmern.« Elmer sah sich im Raum um. »Wo ist sie überhaupt? Zurück ins Hotel?«

»Nein, sie ist draußen hinter dem Haus. Ihr wurde übel.«

»Geschieht ihr verdammt noch mal recht!«

Mai entschied, dass eine Begegnung mit ihrem Bruder das Letzte war, was Claire in dieser Situation gebrauchen konnte. Sie lief los und holte Jimmy, der sich auf der Stelle anbot, Claire zurück ins Golden Age zu bringen.

»Nicht nötig«, wehrte Elmer ab. »Du hast genug im Laden zu tun. Ich sorge dafür, dass sie sicher ins Hotel kommt.«

»Das ist sehr nett von dir, Elmer, aber ich bin nicht zu beschäftigt, um mich um meine Verlobte kümmern zu können«, erwiderte Jimmy knapp und schob Claires Arm unter seinen eigenen.

Elmer warf Jimmy einen säuerlichen Blick zu. »Ich sagte doch, ich kümmere mich um sie.«

»Einen Teufel tust du.« Jimmy führte Claire zur Tür.

Elmer trat hinter die beiden, packte Claires anderen Arm und zog sie näher zu sich.

»Nimm deine Hände von ihr!« Jimmy rammte Elmer den Ellbogen in die Magengrube und zog Claire an sich, während Elmer rückwärts taumelte und gegen die Kommode prallte.

»Aufhören jetzt!«, rief Mai, die zusehen musste, wie ihr Porzellanservice zu Boden fiel und zerbarst.

Henry kam hereingelaufen, dicht gefolgt von Anne Gilpin.

»Was in drei Teufels Namen ist hier los?«, wollte Henry wissen und schob sich zwischen die beiden Männer.

»Sie streiten, wer Claire ins Hotel zurückbringen darf«, antwortete Mai heftig atmend.

»Es ist mir völlig egal, wer von euch beiden sie begleitet,

solange ihr nur aus meinem Haus verschwindet.« Erbost starrte er auf die Scherben von Mais Teeservice, die überall auf dem Boden verstreut lagen. »Am liebsten würde ich euch alle beide niederschlagen.«

Jimmy ließ den Kopf hängen. »Es tut mir leid, Henry. Ich weiß nicht, was in mich gefahren ist.«

»Du solltest dich nicht bei mir entschuldigen, sondern bei Mai.«

Elmer hatte inzwischen Claires Arm unter seinen geschoben und machte sich auf den Weg zur Tür.

Jimmy fuhr herum. »Heda! Was glaubst du, wohin du mit meiner Verlobten gehst?«

Winzige Schweißperlen standen auf Claires Stirn. »Oh bitte, James, lass es gut sein. Wenn du dich so benimmst, fühle ich mich gleich noch schlechter als vorher. Elmer kann mich ins Hotel zurückbringen.«

»Aber …«

Elmer hob die Hand und winkte ihn fort. »Du hast gehört, was sie sagt. Und falls du nichts dagegen hast, würden wir uns jetzt gern auf den Weg machen.«

Jimmy sah verwirrt und gekränkt drein, trat jedoch beiseite und ließ Claire und Elmer vorbei.

Kapitel 15

August 1884

»Nimm dieses Bügeleisen und gib mir das andere, ja?«

Libby nahm das abgekühlte Eisen aus dem Ständer auf dem Tisch, stellte es auf den heißen Herd, wo sie den Holzgriff abnahm und auf dem zweiten, bereits heißen Eisen befestigte. Sie bewegte sich geradezu qualvoll langsam, doch Sylvia beherrschte ihren Unmut, wohl wissend, dass Libby besonders sorgsam darauf achtete, nicht den gusseisernen Topf auf dem Herd zu berühren, in dem ein Eintopf vor sich hin köchelte.

Als sie fertig war, räumte Sylvia die alte Decke und das Laken beiseite, die ihr als Bügelunterlage gedient hatten, und beobachtete angespannt, wie Libby die Bügeleisen zum Auskühlen auf den Herd stellte. Erst vor wenigen Wochen war das Mädchen dabei gestolpert und rückwärts über das Messingkamingitter gefallen. Sie selbst hatte sich nur einen blauen Fleck geholt, doch das Brandmal, das das heiße Bügeleisen auf dem Holzboden hinterlassen hatte, ließ sich nicht entfernen, wie sehr sie auch schrubbte und ihm mit Kernseife, Natron oder Ätzkalk zu Leibe rückte. Am Ende hatte Sylvia einen Flickenteppich darübergelegt, doch sie wusste, dass der Fleck noch immer da war und ihr jedes Mal entgegenschrie, wenn ihr Blick auf die Stelle fiel.

»Libby«, sagte sie nun, »ich sehe, Arnold hat seinen Tabaksbeutel vergessen. Stell das Bügeleisen weg, während ich ihn ihm bringe, ja?«

Insgeheim freute Sylvia sich darüber, nicht bis zur Mittagszeit warten zu müssen, um ihren Ehemann wiederzusehen. Im Gegensatz zu Will liebte Arnold sie sehr häufig. Und, wie sie sich zu ihrer Schande eingestand, während ihr ein Schauder der Erregung über den Rücken lief, sie konnte sich nicht erinnern, je in ihrem Leben so glücklich gewesen zu sein. Neuerdings nutzte sie jede Gelegenheit, ihn in der Fabrik zu besuchen, in der Hoffnung, er würde vorschlagen – was er manchmal auch tat –, sich in sein Versteck im Gebüsch zu stehlen. Sobald sie dort waren, konnte er seine Ungeduld, ihre Röcke zu heben und sich in ihr zu versenken, kaum verhehlen. Niemals hätte sie gedacht, sich so bereitwillig, so voller Lust und hemmungslos nach der Berührung eines Mannes zu sehnen.

Kaum hatte sie die ersten Meter auf dem Pfad zur Fabrik zurückgelegt, kam ihr Arnold entgegen.

»Oh, was für ein netter Gedanke von dir«, sagte er, nahm ihr den Tabaksbeutel aus der Hand und stopfte seine Pfeife. »Heute Morgen ist mein Rheumatismus ganz besonders schlimm. Der Schmerz ist schier unerträglich. Es tut mir in der Seele weh, den jungen Jack mit der Arbeit allein zu lassen, aber ich hole es nach, sobald ich wieder auf dem Damm bin.«

Er hakte sich bei ihr unter und begleitete sie langsam hinkend zum Haus zurück.

Sylvia versuchte, ihre Enttäuschung zu verbergen, als sie eintraten. »Ich nehme an, du wirst die Beine hochlegen wollen.«

Arnold löste sich von ihr, legte den Arm um ihre Taille und kniff sie spielerisch ins Hinterteil. »Das werde ich. Aber ich bin sicher, ein wenig Zuwendung und vielleicht auch mehr wird dieser Mann noch zustande bringen.«

Lächelnd öffnete Sylvia die Schlafzimmertür und blieb

abrupt stehen, als sie Libby auf dem Boden knien sah. Um sich herum hatte sie Arnolds lederne Kragenschachtel, seine Bart- und Haarbürsten und einige seiner frisch gebügelten Hemden verteilt. Eine Flasche Magic Mixture, die er gegen seinen Rheumatismus nahm, lag umgekippt daneben, so dass ihr Inhalt in die Hemden sickerte.

Sylvia sah auf den ersten Blick, dass all die Sachen Arnold gehörten. Sie packte Libby und riss sie hoch. »Elizabeth Budd! Was hast du nur angerichtet! Keine Sekunde kann man dich aus den Augen lassen!«

Sie hob die Hand, um Libby eine Ohrfeige zu verpassen, doch das Mädchen tauchte darunter hindurch und stürzte davon.

Sylvia wäre ihr gefolgt, doch Arnold hielt sie zurück. »Sie kommt schon wieder, wenn sie Hunger hat.«

Natürlich hatte er recht. Libbys knurrender Magen würde sie irgendwann nach Hause treiben. »Sie ist in letzter Zeit so bockig, und das ist größtenteils Wills Schuld«, sagte Sylvia. »Er hat sie immer verwöhnt, und jetzt wo er tot ist, müssen wir unter dem leiden, was er in seiner Gedankenlosigkeit versäumt hat.«

Doch Arnold schien ihr nicht richtig zuzuhören. Stattdessen hob er eine kleine Holzkassette vom Boden auf und sah hinein.

»Mein Geld ist weg. Sie muss es genommen haben.«

»Bestimmt irrst du dich. Bist du ganz sicher, dass das Geld dort drin lag?«

Arnold hielt die Kassette in die Höhe und schüttelte sie. Sie war leer. »Allerdings bin ich sicher. Acht Shilling und sechs Pence. Ich habe es erst heute Morgen gezählt.«

»Vielleicht ist es auf den Boden gefallen. Oder unters Bett gerollt?«

Arnold hockte sich hin und schaute unters Bett. »Da ist nichts.«

»Sie hat noch nie etwas gestohlen. Ich kann mir nicht vorstellen, dass sie so etwas tun würde.«

»Vielleicht sollten wir in ihrem Zimmer nachsehen.«

Sylvia folgte Arnold in Libbys Zimmer. Abgesehen von einer Fotografie von Will, die kurz vor seinem Tod aufgenommen worden war, fanden sie nichts in der Kommode.

»Da ist kein Geld, Arnold. Du musst es anderswo hingelegt und vergessen haben.« Sylvia wandte sich zum Gehen, doch Arnold blieb stehen und ließ den Blick durch den Raum schweifen.

»Das wollen wir mal sehen!« Unvermittelt trat er vor die Kommode, riss eine Schublade auf und kramte darin herum. »Was sagst du jetzt?« Er streckte die Hand aus. In seiner Handfläche lagen etliche Münzen. »Woher hat sie die hier wohl? Acht Shilling und sechs Pence, genau der Betrag, der mir fehlt. Ist das nicht ein seltsamer Zufall?«

Arnold blieb im Haus, während Sylvia Jack das Mittagessen in die Fabrik brachte. In der festen Annahme, Libby bei ihrem Bruder zu finden, stellte Sylvia verärgert fest, dass sie zwar dort gewesen, mittlerweile jedoch verschwunden war.

»Sie muss hinter meinem Rücken rausgeschlüpft sein«, meinte Jack und sah sich in der Werkstatt um.

Auch auf dem Nachhauseweg gab es keine Spur von Libby.

»Bestimmt hat sie sich irgendwo versteckt, als du in der Fabrik warst. Sie hat dich beobachtet und gewartet, bis du gegangen bist, und dann ist sie zurückgekommen. Ich nehme an, sie ist bei Jack und nervt ihn«, sagte Arnold.

Sylvias Verärgerung wuchs mit jeder Minute, als der Nachmittag verstrich, ohne dass Libby auftauchte. »Ich sollte losgehen und dieses kleine Miststück holen.«

»Nein, lass sie doch. Sie wird schon selbst nach Hause finden, wenn sie will. Sie hat es nicht eilig – schließlich weiß sie ganz genau, was sie erwartet.« Arnolds Miene war grimmig, und Sylvia sah, dass er Mühe hatte, sich zu beherrschen.

»Ich kann ihr ja verzeihen, dass sie in meinen Sachen herumgewühlt hat«, fuhr er fort. »Es liegt auf der Hand, dass sie mit unserer Heirat nie einverstanden war, und daran können wir nichts ändern. Aber Stehlen ist etwas anderes. Das musst auch du einsehen.«

Sylvia sah es ein. Allein bei der Vorstellung, wie Libby Arnolds Besitztümer durchwühlte und sein Geld stahl, wurde ihr übel. Am liebsten hätte sie den Streichriemen genommen und dem Mädchen eine anständige Abreibung damit verpasst. Doch dann kam Jack nach Hause und meinte, er hätte seine Schwester seit der Mittagszeit nicht mehr gesehen. Es wurde dunkel, der Regen prasselte aufs Dach, während Sylvias Angst allmählich echter Besorgnis wich.

»Meinst du, wir sollten sie suchen gehen?«, fragte sie und sah aus dem Küchenfenster, wo ein heller Blitz am Himmel zuckte.

Arnolds Lippen waren zu einer schmalen Linie zusammengepresst. »Nein! Wir essen jetzt und warten ab.« Seine Worte wurden beinahe von einem grollenden Donner verschluckt, der in diesem Augenblick das Haus erschütterte.

Jack sprang auf. »Ich suche sie, egal was ihr davon haltet.«

Sylvias Hände zitterten vor Erleichterung, als Jack seine Ölhaut anzog. Arnold erhob sich mit geringschätzig geschürzten Lippen und folgte ihm widerstrebend.

Sylvia stellte die Töpfe auf den Herd zurück und breitete ein Musselintuch über den Tisch. Dann nahm sie ihren

Nähkorb von der Kommode und begann zu arbeiten, auch wenn sie kaum vorankam, während sie auf die Rückkehr der Männer wartete.

Beinahe eine Stunde verging, ehe Arnold mit der bewusstlosen Libby auf den Armen wieder erschien. Regentropfen perlten von seiner Ölhaut.

»Oh! Sie ist verletzt!«

Flatternd hoben sich Libbys Lider. »V-Vater?«

Arnold schaute zuerst sie überrascht an, dann Sylvia, ehe er lächelte, eindeutig gerührt, dass Libby ihn am Ende doch in dieser Rolle sah. Doch als sich ihr Blick klärte und sie die Gestalt vor sich erkannte, begann sie wild zu strampeln. Sie fauchte und spuckte, wand sich aus seinen Armen und flüchtete zur Kommode. Dort kauerte sie sich zusammen und starrte ihn an. Schäumender Speichel bildete sich vor ihrem Mund, und sie zitterte unkontrolliert.

Sylvia starrte in die Dunkelheit. Arnold lag neben ihr und atmete tief und gleichmäßig, wenn auch immer wieder von Schnarchlauten unterbrochen. Sie sehnte sich danach, denselben Seelenfrieden zu besitzen, der ihm diesen tiefen Schlaf schenkte, doch kaum schloss sie die Augen, erschien Libbys Gesicht vor ihr.

Nipper hatte sie im Gebüsch gefunden, hatte Jack gesagt. Nass wie ein Wischlappen und so heftig zitternd, dass ihr die Zähne auszufallen drohten. »Aber ich habe fast genauso gezittert, als sie V-Vater gestammelt hat und auf eine Stelle neben mir starrte, als könnte sie ihn dort stehen sehen.«

Was sollten sie nur mit ihr tun? Allein der Versuch, mit Libbys Wutanfällen, ihrer Sturköpfigkeit und ihrem benebelten Geist zurechtzukommen, war schon schwierig genug. Doch nun war sie auch noch zur Diebin geworden. Beim

Anblick des Durcheinanders, das sie in ihrem Schlafzimmer veranstaltet hatte, war Sylvia wütend geworden, doch diese Wut war nichts im Vergleich zu dem Schock, als sie Arnolds Geld in ihrem Zimmer gefunden hatten.

»Was, wenn sie auch andere bestiehlt? Man kann ihr nicht über den Weg trauen, so leid es mir tut, das zu sagen.« Arnolds Stimme war ganz ruhig gewesen, doch sein zuckendes Augenlid hatte verraten, wie aufgebracht er in Wahrheit war. »Dieses Mädchen ist geisteskrank. Ich habe ja versucht, mit ihr zurechtzukommen, das weißt du selbst, aber es hat nichts genützt. Du wirst etwas unternehmen müssen, und zwar schnell. Ich kann nicht dulden, dass sie sich wie ein ungezogener, übellauniger junger Hund aufführt – und noch dazu ein unehrlicher. Wenn wir nichts an ihrer Ablehnung mir gegenüber ändern können, sollte ich wohl lieber gehen.«

Seine Worte hatten sich wie ein eisiger Dolch in Sylvias Herz gebohrt. Sie war abhängig von diesem Mann geworden: Seine Komplimente, sein bereitwilliges Lächeln, wenn er ihren Blick auf sich spürte, brachten ihren Puls zum Rasen. Es war ein Gefühl, das sie zuvor noch nie erlebt hatte, nicht einmal damals, als Will und sie einander kennengelernt hatten. Bei ihrer Heirat war sie bereits im dritten Monat gewesen.

Aus heiterem Himmel hatte Will, der schon nach Neuseeland übersiedeln wollte, eine Ehefrau an seiner Seite gehabt. Ohne zu klagen, hatte er sich in sein Schicksal gefügt und die Verantwortung übernommen. Er war Sylvia stets mit Respekt und Freundlichkeit begegnet, doch Leidenschaft oder tiefe Liebe hatte niemals zwischen ihnen bestanden. Die Liebe war seinen Kindern vorbehalten gewesen. Den beiden Söhnen, die sie verloren hatten, und Jack und Libby – ihr vor allen Dingen. Allzu oft hatte Sylvia einen neidischen Stich verspürt, wenn sie dieses ganz besondere

Leuchten in Wills Augen gesehen hatte, das er ausschließlich seiner Tochter schenkte.

Sie konnte sich inzwischen ein Leben ohne Arnold nicht mehr vorstellen. Ebenso wenig wie die Aussicht auf die Demütigung, eine verlassene Ehefrau zu sein. Unwillkürlich schoben sich die Vorschläge des Arztes, des Constables und des Pfarrers, Libby einzuweisen, wieder in ihr Gedächtnis. Abrupt drehte sie sich um, was Arnold einen leisen Protest entlockte. Vielleicht könnte sie ihre Bemühungen, Arnold und Libby voneinander fernzuhalten, ja noch verstärken?

Entschlossen, dafür zu sorgen, dass Libby außerhalb von Arnolds Reichweite blieb, ließ sie sie lange schlafen, mit dem Argument, ihr Anfall am Vorabend habe sie zu sehr erschöpft.

Arnold schien alles andere als erfreut darüber zu sein, und einen Moment lang dachte Sylvia, er würde Einwände erheben, doch in diesem Moment rief Jack, der bereits aufbruchbereit an der Tür stand, nach ihm und mahnte zur Eile.

»Du verwöhnst sie schon genauso wie Will«, bemerkte Arnold, ehe er sich mit Jack auf den Weg in die Fabrik machte.

Sylvia wartete, bis sich die Tür hinter ihnen geschlossen hatte, dann weckte sie Libby. »Nimm dir den Rest vom Porridge, und dann kommst du und hilfst mir bei der Milch. Und lass ja die Welpen nicht in dein Zimmer. Du weißt, dass sie noch nicht stubenrein sind«, schärfte sie dem Mädchen ein und registrierte ihre blasse Gesichtsfarbe und die dunklen Schatten unter ihren Augen. Auch wenn sie noch immer wütend auf Libbys Diebstahl war, verspürte sie einen Anflug von Mitleid. Das Mädchen hatte weiß Gott für seine Unehrlichkeit bezahlt. Schließlich war sie geistig auf dem Stand eines Kindes und musste schreckliche Angst dort draußen im Sturm gehabt haben. Es war ein Wunder, dass sie das Ganze überlebt hatte, so nass und bis auf die Knochen durchgefroren, wie sie gewesen war. Und dann der Anfall ... Er war der bislang schlimmste gewesen und hatte länger angehalten als jeder andere zuvor. Sylvia hatte um das Leben ihrer Tochter gebangt.

Sie trat in die dunkle Kühle der Molkerei und rümpfte die Nase, als ihr der ranzige Geruch nach Milch und Sahne entgegenschlug, der sich im Lauf der Jahre abgesetzt hatte und dem selbst durch noch so sorgsames Schrubben nicht beizukommen war.

Zwei Schüsseln mit Milch vom Vortag standen auf der Bank, die die gesamte Rückwand einnahm, zwei weitere mit der Milch des heutigen Morgens, die sie morgen buttern würde.

Sie fuhr mit dem löffelförmigen Schöpfer über die Oberfläche jeder Schüssel, um den Rahm abzuschöpfen, ehe sie die Ärmel hochrollte und die Masse umzuwälzen begann. Es war nicht gerade ihre Lieblingsaufgabe – an heißen Tagen konnte es drei Stunden dauern, bis sich die Butter bildete, so dass ihre Arme, Schultern und Handgelenke zu schmerzen anfingen. Einmal, an einem besonders heißen Tag, hatte sie in ihrer Verzweiflung irgendwann aufgegeben, weil sie dachte, es würde niemals etwas werden. Doch am nächsten Tag hatte sie überrascht festgestellt, dass sich die Butter von ganz allein gebildet hatte. Nach diesem Erlebnis hatte sie sich angewöhnt, im Hochsommer bereits um fünf Uhr, gleich nach dem Aufstehen, mit dem Buttern zu beginnen, ehe die Temperatur allzu sehr anstieg, und sich erst später ans Brotbacken zu machen.

Heute jedoch war das Ganze in nicht einmal einer Stunde erledigt. Sie gab die Buttermasse auf eine Marmorplatte und presste sie zwischen zwei Holzspateln zusammen, damit die Buttermilch austrat, die die Butter ranzig werden lassen könnte. Dann formte sie einen großen Block daraus, den sie in gleichmäßige Stücke von jeweils einem Pfund zerteilte.

Libby war noch immer nicht aufgetaucht, doch bei der Aussicht auf ihre ungelenke Arbeitsweise, die sich noch verschlimmerte, wenn das Mädchen müde war, bedauerte Sylvia es nicht. Normalerweise war Libby durchaus eine große Hilfe bei der Butterherstellung, in diesem Zustand jedoch wäre sie glatt imstande, über die Milchbehälter zu stolpern und die kostbare Flüssigkeit zu verschütten.

Sie gab ein Stück Butter beiseite, um es später mit ins Haus zu nehmen, ehe sie den Rest in Musselinstoff hüllte, auf einen Teller gab und auf einen Ziegelstein in einem mit Wasser gefüllten Eimer stellte, damit er kühl blieb.

Libby hängte gerade den Flickenteppich aus ihrem Zimmer über die Wäscheleine, als Sylvia sie fand. Sie schnüffelte prüfend. »Das ist Hundepipi. Das rieche ich doch!« Sie stapfte in Libbys Zimmer, auf dessen Boden eine Pfütze schimmerte.

»Habe ich dir nicht gesagt, du sollst die Welpen draußen lassen?«

In Erwartung einer Ohrfeige legte Libby sich die Hände auf die Ohren. »S-sind r-r-reingeschlichen.«

»Lügen«, herrschte Sylvia sie an und rief sich ins Gedächtnis, wie Libby den Diebstahl von Arnolds Geld abgestritten hatte, obwohl ihr der Beweis förmlich ins Gesicht gesprungen war.

»Reingeschlichen? Das glaube ich nicht, Elizabeth Budd. Sie sind reingelaufen, als du sie gerufen hast! Ich schwöre, du bringst mich noch ins Grab!« Sylvia wandte den Blick zum Himmel und sandte ein Stoßgebet, er möge ihr Geduld schenken.

»Du kommst jetzt mit in die Fabrik, Fräulein. Du hast doch nichts als Unsinn im Kopf, so viel steht fest. Ich will mir lieber nicht ausmalen, was du anstellst, wenn du allein hierbleibst«, schimpfte sie, verärgert, weil sie auf diese Weise ihre mittäglichen Vergnügungen mit Arnold versäumen würde.

Eine Folge des Sturms vom Vorabend war ein böiger, kalter Nordwind, der die Männer zwang, ihr Mittagessen im Inneren der Fabrik einzunehmen.

Als es Zeit war, wieder an die Arbeit zu gehen, stand Jack auf und musterte Arnold trotzig. »Du bist an der Reihe, in die Grube zu steigen. Ich war den ganzen Morgen da unten. Meine Augen brennen schon vom Sägemehl.«

Arnold schürzte die Lippen.

»Jack! Nimm Rücksicht auf die Älteren«, schimpfte Sylvia, entsetzt über die Unhöflichkeit ihres Sohnes. Es war schon schlimm genug für Arnold, Libbys Launen ertragen zu müssen, da brauchte er sich nicht auch noch von Jack drangsalieren zu lassen.

»Vater hat sich aber nie gedrückt«, erwiderte Jack starrköpfig, »und wenn es um die Arbeit in der Grube ging, hat er nie gesagt, ich soll auf die Älteren Rücksicht nehmen.«

Jack hatte recht: Will war ein fairer Boss gewesen, und Sylvia wusste das. »Ich würde niemals etwas von meinen Männern erwarten, was ich selbst nicht tue«, hatte er häufig gesagt, trotzdem konnte Sylvia ihrem Sohn diese Unverschämtheit nicht durchgehen lassen. »Es steht dir nicht zu, das zu sagen!« Sie sah Arnold verlegen an.

»Lass nur, Sylvia, der Junge hat ja recht – ich sollte meinen Teil der Arbeit tun«, sagte er.

Er nahm das schwarze Tuch ab, das er sich um den Hals gebunden hatte, drückte es über Mund und Nase und band die Enden im Nacken zusammen.

Ein erstickter, gutturaler Laut entrang sich Libbys Kehle. Sie starrte Arnold an, und die Sehnen an ihrem Hals traten vor Anstrengung hervor, als sie zu sprechen versuchte. »E-e-er h-hat Ma-ma-mann auf K-kopf gesch-schlagen.«

Ebenso wie Sylvia und Jack war auch Arnold völlig verblüfft über Libbys nahezu verständliche Worte. Er rührte sich nicht, trotzdem hob Libby die Arme, als wollte sie sich vor ihm schützen, und wich zurück. Erst als sie mit dem Rücken gegen die Wand stieß, blieb sie stehen.

Ihr Instinkt sagte Sylvia, dass sich ein heftiger Anfall ankündigte. Sie machte einen Satz und fing Libby gerade noch auf, ehe sie zu Boden stürzte.

Kapitel 16

Anne betrachtete Mai kritisch. Die hässliche Szene zwischen Roberts und seiner Frau, gefolgt von Jimmys und Elmers Auseinandersetzung, waren nicht spurlos an ihr vorübergegangen. Doch wenigstens hatte sich ihre Atmung wieder beruhigt, und ihr Gesicht war nicht mehr ganz so bleich. Eine weniger robuste Frau hätte sich hinlegen müssen.

»Ich wünschte, Sie hätten gesehen, wie Claire mit dem Schirm auf Roberts losgestürmt ist«, sagte Mai nun. »Er muss gedacht haben, eine Walküre fällt über ihn her. Sie war so tapfer, dass ich nur staunen konnte! Das hätte ich ihr nicht zugetraut, wo sie doch so zart und vornehm ist. Jimmy ist ein echter Glückspilz.«

Anne kämpfte einen Anflug von Eifersucht nieder und verbiss sich eine zynische Bemerkung. Sie hatte nicht sonderlich viel für Claire Harrington übrig. Schlimm genug, dass sie Jimmys Verlobte war, da sie selbst durchaus von ihm angetan war. Doch sie verabscheute vor allem Claires süßlich-frömmelndes Quäker-Getue – das Jimmy so bewunderte. Insbesondere, wenn sie endlos über ihre Freunde, die Cadbury-Brüder, schwadronierte, die natürlich ebenfalls Quäker waren – was auch sonst? –, über deren hohe Meinung von Claire und darüber, wie Richard und George Cadbury diese unglaublich erfolgreiche Fabrik in Bournville bei Birmingham aufgebaut hatten.

Es war höchst bedauerlich, dass dieses Frau nicht in England bei ihren Quäker-Freunden geblieben war, sondern stattdessen unbedingt nach Australien emigrieren musste. Und noch bedauerlicher war, dass sie Jimmy kennengelernt und mit ihm hierhergekommen war.

»Aber nicht so tapfer wie Sie, die wild entschlossen waren, Mrs Roberts zu Hilfe zu eilen, wie mir Henry erzählt hat«, meinte Anne und weigerte sich, auch nur einen Hauch von Bewunderung für Claires Mut in ihre Stimme zu legen. Stattdessen rief sie sich ihre knappe Ablehnung ins Gedächtnis, als Jimmy sich angeboten hatte, sie ins Hotel zurückzubegleiten. Ihr war nicht entgangen, wie Claires Reaktion ihn gekränkt hatte. Diese Frau war nicht so lieb und nett, wie sie sich immer gab und wie die Leute glaubten. Stattdessen schien sie einen giftigen Stachel zu haben, den Stachel eines Skorpions.

Wäre Claire nicht gewesen, hätte Anne ihr Glück bei Jimmy versucht. Da sie selbst im Hotel lebte und arbeitete, war ihr ein gewisses Maß an Spannung zwischen den beiden nicht entgangen. Diese Frau schien niemals zufrieden zu sein, so sehr Jimmy sich auch bemühte.

»Nein, ich war überhaupt nicht tapfer – ich habe gehandelt, ohne vorher nachzudenken«, widersprach Mai mit ihrer typischen Aufrichtigkeit.

»Genau das hat Claire auch getan.«

Mai musterte Anne vorwurfsvoll. »Danach war ihr schrecklich übel. Ich hoffe nur, es geht ihr inzwischen wieder besser.«

Anne nickte knapp. Wenn es nach ihr ginge, könnte Claire ebenso gut die Pest bekommen.

Henry brachte kaum eine zivilisierte Begrüßung zustande, als Claire am nächsten Tag im Laden erschien. Auch wenn es noch so unlogisch war, trug sie in seinen Augen die Verantwortung dafür, dass zwischen den beiden Männern böses Blut herrschte.

»Geht es Mai inzwischen besser? James sagte, sie sei regelrecht krank gewesen, nachdem Elmer und ich gestern fort waren«, meinte Claire.

»Sie hat sich wieder erholt. Auch wenn es nicht Ihrer oder Elmers Verdienst ist.«

»Oh … ja … tut mir leid.« Claires von Natur aus rosige Gesichtsfarbe schlug in ein tiefes Rot um. »Aber es war nicht ausschließlich meine Schuld, sondern auch Elmers.«

Sie warf einen ärgerlichen Blick in Jimmys Richtung. »Hätte James sich nicht so kindisch benommen, als Elmer freundlicherweise anbot, mich ins Hotel zu begleiten, wäre es niemals zu diesem Zwischenfall gekommen. Elmer dachte dabei nur an Sie und Mai und wollte James nicht von der Arbeit wegholen.«

Wahrscheinlich stimmte das sogar, dachte Henry mit einem Anflug von Beschämung.

»Natürlich wird James Mais Teeservice ersetzen. Und nun hätte ich gern ein halbes Pfund Cadbury-Konfekt, wenn's recht ist, Henry.«

Henry nahm eine mit braunem und cremefarbenem Samtstoff bezogene Schachtel aus dem Regal.

»Die ist für Mai – als Wiedergutmachung für gestern«, erklärte Claire. »Setzen Sie sie auf Jimmys Rechnung.«

Sie nahm die Schachtel entgegen und rauschte in Richtung Küche. Mai hatte zwar nicht allzu viel für das üppige Süßwerk übrig, freute sich jedoch über Claires Geste und nahm das Geschenk mit wohlwollender Dankbarkeit an.

»Ich war auf dem Weg zu Elmer ins Büro und konnte nicht vorbeigehen, ohne zu fragen, wie es Ihnen geht. Ich habe gehört, der Vorfall hat sie ziemlich mitgenommen. Ich habe heute Nacht aus Sorge um Sie kaum ein Auge zugetan.«

»Aber nein, Sie waren diejenige, der schrecklich übel war.« Mai fühlte sich gerührt von der Vorstellung, wie Claire vor Sorge um sie nicht schlafen konnte, wo sie sich doch selbst nicht wohlfühlte. Es schien typisch für sie zu sein – stets das Wohl der anderen im Sinn.

»Möchten Sie gern eine Tasse heiße Schokolade?«, fragte Mai.

»Für eine Schokolade habe ich immer Zeit.«

Bald erfüllte das warme, süße Aroma den Raum, doch plötzlich schlug sich Claire die Hand vor den Mund. »Oh«, stieß sie erstickt hervor, »oh, es tut mir leid … ich glaube, ich kann das jetzt nicht trinken.«

Mai legte Claire die Hand auf die Stirn, auf der sich trotz der relativen Kühle im Raum Schweißperlen gebildet hatten.

»Was auch immer Sie gestern hatten, ist noch nicht vorüber«, stellte sie fest. »Ich denke, Sie sollten ins Hotel zurückgehen und sich ausruhen.«

Niedergeschlagen kehrte Jimmy in den Laden zurück, nachdem er Claire ins Hotel begleitet hatte.

»Wahrscheinlich nur eine Kleinigkeit, die bald vorübergeht – möglicherweise hat sie etwas Schlechtes gegessen. Du wirst sehen, im Handumdrehen ist sie wieder auf dem Posten«, sagte Henry, um Jimmy ein wenig aufzumuntern.

»Ich hoffe nur, du hast recht, Henry. Sie ist immer noch ein bisschen schwach und wird sich wohl noch eine Weile ausruhen. Aber Elmer kommt bestimmt eine Stunde oder so ohne sie aus.«

Was er eh die meiste Zeit tut, dachte Henry ohne jede Boshaftigkeit.

»Außerdem bin ich sicher, dass das Leben im Hotel auch etwas mit Claires Zustand zu tun hat, Henry.«

»Wie kommst du denn auf diese Idee?«, fragte Henry verwirrt. »Sie spricht doch nicht etwa der Flasche zu?«

»Claire? Sei nicht albern. Du weißt ja, wie sehr sie allein den Geruch von Alkohol verabscheut«, schnaubte Jimmy belustigt, ehe sich seine Züge verhärteten. »Ich frage mich oft, wieso sie sich mit Elmer abgibt. Mit seiner Liebe zum Trinken ist er doch eine echte Qual für sie. Nein, ich denke, sie sehnt sich nach einem eigenen Zuhause. Heute hat sie mich wieder wegen meines Stücks Land gelöchert.«

»Und was hast du gesagt?«

»Ich habe gesagt, jemand interessiere sich dafür, und es würde sicher nicht mehr lange dauern, bis wir das Geld in Händen hielten.«

»Du machst Witze, oder?«, fragte Henry. Wenn nicht, hätte er sich damit eine noch tiefere Grube gegraben und würde unweigerlich irgendwann hineinfallen. »Was zum Teufel denkst du dir dabei?«

»Ah, Henry, sieh mich doch nicht so an. Ich weiß, ich hätte die Gelegenheit beim Schopf packen und ihr sagen sollen, dass ich gar kein Land besitze. Das wollte ich ja auch, aber als ich den Mund aufgemacht habe, kam etwas völlig anderes heraus.«

»Du tust mir jetzt schon leid, wenn ich mir vorstelle, was passiert, sobald sie die Wahrheit herausfindet.«

»Mit ein bisschen Glück wird sie das nicht tun. Wenn ich sie noch eine Weile im Dunkeln lassen kann, bekomme ich mein Investmentgeld. Erst gestern hat Elmer gesagt, es würde nicht mehr lange dauern, bis die Aktie ihren Höhepunkt erreicht.« Er bedachte Henry mit einem ernsten Blick. »Er meint auch, es wäre klug von dir, selbst etwas zu investieren. Sie steigen so schnell, dass du ein Vermögen verdienen könntest.«

»Du kennst meine Meinung dazu«, erwiderte Henry mit fester Stimme. »Bankkonto oder Grundbesitz, das sind die beiden einzigen Alternativen für mein Geld.«

»Es ist deine Entscheidung, Henry. Aber ich habe Elmer vor einem knappen Jahr zweihundertfünfzig Pfund gegeben, damit er sie für mich anlegt. Und jetzt ist es fast doppelt so viel wert, sagt er. Ich wüsste gern, ob deine Bank das auch kann.«

Henry stieß einen überraschten Laut aus. »Du träumst wohl! So hoch sind sie nie im Leben gestiegen!«

»Ah, ich träume *nicht!*«, konterte Jimmy selbstgefällig und ließ den verblüfften Henry stehen, um einen Kunden zu bedienen, der soeben den Laden betreten hatte.

Zweihundertfünfzig Pfund in einem Jahr verdoppelt? Henry pfiff leise. Tja, zweihundertfünfzig Pfund, die er investieren könnte, hatte er ganz bestimmt nicht. Jimmy musste jeden Penny angelegt haben, den er besaß – und noch mehr –, um eine solche Summe zusammenzubekommen.

Henrys gesamtes Vermögen steckte in seinen Lagerbeständen und dem Haus, doch er könnte bestimmt fünfzig Pfund auftreiben. Allein dreißig Pfund von seinem Bankkonto, die er für Umbauten im Laden zurückgelegt hatte, auch wenn er noch immer wild entschlossen war, einen Laden in Greymouth zu eröffnen und aus diesem Grund sehr zu Mais Verärgerung den anstehenden Ausbau hinauszögerte. Außerdem noch die zwanzig Pfund, die er aus einer spontanen Eingebung heraus bei seinem Rechtsberater, William Selby, angelegt hatte.

»Gütiger Himmel, Mann, reiß dich zusammen«, murmelte er, als ihm bewusst wurde, welche Richtung seine Gedanken einschlugen. Er war dankbar, dass in diesem Augenblick die Glocke über der Ladentür ertönte und einen weiteren Kunden ankündigte.

Anne Gilpin erwiderte seinen Gruß mit einem Lächeln, auch wenn ihr Blick auf Jimmy ruhte.

»Bitte eine Schachtel Eno's Säurepulver«, sagte sie.

Henrys Meinung nach wäre Jimmy besser gestellt, würde er sich für eine Frau wie Anne entscheiden, statt für diese Claire mit ihren hochfliegenden Plänen. Erst gestern hatte Minnie Cullen ein Loblied auf ihre Barkellnerin gesungen.

»Sie ist ein echtes Arbeitstier, diese Mrs Gilpin. Die beste Barkellnerin seit Langem«, hatte sie erklärt. Dabei hatte sie ausgesehen wie eine Maus, die sich das Fressen der Katze einverleibt und es überlebt hatte, um anderen davon zu erzählen.

»Sie hat die Arbeit noch nie vorher gemacht, erledigt sie aber, als hätte sie schon immer damit ihre Brötchen verdient«, hatte sie geschwärmt. »Man braucht ihr alles nur einmal zu sagen. Bei ihr bleibt nichts liegen. Sie hat keine Angst davor, zuzupacken. Und sie rührt nie auch nur einen Tropfen Alkohol an. Ich weiß, dass ich mir bei ihr um meinen Gewinn keine Sorgen zu machen brauche, Mr Bramwell.« Sie tippte sich mit dem Zeigefinger an die Nase. »Trotzdem muss man bei manchen die Augen offenhalten, wenn sie keinen einzigen Tropfen anrühren, wissen Sie. Es ist nicht normal, dass sie nie etwas trinken. Keineswegs normal. Wenn sie sich weigern, auch nur ein Gläschen zu trinken, kämpfen sie dabei häufig gegen ihre ganz besondere Vorliebe dafür an. In diesem Fall kann man nie sagen, wann es wieder durchbricht. So was macht sich nicht gut in einer Bar. Ganz und gar nicht gut. Die versaufen einem den Gewinn, genau das tun sie, und sind so benebelt, dass sie alle freihalten, ganz zu schweigen davon, was in ihren eigenen Taschen landet.«

Henry hatte eine überraschte Miene aufgesetzt. »Sie wollen damit also sagen, dass die Frauen der Gesellschaft der Abstinenzler mit ihren Bannern in Wahrheit hemmungslose Säuferinnen sind?«

»Natürlich wollte ich so etwas nicht damit andeuten.« Minnie hatte ihn angestarrt, als wäre er nicht ganz bei Trost, und er hatte alle Mühe gehabt, ernst zu bleiben.

»Wie ich mitbekommen habe, ist Jimmys Verlobte wieder einmal unpässlich«, sagte Anne Gilpin nun. »Als er sie ins Hotel gebracht hat, war nichts von ihrem gewohnten Strahlen zu sehen.«

»Nein, nach allem, was Mai sagt, geht es ihr überhaupt nicht gut.« Henry sah zu Jimmy hinüber, der selbstvergessen die Waren in die Regale räumte. »Und jetzt bildet sich Jimmy ein – oder sollte ich lieber James sagen«, fügte er in einer Imitation von Claires aristokratischem Tonfall hinzu, »die Ursache ihres Problems liege in Wahrheit darin, dass sie in einem Hotel leben muss.«

»Gütiger Himmel, wie kommt er denn darauf?«

»Er glaubt, sie sehnt sich nach einem eigenen Zuhause.«

»Vielleicht stimmt das ja auch. Schließlich träumen die meisten Frauen davon. Auch wenn ich Claire nicht für die Sorte Frau halte, die gern Brot backt, kocht, putzt und dann niedergeschlagen ist, wenn sie all das nicht tun kann.«

»Ehrlich gesagt, ich auch nicht. Sie ist eine gottesfürchtige Frau, diese Claire, aber ich kann mir nicht vorstellen, dass sie heimlich von der Erfüllung hausfraulicher Pflichten träumt. Vielmehr von einem pompösen Haus mit Dienstboten. Aber sie ist diejenige, die Jimmy sich ausgesucht hat, und sie ist eine gute und ehrliche Frau.«

Anne sah ihn besorgt an. »Ich kann mir nicht recht vorstellen, wie Jimmy ihren ehrgeizigen Plänen gerecht werden soll.«

»Er hat einiges Geld investiert«, erwiderte Henry in einem seltenen Anfall von Redseligkeit. »Und wenn man Elmer Harrington glauben darf, vermehrt es sich beachtlich.«

»Ich bin sicher, Mr Harrington versteht sein Geschäft, aber hätte ich Geld übrig, würde ich es auf die Bank tragen oder mich mit einem Rechtsberater darüber unterhalten. Wie ich höre, sind die meisten von ihnen auch sehr gewitzte Investoren.« Wieder blieb ihr Blick an Jimmy hängen. »Andererseits, nein, ich würde mein Geld doch in einem hübschen Häuschen anlegen.«

Und zweifellos wäre darin ein Plätzchen für Jimmy Edwards reserviert, dachte Henry.

»Ich gehe dann wohl lieber.« Ann nahm das Päckchen Soda, das Henry auf die Ladentheke gestellt hatte. »Hübsches Etikett«, bemerkte sie und betrachtete das farbenfrohe Paket. »Mit all den Engeln, den Blumen, dem Regenbogen und den Früchten würde man nicht denken, dass es gegen Magenbeschwerden und saures Aufstoßen hilft, nicht?«

Später dachte Henry über Annes Worte nach – ganz besonders über den Teil, dass auch Rechtsbeistände gewitzte Investoren waren. Vielleicht wäre es ja eine gute Idee, sich einmal mit William Selby zu unterhalten? Schließlich könnte der Mann doch, wenn er erst gehört hatte, welchen Gewinn Jimmys Aktien abgeworfen hatten, selbst welche kaufen wollen. Nicht dass Henry ernsthaft in Erwägung zöge, mit Harringtons Methode Geld zu machen, wie er sich eilig sagte, doch eine Unterhaltung mit Selby war ohnehin längst überfällig. Bei der Gelegenheit könnte er auch diese Investitionsangelegenheit anschneiden.

Kapitel 17

»Billingford Southern States, sagen Sie, Henry?« William Selby ließ eine Reihe von nachdenklichen Grunzlauten auf seine Frage folgen.

»Es ist eine amerikanische Gesellschaft. Sie bauen eine Eisenbahnlinie in Australien. In Victoria, sagt Elmer Harrington.«

»Victoria? In Australien?«

»Allerdings.«

»Billingford Southern States?«

Henry nickte.

»Die eine Eisenbahnlinie bauen?«

»Ja«, bestätigte Henry und fragte sich allmählich, ob William Selby zufällig eine große Portion Papageienfutter zu sich genommen hatte.

»Und Sie sind sich da sicher?«

Das Verhalten seines Rechtsberaters erfüllte Henry mit Sorge. Normalerweise war der Mann redselig und überaus verbindlich, während er zweifellos an die Tatsache dachte, welche Honorarsumme er mit jedem Beratungsgespräch einstrich. Doch heute war das genaue Gegenteil der Fall. Henry wartete darauf, dass er fortfuhr, während sein Unbehagen wuchs, als Selby seelenruhig eine hübsche handgefertigte Meerschaumpfeife aus dem Aschenbecher auf seinem Schreibtisch nahm und mit Tabak zu stopfen begann. Er brauchte vier Streichhölzer, bis es ihm gelang, sie anzuzünden, worauf er eine beträchtliche Anzahl dicker grauer Qualmwolken ausstieß, die kräuselnd emporstiegen und in Henrys Richtung zogen.

Schließlich fuhr Selby fort. »Davon habe ich noch nie gehört. Darf ich fragen, weshalb Sie sich für diese Firma interessieren?«

»Nun ja«, begann Henry, dem die Welt der Aktien und der Anleihen so fremd war, dass ihm die Vorstellung, darüber zu diskutieren, keineswegs gefiel. »Ich habe mich gefragt, ob es eine lohnenswerte Investition wäre. Wenn man Elmer Harrington glauben darf – und er scheint sein Handwerk zu verstehen –, könnte ich mein Geld in kurzer Zeit damit verdoppeln.«

»Und Sie möchten das Geld, das Sie bei mir angelegt haben, herausziehen und stattdessen in diese …« Selby hielt inne und hob die Brauen in einer Art, die Henry das Gefühl vermittelte, ein Dummkopf zu sein, weil er auch nur den Vorschlag gemacht hatte. »… Billingford Southern States investieren?«

»Ich habe mich noch nicht entschieden, aber sie scheinen eine ausgesprochen hohe Rendite zu versprechen. Ehrlich gesagt dachte ich, dass Sie selbst sich vielleicht dafür interessieren könnten.«

»Nach den Zahlen, die Sie mir genannt haben, zu urteilen, wäre es tatsächlich eine erstklassige Investitionsmöglichkeit. Und Sie sagen, Ihr Assistent, Jimmy Edwards, empfehle diese Billingford Southern States ebenfalls?«

»Das tut er, ja.«

Selby schwieg einen Moment lang und musterte Henry – besser gesagt, er schien beinahe durch ihn hindurchzusehen, während er mit den Fingern über seinen Walrossbart strich. »Und man kann ihm trauen?«

»Wem? Jimmy? Zum Teufel, natürlich«, erklärte Henry eine Spur vehementer als notwendig, da ihn der Zweifel an Jimmy kränkte. »Einen ehrlicheren Mann werden Sie nirgendwo finden.« (Wenn man einmal davon absah, dass er seine Verlobte über die Existenz eines Stückes Land belog.)

Selby winkte besänftigend ab. »Schon gut, Henry, schon gut. Es hat im Grunde nichts zu sagen, dass ich noch nie davon gehört habe«, räumte er ein, griff nach Federhalter und Papier und machte sich ein paar Notizen. »Obwohl ich durchaus Interesse an gewissen Aktien und Anleihen habe, einige davon sogar in Victoria.«

Und du sicher keinen schlechten Gewinn damit machst, dachte Henry beim Anblick des maßgeschneiderten Anzugs und der frisch renovierten Kanzlei.

Selby setzte einen schwungvollen Strich unter seine Notizen. »Überlassen Sie das nur mir. Ich werde einem Kollegen in Melbourne ein Telegramm schicken. Bis wir Genaueres wissen, wäre ein wenig Geduld wohl angemessen. Sie verlieren bestimmt kein Geld, wenn Sie noch ein wenig abwarten. Sollten diese Aktien so sicher sein, wie Mr Harrington und Mr Edwards behaupten, werden ein oder zwei Tage keinen Unterschied machen.«

Henry kehrte in den Laden zurück, ohne auf eine Handvoll Damen zu achten, die vor dem Schaufenster des neu eröffneten Textilgeschäfts standen und kritisch die leuchtend bunten Stoffe und die Honiton-Spitzen betrachteten. Mit einem gemurmelten Gruß schob er sich an ihnen vorbei.

In Wahrheit hatte er seine Entscheidung über Billingford Southern States längst getroffen – ob es vernünftig war oder nicht, er würde die Finger davon lassen. Für einen kurzen Moment hatte er geduldet, dass die Gier über seine angeborene Vorsicht siegte, doch Selbys Skepsis hatte ihn zur Besinnung gebracht.

Er betrat den Laden, wo ihn ungewohnte hektische Betriebsamkeit erwartete. Mai, für ihre Verhältnisse sehr aufgeregt, bediente mehrere Kunden gleichzeitig, während von Jimmy keine Spur zu finden war.

»Jimmy ist bei Claire«, erklärte sie, noch bevor er die Frage stellen konnte. »Ihr ist wieder übel geworden. Allmählich mache ich mir Sorgen um sie, Henry. Seit dieser Sache mit dem Protestmarsch ist sie nicht mehr dieselbe.«

»Du solltest dir Sorgen um deine eigene Gesundheit machen. Ich bezahle Jimmy nicht dafür, dass er sich um Claire kümmert, auch wenn es ihr noch so schlecht geht, sondern dafür, dass er arbeitet. Du solltest dich ausruhen und dir nicht hier die Füße wund laufen.«

»Jetzt nicht, Henry. Wir müssen uns um die Kunden kümmern«, erklärte Mai mit leiser Stimme und einer Kopfbewegung in Richtung der Wartenden.

Es war Nachmittag, und Anne hatte frei. Sie saß in ihrem Zimmer und schrieb ihrer Freundin Mrs Looms einen Brief, als sie laute Stimmen auf dem Korridor hochschrecken ließen. Sie öffnete die Tür und schaute hinaus, gerade als Claire und Elmer Harrington gemeinsam mit Jimmy Edwards zu ihren Zimmern gingen.

Vor Claires Tür blieben sie stehen. »Solltest du dich nicht lieber beeilen, Jimmy? Im Laden werden sie dich vermutlich schon vermissen«, sagte Elmer zu Jimmy und wandte sich mit ausgestreckter Hand an Claire. »Wo ist dein Schlüssel?«

»Ich gehe, wenn ich hier fertig bin.« Jimmy stieß Elmers Hand in dem Augenblick beiseite, als Claire ihrem Bruder den Schlüssel reichte, so dass er auf den Boden fiel.

»Verdammter Idiot!«, brummte Elmer und hob ihn auf.

»Oh bitte, lasst das. Alle beide. Ich will nur meine Ruhe. Mir ist so entsetzlich schlecht«, stöhnte Claire.

Sie sah tatsächlich ein wenig grün im Gesicht aus, bemerkte Anne und wich zurück, als Jimmy in ihre Richtung zu blicken schien.

»Ich gehe auf keinen Fall zurück, solange du dich so elend fühlst«, hörte sie ihn sagen und riskierte einen weiteren Blick.

»Geh doch. Bitte. Ich verspreche dir, dass ich mich hinlegen werde, sowie ich einen Fuß über diese Schwelle gesetzt habe.«

»Du schickst doch nach mir, wenn du etwas brauchst, ja?« Jimmy schien sie nicht allein zurücklassen zu wollen.

Elmer schloss die Tür zu Claires Zimmer auf.

»Ja!« Sie riss Elmer den Schlüssel aus der Hand, trat ein und schloss die Tür hinter sich, so dass beide Männer auf dem Korridor zurückblieben. Mit einem knappen Nicken ging Jimmy davon.

Elmer schloss sein eigenes Zimmer auf und schlug die Tür so heftig zu, dass Anne vor Schreck einen Satz machte. Sekunden später erschien Claire auf dem Korridor, blickte sich verstohlen um und lief zu Elmers Zimmer, wobei eine Wolke ihres frischen, süßen Lavendelwassers, das sie so gern mochte, hinter ihr herwehte. Kaum war sie in seinem Zimmer verschwunden, entbrannte ein hitziger Streit.

Auf Zehenspitzen schlich Anne den Korridor hinunter und trat vor die Tür.

»Strapaziere bloß nicht meine Geduld, du Schwein! Ich leiste die ganze Arbeit, und du sitzt herum wie der Herr des Hauses und wartest, bis du kassieren kannst.« Claires Stimme war klar und deutlich zu verstehen.

»Herrgott noch mal, du bist ja hysterisch, Frau!«

»Hysterisch? Und wer würde mir das vorwerfen? Was soll ich denn jetzt machen? Mit dieser Komplikation? Meine Kleider spannen schon an sämtlichen Nähten. Wie lange, glaubst du, kann ich es noch vor ihm geheim halten?«

»Dann schür dein Korsett eben enger.«

»Wenn ich das tue, werde ich mich noch weniger auf den Beinen halten können, als ich es ohnehin schon tue.«

»Hättest du deinen so genannten Charme ein bisschen besser spielen lassen und Edwards überredet, sein Land zu verkaufen, wären wir längst weg und müssten uns all dem nicht aussetzen.«

»Wie kann man mir vorwerfen, dass der Verkauf dieses Stückes Land so lange dauert? Verrat es mir! Soll ich einem Interessenten eine Waffe an die Schläfe halten und ihn zwingen, es zu kaufen?«

»Du könntest ihn umgarnen und dafür sorgen, dass er mit dem Preis heruntergeht. Die Grundstückspreise fallen im Moment. Wenn wir weiterhin warten, wird es überhaupt nichts mehr wert sein.«

»Ich warne dich, Elmer. Ich bin nicht bereit, noch lange an diesem gottverlorenen Ort zu bleiben. Land hin oder her.«

In diesem Moment sah Anne, wie sich der Türknauf bewegte. Eilig wich sie zurück und kehrte gerade rechtzeitig in ihr Zimmer zurück, ehe Claire aus dem Zimmer kam. Anne sank auf ihr Bett.

Wenn sie es richtig verstand, erwartete Claire ein Kind von Jimmy, und der arme Mann hatte nicht die leiseste Ahnung davon. Außerdem schienen Claire und ihr Bruder irgendetwas im Schilde zu führen, um sich mit Jimmys Geld aus dem Staub zu machen. Und so etwas von einer selbsternannten gottesgläubigen Frau, über deren Lippen niemals eine Lüge kommen würde? Es war lächerlich – völliger Irrsinn. Doch wie könnte sie leugnen, was sie gerade mit eigenen Ohren gehört hatte?

Anne dachte an den Kummer, der Jimmy bevorstand. Welche Folgen musste es für ihn haben, wenn er hinter dieses Täuschungsmanöver kam? Ein Teil von ihr sehnte sich danach, es ihm zu sagen, doch dafür kannte sie ihn zu wenig. Würde er ihr überhaupt glauben? Wohl nicht. Er war viel zu verzaubert von Claire, um etwas Schlechtes von ihr zu denken.

Vielleicht hatte sie irgendetwas nicht richtig mitbekommen? Hatte das, was sie gehört hatte, in einen verkehrten Zusammenhang gesetzt. Sie hoffte es inbrünstig – um Jimmys willen. Sie legte sich die Stola um und machte sich auf den Weg zum Laden.

»Mai ist in der Küche und ruht sich aus«, sagte Henry und winkte sie nach hinten.

Mai schien besorgt zu sein, als Anne die Küche betrat.

»Passt es gerade nicht? Ich komme gern ein andermal wieder, wenn es Ihnen lieber ist.«

»Nein, bitte bleiben Sie. Ich dachte, es wäre Claire, und wollte mich schlafend stellen«, gab Mai mit einem verlegenen Lächeln zu. »Kaum ein Tag vergeht ohne Reibereien zwischen Jimmy und Elmer. Und es fällt mir nicht leicht, Claires ständige Übelkeit mit anzusehen. Ich wünschte, ich wüsste, was sie quält. Ich finde wirklich, sie sollte zum Arzt gehen.«

Annes Herzschlag setzte einen Moment lang aus. Wenn Mai es wüsste …

»Ich mache uns eine Kanne Tee«, sagte Mai und kämpfte sich mühsam aus ihrem Sessel hoch, während Anne entsetzt registrierte, wie sehr sie in den letzten Tagen an Umfang gewonnen hatte.

»Nein, bleiben Sie sitzen, ich mache das. Wenn Sie aufstehen, passen Sie vielleicht nicht mehr in den Schaukelstuhl.« Anne legte Mai eine Hand auf die Schulter und drückte sie sanft zurück. Mai lächelte. Trotz ihres Körperumfangs wirkte ihr Gesicht ausgezehrt, und ihre Wangenknochen drohten durch die zarte Haut zu dringen, die sich über ihnen spannte. Sie sah aus, als könnte sie einen kleinen Schluck zur Aufmunterung vertragen. Wäre Mai für Hochprozentiges zu haben, hätte Anne jemanden ins Hotel geschickt, um einen Brandy zu holen.

Dankbar nahm Mai den Tee entgegen. »Ahh«, seufzte sie befriedigt. »Das tut so gut. Ich sage Ihnen, Anne …« Sie tätschelte ihren ausladenden Leib. »Ich werde so unendlich erleichtert sein, wenn all das erst einmal hinter mir liegt.«

Anne sah ihre neue Freundin eindringlich an. Bei ihrer ersten Begegnung war Mai ihr mit ihren ausgeprägten Wangenknochen und den weit stehenden Mandelaugen ausgesprochen exotisch vorgekommen. Der cremige Sahneton ihrer Haut unterschied sich auffallend von der englischen Blässe. Und obwohl sie perfekt Englisch sprach, war der typische chinesische Singsang unüberhörbar. Doch mittlerweile fiel Anne all das nicht mehr auf. Seltsam, wie die Zeit und die Vertrautheit derartige Unterschiede doch verblassen ließen.

Kapitel 18

Libby setzte sich im Bett auf und starrte Arnold mit angstverzerrtem Gesicht an.

Sylvia versuchte, ihre Verärgerung zu unterdrücken, was ihr jedoch nur teilweise gelang. »Komm schon, Libby, das reicht jetzt. Du strapazierst meine Geduld, ja, das tust du. Es gibt keinen Grund, sich vor Arnold zu fürchten. Er hat dir nie etwas getan und wird es auch nie. Ganz im Gegenteil, das weißt du doch. Wir haben eingeweichtes Brot mit Zucker für dich.« Sie strich über Libbys Stirn und tauschte einen erleichterten Blick mit Arnold. »Ah, schon besser. Du glühst nicht mehr ganz so sehr. Wenigstens etwas, wofür wir dankbar sein können.«

Arnold hielt ihr die Schale mit dem in Milch eingeweichten Brot hin. Wieder begann Libby sich zu winden, zog sich die Decke bis zum Kinn und verkrallte die Finger im Stoff.

Am Vortag noch hätte Sylvia ihm die Schale aus der Hand genommen und Libby selbst gefüttert, doch sie hatte ihren Plan, die beiden getrennt zu halten, inzwischen fallen lassen. Es konnte ohnehin nicht funktionieren. Sie würden dafür sorgen müssen, dass Libby ihre Abneigung gegenüber Arnold aufgab.

»Nimm die Schüssel, Libby.«

Libby hob einen Arm und holte aus, um Arnold die Schüssel aus der Hand zu schlagen, doch Sylvia bekam sie zu fassen, auch wenn ein klein wenig Milch über den Rand auf das Fensterbrett spritzte.

Libby zog die Decke ein Stück höher, so dass nur noch ihr Gesicht erkennbar war. »E-e-er h-hat Mama … w-wehgetan«, stammelte sie und starrte Arnold an. »W-w-weh …«

»Gütiger Himmel, Libby. Ich sage dir doch, Arnold wird dir nicht wehtun. Das würde er niemals tun. Du musst dich damit abfinden, dass wir geheiratet haben, und mit diesem Unsinn aufhören. Dein Vater ist tot, und wir können ihn nicht wieder lebendig machen.«

Erschrocken presste Sylvia sich die Hand auf den Mund. Was für eine unnötige Bemerkung. Sie versteifte sich in der Erwartung von Libbys Reaktion, doch Libby schien nicht zugehört zu haben. Stattdessen erhellten sich ihre Züge, sie kletterte aus dem Bett und tappte zum Fenster.

»Vater«, sagte sie mit der glasklaren Stimme eines Glockenhonigfressers an einem stillen Sommertag. Sylvia drehte sich der Magen um, und sie schob Libby ins Bett zurück.

»Sie tut es schon wieder, Arnold«, sagte sie beklommen, nachdem Libby, von geradezu unheimlicher Ruhe und heiterer Gelassenheit erfüllt, eingeschlafen war. »Sie sieht tote Menschen. Ich ertrage das nicht länger. Es muss etwas geschehen.«

»Ich habe es ja schon früher gesagt, und es tut mir leid, wenn ich es jetzt noch einmal sage, aber das Mädchen ist nicht richtig im Kopf.« Arnold nahm Sylvias Hände und streichelte sie beruhigend. »Wie kann sie Dinge sehen, die überhaupt nicht da sind? Es lässt sich nicht leugnen, dass sich ihr Zustand verschlechtert. Erinnerst du dich an den Rat des Arztes, als er sie das letzte Mal untersucht hat? Man sollte sie nach Seaview schicken. Du hast versucht, ihr zu helfen, aber es gibt nichts mehr, was du – oder ich – noch für sie tun können.«

Arnold lag auf dem Bett. Er hörte das Klappern, als Sylvia das Abendessengeschirr abwusch, drehte sich auf die Seite, griff nach der Flasche Magic Mixture auf dem Nachttisch und nahm einen kräftigen Schluck. Er dachte an den Tag, an dem Libby den Whisky auf den Boden gegossen hatte. Wäre ihre Mutter nicht dabei gewesen, hätte er dem kleinen Miststück eine anständige und unvergessliche Tracht Prügel mit dem Riemen verpasst.

Er lachte leise und dachte daran, wie sehr Sylvia Alkohol verabscheute und dennoch jedes Mal besorgt war, wenn er einen Schluck aus seiner Flasche nahm, um die Schmerzen seines imaginären Rheumatismus zu lindern. Aber was sollte er mit dieser Göre anstellen? Nach dem, was sie heute Morgen von sich gegeben hatte, lag es auf der Hand, dass sie ihn wiedererkannt hatte. Wodurch war ihr Erinnerungsvermögen nur geweckt worden? Sie hatte ihn schon immer verabscheut, doch er hätte schwören können, dass sie bisher nicht gewusst hatte, wer er war.

Was es auch gewesen sein mochte – es musste in der Fabrik passiert sein. Ihre Augen hatten sich in ihn hineingebohrt, und es hatte sich angefühlt, als würde er mit einem Mal in der Zeit zurückversetzt werden – zurück zu jenem Tag, als er und Grub Jon Hartley getötet hatten.

Es gab keinen Zweifel daran, was Libby ihrer Mutter zu sagen versuchte. Kalter Schweiß war ihm übers Rückgrat gelaufen, auch wenn Sylvia nicht die leiseste Ahnung hatte, was sie ausdrücken wollte. Aber er hatte es gewusst. Heiliger Strohsack, er hatte es nur zu gut gewusst. Und es bestand stets das Risiko, auch wenn es noch so gering war, dass sie eines Tages zu Sylvia durchdringen und sich verständlich machen konnte. Selbst dann müsste Sylvia ihr nicht unbedingt glauben – oder sonst irgendjemand –, doch er war kein Mann, der die Dinge gern dem Schicksal überließ. Er würde die Zügel nicht aus der Hand geben.

Er verlagerte sein Gewicht, stützte sich auf einen Ellbogen und beobachtete müßig eine Heuschrecke an der Wand neben dem Bett. Als sie sich auf Höhe seines Kopfes befand, pflückte er sie ab, setzte sie auf den Boden und zermalmte sie unter seinem Stiefelabsatz.

Henry saß stocksteif auf der Kante des üppig gepolsterten Ledersessels, den William Selby für die Bequemlichkeit seiner Mandanten bereitgestellt hatte. Der Rechtsberater machte nicht den Eindruck, als wollte er gleich gute Neuigkeiten übermitteln. Sein Gesicht mit dem Walrossbart und den Schwabbelbacken wirkte durch seine düstere Miene noch trauriger. »Schlechte Nachrichten, fürchte ich, Henry.«

Nun, da es ausgesprochen war, schien sich Selbys Stimmung zu heben, als bereite es ihm ein perverses Vergnügen, einem anderen Menschen den Tag ruiniert zu haben, bemerkte Henry.

Der Rechtsberater nahm ein Blatt Papier von einem ordentlichen Stapel auf seinem Schreibtisch. »Ich habe heute dieses Telegramm von meinem Kollegen in Melbourne erhalten. Er sagt, es existiere überhaupt keine Billingford Southern States. Niemand hat je davon gehört.«

»Sind Sie sicher? Vielleicht liegt ein Irrtum vor.«

Der Rechtsberater lächelte dünn. »Natürlich ist alles möglich, Henry, aber in diesem Fall schließe ich einen Irrtum aus. Laut meinem Kollegen wurde das Eisenbahnnetz von Victoria zuerst durch die Melbourne and Hobson Bay

Railway betrieben, die sich ’65 mit der Melbourne Railway Company zusammengetan hat.« Selby betonte jedes Wort einzeln, um sicherzugehen, dass Henry alles mitbekam. »Vor sechs Jahren wurde diese Gesellschaft an den Staat verkauft, an das Victoria Railway Department. Es gab niemals – ich wiederhole, *niemals* – ein Unternehmen, das unter dem Namen Billingford Southern States mit der Eisenbahn von Victoria zu tun hatte. Ich fürchte, Mr Edwards wurde betrogen.«

»Er und Harrington«, korrigierte Henry, der Mühe hatte, die niederschmetternde Nachricht zu verdauen, und sich fragte, wie Jimmy sie wohl aufnehmen würde.

»Ah, nun ja … Mr Harrington … ein höchst interessanter Fall, wenn ich das so sagen darf.«

Henrys Unbehagen wuchs.

»Nennen Sie es Intuition, Henry, aber ich habe meinen Kollegen auch gebeten, ein paar Nachforschungen im Hinblick auf Mr Harrington und seine Schwester anzustellen. Er hat einige höchst interessante Fakten herausgefunden.« Selby lächelte, schien jedoch alles andere als erfreut zu sein.

»Harrington ist einer von vielen Namen, die dieser Mann benutzt. Er ist auch unter den Namen Wilkinson, Turnbull, Carruthers und zweifellos noch einigen anderen bekannt. Er ist ein Betrüger und Gauner.«

Henry blieb der Mund offen stehen. »Aber … unmöglich, ganz bestimmt! Claire, Miss Harrington, ist eine streng gläubige Frau! Diese Frau ist so ehrlich, wie der Tag lang ist. Sie würde sich nie mit einem solchen Mann abgeben – auch nicht, wenn dieser Schwindler ihr Bruder ist. Sie erzählt immer von ihren Freunden, den Cadbury-Brüdern, ebenfalls Quäkern. Natürlich gehört Elmer nicht dazu. Das könnte er auch gar nicht, bei seiner Neigung zum Alkohol.« Henry sah Selby erwartungsvoll an, wartete darauf, dass er in schallendes Gelächter ausbrach und zugab, er habe ihn auf den Arm nehmen wollen.

»Leider, Henry, ist Miss Harrington kein Mitglied der Religiösen Gesellschaft der Freunde und war es auch nie. Und die Cadbury-Brüder sind weit davon entfernt, Freunde von Miss Harrington zu sein. Stattdessen stand sie als Hausmädchen in den Diensten von Richard Cadbury, der sie allerdings wegen Diebstahls entlassen musste.«

Henry starrte Selby ungläubig an. Claire – eine Lügnerin und Diebin?

»Weiterhin«, fuhr Selby fort und räusperte sich, »ist die Frau, die Sie als Claire Harrington kennen, auch nicht Mr – äh – Harringtons Schwester. In Wahrheit ist sie Mrs Harrington, oder Mrs Wilkinson oder Mrs Turnbull oder Mrs Carruthers.«

»Sie meinen, seine Ehefrau?«, krächzte Henry.

»Exakt. Unter anderem haben die beiden die Angewohnheit, Versicherungs- und Investmentbüros zu eröffnen, Geld von einigen Klienten ordnungsgemäß anzulegen, um seriös zu wirken, ehe sie andere Anleger bestehlen und sich dann aus dem Staub machen, bevor sie auffliegen. Ich brauche wohl nicht zu erwähnen, dass die Polizei von Melbourne es kaum erwarten kann, sich mit diesen beiden Herrschaften persönlich zu unterhalten.«

Ich auch, bei Gott, dachte Henry. Was jedoch noch schwerer auf seiner Seele lastete, war die Aussicht, die Nachrichten Jimmy überbringen zu müssen. Und Gott weiß, was Mai zu all dem sagen würde. Sie war doch so angetan von Claire.

Wie in Trance kehrte Henry in den Laden zurück. Seine Verärgerung, weil Jimmy wieder einmal durch Abwesenheit glänzte und Mai ganz allein arbeitete, wurde von der Vorstellung gemildert, welchen entsetzlichen Schock Jimmy erleiden müsste. Sicher würde Jimmy den Verlust des Geldes weniger schlimm finden als die Tatsache, von Claire hintergangen worden zu sein.

Mai stieß einen Seufzer der Erleichterung aus. »Gott sei Dank bist du zurück. Ich weiß nicht, wo mir der Kopf steht. Jimmy hat Claire wieder ins Hotel gebracht.«

Schuldbewusst registrierte Henry die Erschöpfung in ihrer Stimme. Mittlerweile war sie im achten Monat, und selbst die raffiniertesten Oberteile und Röcke vermochten ihre Schwangerschaft nicht länger zu leugnen. Sie war blass. Ihre Ausgezehrtheit war mittlerweile verschwunden, wenn auch nur, weil ihr Gesicht so aufgedunsen war.

Gemeinsam bedienten sie die wartenden Kunden. Als der Laden leer war, wandte Mai sich an Henry. »Claire war vorhin hier. Sie und Jimmy hatten einen schrecklichen Streit.«

»Nicht so schrecklich wie der, den sie bald haben werden.«

»Wie meinst du das?«

»Erzähl du zuerst zu Ende«, meinte Henry, froh über den Aufschub.

»Claire lag ihm wieder mit dem Verkauf des Stücks Land in den Ohren, und er hat ihr endlich die Wahrheit gestanden. Sie ist wie eine Furie auf ihn losgegangen.« Mai hielt einen Moment inne und legte sich die Hand auf die Brust, als könnte sie so ihren Herzschlag beruhigen. »Ich weiß ja, dass Jimmy eine ordentliche Standpauke wegen seiner Unaufrichtigkeit verdient, aber Claire war außer sich vor Wut. Jimmy wurde wie ein Lamm zur Schlachtbank geführt. Oh, Henry, es war geradezu beängstigend. Ich habe eine Seite an ihr erlebt, die mich entsetzt hat. Jimmy versuchte sie zu überzeugen, dass es keine Rolle spielt, weil sie ohnehin bald das Geld aus seiner Investition bekämen, aber sie wollte nicht hinhören. Stattdessen schrie sie ihn an, sie und Elmer würden von hier weggehen. Jimmy sei ein Narr, ein Dummkopf, und hätte sie gewusst, wie arm er sei, hätte sie sich nie im Leben mit ihm eingelassen.«

Mai setzte sich, erschüttert. »Jimmy bettelte sie an, nicht zu gehen, doch nach dem, wie sie sich verhalten hat, hätte sie ebenso gut taub sein können. Ich habe zu ihm gesagt, er solle ihr nachlaufen und sich keine Sorgen wegen des Ladens machen. Aber ich sage dir, Henry, nach diesem unglaublichen Ausbruch denke ich, es wäre besser für ihn, wenn sie ihn zurückweist.«

Henry konnte Mai nur aus vollem Herzen zustimmen. Es war Zeit, ihr zu erzählen, was er erfahren hatte.

»Claire hat kein Interesse daran, von Jimmys Investition zu hören, denn sie weiß nur zu gut, dass sie gar nicht existiert. Ihre verdammte reizende Art und Frömmigkeit war nur eine schlaue Fassade, um uns alle hinters Licht zu führen. William Selby hat mir gerade eben erzählt, dass sie und Elmer Schwindler sind, nichts als gemeine Diebe. Sie haben Jimmy belogen und ihm sein Geld gestohlen. Auf seinen Namen ist kein Penny angelegt. Sie haben den Mann um alles gebracht, was er besitzt – und offenbar noch viele andere arme Teufel auch.«

»Oh … der arme Jimmy«, flüsterte Mai schockiert.

»Glaub mir, das ist noch nicht das Schlimmste an dieser Nachricht. Claire ist bereits verheiratet und war niemals frei für Jimmy. Sie und Elmer sind nicht Bruder und Schwester, sondern Mann und Frau.«

Wäre die Situation nicht so tragisch, wäre Mais Lächeln komisch gewesen. »Henry, sag mir bitte, dass du Scherze machst.«

»Ich schwöre, es ist die Wahrheit.« Henry schilderte ihr

den Rest dessen, was Selby in Erfahrung gebracht hatte. »Ich will mir lieber gar nicht erst vorstellen, wie Jimmy darauf reagieren wird. Er ist doch so vernarrt in Claire.«

Henry hätte lieber zu Fuß den Taramakau bei Flut durchquert, als derjenige zu sein, der Jimmy die schlimme Nachricht überbrachte, doch jemand musste es tun, und offensichtlich fiel ihm diese unschöne Aufgabe zu.

Er nahm seine Schürze ab. »Wenn du nichts dagegen hast«, sagte er zu Mai, »gehe ich jetzt ins Hotel, solange es im Laden ruhig ist. Ich habe mit diesem sauberen Pärchen noch ein paar Worte zu wechseln, bevor die Polizei sie hinter Schloss und Riegel bringt.«

Anne Gilpin kam ihm am Hoteleingang entgegen.

»Ich wollte Sie gerade holen kommen. Jimmy hat sich in einen absolut entsetzlichen Zustand gebracht.«

Henry fand seinen Freund mit blutunterlaufenen Augen und schlaff am Tresen hängend vor.

Herrgott nochmal, dieser Kerl war völlig hinüber!

»Sie hat mich verlassen, Henry«, murmelte er.

»Was? Du meinst, sie sind weg?«

»Ja. Sie und dieser Schwindler von einem Bruder. Vor einer Stunde sind sie aufgebrochen, um die Bahn zu erreichen. Sie hat mir wieder wegen dieses Grundstücks in den Ohren gelegen, und da habe ich alles gestanden. Ich habe versucht, ihr zu erklären, dass es keine Rolle spielt – dass wir aus dem Schneider sind, wenn ich erst einmal meinen Gewinn aus der Investition habe.«

Jimmy stützte den Kopf auf die Hände. »Ich sage dir, Henry, sie war außer sich vor Wut. Ich habe ihr gesagt, wir würden es schon schaffen, und wir hätten genug Geld für ein schönes Haus, aber sie wollte nicht hören. Sie hat mich als hinterhältigen Lügner und Betrüger beschimpft und geschrien, sie könnte meinen Anblick nicht länger ertragen.«

Das war ein Ding – Claire, die Jimmy als hinterhältigen Lügner und Betrüger bezeichnete! Was das anging, waren sie und Elmer ihm weiß Gott weit voraus.

»Und hat sie dir sonst noch etwas gesagt?«, fragte Henry leise.

»W-was hätte sie denn sagen sollen? Reicht das nicht, um mir das Herz aus der Brust zu reißen?«

Henry fühlte sich mit jeder Minute schlechter. Der Schlag, den Jimmy versetzt bekommen hatte, würde zweifellos genügen, um einem Mann das Herz aus der Brust zu reißen. Und wenn Henry ihm jetzt gleich alles sagte, wäre es zweifellos so, als trampelte auch noch jemand mit Stiefeln darauf herum.

Jimmy leerte sein Glas und gab zu verstehen, dass er einen weiteren Drink wollte. Morgen würde er sich wie ein geprügelter Hund fühlen, daran bestand kein Zweifel. Gütiger Himmel, wenn dieser Tag doch endlich vorbei wäre.

Anne stand hinter der Bar und hörte zu, als Henry mit Jimmy sprach. Obwohl sie bereits einiges über die hinterhältigen Machenschaften der Harringtons wusste, konnte sie das Ausmaß ihrer Gemeinheit kaum glauben. Jimmy lauschte in versteinertem Schweigen, bis Henry ihm erklärte, dass die beiden in Wahrheit Mann und Frau waren.

»D-du lügst.«

»Ich schwöre, es stimmt.«

Anne dachte an den Streit zwischen Claire und Elmer, den sie mit angehört hatte. Mittlerweile lag es auf der Hand, dass Claires »Krankheit« eine Schwangerschaft war, nur dass das Kind, das sie unterm Herzen trug, nicht von Jimmy, sondern von Elmer stammte. Zum Glück würde er niemals das volle Ausmaß ihrer Hinterhältigkeit erfahren.

Jimmy schob Henry unsanft beiseite, riss eine Flasche Whisky aus dem Regal und taumelte in Richtung Tür.

»Oh nein, Henry, wohin will er denn damit?« Anne kam hinter der Bar hervorgestürzt und lief Jimmy nach. Sie holte ihn ein, als er mitten auf der Straße stand und schwankend einen Schluck aus der Flasche nahm, während er den Blick ziellos über die neugierigen Passanten schweifen ließ.

»Ein dämlicher Idiot bin ich, was?«, sagte er zu niemand Bestimmtem. »Lass mich von einem Paar verdammter Diebe und Betrüger hochnehmen.« Er nahm einen weiteren Schluck Whisky, als wäre es Wasser, stolperte und fiel wie ein Mehlsack. Er saß auf dem Boden und sah sich verblüfft um, ehe er in schallendes Gelächter ausbrach, wobei ihm die Tränen über die Wangen liefen.

Anne wand sich. Es schmerzte sie, mit ansehen zu müssen, wie er sich zum Narren machte. »Los, verschwindet schon, neugieriges Pack«, herrschte sie die grinsenden Schaulustigen an.

Henry war ihnen nach draußen gefolgt. »Komm, Jimmy, hoch mit dir.« Er hievte seinen Freund hoch und hielt ihn fest.

»Ich kümmere mich schon um ihn. Gehen Sie nur zu Ihrer Frau zurück«, sagte Anne.

»Sind Sie sicher, dass Sie das alleine schaffen?«

»Ich bringe ihn in sein Zimmer. Am besten schläft er erst einmal seinen Rausch aus. Mai ist diejenige, um die Sie sich Sorgen machen sollten, nicht ich.« Anne packte Jimmy in der Taille und schlang sich seinen Arm über die Schulter.

»Sie wissen ja, wo Sie uns finden, wenn Sie uns brauchen«, sagte Henry und ließ sie mit dem schwankenden Jimmy zurück.

Jimmy war vollkommen fertig. Er sah aus, als hätte ihm jemand den Schädel eingetreten und sein Gehirn zu Mus zertrampelt. Nachdem sie ihn ins Hotel zurückgeschleift hatte, setzte sie ihn am unteren Treppenabsatz ab und streckte den Kopf durch die Tür zur Bar. »Ich habe hier etwas zu erledigen. Kann sein, dass es eine Weile dauert«, rief sie Minnie Cullen zu.

»Heda! Ich bin diejenige, die hier die Löhne zahlt, nicht Sie. Kommen Sie sofort her und bleiben Sie hinter Ihrer Bar!«, kreischte ihre Arbeitgeberin.

Anne tat so, als hätte sie sie nicht gehört, und wandte sich wieder Jimmy zu. »Los, einen Fuß vor den anderen. Ganz langsam.« Wieder legte sie sich seinen Arm über die Schulter und führte ihn die Treppe hinauf.

»E-es ist nett von Ihnen, dass S-s-sie mir helfen«, nuschelte Jimmy. »S-s-sehr nett. Genau wie meine C-Claire.«

»Claire soll der Teufel holen!« Anne führte Jimmy durch den Korridor zu seinem Zimmer. Dort zögerte sie. Für eine alleinstehende Frau war es absolut indiskutabel, das Schlafzimmer eines Mannes zu betreten, doch Jimmy brauchte dringend Hilfe, und sie würde dafür sorgen müssen, dass er sie bekam. Zum Teufel damit, was die Leute dachten. Sie trat ein.

»Setzen Sie sich hin.« Sie deutete aufs Bett.

Schlaff wie eine Gliederpuppe gehorchte Jimmy und ließ sich aufs Bett fallen. Ein penetranter Whiskygestank entströmte ihm. Anne riss das Fenster auf, zog Jimmy die Jacke aus und hängte sie übers Fensterbrett.

»Ich war ein Narr«, murmelte er. »Ich h-hätte es wissen müssen … sie hat mich nur benutzt. So eine schöne Frau … sieht mich doch nie im Leben zweimal an.«

Anne umfasste sein Kinn und zwang ihn, ihr in die Augen

zu sehen. »Jimmy, hören Sie mir genau zu. Claire hätte auf die Knie fallen und dem lieben Gott danken sollen, weil er ihr jemanden wie Sie geschickt hat.«

Jimmy schüttelte störrisch den Kopf. »Nein, nein, Sie haben sie nicht so gekannt wie ich. Wenn sie einen Raum betrat … war es, als gingen sämtliche Straßenlaternen in der Stadt an … sie hatte etwas Magisches an sich.«

»Magisch? Jimmy, das einzig Magische an dieser Frau ist ihre Fähigkeit, den Umfang der Brieftasche eines Mannes schrumpfen zu lassen!«

Kapitel 19

Arnold lief über den Pfad durch den Wald in Richtung Haus. Sein Atem kam stoßweise. Er versteckte sich im Gebüsch und wartete, bis Sylvia mit dem Einspänner nach Stafford aufgebrochen war, ehe er sich ins Haus schlich. Es war so still hier. Er fluchte leise. Vielleicht hatte Libby ihre Mutter ja begleitet, doch er könnte schwören, dass Sylvia vorhin allein gewesen war.

Er ging in die Hocke und rief den Kater. Bobby, der auf eine kleine Extramahlzeit hoffte, streckte den Kopf aus der Küche. Arnold packte ihn und trug ihn nach oben in Libbys Zimmer. Beim Anblick des Mädchens, das schlafend im Bett lag, verebbte die Angst, die ihn seit dem Morgen quälte, als Libby auf Sylvia eingeplappert hatte. Eilig durchquerte er das Zimmer, wobei er das rhythmische Heben und Senken ihrer Brust bemerkte, ebenso wie ihr Gesicht, dessen Haut so blass und hell wirkte, als könnte sie selbst durch die kleinste Berührung Schaden nehmen. Seltsam, sie sah so normal aus, wenn sie schlief, ja, sogar beinahe hübsch. Ehrlich gesagt sah sie die meiste Zeit völlig normal aus – nur wenn sie den Mund aufmachte und diesen Unsinn von sich gab oder einen dieser verdammten Anfälle bekam, die keinen Zweifel daran aufkommen ließen, dass sie verrückt war.

Beim Anblick dieser Unschuld bedauerte er beinahe, was er gleich tun würde. Er berührte sie an der Schulter. Libby schlug die Augen auf, in die ein verängstigter Ausdruck trat, als sie ihn erkannte. Er legte ihr die Hand auf den Mund, um ihren Schrei zu ersticken, und grinste, während sie zappelnd versuchte, sich seinem Griff zu entwinden.

»Es ist niemand hier, also brauchst du gar nicht zu schreien. Niemand wird kommen. Deine Mutter ist in die Stadt gefahren, und Jack ist unten in der Fabrik.«

Als sie sich ein wenig beruhigt hatte, nahm er die Hand weg, so dass sie ungehindert atmen konnte.

»Ich dachte, du hättest gern ein wenig Gesellschaft von deinem Kater.« Er packte Bobby im Genick und ließ ihn vor Libbys Augen hin und her baumeln. »Wenn er groß ist, wird er einmal ein hübsches Kerlchen, meinst du nicht auch?«

Bobby strampelte mit den Hinterbeinchen.

Arnold packte sie mit seiner freien Hand und zwang sich, nicht zusammenzucken, als sich die Krallen des Katers in sein Fleisch bohrten. »Ein boshaftes Kerlchen, was?«

Trotzig zog Libby die Schultern ein und warf sich mit aller Kraft gegen das Kopfteil des Bettes.

»Du erinnerst dich an mich, hab ich recht? Du hast mich gesehen, als ich an diesem Tag diesen Mistkerl unten im Sumpf kaltgemacht habe. Und das hast du heute Morgen versucht, deiner Mutter zu sagen, stimmt's?«

Libby verdrehte die Augen in den Höhlen.

Sie wusste es also. Arnold verstärkte den Griff um den Nacken des Katers und wischte sich mit der anderen Hand das Blut am Oberschenkel ab.

»Also, wenn ich dir nun sagen würde, du sollst deiner Mutter nichts davon erzählen, könnte ich dir dann vertrauen, dass du unser kleines Geheimnis bewahrst?«

Sie nickte so heftig, dass das Kopfteil zu beben begann.

Er lachte. »Tja, dann *kannst* du also ein Geheimnis bewahren?«

Wieder bebte das Kopfteil.

»Gut, gut. Du magst nicht alle Tassen im Schrank haben, aber du lernst trotzdem schnell. Allerdings bin ich mir noch nicht ganz sicher, ob ich dir trauen kann, deshalb werde ich dir jetzt zeigen, was mit deiner Mutter passiert, wenn du ihr etwas verrätst.«

Ohne Bobby loszulassen, bedeutete er Libby, ihm in die Küche zu folgen, wo er ein großes Fleischermesser aus der Besteckschublade nahm und sich hinhockte.

»Also, du wirst jetzt gleich sehen, was ich mit Bobby hier mache …« Er drückte den strampelnden Kater fest zu Boden. Das Messer blitzte kurz auf, ehe es seinen Schwanz abtrennte. Bobby jaulte auf und stürzte davon, wobei er eine lange Blutspur hinterließ.

Libby begann zu schwanken. Arnold packte sie am Arm und drückte brutal zu. »Genau das mache ich mit deiner Mutter, wenn du auch nur ein Wort zu ihr oder sonst jemandem darüber verrätst, was du im Sumpf gesehen hast. Nur dass ich ihre Kehle durchschneiden werde. Da sie schließlich keinen Schwanz hat.«

Sylvia wischte die letzten Blutspuren auf. Zu hören, was Libby Bobby angetan hatte, war ein gewaltiger Schock gewesen. Anfangs hatte sie nicht glauben wollen, dass Libby in ihrem Wutanfall die Tür so fest zugeschlagen hatte, dass Bobby seinen Schwanz eingebüßt hatte, aber letzten Endes war sie doch überzeugt davon.

Dankbarerweise hatte Arnold den abgetrennten Schwanz bereits entsorgt, so dass ihr diese widerliche Aufgabe erspart blieb. Zu erschüttert, um zu weinen, tauchte sie den Lappen in den Putzeimer und wrang ihn aus.

»Ich sage dir, Sylvia, sie ist wie eine Furie auf mich losgegangen, dabei wollte ich nur nach ihr sehen. Ich bin aus der Fabrik herübergekommen, um nachzuschauen, ob alles in Ordnung mit ihr ist, da ich wusste, dass du in die Stadt fahren wolltest. Ich weiß doch, wie sehr du dir Sorgen machst, und wollte diesen Unmut zwischen uns ein für allemal beenden.« Arnold nahm ihr Eimer und Lappen aus der Hand und half ihr auf.

»Und das hat sie mit mir angestellt.« Er zeigte ihr die tiefen Kratzer auf dem Handrücken. »Sie ist davongelaufen, bevor ich sie aufhalten konnte, aber dann habe ich sie auf dem Pfad gefunden. Sie hatte wieder einen ihrer Anfälle.«

Was passierte nur mit Libby?, fragte sich Sylvia. Was sollte sie mit ihr machen? Sie hatte alles Mögliche versucht, doch scheinbar war das Mädchen entschlossen, sie um den Verstand zu bringen.

»Du musst etwas unternehmen, Sylvia. Man kann ihr nicht über den Weg trauen. Das heute …« Er hob seine verletzte Hand. »Wer weiß, was morgen kommt. Sie ist eine Gefahr, ich sage es dir – eine Gefahr für sich selbst und für andere.«

»Aber was soll ich denn machen?«

»Nimm den Rat des Doktors an. Sie muss weggeschlossen werden.«

»Das kann ich ihr nicht antun.« Tränen brannten in Sylvias Augen.

»Manchmal muss man grausam sein, um für andere etwas Gutes zu bewirken. Das sage ich doch die ganze Zeit schon: Sylvia, was wäre passiert, wenn ich sie nicht gefunden hätte? Sie hätte ihre Zunge verschlucken und daran ersticken können. Oder im Schlamm umkommen.«

Jack, der wortlos gelauscht hatte, sah seine Mutter resigniert an. »Arnold hat recht, Mutter. Libbys Zustand verschlechtert sich. Wir wollen doch nicht, dass sie sich selbst wehtut. Du solltest wenigstens über seinen Vorschlag nachdenken.«

Anne wollte Jimmy nur ungern in seiner Sentimentalität und seinem betrunkenen Zustand zurücklassen. Sie hatte von Männern gehört, die aus viel geringeren Gründen einen Strick genommen hatten. Doch sie hatte sich an diesem Nachmittag schon viel zu viele Freiheiten herausgenommen. Minnie würde vor Wut schäumen, wenn sie die Bar noch länger im Stich ließ.

»Falls Sie es möchten, bleibe ich noch eine Weile«, erbot sie sich, während ihre Sorge, Jimmy könnte sich etwas antun, ihre Furcht vor Minnies Zorn überflügelte. Sie wusste nur zu gut, wie es sich anfühlte, wenn einem das Herz bei lebendigem Leibe herausgerissen und darauf herumgetrampelt wurde. Hatte ihr Ehemann nicht genau das auch getan, als er zum Dieb geworden und sie zurückgelassen hatte, wo sie den Beschuldigungen und schiefen Blicken ausgesetzt war?

»Gehen Sie nur, ich komme zurecht«, sagte Jimmy. »Sie haben mir schon genug geholfen. Ich werde jetzt schlafen. Morgen früh sieht die Welt anders aus.« Er streifte seine Hosenträger über die Schultern, knöpfte sein Hemd auf und war eingeschlafen, noch bevor sein Kopf das Kissen berührte.

Stimmengewirr empfing Anne, kaum dass sie die überfüllte Bar betrat. Minnies Blick richtete sich auf sie, und ihr war klar, was gleich folgen würde. Das Leben kann verteufelt grausam sein, dachte sie, während sie Minnies Standpauke ertrug. Andererseits, dachte sie und reckte trotzig das Kinn, manchmal überwiegt das Gute ja das Böse, und mit ein wenig Glück stellt sich vielleicht heraus, dass das hier auch seine gute Seite hat.

»Glauben Sie bloß nicht, ich wüsste nicht, dass Sie im Zimmer dieses Mannes waren, das tue ich nämlich. Wegen Ihnen bekommt dieses Haus noch einen schlechten Ruf. Passen Sie bloß auf, was Sie tun, sonst stehen Sie im Handumdrehen auf der Straße. Ich hoffe, ich habe mich klar genug ausgedrückt.«

Sie sprach so laut, dass sämtliche Gäste es mitbekamen. Wenn Minnie in der Nähe war, brauchte keiner eine Hörhilfe. Anne rätselte über die Logik dieser Frau. Wenn sie den guten Namen ihres Etablissements aufrechterhalten wollte, wieso hielt sie ihr dann vor der versammelten Gästeschaft eine derartige Standpauke, weil sie im Zimmer eines Mannes gewesen war? Die meisten hatten es doch gar nicht mitbekommen.

Musste sie eigentlich immer das Ziel des Spotts anderer Leute sein? Sie dachte an den Tag zurück, an dem sie ihrem Ehemann zum Abschied gewinkt hatte, als dieser sich auf den Weg zu seiner neuen Stellung als Verwalter für einen Landbesitzer und Farmer an der Westküste gemacht hatte. Damals hatte sie noch als Hausmädchen in Canterbury gearbeitet und hätte nachkommen sollen, sobald genug Wohnraum zur Verfügung stand. Doch daraus wurde nichts. Ihr Mann hatte sich mit den Monatseinnahmen der Farm aus dem Staub gemacht und war nie wieder gesehen worden. Lange Zeit hatte sie an seine Unschuld geglaubt – daran, dass er eines Tages erscheinen und alles aufklären würde, doch als die Jahre ohne ein Zeichen von ihm ins Land gegangen waren, hatte sie erkennen müssen, dass sie ihm niemals so am Herzen gelegen hatte wie umgekehrt. Er war nur ein gemeiner Dieb.

Damals hatte sie Trost in der Flasche gesucht, hatte jedoch schnell gelernt, dass der Alkohol mit seiner betäubenden Wärme nicht der Freund war, für den sie ihn gehalten hatte. Ein Drink führte unweigerlich zum nächsten, dann zu einem weiteren, bis sie mit einem Kopf aufwachte, der sich anfühlte, als schürften tausend Chinesen nach Gold darin, und ohne jede Erinnerung an den Abend zuvor. So hatte sie auch ihre letzte Stellung verloren. Sie hatte sich zu einer Sauftour aufgemacht und beim Versuch, die Kleider ihrer Herrin anzuprobieren, einige zerrissen, während sie die restliche Dienstbotenschaft mit ausgelassenen Gesangseinlagen unterhalten hatte.

Das Leben hatte ihr und Jimmy Edwards ein ziemlich mieses Blatt in die Hand gegeben, und während sie gelernt hatte, sich damit zu arrangieren, würde es noch lange, lange Zeit dauern, bis Jimmy das Leben wieder von der heiteren Seite betrachten konnte.

»Räumen Sie alleine auf. Ich gehe zu Bett«, grummelte Minnie, nachdem der letzte Gast gegangen war. »Das ist die Strafe für heute Nachmittag. Ich zahle Ihnen gutes Geld, Madam, und das sollten Sie besser nicht vergessen. Ich werde nicht zulassen, dass Sie kommen und gehen, wie es Ihnen gerade passt.«

Sie erinnerte Anne an eine empörte Henne, als sie sich vor ihr aufblies und den Kopf in den Nacken warf, während sie ein Glas nahm, um sich ihren gewohnten Schlummertrunk aus Portwein einzuschenken und mit nach oben zu nehmen.

»Ich dachte schon, ich hätte am Ende ein Goldstück gefunden, dabei ist sie genauso lausig wie alle anderen. Und eine Schlampe noch dazu«, hörte Anne sie murmeln, während sie die Flasche auf den Tresen knallte und es Anne überließ, sie wegzuräumen.

Die Bar war der reinste Schweinestall. Schmutzige Gläser standen auf den klebrigen Tischen, Stühle waren umgekippt, und auf dem Fußboden schwammen Zigarettenkippen und Zigarrenstummel in Lachen, wo die Gäste ihre Getränke verschüttet hatten.

Sie hatten fast den gesamten Abend ununterbrochen ausgeschenkt – zunächst hatte Claires und Elmers Verschwinden für einigen Wirbel gesorgt, als es sich erst einmal herumgesprochen hatte, dann Jimmy, der arme Teufel, der sich mitten auf der Straße zum Narren gemacht hatte, und nicht zuletzt Minnie, die lautstark hatte verkünden müssen, dass Anne in seinem Zimmer gewesen war. Die Nachrichten hatten sich wie ein Lauffeuer in der Stadt verbreitet.

Die Münzen, die heute über den Tresen geschoben worden waren, würden in Minnies Taschen nur so klingeln. Sie sollte mir auf Knien dafür danken, dass ihre Bar mit einem Mal so beliebt ist, dachte Anne. Sie war müde und beschloss, sich erst am Morgen um das Durcheinander zu kümmern. Sie würde früh aufstehen und alles sauber machen, bevor Minnie darüber nachdachte, aufzustehen.

Vor Jimmys Zimmer blieb sie stehen und lauschte. Es war still, und ihre Sorge, er könnte sich etwas angetan haben, erwachte augenblicklich wieder. Als sie sicher war, dass niemand sie beobachtete, schlüpfte sie ins Zimmer, schlich zum Bett und legte die Hand auf seinen Leib. Er lebte durchaus, stellte sie fest und stieß einen erleichterten Seufzer aus, während er sich auf den Rücken drehte und zu schnarchen begann.

»Gütiger Gott, was für Sorgen ich mir gemacht habe«, flüsterte sie. Sie wandte sich zum Gehen und fuhr erschrocken zusammen, als er mit einem Mal die Hand ausstreckte und sie packte.

»Claire?«, murmelte er und zog Anne zu sich heran, so dass sie ins Straucheln geriet und auf seiner Brust landete.

Sie spürte seine rauen Bartstoppeln an ihrer Wange. Mühsam versuchte sie, sich von ihm zu lösen, ohne ihn zu wecken – und auch alle anderen im Hotel – doch sein Griff verstärkte sich nur. Sie lag reglos da und wartete so lange, bis er sich vollends entspannte und sie leise aus dem Zimmer schlüpfen konnte.

Kapitel 20

Mai erwachte von den heftigen Tritten des Babys. Es fühlte sich an, als wäre sie gerade erst eingeschlafen. Sie massierte ihren Bauch, um das unruhige Baby zu besänftigen.

»Du bist wie dein Vater, mein Kleines. Nur Arme und Beine, überall«, murmelte sie und hoffte, dass die Ähnlichkeit sich darauf beschränken würde und sie endlich eine lang ersehnte Tochter bekäme.

Rückblickend betrachtet war ihr Leben mit Henry unglaublich glücklich verlaufen, doch es gab Zeiten, in denen sie das Gefühl hatte, als würde ihre chinesische Herkunft von den europäischen Gepflogenheiten überlagert. Sie wünschte sich eine Frau ihres eigenen Volks an ihrer Seite, mit der sie ihre Gedanken und Gefühle teilen konnte, die für Europäerinnen nur schwer nachvollziehbar waren. Dies war einer der Gründe, weshalb sie so sehr eine Tochter wollte. Bisher hatte sie noch keinen Namen für einen Jungen überlegt, war aber zu dem Entschluss gelangt, dass das Kind Alyssa heißen sollte, falls es ein Mädchen werden sollte. Henry hatte keine Einwände dagegen erhoben, doch sie ging ohnehin davon aus, er wäre mit allem zufrieden, was ihnen geschenkt werden würde.

»Sollen wir sie Alyssa Mai nennen, nach ihrer Mutter?«, hatte er sogar vorgeschlagen und grinsend hinzugefügt: »Obwohl das Kleine, wenn es doch ein Sohn wird, bestimmt lieber einen weniger blumigen Namen hätte.«

»Alyssa Mai«, sagte sie nun und genoss das Gefühl, den Namen auf ihrer Zunge zu spüren.

Als sie sich angezogen hatte, fühlte sie sich schon viel besser und bereit, den Tag zu beginnen. Auch gut, dachte sie, als ihr Frühstück vom unvermeidlichen Klopfen an der Ladentür unterbrochen wurde. Doch es stand nicht wie üblich ein Kunde davor, sondern Sylvia und Libby Budd in Begleitung von Arnold Price.

»Tut mir leid, wenn wir so früh stören«, begrüßte Sylvia sie, »aber wir sind schon vor den Spatzen aufgestanden, um rechtzeitig hier zu sein, damit wir unsere Angelegenheiten erledigen können.«

»Sie wissen doch, dass Sie jederzeit willkommen sind.« Mai nahm Sylvia bei der Hand und zog sie herein.

»Sie sehen … gut aus«, bemerkte Sylvia und umarmte Mai.

Mai war sich des kurzen Zögerns in Sylvias Stimme durchaus bewusst, als ihr Blick über ihr aufgeschwemmtes Gesicht wanderte.

»Hätten Sie sie gestern gesehen, hätten Sie das wohl kaum gesagt«, verkündete Henry, der Sylvias Notlüge offenbar nicht mitbekommen hatte. »Es war ein schockierender Tag für uns alle.« Er schildete die Ereignisse. »Ich schätze, wir können froh sein, dass wir die Harringtons los sind«, schloss er.

»Allerdings« bestätigte Mai, »aber ich fürchte, es könnte einige Zeit dauern, bis Jimmy das genauso sieht.«

»Manche Leute sind nun mal die geborenen Narren«, stellte Arnold Price schnaubend fest.

»Jimmy ist kein bisschen mehr ein Narr als jeder andere Mann auch. Ich habe keinen Zweifel daran, dass es noch andere in der Stadt gibt, die Elmer Harrington aufgesessen sind und jetzt das Nachsehen haben«, konterte Henry und warf Price einen scharfen Blick zu.

Insgeheim applaudierte Mai ihrem Ehemann, so zu Jimmys Verteidigung eingesprungen zu sein, trotzdem sah sie besorgt zu Sylvia hinüber, aus Furcht, sie könne sich durch Henrys brüske Erwiderung beleidigt fühlen, doch sie starrte ins Leere und schien von der Unterhaltung nichts mitzubekommen.

»Gehen wir nach hinten. Es ist noch Tee in der Kanne.« Mai nahm Sylvia bei der Hand, ehe sie sich an Henry wandte. »Vielleicht haben Arnold und du ja ein paar geschäftliche Dinge zu besprechen?«

Henry, der vom Auftauchen der Gäste bei seiner zweiten Tasse Tee gestört worden war, hatte ihnen gerade in die Küche folgen wollen.

»Oh … ja«, sagte er nun als Reaktion auf Mais indiskreten Hinweis. »Arnold, Sie sind doch ein Mann, der etwas von Holz und Möbeln versteht. Vielleicht könnten Sie einen Blick auf meinen Ladentisch werfen und mir Ihre Meinung dazu sagen. Ich fürchte, er hält sich nicht ganz so gut, wie er sollte.«

Mai schob Sylvia zum Sofa, während Libby am Tisch Platz nahm und wie ein Häuflein Elend mit hängenden Schultern dasaß. Wiremu und Don, die noch immer beim Frühstück waren, beäugten sie misstrauisch.

»Nehmt Libby mit ihn den Laden und lasst sie ein paar Lutscher aussuchen«, sagte Mai, die instinktiv spürte, dass Sylvia nicht vor ihrer Tochter über das sprechen wollte, was auch immer ihr Sorgen bereitete.

»Wir lassen Libby in Seaview einweisen, der Irrenanstalt«, platzte Sylvia unvermittelt heraus.

»In die Anstalt?«

Sylvias Stimme brach. »Es geht ihr schon seit einiger Zeit nicht mehr gut. Oh bitte, sehen Sie mich doch nicht so an«, fügte sie hinzu, als sie Mais ungläubigen Blick bemerkte. Mai dachte an die Male zurück, wenn sie die Patienten bei ihren Ausflügen beobachtet hatte. Zwar hatte sie durchaus Mitleid mit ihnen empfunden, sich jedoch zugleich auch von ihnen abgestoßen gefühlt, wie ihr nun bewusst wurde. Und schon bald würde die kleine Libby zu ihnen gehören.

»Ich will sie nicht dort hinbringen, aber, Mai, wir haben eine grauenhafte Zeit hinter uns. Ihre Anfälle kommen so oft, und es gab da einige … Vorfälle.« Sie lehnte sich zurück und sammelte sich, ehe sie Mai um Verständnis flehend ansah.

»Der Doktor sagt, ohne Behandlung würde es immer schlimmer werden. Er glaubt, Seaview ist das Beste für sie. Er schwört, dass man sich dort um sie kümmern wird.«

Mai hatte nicht die leiseste Ahnung, was sie antworten könnte, um Sylvia zu trösten. Abgesehen davon hatte sie den Eindruck, als sei sie selbst alles andere als überzeugt davon.

»Nun … wenn der Doktor meint, dass es ihr hilft …«, sagte sie schließlich und drückte Sylvia, die zu schluchzen begann, an sich.

»Wäre Will doch nur nicht so früh von uns gegangen. Er konnte Libby immer beruhigen, wenn sie sich aufgeregt hat, aber seit er tot ist, wurden ihre Anfälle schlimmer und schlimmer. So schrecklich war es früher nie. Arnold tut alles, was er kann. Er ist so nett zu ihr, trotzdem will sie nichts mit ihm zu tun haben. Sie ist ihm gegenüber so hasserfüllt, und sie bringt Schande über mich, ja genau, das tut sie.«

Mai würde nicht einmal im Traum darauf kommen, es Sylvia jemals zu sagen, aber sie teilte Libbys Aversion gegenüber Arnold Price. Jemanden nicht zu mögen, war allerdings keine Entschuldigung für schlechtes Benehmen, nur hatte die arme Libby in ihrem bedauernswerten Geisteszustand doch keine Ahnung, was normales Verhalten bedeutete.

»Schon mehr als einmal ist sie wie ein wildes Tier auf Arnold losgegangen. Und beim letzten Mal … oh Mai …« Sylvias Gesicht verzerrte sich, »ist sie in einem schrecklichen Wutanfall davongelaufen und hat die Tür so fest zugeschlagen, dass Bobbys Schwanz abgetrennt wurde.«

Mai drehte sich der Magen um. »Aber es war doch ein Unfall …?«

»Natürlich war es ein Unfall! Sie würde niemals absichtlich einem Tier wehtun«, erklärte Sylvia, empört, dass Mai etwas anderes vermuten könnte. »Aber ich komme nicht länger mit diesen Anfällen zurecht. Ebenso wenig kann ich es mit ansehen, wie sie immer schlimmer werden. Ich muss alles tun, was nötig ist, um ihr zu helfen. Und wenn das bedeutet, sie einzuweisen, soll es eben so sein.«

Kapitel 21

NACKT UND ZITTERND saß Libby auf dem hölzernen Hocker im Baderaum. Obwohl die Pflegerin neben ihr stand, fühlte sie sich schrecklich allein, und ihr Herz schlug so schnell, dass sie kaum Luft bekam. Sie konnte es nicht glauben: Ihre Mutter hatte sie tatsächlich zurückgelassen.

»Hier wird man dir helfen, Libby. Die Schwestern machen dich wieder gesund, und dann kehrst du zurück nach Hause«, hatte Sylvia gesagt, als Libby sich hinter ihrem Rücken versteckt hatte. Sie hatte noch nicht einmal ihr Medaillon mit der Locke ihres Vaters bei sich, das ihr hätte Trost spenden können. Bevor sie gegangen waren, hatten sie es ihr weggenommen und ihrer Mutter gegeben.

»Komm jetzt, du brauchst keine Angst zu haben«, sagte die Pflegerin, eine große vollbusige Frau, die aussah, als wäre sie daran gewöhnt, dass man ihren Anweisungen gehorchte. »Nach einem warmen Bad wirst du dich besser fühlen.«

Sie wollte Libby beruhigen, doch ihre Worte waren eine bedeutungslose Litanei, unzählige Male ausgesprochen, und spendeten keinerlei Trost. Alles, wonach Libby sich sehnte, war, zu Hause bei Mutter und Jack zu sein und nicht hier, inmitten all dieser Fremden.

»M-Mutter«, stammelte Libby.

»Du weißt ganz genau, dass sie längst fort ist, aber du kannst ihr schreiben, wenn du dich erst mal eingelebt hast.«

Dumme, dumme Frau! Tränen der Frustration brannten

in Libbys Augen. *Könnte* sie doch schreiben. Damals, als sie noch zur Schule gegangen war, hatte sie es so sehr versucht, doch die Buchstaben waren nur bedeutungslose Krakel und Striche gewesen, und je mehr sie sich angestrengt hatte, sie zu verstehen, umso undurchsichtiger waren sie ihr erschienen. Die anderen Kinder hatten gekichert, hinter dem Rücken der Lehrerin Grimassen geschnitten und lautlos Worte wie »Dummkopf« und Schlimmeres mit den Lippen geformt. Sie hatten ihr das Gefühl gegeben, so dumm zu sein. Das hatte sie wütend gemacht, und wenn sie mit ihren Sticheleien zu weit gegangen waren, hatte sie das eine oder andere Kind auch geschlagen.

Die Lehrerin war eine gemeine Kuh gewesen, die ihr ständig mit dem Lineal auf die Finger geklopft hatte. An einem Wintertag, als sie sie einmal zu oft auf ihre Frostbeulen an den Händen geschlagen hatte, so dass sie zu bluten begannen, hatte Libby ihr das Lineal aus der Hand gerissen und zerbrochen. Die Lehrerin hatte ihr eine schallende Ohrfeige verpasst und sie am Ohr vom Stuhl hochgezogen. Libby hatte nach der Frau geschlagen. Daraufhin hatte man ihr verboten, zur Schule zu gehen.

Danach hatten Mutter und Vater versucht, sie zu unterrichten, doch mit wenig Erfolg. Die Buchstaben waren noch immer ein undurchsichtiges Durcheinander gewesen, und die Unterrichtsstunden hatten stets mit Tränen geendet.

Sie wusste, dass die Leute – auch Mutter – glaubten, sie sei nicht ganz richtig im Kopf. Vater war der Einzige gewesen, der scheinbar gespürt hatte, wie sehr sie darum rang, sich verständlich zu machen, und dass ihre Anfälle lediglich auf ihrer Frustration beruhten und nicht ausbrachen, weil sie bösartig oder nicht bei klarem Verstand war.

»An dir ist wohl nicht viel dran, was?« Der Blick der Pflegerin wanderte über Libbys mageren Körper mit dem deutlich hervortretenden Brustkorb.

Libby wich zurück und kreuzte die Arme vor der Brust, um ihre Nacktheit vor dem neugierigen Blick der Frau zu schützen.

»Und sonderlich gesprächig sind wir auch nicht, wie? Aber das ist mir allemal lieber als einer dieser Schreihälse.« Die Pflegerin zuckte achtlos die Achseln, was ahnen ließ, dass sie das Schicksal der Insassen im Grunde nicht kümmerte. Sie nickte in Richtung Badewanne. »Los, rein mit dir.«

Libby sah die Badewanne an, dann die Pflegerin, ohne sich vom Fleck zu rühren. Sie wollte nicht baden. Sie wollte nicht, dass diese Frau sie herumkommandierte. Sie wollte nach Hause. Aber solange Arnold da war, wäre ihr Zuhause nie wieder das, was es früher gewesen war. Arnold mit seinen riesigen weißen Zähnen. Wie der Wolf in *Rotkäppchen,* das ihr Vater ihr immer vorgelesen hatte. Sie hasste diese Zähne – dieses Lächeln, das niemals bis zu seinen Augen reichte. Sie hatte sie mit schwarzer Schuhwichse eingeschmiert, damit sie nicht mehr so weiß waren, aber damit hatte sie sich nur Mutters Zorn eingehandelt.

Ein Kloß bildete sich in ihrem Hals. Es war Arnolds Schuld, dass sie in Seaview war. Er hatte ihre Mutter geschickt dazu gebracht, hatte Libby kleine gemeine Fallen gestellt, um ihre Mutter davon zu überzeugen, sie hierher zu schicken.

»Herrgott noch mal, Mädchen! Mach endlich!«, befahl die Pflegerin. Ungeduld mischte sich unter ihren gelangweilten Tonfall, weil Libby weiterhin keine Notiz von ihr nahm. »So, wir sind starrsinnig, ja?« Sie zerrte Libby vom Hocker hoch. Der Stoff ihrer gestärkten Schürze raschelte, als sie vor sie trat und ihre plumpen Finger so grob in Libbys Fleisch bohrte, dass blaue Flecke zurückbleiben würden. »Ich hab auch noch andere, um die ich mich kümmern muss. Sieh zu, dass du in diese Wanne kommst.«

Libby versuchte, sich aus dem Griff der Frau zu befreien.

»Wir spielen also die feine Dame hier, ja?«

Die Finger der Pflegerin gruben sich noch tiefer in ihre Haut.

Libbys Atem kam in harten, abgehackten Stößen, als sie nach Luft rang. Aus Angst, gleich ohnmächtig zu werden, wand sie sich und biss die Pflegerin in die Hand.

Entsetzen zeichnete sich auf dem Gesicht der Frau ab, dann riss sie Libbys Arm nach hinten, bis es sich anfühlte, als würde er gleich brechen. Libby hörte ihren eigenen Hilfeschrei, doch sie konnte nicht aufhören, sich zu wehren. Sie schrie nach ihrem Vater, nach ihrer Mutter, nach Jack.

»Jetzt ist Schluss mit diesem Unsinn! Und du kannst dich auf ein kaltes Bad freuen, mein Fräulein!«

Am nächsten Morgen wachte Libby auf, sah, wo sie war, und bemerkte diesen überwältigenden Geruch nach Nelken, der häufig einem ihrer Anfälle vorausging. Das war das Letzte, was sie wahrnahm, bis sie auf dem kalten Holzboden wieder zu sich kam. Mehrere Pflegerinnen hatten sich um sie geschart.

»Gütiger Himmel, ich dachte schon, wir verlieren sie, so wie die gezittert hat«, sagte eine von ihnen mit vor Erleichterung zitternder Stimme, als sie sah, wie sich Libbys Lider flatternd hoben.

Allmählich nahm Libby das gequälte Heulen und Schreien im Hintergrund wahr.

»Herrgott noch mal, hört ihr diese armen Teufel? Dieser

Anblick hat sie völlig aus dem Häuschen gebracht«, murmelte die Pflegerin. »Sehen wir zu, dass sie angezogen werden und in den Speiseraum gehen, während wir die hier wieder ins Bett bringen.«

Später an diesem Vormittag kam der Doktor vorbei. »Vielleicht ist ja ein Haarseil das Richtige«, meinte er, nachdem er sich die Ausführungen der Pflegerin angehört hatte.

Die Pflegerin verließ den Raum und kehrte mit einem Rollwagen voll chirurgischer Instrumente zurück. Während sich der Doktor die Hände wusch, musterte Libby das Skalpell mit wachsender Furcht.

Der Arzt ließ den Blick über den Wagen wandern, auf dem eine Spule Darmsaite, ein kleines Knäuel Zwirn, mehrere Scheren und chirurgische Nadeln lagen. Der Arzt, Anhänger der antiseptischen Chirurgie nach den Prinzipien von Lister, nickte in Richtung einer grauen Metallpumpe mit Holzgriff.

»Wenn Sie sie jetzt bitte umdrehen würden, Schwester.«

Ehe Libby sich wehren konnte, wurde sie auf den Bauch gedreht und nach unten gedrückt. Man presste ihr Gesicht ins Kissen, so dass sie kaum Luft bekam und mit den Fäusten auf die Matratze einzuhämmern begann.

»Komm schon, Kleine, hab keine Angst. Es wird nicht lange dauern, und wenn du es erst einmal hinter dir hast, sind auch diese üblen Stimmungen vorbei. Der Doktor braucht nicht lange.« Die Pflegerin zog Libbys Kissen beiseite, worauf sie einen tiefen Atemzug nahm und gleich darauf erschlaffte.

»So ist's richtig, braves Mädchen.« Die Pflegerin hob behutsam Libbys Haar an, so dass ihr Nacken zum Vorschein kam, und hielt sie an den Schultern fest.

Der Doktor sprühte ein Desinfektionsmittel aus Karbolsäure und Wasserdampf auf die Stelle und griff nach dem Skalpell.

Angespannt wartete die Pflegerin auf Libbys Schrei. Heutzutage wurden Haarseil-Eingriffe nicht allzu häufig durchgeführt, doch gab es Fälle, bei denen der Doktor sie für die einzige Methode hielt, um der Demenz eines Patienten beizukommen. Der Einschnitt war schon schmerzhaft genug, noch viel schlimmer jedoch war der bewusst herbeigeführte Eiterungsprozess, indem ein kleines Garnstück in die Wunde eingeführt wurde, dessen Ende man über mehrere Tage hinweg stückweise herausgezog, um auf diese Weise tiefer liegende Entzündungen und damit auch Gemütsschwankungen auszumerzen.

Mit einer entschlossenen Handbewegung vollführte der Arzt einen tiefen Schnitt im Nacken des Mädchens. Blut spritzte aus der Wunde, doch der erwartete Schmerzensschrei blieb aus. Zum Glück war das arme Ding ohnmächtig geworden. Eilig führte der Doktor das Garnstück in die Wunde ein und vernähte sie anschließend mit Darmsaite, ehe sie wieder zu sich kam.

Kapitel 22

ANNE LAG MIT geschlossenen Augen da und genoss die wenigen Minuten, die ihr blieben, ehe sie aufstehen musste. Sie berührte ihre Wange, wo sie ein Kratzen spürte, und fühlte die Wärme eines anderen Körpers neben sich.

Großer Gott – was war sie für eine Närrin! Sie musste eingeschlafen sein. Abrupt setzte sie sich auf und starrte auf Jimmy hinunter, der neben ihr lag und leise schnarchte. Ein Netz aus feinen roten Linien zog sich über seine Wange, wo ihr Haar gegen sein Gesicht gedrückt worden war.

Entsetzt hörte sie Schritte auf dem Korridor, während ihr dämmerte, dass sie nicht unbemerkt in ihr Zimmer zurückkehren konnte.

»Los, raus aus dem Bett und nach unten mit Ihnen, Madam! Die Bar ist in einem entsetzlichen Zustand!«, wetterte Minnie Cullen und hämmerte gegen Annes Zimmertür.

Minnie stapfte den Gang entlang und blieb jetzt vor Jimmys Zimmer stehen.

Anne erstarrte.

Die Tür öffnete sich. Minnie Cullen stand mit der Tasse Tee, die jedem Gast morgens aufs Zimmer gebracht wurde, im Türrahmen. »Guten Morgen, Mr …«, begann Minnie, als ihr Blick auf Anne fiel. »Oh, gütiger Himmel!« Tasse und Untertasse entglitten ihr und zerschellten auf dem Boden.

Jimmy fuhr aus dem Schlaf hoch. »Was um alles in der Welt ist los? Lieber Gott, hilf uns!«, schrie er bei Annes Anblick, wobei seine Augen mindestens ebenso weit aus den Höhlen traten wie Minnie Cullens.

»Ich sehe Sie in fünf Minuten unten, Madam!«, herrschte Minnie sie an, sammelte die Scherben auf und verließ das Zimmer.

Kaum hatte Anne die Bar betreten, stürzte sich die Hotelbesitzerin auf sie. »Sie können von Glück sagen, dass ich Sie nicht sofort auf die Straße gesetzt habe. Aber das liegt nur daran, dass es im Moment nicht einfach ist, Personal zu finden. Vergessen Sie das ja nicht! Sonst hätte ich Sie mit Sack und Pack rausgeworfen, gleich als Erstes heute Morgen. Haben Sie denn keinerlei Schamgefühl, Sie verlottertes Flittchen? Und der Zustand, in dem Sie die Bar hinterlassen haben!«

Anne hätte sich am liebsten im nächsten Mauseloch verkrochen. Kein Schamgefühl? Die Hitze, die ihr aus sämtlichen Poren drang, hätte ohne Weiteres ausgereicht, um ein Kaminfeuer zu entzünden.

»Schlimm genug, dass Sie sich einfach zu einem Mann ins Bett legen, ohne auch nur einen Gedanken an Anstand und Ihren Ruf zu verschwenden, aber auch noch einen armen trauernden Gentleman wie Mr Edwards zu verführen, der nicht einmal annähernd Herr seiner Sinne war …« Minnie unterbrach sich.

»Es tut mir unendlich leid, wirklich, aber es war nicht so, wie es scheint«, protestierte Anne, band sich die Schürze um und schlug die Augen nieder, um sich nicht länger dem geringschätzigen Blick ihrer Dienstherrin auszusetzen.

»Nicht wie es scheint? Sie müssen mich für eine alberne Närrin halten, wenn Sie meinen, dass ich Ihnen das abkaufe! Ich führe ein ehrbares Haus, im Gegensatz zu vielen anderen Gastwirten in dieser Stadt, die sich dem Verhalten einer gewissen Sorte Damen in ihren Etablissements gegenüber blind stellen. Ich habe Sie gewarnt! Ich werde kein unangemessenes Benehmen tolerieren! Noch ein Vorkommnis dieser Art, und Sie stehen schneller auf der Straße, als Sie blinzeln können. Haben Sie mich verstanden?«

Anne nickte und bemerkte in diesem Augenblick das Küchenmädchen, das um die Ecke schaute – ein unattraktives, blasses Ding, das weder durch Aussehen noch durch Persönlichkeit bestach und von einer unstillbaren Gier nach Klatsch erfüllt war. Ohne jeden Zweifel diente ihr das Leid anderer als Ausgleich für die Ereignislosigkeit ihres eigenen tristen Daseins.

Anne machte sich voller Inbrunst daran, die Bar zu säubern. Minnie würde nach dem kleinsten Staubkörnchen suchen und es als Ausrede benutzen, um erneut auf sie loszugehen. Sie konnte nicht glauben, dass sie in der Nacht tatsächlich eingeschlafen war. Schon am Tag hatte es für ausreichend Gesprächsstoff gesorgt, mit Jimmy allein im Zimmer gewesen zu sein, wenn auch aus einem völlig unschuldigen Motiv. Und was würden die bösen Zungen erst aus dieser Situation machen.

Auf den Knien polierte sie das Messinggeländer vor der Bar, als Jimmy hereinkam. Er wirkte reichlich mitgenommen.

»Ich sehe, Sie sind wach und bereit, den Tag zu beginnen«, sagte Anne und wünschte sich verzweifelt, ihr wäre eine charmantere Begrüßung für den Mann eingefallen, für den sie nicht nur ihren guten Ruf, sondern auch um ein Haar die Quelle ihres Lebensunterhalts riskiert hatte. »Und wie geht es Ihnen heute Morgen?« Sie stand auf und trat hinter den Tresen, als könnte das Holz zwischen ihnen ihre Verlegenheit magisch verschwinden lassen.

»Den Umständen entsprechend, vermute ich. Ich habe ein ziemliches Gelage veranstaltet, was?« Er räusperte sich und schaffte es kaum, ihr in die Augen zu sehen. »Was gestern vorgefallen ist, war unverzeihlich. Ich kann Ihnen gar nicht sagen, wie leid es mir tut.«

Anne war nicht sicher, ob er auf seine Trunkenheit oder auf die Tatsache anspielte, dass er sie beim Erwachen neben sich vorgefunden hatte. Wie auch immer – seine unübersehbare Bekümmerung schmerzte sie. »Es gibt nichts, was Ihnen leid tun müsste«, sagte sie, um sein Unbehagen ein wenig zu lindern. »Setzen Sie sich, dann schenke ich Ihnen ein Glas ein. Es hilft, den Magen zu beruhigen und die Kopfschmerzen zu vertreiben … wenn es das ist, was Ihnen zusetzt.« So gern sie auch geglaubt hätte, jeder Gedanke an Claire wäre wundersamerweise aus seinem Kopf verbannt, wusste sie doch besser als jeder andere, dass sich das Herz ebenso wenig der Logik und Vernunft unterwarf wie ein ungezogenes Kind.

Sie goss einen Schluck Whisky in ein Glas und reichte es Jimmy, der es mit einem Schluck austrank, das Glas wieder auf den Tresen stellte und zusammenzuckte, als bereitete ihm selbst diese winzige Bewegung höllische Schmerzen.

»Ich habe Sie auf die schändlichste Weise ausgenutzt«, sagte er und sah überall hin, nur nicht in Annes Gesicht.

»Sie haben mich nicht ausgenutzt«, widersprach Anne unumwunden.

Sein Gesicht färbte sich dunkelrot. »Ich bitte Sie! Sie sind eine tugendhafte Frau. Sie wären nicht einfach zu mir ins Bett gestiegen, ohne an Ihren guten Ruf zu denken. Ich muss mich wie ein entsetzlicher Rüpel aufgeführt haben, um Sie dazu zu bewegen.« Er sah noch jämmerlicher drein als zuvor.

»Sie haben mich nicht ausgenutzt«, wiederholte Anne. »Diese Nacht war so unschuldig wie ein neugeborenes Lämmchen.«

»Es ist sehr großzügig von Ihnen, Mrs Gilpin, mich von der Schuld reinzuwaschen, aber nicht einmal der größte Narr würde so etwas glauben. Mein Benehmen war in höchstem Maß anstößig. Nur Gott allein weiß, welchen Schaden ich Ihnen möglicherweise damit zugefügt haben mag.«

Möglicherweise zugefügt? Wäre die Situation nicht so unerfreulich, hätte Anne laut aufgelacht. »Es gibt keinen Grund zur Sorge. Ich schwöre, dass nichts Ungebührliches zwischen uns vorgefallen ist. Vielleicht glauben die Leute, es wäre so gewesen, aber Sie haben nichts getan, wofür Sie sich in irgendeiner Weise schämen müssten.«

Doch in Wahrheit spielte es keine Rolle, ob etwas zwischen ihnen vorgefallen war. Anne würde für diese unschuldige Nacht einen ebenso hohen Preis bezahlen müssen, als hätte sie mit ihm geschlafen. »Ich habe die Nacht bei Ihnen verbracht, aber Sie haben wie ein Baby geschlafen.«

Von schweren Gewissensbissen und Reue gequält, ging Jimmy die Straße entlang zum Laden und wappnete sich innerlich für die Standpauke, die Henry ihm ohne jeden Zweifel halten würde. Nachdem er am Vortag einfach aus dem Laden verschwunden war und sich besoffen hatte, verdiente er sie auch. Als der Betrug durch Claire und ihren verdammten Bruder – falsch, Ehemann – ans Tageslicht gekommen war, hatte er sich zum Gespött der Leute gemacht. Der Alkohol half grundsätzlich nie, ein Problem zu lösen, doch gestern war er ihm als perfektes Mittel dafür erschienen. Er hatte es darauf angelegt, sich bis zur Besinnungslosigkeit zu betrinken, und für eine Weile hatte das Zeug tatsächlich die Ereignisse etwas weniger hässlich erscheinen lassen.

Doch als welcher Schlappschwanz hatte er sich am Ende erwiesen! Claire war noch nicht einmal vierundzwanzig Stunden fort, und er tröstete sich bereits mit einer anderen. Und selbst das vermasselte er, indem er einfach einschlief. So ein armseliges Bild! Kein Wunder, dass Claire und dieser verdammte Elmer ihn für einen Idioten gehalten hatten.

Es waren bereits einige Kunden im Laden, als er eintrat, die es allesamt kaum erwarten konnten, wie er voller Bitterkeit registrierte, einen Blick auf den Dummkopf zu werfen, der sich von zwei Betrügern hatte hinters Licht führen lassen.

»Wird auch Zeit«, sagte Henry leise, als Jimmy, der sich wie ein Schiffbrüchiger fühlte, der endlich wieder sicheren Boden unter den Füßen hatte, hinter den Tresen schlüpfte. »So wie diese neugierigen Mistkerle die Tür einrennen, könnte man fast glauben, wir hätten etwas zu verschenken. Es ist das reinste Tollhaus.«

»Henry, es tut mir so unendlich leid, dass ich dich gestern im Stich gelassen habe. Ich verdiene alles, was du mir an den Kopf wirfst, und noch viel mehr.«

»Red keinen Unsinn, Mann. Ich an deiner Stelle hätte wahrscheinlich dasselbe getan.« Er warf Jimmy eine Schürze zu. »Hier, bind dir die hier um und lass uns zusehen, dass wir diese Meute da bedienen und den Laden wieder leer bekommen.«

Henrys Neutralität verstärkte Jimmys Gefühl der Wertlosigkeit nur noch. Hätte er ihn angeschrien, ihn als unzuverlässigen Mistkerl beschimpft, hätte er sich besser gefühlt.

»Ich muss dir sagen, Henry, ich habe mich gestern zu einem verdammten Narren gemacht, und heute Morgen noch viel mehr. Minnie Cullen, diese alte Kneifzange, kam in mein Zimmer und fand Mrs Gilpin bei mir … im Bett«, fügte er hastig hinzu, um jedes Missverständnis auszuschließen. Er wollte Henry unbedingt die Wahrheit beichten, bevor es die Klatschmäuler im Laden taten.

Doch der erwartete schockierte Blick Henrys blieb aus.

»Das habe ich gehört, und ich würde sehr gern erfahren, ob du sie auch Mrs Gilpin genannt hast, als du … äh … ihr den Hof gemacht hast«, konterte Henry trocken und hatte Mühe, seine Heiterkeit im Zaum zu halten. »Kaum hatten wir den Laden aufgeschlossen, stand auch schon das Küchenmädchen aus dem Hotel da. Es würde mich nicht wundern, wenn sie genau dasselbe bei allen anderen Läden auf dem Weg hierher erzählt hätte.«

Jimmy hätte sich nicht miserabler fühlen können. Und mit jeder Stunde sank seine Laune noch, auch wenn er sich ein wehmütiges Lächeln abrang, als Henry murmelte: »Ich sollte mich bei dir bedanken, weil du unsere Kunden mit ihrer wöchentlichen Portion Unterhaltung versorgst. Fürs Geschäft ist es jedenfalls hervorragend. Auch wenn mir auffällt, dass einige dieser neugierigen Klatschmäuler nach Dingen fragen, von denen sie ganz genau wissen, dass wir sie nicht führen …«

Er unterbrach sich und sah seinen Verdacht bestätigt, als Jimmy, der gerade eine andere Kundin bediente, wie zum Beweis sagte: »Nein, tut mir leid, Mrs Costello, wir haben keine Dorschhaken, aber ich bestelle gern welche für Sie.«

»Ah, nein, nein, Jimmy, nicht nötig. Ich besorge sie mir anderswo«, wiegelte die Frau eilig ab und wurde rot.

Auch während des gesamten Nachmittags herrschte Hochbetrieb. Jimmy bekam kaum noch das Läuten der Türglocke mit, die das Erscheinen eines weiteren Kunden ankündigte, doch plötzlich verstummte das Stimmengewirr.

Er hob den Kopf und sah Anne Gilpin auf den Ladentisch zukommen. Ihre Wangen waren gerötet, als wäre sie gelaufen, doch Jimmy vermutete, dass ihre Gesichtsfarbe eher von der Anwesenheit der Klatschmäuler herrührte.

»Am besten geht ihr nach hinten und unterhaltet euch dort«, schlug Henry vor, der mitbekam, wie gebannt die Kunden Jimmy und Anne anstarrten.

Jimmy wäre es lieber gewesen, Anne Gilpin nie wieder von Angesicht zu Angesicht gegenüberzustehen. Sie war eine anständige Frau – ehrlich gesagt besaß sie jede Eigenschaft, die Claire nicht hatte. Doch bei ihrem Anblick kehrte augenblicklich das Gefühl, versagt zu haben und zurückgewiesen worden zu sein, zurück und traf ihn wie ein Keulenschlag. In Claires Abwesenheit war Anne Gilpin zum Symbol seiner Idiotie geworden.

Mit einem verlegenen Blick überließ Mai ihnen die Küche.

Jimmy wartete, bis sie außer Hörweite war, ehe er auf das Sofa zeigte. »Bitte ... setzen Sie sich doch.«

»Besser nicht, ich muss gleich wieder zur Arbeit«, sagte Anne lächelnd.

»Wegen letzter Nacht ...«, begann Jimmy und durchforstete sein Gehirn fieberhaft nach den richtigen Worten. Der Frau wehzutun, war das Letzte, was er wollte, doch etwas an ihr – eine Art entspannter Vertrautheit – ließ ahnen, dass sie mehr von ihm erwartete als nur Freundschaft. Und genau das konnte er ihr nicht geben. »Ich habe nicht die leiseste Ahnung, was über mich gekommen ist, und es tut mir sehr leid«, sagte er schließlich. »Ich habe keine Entschuldigung dafür, außer vielleicht der Tatsache, dass ich voll wie eine Haubitze war und mich wegen einer Frau gegrämt habe, die ich niemals besessen habe. Und ich danke Ihnen für Ihre großzügige Gesinnung ...«

Oh Gott, was für eine Art, ihre gemeinsamen Stunden zu beschreiben, dachte er und beobachtete, wie Annes Lächeln verblasste.

»Sie brauchen mir nichts zu erklären.« Sie zuckte die Achseln. Ihr Blick schweifte zur Tür, sie wollte also möglichst schnell wieder gehen. »Was geschehen ist, ist geschehen. Und nun würde ich mich gern auf den Rückweg machen, wenn Sie nichts dagegen haben. Ich bin nur hergekommen, um ein Päckchen Tee zu kaufen.«

»Oh!«, stieß Jimmy verwirrt hervor. Wie dumm von ihm, einfach auf sie einzureden, wo sie nichts anderes gewollt hatte als ein Päckchen Tee.

Anne ging ins Hotel zurück. Tränen der Demütigung und der Wut auf ihre Dummheit brannten in ihren Augen. Warum hatte sie sich nur so erniedrigt? Sie hatte gedacht, in Ruhe mit Jimmy sprechen zu können, und sich dem Glauben hingegeben, die Ereignisse der vergangenen Nacht hätten eine Art Band zwischen ihnen geschaffen. Doch selbst der größte Idiot hätte Jimmys Bestürzung bei ihrem Anblick bemerkt. Und nun war die einzige Ausbeute ihres Besuchs im Laden ihr verletzter Stolz und ein Päckchen Tee, für das sie auch noch selbst aufkommen musste, da Minnie Cullen es nicht bestellt hatte. Anne hatte es nur gekauft, um das Gesicht zu wahren.

»Geschieht dir recht«, würde ihre Mutter jetzt sagen. Hatte sie Anne nicht immer gewarnt, ihre Vorzüge keinesfalls vor der Hochzeit preiszugeben? Die Ironie dabei war, dass Jimmy lediglich in der Fantasie der anderen in den Genuss besagter Vorzüge gekommen war.

»Es ist die Vorstellung von etwas, das die Männer bei der Stange hält, verstehst du?«, hatte ihre Mutter stets gesagt.

»Hast du keinen Ring am Finger, wenn sie dich erkunden, fällt ihnen am Ende nur ein, es könnte irgendwo noch eine geben, die hübscher ist als du, und weg sind sie. Und du bleibst mit einem dicken Bauch zurück.«

Zum Glück brauchte Anne sich deswegen keine Sorgen zu machen, doch das Argument ihrer Mutter hatte sich bewahrheitet. Claire hatte dafür gesorgt, dass Jimmy nicht in ihr Bett kam, und nun stand er da und weinte ihr immer noch nach, einer Frau, die das Kind eines anderen Mannes unterm Herzen trug – was Jimmy nicht einmal wusste, obwohl er es Anne unter Garantie nicht danken würde, wenn sie es ihm erzählte.

Zurück im Hotel fuhr sie sich mit dem Handrücken über die Augen, um die letzten Tränenspuren zu beseitigen. Mit hoch erhobenem Kopf betrat sie die Bar, als wäre sie ihr Eigentum. Doch Minnie Cullen ließ sich von ihrer tapferen Fassade keine Sekunde täuschen. Die Nase der Gastwirtin bebte – wie ein Foxterrier, der den Geruch nach Blut gewittert hatte.

»Sie sehen nicht sonderlich glücklich aus. Sie waren doch im Laden, um Ihren *Freund* Mr Edwards zu besuchen, stimmt's? Hat er sich über Ihr Kommen gefreut, ja?«

Anne trat hinter die Bar, ohne auf die Bemerkung der Hotelbesitzerin einzugehen. Was sie in ihrer freien Zeit am Nachmittag tat, ging Minnie Cullen nichts an.

»Vergessen Sie nicht, ich habe Sie gewarnt, meine Liebe. Noch so ein Fehltritt, und Sie stehen mit Sack und Pack vor der Tür. Dies hier ist ein ehrbares Haus. Ich werde nicht zulassen, dass Sie unseren guten Ruf ruinieren.«

Der Rest des Tages verging schnell, doch als der Abend kam, ließen sich einige der Männer, angestachelt vom Alkohol, zu Anstößigkeiten hinreißen. Zum hundertsten Mal bereute Anne bitter ihren unüberlegten Entschluss, am Vorabend nach Jimmy gesehen zu haben. Aber wer hätte auch ahnen können, dass sie einschlafen und erst am nächsten Morgen wieder aufwachen würde?

Wieso fühlte sie sich nur so zu Jimmy hingezogen? Er besaß weiß Gott nicht das Aussehen, das Frauenherzen höher schlagen ließ, sie überragte ihn um mehrere Zentimeter, und mit seinem sorgfältig gestutzten Bart hatte er mehr Haare im Gesicht als auf dem Kopf. Vielleicht war es ja sein Lächeln. Oder die Art, wie er sich stets Zeit nahm, sich die Sorgen und Nöte der Kunden anzuhören?

Allem Anschein nach waren ihre Hoffnungen seit der überstürzten Abreise der Harringtons mit ihr durchgegangen. Sie hatte geglaubt, in Claires Fußstapfen treten zu können, hatte angenommen, Jimmy sei so dankbar für ihre Zuwendung, dass er ihr zu Füßen liegen würde. Stattdessen hatte sie ihn in tiefste Verlegenheit gebracht, hatte dafür gesorgt, dass er sie für eine schamlose Närrin hielt, während die anderen sie ein Flittchen nannten.

Die einzige Methode, um wenigstens ein Minimum an Stolz zu bewahren, war, den Mann in Ruhe zu lassen. Doch trotz dieser Gewissheit konnte sie ihre Enttäuschung nicht leugnen, als die Sperrstunde kam und ging, ohne dass Jimmy zu seinem gewohnten Schlummertrunk aufgetaucht wäre.

»Ich räume hier schon auf, gehen Sie nur nach oben«, sagte sie zu Minnie. Unter diesen Umständen war es gewiss klug, vor ihr zu Kreuze zu kriechen, auch wenn sie die Vorstellung noch so sehr verabscheute. Stattdessen hätte sie der Gastwirtin am liebsten ins Gesicht geschleudert, sie möge sich zum Teufel scheren.

Minnie schnaubte. »So wie gestern Abend?«

»Ich schwöre, dass alles blitzblank und sauber ist, bevor ich zu Bett gehe. Was das betrifft, brauchen Sie sich keine Sorgen zu machen.« Dieser Fehler würde ihr kein zweites Mal unterlaufen.

Minnie schenkte sich ihren gewohnt kräftigen Schluck Portwein ein. »Und denken Sie daran … halten Sie sich vom Zimmer dieses armen Mannes fern«, warnte sie und verließ die Bar. »Sie haben sich schon genug zum Narren gemacht, als Sie ihm heute zu Bramwells nachgelaufen sind.«

Anne nahm die Portweinflasche und hielt sie so fest umklammert, dass ihre Fingerspitzen weiß wurden. Sie konnte die leuchtend rubinrote Flüssigkeit förmlich auf ihrer Zunge schmecken, wie sie ihre Mundhöhle erfüllte und ihren Gaumen benetzte, ehe sie warm ihre Kehle hinunterfloss.

Sie hob die Flasche und prostete ihrer Arbeitgeberin zu. »Verrotte in der Hölle, du alte Giftspritze«, murmelte sie und hob die Flasche an die Lippen. Sie trank und hörte auch nicht auf, als sie sich an die Arbeit machte. Nachdem die Flasche leer und die Bar sauber war, nahm sie eine volle Flasche aus dem Vorratsschrank, goss etwas davon in die leere Flasche und stellte sie ins Regal zurück. Die andere Flasche klemmte sie sich unter den Arm und ging nach oben in ihr Zimmer, wobei sie ein Kichern unterdrückte, als sie ausrutschte und über die oberste Stufe stolperte. Vor Jimmys Zimmer blieb sie kurz stehen und nahm einen Schluck, ehe sie ihr eigenes Zimmer betrat.

Kapitel 23

LIBBY WAR MIT den Insassinnen im Frauenaufenthaltsraum und zog sich in eine Ecke zurück, so weit von den anderen entfernt, wie es die beengten Platzverhältnisse zuließen. Statt auf einen Stuhl setzte sie sich auf den Boden und hoffte, dass die anderen sie nicht bemerkten.

Inzwischen war sie seit einer Woche in Seaview und hasste es mit jedem Tag mehr. Sie verabscheute die Pflegerinnen wegen ihrer aufgesetzten Fröhlichkeit und herablassenden Art. Wie sie *über* sie sprachen, statt mit ihr, als hätte sie keinen Funken Verstand im Kopf. Wie sie sie zwangen, jeden Tag ihre Medizin zu nehmen, so dass ihr der Kopf schwirrte und sie Mühe hatte, die Augen offenzuhalten. Manchmal, wenn sie nicht lange genug neben ihr stehen blieben, schluckte sie sie nicht herunter und spuckte sie aus, sobald die Pflegerinnen verschwunden waren. Und es gab Tage, an denen ihr Kopf von dem ununterbrochenen Schreien und Jammern der anderen Patienten dröhnte.

Ihre Anfälle waren stets beängstigend und verwirrend gewesen. Sie sandten sie an einen dunklen Ort, doch die Anstalt war der dunkelste Ort von allen, und sie wünschte sich nichts mehr, als nicht länger hierbleiben zu müssen.

Ein Mann kam in den Raum geschlurft. Libby beäugte ihn misstrauisch. Männlichen Patienten war der Zugang zu den Frauenräumen nicht gestattet. Seine Hosen waren fleckig und verdreckt. Er blieb stehen und drehte sich in ihre Richtung. Libby schlang sich die Arme um den Oberkörper, kauerte sich zusammen und hoffte, er würde sie nicht bemerken. Doch er ignorierte die anderen Frauen im Raum und kam direkt auf sie zu. Er roch nach etwas Seltsamem, etwas Unangenehmem wie modrige Algen. Mit einem mädchenhaften Kichern streifte er seine Hose herunter, zog an seiner Männlichkeit und begann sie zu schütteln.

Die meisten Frauen, die dank der Tabletten und sonstigen Drogen, mit denen sie tagtäglich vollgestopft wurden, in ihrer eigenen Welt gefangen waren, starrten weiterhin nur dumpf vor sich hin und schienen es nicht zu bemerken, oder es kümmerte sie nicht, auch wenn eine der Insassinnen losheulte und kreischend nach einer Pflegerin schrie. Eine zahnlose Alte, die von einigen Mitgliedern des Personals Irren-Betty genannt wurde, wenn die Oberschwester nicht in der Nähe war, sprang auf, hüpfte umher und zeigte mit dem Finger auf ihn.

»Der reibt sein' Lurch, der reibt sein' Lurch«, zeterte sie lachend, wobei ihr die dünnen grauen Strähnen wild um den Kopf flogen, was ihr schwachsinniges Verhalten nur noch mehr hervorhob. Sie stieß gegen einen hölzernen Wäscheständer, worauf Kleidungsstücke und Leinentücher zu Boden fielen.

Doch der Mann ignorierte sie, als wäre sie eine lästige Stubenfliege, und machte weiter, das Gesicht zu einem irren Grinsen verzogen. Libby versuchte, ihn anzuschreien, er solle verschwinden, doch die Worte wollten ihr nicht über die Lippen kommen. Seit dem ersten Tag, als sie so heftig um Atem gerungen und man sie zur Strafe in eine Wanne mit eiskaltem Wasser gesteckt hatte, war es ihr nicht mehr gelungen, zu sprechen. Sie hatten sie gezwungen, dort zu bleiben, bis ihre

Hände und Füße blau angelaufen waren und ihr viel zu kalt gewesen war, um sich noch länger zu wehren.

Ein Speichelfaden löste sich vom Mund des Mannes und baumelte glitzernd an seiner Lippe, ehe er auf seinen Hemdkragen tropfte. Er kam noch näher. Libby wich weiter zurück, doch er packte sie mit seiner freien Hand und hielt sie so fest, dass sie sich nicht bewegen konnte.

Ein Pfleger kam herbeigelaufen. »Wer hat die Tür des Männeraufenthaltsraums offen gelassen?«, wollte er wissen, zerrte den Mann weg und stieß einen unterdrückten Fluch aus, als dieser ihm die Mütze mit der abgeflachten Spitze vom Kopf riss.

»Ein dreckiger alter Sack, genau das isser«, sagte eine Pflegerin in den Raum hinein, während ihre fleischigen Wangen, die von der gestärkten weißen Schleife ihrer Haube nach oben gedrückt wurden, vor Empörung bebten. »Das macht er ständig. Deshalb hat er ja überhaupt den Verstand verloren. Wenn's nach mir ginge, würd ich ihm den Schwengel langzieh'n und ihm ins Ohr stecken, bis er vergammelt und ihm abfällt.«

Libby saß noch immer reglos da und nahm die Worte wahr, die in jenen sicheren Teil ihres Verstands eindrangen, jenen Hafen der Geborgenheit, den sie bald nach ihrer Einlieferung in Seaview entdeckt hatte, als sie sich damit abgefunden hatte, dass sie diesen Ort wohl nie wieder verlassen würde. Ihre Mutter stand voll und ganz unter der Fuchtel von Arnold Price, und solange er Teil ihres Lebens war, würde sie niemals kommen und Libby holen.

Dieser Kerl – der Lurch-Mann – und sein Handeln hatte sie zutiefst erschüttert. Mit erschreckender Klarheit sah Libby ihr Leben vor sich, ein nicht enden wollender dunkler Tunnel in der Gesellschaft von Menschen wie dem Lurch-

Mann und Irren-Betty, die sich in ihr Gehirn drängen würden, bis sie ebenso verrückt wäre wie sie.

Anne erwachte mit schrecklichem Durst und einer Zunge, die sich dick und schwer wie Melasse anfühlte. Aus Angst, schon wieder verschlafen zu haben, sprang sie aus dem Bett und zuckte zusammen, als der Schmerz in ihrem Kopf zu hämmern begann. Sie spritzte sich Wasser ins Gesicht, zog sich an und ging nach unten. Zu ihrer Erleichterung stellte sie fest, dass sie Minnie zuvorgekommen war.

Entschlossen, noch eine Weile die Demütige zu spielen, machte sie Feuer und füllte die Kessel mit Wasser – Arbeiten, die üblicherweise die Köchin übernommen hatte, bevor sie ein besser bezahltes Angebot angenommen hatte und ohne jede Vorwarnung verschwunden war. Bis Minnie einen Ersatz für sie gefunden hatte, kümmerte sie sich selbst um die Zubereitung der Mahlzeiten.

Als Anne fertig war, hatte sie das Gefühl, ihr Kopf platze gleich. Sie ging in die Bar, holte die offene Portweinflasche vom Vorabend aus dem Regal und nahm einige kräftige Schlucke. Der Alkohol glitt ihre Kehle hinunter, während seine allheilende Wärme durch ihre Venen schoss. Eilig gurgelte sie über dem Spülbecken und steckte sich einen Zweig Petersilie in den Mund, um den Geruch zu überdecken, während ein Gefühl angenehmer Benommenheit sie erfüllte – sie war bereit, den Tag in Angriff zu nehmen, und voller Zuversicht, dass Jimmy heute Morgen die Dinge ein wenig anders sehen würde. Summend machte sie sich daran, den Speck und die Würstchen zu braten, die den Gästen zum Frühstück serviert werden würden.

Minnie erschien schlaftrunken in der Küche und rieb sich die Augen. »Oho! Wirklich nett von Ihnen, das muss ich schon sagen!« Sie nickte wohlwollend beim Anblick der heißen Kessel auf dem Herd und des Specks und der Würstchen, die in der großen Gusspfanne brutzelten. Aber so beeindruckt sie auch war, konnte sie sich einen Seitenhieb doch nicht verkneifen. Ein hinterhältiger Ausdruck trat in ihre Augen. »Ich habe Mr Edwards gerade im Speiseraum gesehen. Er will sein übliches Frühstück aus Eiern mit Speck. Ich habe mich gefragt, wieso er dort draußen sitzt, wo er sonst immer sein Frühstück hier in der Küche einnimmt. Meinen Sie, er will vielleicht jemandem aus dem Weg gehen?«

Anne umfasste den Griff der Gusspfanne und unterdrückte einen Schmerzensschrei, als sich das glühend heiße Eisen in ihre Haut brannte. Sie spuckte sich auf die Handfläche, um den Schmerz zu vertreiben, und holte eine Schüssel Eier aus der Vorratskammer. Die ganze Zeit über spürte sie, wie sich Minnies Blick in ihren Rücken bohrte, als die Hotelbesitzerin auf eine Reaktion von ihr hoffte. Sie schlug ein Ei in die Pfanne, ließ in ihrer Erregung die Schale jedoch zu fest auf den Pfannenrand sausen, so dass der Dotter aus dem Sack gerissen wurde und sich unter das Eiweiß mischte. »Verdammt!«

Minnie schnalzte mit der Zunge. »Oh je, wir sind wohl ein bisschen durcheinander, was?« Sie lachte gackernd und verließ die Küche.

Die Vorstellung, wie sie die Hotelbesitzerin mit der schweren Pfanne erschlug, spendete Anne ein klein wenig Trost. Sie hob die Eier heraus, gab sie mit einigen Speckstreifen auf einen Teller und trug ihn in den Speiseraum.

Jimmy, der wie gewohnt zum Frühstück die Zeitung von der ersten bis zur letzten Seite las, sah erst auf, als der Teller vor ihm abgestellt wurde, und lief bei Annes Anblick dunkelrot an, während ihm das höfliche »Guten Morgen« auf den Lippen erstarb.

»Tut mir leid, aber ich habe es mir anders überlegt. Ich glaube nicht, dass ich etwas essen kann. Ich fühle mich nicht besonders«, murmelte er und verließ eilig den Speiseraum.

An diesem Nachmittag knöpfte sich Minnie Cullen Anne erneut vor. Ohne sich davon beeindrucken zu lassen, dass ihre Angestellte sie um ein gutes Stück überragte, baute sie sich vor ihr auf und fuchtelte mit dem Finger so nahe vor dem Gesicht herum, dass sie sogar ihre Nase streifte, worauf Anne erschrocken blinzelte.

»Wegen Ihrer losen Moral habe ich einen guten Pensionsgast verloren, ja, das habe ich!«

Anne hatte keine Ahnung, weswegen Minnie sich nun schon wieder aufregte, und starrte sie ausdruckslos an.

»Ha! Wenn Sie sich sehen könnten! Die Unschuld in Person. Man könnte glatt glauben, Sie haben keine Ahnung, wovon ich überhaupt rede!«

Das zornige Glitzern in Minnies Augen warnte Anne, lieber den Mund zu halten.

»Mr Edwards, *das* versuche ich Ihnen hier zu sagen. Er ist weg, um ab sofort bei den Bramwells zu wohnen, und dreimal dürfen Sie raten, weshalb, Madam!«

Minnie nickte mit befriedigter Boshaftigkeit, während Anne entsetzt nach Luft schnappte. Empfand Jimmy Edwards sie tatsächlich als derart peinlich, dass er das Bedürfnis hatte, aus dem Hotel auszuziehen?

Mit einem gezwungenen Lächeln und zusammengebissenen Zähnen brachte sie den Tag hinter sich, den Abend mit der Hilfe von Alkohol. Wann immer Minnie ihr den Rücken zukehrte, nahm sie einen kleinen Schluck aus der

Flasche. Zur Sperrstunde geriet sie ein- oder zweimal ins Stolpern, doch niemand schien zu merken, dass sie nicht mehr nüchtern war.

Mit dem großzügigen Angebot, allein sauberzumachen, schickte Minnie sie nach oben. »Habe ich gestern nicht geputzt, bis alles geblitzt und geblinkt hat?«, fragte sie, als Minnie kurz zögerte und sie mit zusammengekniffen Augen misstrauisch musterte. »Sie können auf mich zählen. Ich werde Sie nicht im Stich lassen … das bin ich Ihnen schuldig.« Sie wartete, bis Minnie die Treppe hinaufgegangen war, ehe sie, ohne die schmutzigen Gläser abzuräumen und den vom Bier klebrigen Tresen abzuwischen, eine Flasche Portwein und ein Glas aus dem Regal nahm, sich an einen Tisch setzte und bis zur Bewusstlosigkeit zu betrinken begann.

Sie fuhr aus dem Schlaf hoch, zitternd und von hellem Licht geblendet.

»Aha, wir sind also wieder unter den Lebenden, ja?«, sagte eine Stimme.

Anne kniff die Augen zusammen und machte die vagen Umrisse eines Mannes aus, als die Lampe beiseitegeschoben wurde.

»Wer sind Sie?«, fragte sie mit krächzender Stimme.

»Cleary, der Gefängniswärter.«

Anne starrte den Mann an. Es war in der Tat Matthew Cleary, der zuständige Beamte des Gefängnisses von Hokitika. Was hatte er im Golden Age zu suchen? Sie hatte ihn noch nie als Gast dort gesehen.

»Ich muss die Bar saubermachen«, murmelte sie.

»Ein Jammer, dass Sie das nicht getan haben, als Sie die Gelegenheit dazu hatten. Stattdessen haben Sie sich lieber bis zur Besinnungslosigkeit betrunken und das Eigentum

Ihrer Dienstherrin zerstört, so dass Sie am Ende hier gelandet sind.«

Anne fuhr abrupt hoch, während sie ihre Umgebung allmählich erkannte.

»Ich-ich bin im Gefängnis?«, ächzte sie und stöhnte, als ihr Kopf zu hämmern begann.

Sie kreuzte die Arme vor der Brust und sah sich um – die Gitterstäbe auf der einen Seite des Raums und die Enge der Zelle, in der sie gefangen war. Sie zitterte so heftig, dass ihre Zähne klapperten, und spürte mit einem Mal schmerzhaft jede Faser ihres Körpers.

»Ja, Sie sind Gast Ihrer Majestät«, bestätigte Cleary, dessen weißer Bart den Rest seiner Züge im düsteren Licht verdeckte, so dass es den Anschein hatte, als gehörte die Stimme zu einem gesichtslosen, von einem Heiligenschein umgebenen Wesen.

»Sind Sie denn nicht neugierig, zu erfahren, wie Sie hierhergekommen sind?«, fragte Cleary mit der Geduld eines Mannes, der seit Jahren alkoholisiertes gesellschaftliches Strandgut gewöhnt war.

Anne wich dem eindringlichen Blick des Mannes aus. Sie wollte es nicht wissen. Stattdessen wand sie sich innerlich bei der Vorstellung, was sie in ihrem betrunkenen Zustand angerichtet haben mochte.

»Mmm. Eher nicht, nehme ich an«, sagte Cleary leise, sowohl zu sich selbst als auch zu ihr.

Anne schloss die Augen und zwang ihren Verstand, den Sumpf aus Schmerz und Benebelung zu durchdringen. Das Letzte, woran sie sich bewusst erinnern konnte, war Minnie Cullens dickes Hinterteil, das durch die Tür der Bar verschwand. Doch so sehr sie sich auch bemühte, war der Rest des Abends ein gähnendes schwarzes Loch.

Cleary seufzte. »Trotzdem sollten Sie es lieber wissen, ehe Ihnen morgen vor Gericht die Anklageschrift vorgelesen wird.«

»Anklage? Gericht?« Annes Herz machte einen solchen Satz, dass sie fürchtete, es springe ihr aus der Brust.

»Sie haben die Bar des Golden Age demoliert.«

»Ich … habe was getan?«

»Mrs Cullen wurde von Lärm aus dem Schlaf gerissen und dachte, es seien Einbrecher im Haus. Als sie nachsehen ging, fand sie die Bar völlig zerstört vor. Zerbrochene Gläser, umgekippte Tische, kaputte Stühle, und inmitten des Durcheinanders ihre sturzbetrunkene Barkellnerin, die wie eine Verrückte tobte.«

Anne spürte bittere Galle in ihrer Kehle aufsteigen. »Mir wird schlecht«, murmelte sie.

Cleary war auf alles vorbereitet. Er streckte die Hand aus und griff nach einem Holzkübel, den er ihr in die Hand drückte. Er wandte sich ab, um ihr zumindest dieses Minimum an Würde zu gewähren, als sie ihren Magen entleerte. Schließlich wischte sich Anne, deren Verlegenheit unbeschreiblich war, mit der Hand den Mund ab und verzog das Gesicht, angewidert vom säuerlichen Geschmack.

Cleary nahm den Kübel und reichte ihr stattdessen ein Tuch. »Hier, machen Sie sich ein bisschen sauber«, sagte er mit einem Anflug von Mitleid in der Stimme.

»Tut mir leid«, krächzte sie im Flüsterton. »Ich habe keine Ahnung, was passiert ist.«

»Ich habe keinen Zweifel daran, dass es Ihnen leid tut«, sagte Cleary. »So wie allen anderen auch – nachher. Der Alkohol, *das* ist es, was passiert ist, Mrs Gilpin. Am besten merken Sie sich das und überlassen den Alkohol denen, die ihn nicht missbrauchen.«

Anne beobachtete ihn genau, als er die Zelle verließ. Das Klirren des Schlüssels im Schloss der vergitterten Tür führte ihr vor Augen, wie dumm sie doch gewesen war. Und wie allein sie jetzt hier saß. Wieder griff sie nach dem Eimer.

Cleary fragte sich häufig, weshalb er immer noch Gefängniswärter war. So auch jetzt. Er hatte Anne Gilpin oft gesehen, wenn er hinunter in die Stadt gefahren war, und hatte die schlanke, hochgewachsene Frau mit der aufrechten Haltung und dem selbstsicheren Gang stets bewundert. Nie im Leben hätte er gedacht, ihr einmal unter solchen Umständen zu begegnen.

Als man ihn gerufen hatte, um eine weitere betrunkene Gefangene abzuholen, musste er zutiefst entsetzt feststellen, wer da in einer Lache aus Erbrochenem lag. Schlimm genug, einen Mann sehen zu müssen, der der Trunkenheit verfallen war, aber eine Frau in einem derart würdelosen Zustand? Was hatte diese verdammte Stadt nur an sich, dass so viele Menschen alkoholsüchtig wurden?

Später an diesem Morgen rief man ihn erneut zu Anne. Ein Blick genügte, um zu wissen, dass sie weder an diesem Morgen noch in absehbarer Zeit vor Gericht erscheinen würde. Sie hatte die Knie bis zum Kinn angezogen und zitterte entsetzlich, er fürchtete schon, sie kippe von der Pritsche. Sie tobte, stieß unzusammenhängende Worte aus, unterbrochen von gelegentlichen Schreien, während sie sich das zerzauste Haar raufte und die Hände gegen den Kopf presste, um sich gegen Gott weiß welche Dämonen zu schützen, die ihren benebelten Verstand quälten. Delirium tremens. Er kannte die grauenhaften Anfälle und Halluzinationen, die mit dem Fluch namens Alkohol einhergingen. In all den Jahren seiner Laufbahn war er ihnen schon viel zu oft begegnet.

Nachdem er einen Aufseher losgeschickt hatte, um den Arzt aus Seaview, der benachbarten Anstalt, zu holen, füllte er einen Eimer mit warmem Wasser, zog Anne die Schuhe aus und zwang sie, ihre Füße über die Pritschenkante zu legen und hineinzustellen. Manchmal half das, um das Zittern und die Halluzinationen zu lindern, doch in Annes Fall schien es keinerlei Wirkung zu zeigen. Ihr wirres Geplapper verschlimmerte sich sogar eher noch, und er musste zur Seite springen, um nicht von oben bis unten nass zu werden, als sie nach dem Eimer trat, so dass sich das Wasser über den Fußboden ergoss.

Schließlich traf der Doktor ein und rümpfte angewidert die Nase, weil ihm der Gestank nach Erbrochenem entgegenschlug. »Wir weisen sie ein«, erklärte er und hielt sich sorgsam von Anne fern, ohne sich die Mühe einer eingehenden Untersuchung zu machen.

Anne schlegelte wild mit den Armen, als sie versuchten, sie auf eine Trage zu verfrachten. Obwohl Cleary nur ungern zu einer Zwangsjacke griff, um sie zu bändigen, blieb ihm keine andere Wahl. Ohne sie würde sie höchstwahrscheinlich von der Trage fallen und sich womöglich wehtun. Trotz der Hilfe der beiden Pflegerinnen, die den Doktor begleiteten, hatte er alle Hände voll zu tun, ihr die Jacke anzuziehen. Ihre Schreie hallten von den Wänden des Gefängnisses wider, als sie sie wegbrachten.

Kapitel 24

HENRY WAR NOCH mit der Rasur beschäftigt, als der erste Kunde dieses Tages an die Tür klopfte. In seiner Eile fügte er sich einen Schnitt am Kinn zu. Blut sickerte aus der Wunde. »Verdammt!«

Mai griff nach ihrer Morgenhaube – ein Kleidungsstück, an dem sie trotz der allgemein nachlassenden Beliebtheit festhielt – und verschnürte die Bänder. »Ich gehe schon«, sagte sie und verhinderte damit die drohende Flut wütender Flüche.

Jimmy, der nach einer unbequemen Nacht im Bett mit Wiremu und Don ebenfalls bereits früh auf den Beinen war und gerade seinen Morgentee trank, folgte ihr in den Laden hinaus.

Eigentlich hatte sie Anne Gilpin erwartet, doch zu ihrer Überraschung stand Minnie Cullen vor der Tür, deren Hut wegen der fehlenden Nadel schief auf ihrem Kopf saß.

»Ein Stück von ihrem besten durchwachsenen Speck, wenn das möglich ist, Mrs Bramwell«, stieß sie atemlos hervor, während der Hut gefährlich schwankte, als sie sich an Mai vorbei in den Laden schob. »Ich habe einen Speiseraum voll hungriger Gäste, alle wollen Speck, wie es scheint, und ich habe nur noch genug für drei Portionen.«

»Ich mache das schon.« Jimmy zog ein Stück Speckschwarte aus einem großen Musselinbeutel. »Hätten Sie ihn gern aufgeschnitten, Mrs Cullen?«

»Ja, bitte, wenn es geht, Mr Edwards. Ich habe heute Morgen keine Zeit, es selbst zu machen. Ich hätte ja das Küchenmädchen geschickt, aber sie macht die Bar sauber.«

»Geht es Anne denn nicht gut?«, erkundigte sich Mai.

»Hmmph. Wenn *nicht gut gehen* bedeutet, sich so volllaufen zu lassen, dass man sich wie eine Verrückte gebärdet und dafür ins Gefängnis kommt, kann man es wohl so nennen. Sie hat gestern Abend die Bar in Schutt und Asche gelegt! Mein wunderschöner Spiegel über der Rückwand besteht nur noch aus tausend Scherben, an den Stühlen fehlen Beine, und der gesamte Boden ist mit zerbrochenen Flaschen und Gläsern übersät. Man könnte glauben, der leibhaftige Teufel hätte gewütet.«

»Anne? Anne hat das getan?« Das musste ein Irrtum sein.

»Allerdings hat sie das!«

Henry, der die Unterhaltung mit angehört hatte, betrat den Laden und wischte sich einen Klecks Rasierschaum vom Kinn. »Es tut mir ausgesprochen leid, das zu hören. Sie ist eine gute Frau, diese Mrs Gilpin«, sagte er und zog eine Trittleiter in die Mitte des Ladens. »Ich hätte ihr nie im Leben so etwas zugetraut.«

In diesem Moment betrat Tane mit einem Eimer in der Hand den Laden und gab Henry und Jimmy zu verstehen, dass er warten würde, bis Mai Zeit für ihn fände.

Minnie wandte ihre Aufmerksamkeit wieder Mai zu. »Nach einer Nacht im Gefängnis wird es ihr heute Morgen wohl nicht sonderlich gut gehen, darauf können Sie sich verlassen. Pah, aber da oben in Seaview Terrace ist sie genau richtig – dem Heim der Toten, der Irren und der Bösen, wie es immer heißt. Und säuft sie sich erst einmal zu Tode, hat sie es von dort nicht weit zum Friedhof. Sie kann froh sein, wenn sie nicht in dieser Anstalt bleiben muss, bei dem, was diese Sauferei mit ihrem Kopf angestellt hat.« Sie stieß ein abfälliges Schnauben aus, ehe sie fortfuhr. »Ich hab ja schon immer gewusst, dass sie irgendetwas zu verbergen hat.«

»Ach ja?« Henry nahm drei Gusskessel und ein Seil vom Ladentisch, das er durch die Griffe der Kessel schob. »Ich glaube mich zu erinnern, wie Sie mir selbst erzählt haben, was für eine anständige und hart arbeitende Frau Mrs Gilpin sei.«

Er stand mit dem Rücken zur Gastwirtin auf der Trittleiter, um das Ende des Seils über einen großen Haken in der Decke zu schwingen, und spürte ihren frostigen Blick. Doch bereits in der nächsten Sekunde hatte er allen Grund, sich zu fragen, ob sie ihn verflucht hatte, denn die Ladentür flog so abrupt auf, dass er um ein Haar von der Leiter gefallen wäre.

Er rang um sein Gleichgewicht, drehte sich um und sah einen älteren Chinesen, der hereingestürmt war. Willie Kum Lee verdiente seinen Lebensunterhalt damit, in einer verwaisten Mine ein Stück den Taramakau hinauf nach Gold zu schürfen. Er maß bestenfalls einen Meter fünfzig und besaß ein von tiefen Furchen durchzogenes Gesicht, das an in der Sonne verdorrte Kutteln erinnerte. Mit seinem langen spärlichen Ziegenbart, der ihm ums Gesicht und Kinn wehte, sah er beinahe wie ein Gespenst aus, als er durch den Raum auf Mai zuhastete. Henry bemerkte das Blatt Papier, das er an seine Brust drückte.

»Oh Missy, oh Missy! Lesen das hier Willie vor?« Er drückte Mai das Blatt Papier in die Hand.

Eilig überflog sie das Schreiben, legte ihm leicht die Hand auf die Schulter und schilderte ihm in dem kantonesischen Panyu-Dialekt ihres Großvaters den Inhalt.

Er antwortete Mai in derselben Sprache, wobei er die Stirn in noch tiefere Falten legte. Sie lauschte, sagte etwas auf Kantonesisch und fuhr zusammen, als sie Minnie Cullens missbilligenden Blick bemerkte.

»... tut mir leid, das zu hören, Willie«, endete sie auf Englisch, als ihr bewusst wurde, dass sie die Gastwirtin beleidigt hatte, indem sie in ihrer Anwesenheit ihre Muttersprache gesprochen hatte. »Aber Sie stecken nicht in Schwierigkeiten und werden es auch nicht, solange Sie nur die Strafe innerhalb eines Monats bezahlen.« Sie reichte dem alten Mann den Brief.

Willie nickte eifrig, als wäre sein Kopf auf einer Feder angebracht, dankte ihr strahlend und verließ den Laden.

»Was hat ihn heute so aufgebracht?«, erkundigte sich Henry, der daran gewöhnt war, dass Willie und andere Mitglieder seines Volks bei der Übersetzung englischer Schriftstücke Mais Hilfe suchten.

»Er muss fünf Shilling Strafe bezahlen, weil er sein Pferd bei seinem letzten Besuch hier hat frei herumlaufen lassen«, antwortete sie.

»Tja, es hätte schlimmer kommen können.«

»Allerdings«, sagte Mai. »Man hat nämlich die Anschuldigung fallen gelassen, er hätte öffentliches Ärgernis erregt. Er konnte erklären, dass er der Lady auf der Straße nur seinen alten Freund Fok Hoi vorstellen wollte. Sie hatte irgendwie etwas ganz anderes verstanden.«

Mai runzelte die Stirn, als Henry und Tane sich angrinsten.

Jimmy, der inzwischen den Speck aufgeschnitten hatte und in Papier einschlug, legte das Päckchen auf den Ladentisch. »Hier, bitte, Mrs Cullen. Darf es sonst noch etwas sein?«

»Nein, aber danke der Nachfrage, Mr Edwards.« Minnie sah ihn fragend an. »Wie ich höre, hat Mrs Gilpin sich an Sie herangemacht, wo Ihre Verlobte« – sie schürzte in boshafter Belustigung die Lippen – »noch nicht einmal fünf Minuten fort war. Sie ist ein schamloses Flittchen, daran besteht kein Zweifel! Ich habe sehr bedauert, Sie als Gast zu verlieren, Mr Edwards. Nun, da besagte Dame ja nicht mehr bei uns arbeitet, ziehen Sie vielleicht in Erwägung, zurückzukehren.«

Verärgerung zeichnete sich auf Jimmys Miene ab. Mai hielt den Atem an und fragte sich, was er der Hotelbesitzerin wohl erwidern würde, doch er wandte sich lediglich Mai zu. »Wärst du so freundlich und würdest kurz hierbleiben? Ich muss ein paar Dinge im Lager erledigen.«

Mit einer gemurmelten Entschuldigung in Minnies Richtung verschwand er. Mai betrachtete die Hotelbesitzerin mit Widerwillen. Im Lauf der letzten Monate hatte sie Anne Gilpin schätzen und mögen gelernt. Minnies unverhohlene Freude über die Lage der Barkellnerin ärgerte sie.

»Oh, gütiger Himmel, der arme Mann.« Minnies vor boshaftem Eifer glitzernde Augen straften ihre Worte Lügen. »Er ist am Boden zerstört, und zwar zu Recht, Mrs Bramwell, völlig zu Recht!« Sie nahm das Speckpäckchen. »Nachdem ihm von einem Gaunerpärchen so übel mitgespielt wurde, war eine taktierende Frau so ziemlich das Letzte, was er gebrauchen konnte. Ein schamloses Flittchen, wenn Sie mich fragen, das sich ihm an den Hals wirft. Und es hat ihr nicht das Mindeste genützt. Es liegt auf der Hand, dass sie der Grund war, weshalb er nicht mehr länger Gast in meinem Hause ist.« Sie schnalzte mit der Zunge. »Und wie konnte ich mich von der falschen Unschuld dieser Frau täuschen lassen! Gütiger Himmel! Ich bin einfach zu gutgläubig, genau das bin ich, zu weichherzig, und das habe ich nun davon.«

Das war zu viel für Mai. »Ich hätte erwartet, dass Sie ein wenig mehr Mitgefühl mit Mrs Gilpin an den Tag legen«, sagte sie ruhig.

Minnies Schultern versteiften sich, als hätte sie einen Kleiderbügel verschluckt, ehe sie Mai brüsk den Rücken zukehrte und sich an Henry wandte, der noch immer mit dem Befestigen der Kessel beschäftigt war. »Sie sollten dringend Ihre Frau an ihren Platz im Leben erinnern, Mr Bramwell!«

»Und welcher Platz wäre das, Mrs Cullen?«, fragte Henry mit gefährlich leiser Stimme.

»Nun ja …« Minnie zögerte und schien zu spüren, dass sie die Schwelle zu überschreiten drohte, doch dann fuhr sie mit einem abfälligen Schulterzucken in Mais Richtung fort. »Tut mir leid, wenn ich Sie damit beleidige, aber ich bin eine Frau, die sagt, was sie denkt, Mr Bramwell, und da Sie mich nach meiner Meinung gefragt haben, werde ich sie auch sagen. Ihre Frau ist ein Schlitzauge, und noch dazu eines, das sehr großes Glück hatte, einen Geschäftsmann wie Sie zum Ehemann zu bekommen, wenn ich das so sagen darf. Sie sollte lieber nicht vergessen, dass einige von uns ihren und Willie Kum Lees heidnischen Sitten nicht gerade wohlgesonnen sind, beispielsweise, sich vor gottesfürchtigen, zivilisierten, Englisch sprechenden Leuten in ihrer eigenen Sprache zu unterhalten.«

Mai stand reglos da und starrte sie an, zu verblüfft, um irgendetwas auf diese Unverschämtheit zu erwidern.

Henry sprang von seiner Trittleiter und landete mit einem lauten Poltern auf dem Fußboden. »Sie … boshaftes …«

Minnie Cullen presste sich schützend die Handtasche vor die Brust.

»Nein, Henry«, warf Mai ein, sammelte sich und kam hinter der Ladentheke hervor, um zwischen die beiden zu treten. Sie sah der Hotelbesitzerin in die Augen. »Wie können Sie es wagen, sich selbst als gottesfürchtig zu bezeichnen, wo Sie verantwortlich dafür sind, dass Frauen und Kinder in dieser Stadt hungern müssen, während ihre Ehemänner und Väter die Löhne in Ihrem Hotel versaufen.«

»Sie unverschämtes Stück, Sie! Ich gebe diesen Frauen Geld, damit sie ihren Kindern etwas zu essen kaufen können, und jeder weiß das!«

»Ihnen *geben?«*, wiederholte Mai und schüttelte den Kopf. »Sie behalten einen geradezu lächerlichen Teil des Lohnes dieser Männer ein und geben ihn an ihre Frauen weiter, ehe Sie die Männer ermutigen, den Rest in Ihrem Hotel auszugeben. Und wenn die das getan haben, lassen Sie so lange anschreiben, dass sie niemals ihre Schulden bei Ihnen loswerden. Und Sie besitzen die Frechheit, sich als Wohltäterin zu bezeichnen! Abgesehen davon, dass Sie ihr Geld einstreichen wollen, sind Ihnen diese Leute doch völlig gleichgültig!«

»Hört, hört«, warf Henry voller Ehrfurcht und Bewunderung für seine Frau ein.

Tane hatte den beiden Frauen wortlos gelauscht, doch nun nickte er. »Alte Frau, bestellen Sie lieber Ihr eigenes Haus und stecken Sie nicht Ihre Nase in die Angelegenheiten anderer Leute.«

»Der Teufel soll euch alle holen!«, kreischte Minnie.

»Raus hier, Sie alte Kneifzange!« Henry nahm sie am Arm und schob sie vor die Tür.

Minnie drehte sich um, als er in den Laden zurückkehrte. »Denken Sie daran, dass Sie heute eine gute zahlende Kundin verloren haben!« Und damit rauschte sie davon.

»Schön, dass wir sie los sind«, meinte Tane. »Ich hätte sie schon früher rausgeworfen.«

»Danke, Tane«, sagte Mai, »aber vielleicht wäre es klüger gewesen, Ihre Meinung für sich zu behalten. Bestimmt wird sie Ihnen so schnell keine Aufträge mehr erteilen.«

»Ah!« Tane stieß ein abfälliges Grunzen aus. »Sie war doch sowieso nie mit etwas zufrieden. Ständig ging es nur ›Das haben Sie nicht richtig gemacht‹ oder ›Hier muss noch etwas geändert werden. So ist es nicht richtig‹«, sagte er in einer perfekten Imitation von Minnie Cullens nörgelndem Tonfall. »Sie erwartet, dass ich alles stehen und liegen lasse, in ihren Pub komme und die Arbeit für sie erledige. Aber wenn es ans Bezahlen geht, hat sie es auf einmal nicht mehr so eilig.«

Er reichte Mai den Eimer, den er noch immer in der Hand hielt. »Hier, ein paar Inanga-Fische für Sie, Mrs Bramwell. In den letzten Tagen haben sie hervorragend angebissen. Im Fluss wimmelt es von ihnen.«

Henry unterdrückte ein Stöhnen. Er verspürte keinerlei Appetit auf die kleinen Fische mit den schwarzen Knopfaugen und konnte nicht nachvollziehen, warum Mai und die Jungen sie so gern aßen. Er dankte Tane, nahm Mai den Eimer mit den winzigen Weißfischen aus der Hand und bedeutete ihr, ihm nach hinten zu folgen.

»Ich hätte den Mund halten sollen, Henry«, sagte sie, verärgert, dass sie sich von Minnies Benehmen zu einem derartigen Ausbruch hatte hinreißen lassen.

»Nach allem, was sie gesagt hat? Nicht einmal eine Heilige hätte ihre Zunge im Zaum gehalten. Wäre diese alte Kneifzange ein Mann, hätte ich sie glatt niedergeschlagen. Wir werden auch ohne sie zurechtkommen.«

Doch da irrte er sich möglicherweise – Mai wusste nur

zu gut, dass die Gäste dazu neigten, die Besitzer ihrer Lieblingsbar auf ein Podest zu stellen und zu vergöttern. Minnie Cullens Meinung, wie unfair oder verkehrt sie auch sein mochte, könnte vom einen oder anderen durchaus ernst genommen werden. Sicher würde sie diese Auseinandersetzung ein oder zwei Kunden kosten.

»Was zum Teufel ist denn hier passiert?«, fragte Jimmy beim Anblick von Mais Gesicht. »Das heißt doch nicht etwa … kommt das Baby?«

»Nein«, beruhigte Henry ihn und half Mai, sich in den Schaukelstuhl zu setzen. »Es ist diese verdammte Minnie Cullen. Sie sollte erschossen werden.«

»Ich würde mit dem größten Vergnügen abdrücken. Sie ist eine neugierige alte Wichtigtuerin, die ihre Nase in meine Angelegenheiten steckt.«

»Den schlimmsten Teil hast du nicht mitbekommen«, meinte Henry. »Diese bösartige alte Giftschleuder hatte die Frechheit, Mai als Schlitzauge zu bezeichnen und sich darüber zu beschweren, dass sie und Willie sich auf Chinesisch unterhalten haben. Würden sie ihr Geld in ihrem Pub liegenlassen, wäre das natürlich etwas völlig anderes. Sie schert sich keinen Pfifferling darum, in welcher Sprache sich die Leute unterhalten, solange nur bei ihr die Kasse klingelt!«

»Und was hat diesen Ausbruch ausgelöst?«

»Deine Freundin Anne Gilpin. Minnie Cullen hat versucht, ihren Ruf tüchtig in den Schmutz zu ziehen. Mai hat es sich in den Kopf gesetzt, sie zu verteidigen, und am Ende hat sie den Kürzeren gezogen.«

»Ich würde eher sagen, sie war diejenige, die den Kürzeren gezogen hat«, korrigierte ihn Mai mit einem befriedigten Lächeln.

»Du hast ihr jedenfalls gezeigt, wo sie steht«, bestätigte

Henry. »Ich glaube nicht, dass sie sich in nächster Zeit auf eine Diskussion mit dir einlassen wird.«

»Gütiger Himmel, Mai – Henry – was soll ich nur dazu sagen?«, meinte Jimmy besorgt. »Es ist alles meine Schuld. Aber ihr irrt euch, was Anne Gilpin angeht – sie ist nicht meine Freundin.«

»Dann sollte sie es schleunigst werden«, gab Mai zurück und musterte ihn finster. »Denn wenn sie es nicht ist, hast du sie aufs Übelste ausgenutzt.«

Jimmy wünschte, er könnte diesen Vorwurf entkräften. Und er wünschte, er könnte Claire aus seinen Gedanken verbannen. Er wusste nur zu gut, dass Anne Gilpin, trotz ihres Alkoholexzesses, mindestens ein Dutzend mal mehr wert war als die Frau, die er für seine Verlobte gehalten hatte, doch er konnte sich beim besten Willen nicht vorstellen, dass die Barkellnerin jemals ihren Platz in seinem Herzen einnehmen würde.

»Mai, zerbrich dir nicht den Kopf über Anne Gilpin. So schlimm diese Angelegenheit für sie sein mag, musst du doch daran denken, dass sie sich selbst in diese Lage gebracht hat.« Henrys Miene verdüsterte sich. »Du setzt dich jetzt eine Weile hin und ruhst dich aus. Die Jungen werden sich um den Abwasch kümmern und den Fußboden kehren, bevor sie zur Schule gehen. Und der Rest kann warten. In der Zwischenzeit haben Jimmy und ich ein paar Dinge zu besprechen.« Er fing Jimmys Blick auf und nickte hinüber zur Tür.

»Ich weiß zwar nicht, was für ein Spielchen du da spielst, Jimmy, aber Mai hat recht«, sagte er, kaum dass sie außer Mais Hörweite waren. »Du hast diese Frau aufs Übelste ausgenutzt.«

»Henry, ich schwöre, so wahr Gott mein Zeuge ist, ich

habe nichts getan, wofür ich mich in irgendeiner Form verantworten müsste.«

Ungläubig hob Henry die Brauen.

Jimmy fuhr sich mit der Hand über seinen fast kahlen Schädel. Es war völlig klar: Je vehementer er seine Unschuld beteuerte, umso mehr würde Henry ihn für einen gemeinen Mistkerl und Lügner halten.

»Ich weiß, die Vorstellung, dich mit einer anderen Frau einzulassen, fällt dir schwer«, fuhr Henry fort, »nachdem du gerade eben erst von den Harringtons hinters Licht geführt worden bist.«

Jimmy biss die Zähne zusammen. »Herrgott noch mal, Henry, diese ganze Angelegenheit mit Anne Gilpin war ein Missverständnis. Der reinste Albtraum. Sie ist eine gut aussehende Frau, das gebe ich gerne zu, aber sie ist nicht Claire und wird es auch niemals sein. Keine Frau wird jemals Claires Platz einnehmen.«

»Ho, Jimmy, immer schön langsam.« Henry senkte die Stimme, damit Mai sie in der Küche nicht hören konnte. »Ich sage ja nicht, dass du sie gleich heiraten sollst. Diese Frau hat weiß Gott ein Problem, das ich nicht einmal meinem schlimmsten Feind wünsche, aber sie hat dir geholfen und hat dich verteidigt, während andere gar nichts getan haben. Du solltest wenigstens ins Gefängnis gehen und sie besuchen, herausfinden, ob man etwas für sie tun kann – ob sie etwas braucht.«

Kapitel 25

JIMMY WÜNSCHTE, DIE Fahrt würde noch länger dauern, als Tane seinen Wagen den Hügel hinauf zum Gefängnis lenkte. Die Aussicht, Anne Gilpin wiederzusehen, war nicht gerade erfreulich. Als er vorgestern beim Aufwachen festgestellt hatte, dass jemand neben ihm lag, hatte er einen Moment lang gedacht, es sei Claire, und für den Bruchteil einer Sekunde hatte ihn ein überwältigendes Glücksgefühl durchströmt. Er hatte alles, was am Vortag vorgefallen war, für einen bösen Traum gehalten. Umso niederschmetternder war die Erkenntnis gewesen, dass es sich bei der Frau neben ihm nicht um Claire, sondern um Anne Gilpin gehandelt hatte.

Doch wie Henry ihm vor Augen geführt hatte, war sie diejenige, die ihm in seiner misslichen Lage geholfen hatte, wohingegen die anderen tatenlos zugesehen hatten. Er hatte noch immer ein wenig Geld auf der Seite, von dem die Haringtons nichts wussten, und war bereit, es notfalls als Kaution für Anne einzusetzen.

»Schlimme Sache, was, Jimmy?«, meinte Tane und schüttelte den Kopf. »Mrs Gilpin ist eine hochanständige Frau. Hat sich jedes Mal nach meinen Kindern erkundigt, wenn ich sie gesehen habe. Sie kannte sie alle mit Namen, und das ist erheblich mehr, als Minnie Cullen in all den Jahren, die ich für sie arbeite, zustande gebracht hat.« Er bedachte Jimmy mit einem düsteren Blick. »Ich sage Ihnen, Jimmy, der Alkohol ist für keinen gut. Ich rühre dieses Zeug nicht an. Nicht seit ich eines Morgens neben dem Köter in der Hundehütte aufgewacht bin.«

Tanes Geständnis verblüffte Jimmy. Er hätte den Mann als überzeugten Puritaner eingeschätzt. Nie hatte er Tane einen Tropfen anrühren sehen, und er setzte lediglich einen Fuß in einen Pub, wenn er Lieferungen oder irgendwelche sonstigen Aufträge zu erledigen hatte.

»Oh ja. Verlaust und voller Flöhe, und es hat gejuckt wie der Teufel, oh ja, das hat es. Ich war nach Hause gekommen, hatte gegrölt und getobt. Haki hat mich ausgeschlossen und gedroht, sie würde mir den Schädel mit der Axt abschlagen, wenn ich versuchen sollte, einzutreten. Es war mitten im Winter und höllisch kalt. Nie wieder! Ich hatte Angst, sie schneidet mir auch noch mein bestes Stück ab! Schließlich weiß sie nur zu gut, dass ich nur meine Hose übers Fußende des Bettes zu hängen brauche, und schon hat sie einen dicken Bauch!« Er brach in herzhaftes Gelächter aus, und Jimmy stimmte ein, froh, dass ihn jemand aus seiner trüben Stimmung riss.

Die Pferde trabten um die letzte Biegung, und das große, düster-graue und von einem Wellblechzaun umgebene Gefängnisgebäude kam in Sicht. Nicht umsonst wurde es allgemein Irrenhügel genannt, dachte Jimmy schaudernd.

Der diensthabende Wärter, den Jimmy kannte, weil er Stammgast im Golden Age war, stand hinter einem hohen pultartigen Tisch im Eingangsbereich.

»Tut mir leid, Mr Edwards«, sagte er und musterte Jimmy interessiert. »Mrs Gilpin wurde gestern Abend in Seaview nebenan eingewiesen.« Er tippt sich mit dem Finger gegen die Stirn. »Sie war ziemlich weggetreten, wie ich gehört habe. Delirium tremens. Schätzungsweise wird sie die nächsten ein, zwei Wochen nicht rauskommen.«

»In Seaview? Der Irrenanstalt?«, wiederholte Jimmy und dachte an Anne, die stets tadellos gekleidet gewesen war und so beherrscht gewirkt hatte. Es fiel ihm bereits schwer genug, sie sich als tobende Betrunkene in einem Gefängnis vorzustellen. Aber in der Irrenanstalt? Wie hatte sie in so kurzer Zeit nur so tief fallen können?

»Ich fürchte, ja, Sir. Da bringen sie die meisten hin, wenn sie unter Delirium tremens leiden. Das hätte man von ihr nie gedacht, um es mal so zu sagen. War 'ne nette Lady, wenn sie hinter der Bar stand. Aber ich schätze, das Problem hat sie nicht erst seit gestern. Ich sehe die Leute ständig da oben und muss sagen, inzwischen gibt es mehr Frauen als Männer. Die sehen Schlangen und Spinnen und Gott weiß was sonst noch, die auf ihnen rumkrabbeln, die armen Teufel.«

»Meinen Sie, man erlaubt mir, sie zu besuchen?«

»Ich denke, allein die Frage ist schon Zeitverschwendung. Aus Erfahrung weiß ich, dass sie immer noch viel zu weggetreten sein wird, um jemanden zu sehen, von erkennen will ich gar nicht erst sprechen. Sie sollten vielleicht ein, zwei Tage warten. War kein besonders schöner Anblick, hab ich gehört. Das sind sie nie in diesem Zustand.«

Jimmy spürte wachsende Gewissensbisse, als er in die Stadt zurückfuhr. War auch er verantwortlich für Anne Gilpins missliche Lage? Ihr Hang zur Flasche war sicher nicht seine Schuld, doch er hatte die Frau förmlich ignoriert, seit er sie beim Aufwachen in seinem Zimmer vorgefunden hatte. Seine Zurückweisung war nichts Persönliches, sondern hatte lediglich etwas damit zu tun, dass er sich so sehr schämte. Doch das konnte sie natürlich nicht wissen. Sein Verhalten war gedankenlos gewesen … grausam, wie ihm nun bewusst wurde. Hatte es ihre Trunksucht wieder ausgelöst?

Arnold, der vergeblich versuchte, seine Verärgerung zu unterdrücken, trommelte mit den Fingern auf die Tischplatte. Seit Libbys Einweisung bliesen Sylvia und Jack ununterbrochen Trübsal. Wann immer er sie ansah, schienen ihre Gesichter noch länger zu werden. Wie oft hatte er gesagt, dass es das Richtige gewesen sei, das Mädchen dorthin zu bringen?

Zumindest das Richtige für ihn. Doch im Grunde hatte er durch diesen Schritt auch Sylvia und Jack eine Menge Ärger erspart, der mit diesem Mädchen unweigerlich auf sie zugekommen wäre. Mit ihren Anfällen und ihrer Hinterhältigkeit hatte sie *ihn* ja beinahe um den Verstand gebracht. Ständig diese Schleicherei und dieses naseweise Herumstöbern, die Art, wie sie sich auf ihn gestürzt und ihn gebissen hatte, wie sie seinen Whisky ausgeschüttet und sein Gebiss mit Schuhwichse eingeschmiert hatte.

Es hatte ihm einen mächtigen Schock versetzt, als ihm bewusst geworden war, dass sie ihn wiedererkannt hatte. Obwohl sie nicht ganz richtig im Kopf war und sich sowieso keiner einen Reim auf ihr Gebrabbel machen konnte, hatte es ihn mit Sorge erfüllt. Doch selbst wenn es ihr jemals gelingen sollte, die Wahrheit auszusprechen, bezweifelte er, dass ihr jemand glauben würde. Höchstwahrscheinlich tat man es lediglich als Spinnerei ab. Vermutlich hatte er sie, indem er ihrer Katze den Schwanz abgeschnitten und gedroht hatte, ihrer Mutter dasselbe anzutun, endgültig zum Schweigen gebracht.

»Wir hätten unser Versprechen halten und Libby noch einmal besuchen sollen, bevor wir Hokitika verlassen haben«, sagte Sylvia mit bebender Stimme und unterdrückte ein Schluchzen.

Herrgott, hörte diese Frau jemals mit diesem Geheule auf,

das ihr ohnehin unansehnliches Äußeres auch nicht gerade verbesserte?

»Es zerreißt mir das Herz, wenn ich nur daran denke, dass sie an diesem Ort ist, wo sie niemanden kennt und vergeblich darauf wartet, dass wir kommen. Was habe ich mir nur dabei gedacht, sie zurückzulassen, ohne mich richtig von ihr zu verabschieden?«

Arnold schloss die Hand um Sylvias Finger und wappnete sich innerlich, sie dort liegenzulassen. Das Gefühl ihrer rauen, alternden Haut erfüllte ihn mittlerweile mit Ekel.

»Sylvia, du darfst dir keine Vorwürfe deswegen machen. Wir sind beide zu dem Entschluss gelangt, dass es das Beste für Libby ist. Du hast selbst gesehen, wie schlimm es war, als wir gegangen sind. Es wäre nicht gut für sie gewesen, wenn wir sie am nächsten Tag noch einmal besucht hätten, sondern hätte sie nur noch mehr aufgeregt.« Er hielt inne. »Ich weiß, dass du ein schlechtes Gewissen hast«, fuhr er fort, »aber du hast gehört, was der Doktor gesagt hat. Ohne Behandlung entwickelt sie sich nicht weiter. Das dürfen wir nicht vergessen. Es ist das Beste so.«

»Das Beste für wen?«, platzte Jack hervor und stand abrupt auf.

Arnold fuhr zusammen, als das Scharren der Stuhlbeine auf dem hölzernen Küchenboden den Raum erfüllte.

»Weder für Libby noch für mich, und für meine Mutter auch nicht, soweit ich sehe. Wenn du mich fragst, hast du hier viel zu viel zu sagen. Ich schere mich keinen Pfifferling darum, dass du mit meiner Mutter verheiratet bist. Vater wollte dich auf die Straße setzen, das hat er mir am Morgen seines Todes selbst erzählt!«

»Jack Budd! Pass auf, was du sagst!« Sylvias Augen waren vor Entsetzen aufgerissen.

»Nein, Mutter, ich sage, was ich zu sagen habe. Früher sind wir immer bestens mit Libby zurechtgekommen. Sie mag ihre Launen haben, aber Vater hat immer gesagt, es sei nur ihre Frustration, die sie auslösen. Sie war nie gemein oder hinterhältig, und wenn sie auf jemanden losgegangen ist, dann nur, wenn man sie geärgert hat.«

Sylvia hatte ihren Sohn noch nie so reden hören.

»Wirklich schlimm sind ihre Anfälle erst geworden, seit Vater tot ist. Wir hätten uns eben mehr Mühe geben sollen. Hätten wir doch mehr Geduld gezeigt und ihr Zeit gelassen, mit ihrem Kummer über Vaters Verlust fertig zu werden.« Er hielt inne, um Atem zu schöpfen, und starrte Sylvia und Arnold vorwurfsvoll an. »Es muss etwas geben, das wir hätten tun können, um ihr zu helfen!«

»Jack …« Sylvias Stimme brach, als ihre Gewissensbisse über ihren Zorn siegten. »Wir *haben* etwas getan. Wir haben es so sehr versucht. Aber du hast selbst gesehen, was sie mit Arnold angestellt hat. Diese schlimmen Kratzer auf seinen Händen … es sah aus, als wäre eine wild gewordene Katze auf ihn losgegangen, so tief waren sie. Und wie sie die Tür zugeschlagen hat, so dass der Schwanz des armen Bobby abgetrennt wurde – was, wenn die Hand von jemandem in dieser Tür eingeklemmt gewesen wäre?«

Arnold hatte Mühe, Luft zu bekommen. Er legte die Hand auf sein rechtes Auge, als der Muskel darunter zu zucken begann.

»Du weißt, es wurde immer schlimmer mit ihr. Was hätten wir denn noch tun sollen?« Sylvia warf Arnold einen verzweifelten Blick zu.

Jack blinzelte mehrmals rasch nacheinander und sah aus, als bräche er gleich in Tränen aus. »Wir hätten mehr Geduld mit ihr haben müssen. Vater hatte sie immer … Wir hätten ihr Medizin geben können … Ich weiß auch nicht. Aber alles wäre besser gewesen, als sie an diesem Ort einzusperren. Du hast selbst gesagt, einige der Leute dort scheinen geradewegs aus der Hölle zu kommen, und genau bei diesen Menschen haben wir unsere Libby gelassen. Vater würde sich im Grabe umdrehen, wenn er das wüsste.« Er wandte sich an Arnold. »Es ist alles deine Schuld. Bevor du aufgetaucht bist, ging es ihr nie so schlecht!«

»Jack!« Die Hände zu Fäusten geballt, stand Sylvia auf. »Du vergisst, wer du bist. So sprichst du nicht mit Arnold!«

Arnold musste seinen gesamten Willen aufbieten, um Jack nicht in den Genuss seiner Faust kommen zu lassen. Dieser Kerl war keinen Deut besser als seine Schwester. Sich auf diese Weise gegen ihn zu stellen. Er musste das schnellstens beenden. Eilig trat er neben Sylvia.

»Sylvia, Liebes. Setz dich wieder. Du darfst dich nicht so aufregen. Der Junge ist nicht respektlos«, stieß er mit zusammengebissenen Zähnen hervor. Am liebsten hätte er Jack einen Tritt in den Hintern verpasst, dass er geradewegs zur Tür hinausgeflogen wäre. »Er grämt sich wegen seiner Schwester, ebenso wie wir.« Er bedachte Jack mit einem lange geübten Blick seelenvollen Mitgefühls. »Setz du dich auch, Jack. Ich habe dir und deiner Mutter einige Dinge zu sagen.«

Jack presste die Lippen aufeinander, doch mit einem Mal schien seine Kampflust zu verebben, und er gehorchte.

»Also. Jack. Sylvia.« Arnolds Blick wanderte von einem zum anderen. »Ihr dürft mir nicht übelnehmen, was ich gleich sagen werde.«

Jack starrte ihn finster an und öffnete den Mund, um etwas zu erwidern, doch Arnold hob die Hand. »Lass mich zu Ende sprechen … Ich will nicht, dass ihr irgendwelche falschen Schlüsse zieht. Wenn du genauer darüber nachdenkst, Jack, wurde die Krankheit deiner Schwester erst richtig schlimm, nachdem dein Vater gestorben war, und nicht seit ich hier bin. Hast du vorhin nicht selbst gesagt, die Wutanfälle hätten sich durch Wills Tod verschlimmert?«

»Na ja … im Großen und Ganzen«, erwiderte Jack mürrisch und schlug die Augen nieder, um Arnold nicht ansehen zu müssen.

»Da hast du's.« Arnold schlug mit der Handfläche auf den Tisch und zwang Jack damit, ihn anzusehen. »Was Libby widerfahren ist, kam von Gottes Gnaden«, fügte er sicherheitshalber hinzu, wohl wissend, dass jede Erwähnung von Gott bei Sylvia mit ihrer verdammten Frömmigkeit und Rechtschaffenheit Wirkung zeigen musste. Es würde sie von ihren Schuldgefühlen freisprechen, wenn sie irgendein gesichtsloses Fantasiewesen statt sich selbst für die missliche Lage ihrer Tochter verantwortlich machen konnte.

Er blickte Jack eindringlich in die Augen. »Sie lehnt mich gewaltig ab, das leugne ich nicht. Aber ich möchte sagen, dass dies nicht die Schuld deiner Mutter ist. Ebenso wenig wurde Libbys …« Er hielt inne und wählte seine Worte mit Bedacht, um sicherzugehen, dass sie den Zorn des Jungen verrauchen ließen, statt ihn neuerlich zu entfachen, »… schwieriger Geisteszustand durch irgendetwas ausgelöst, was du oder deine Mutter oder ich selbst getan oder auch nicht getan haben mögen.«

Der trotzige Ausdruck auf Jacks Gesicht verschwand allmählich. Seine Unterlippe begann zu beben.

Ah … jetzt habe ich ihn, dachte Arnold mit Befriedigung. Trotz seiner aufgesetzten Tapferkeit war er am Ende doch nur ein Junge, der sich ohne größere Schwierigkeiten in den Griff bekommen ließ. Nun würde er ungehindert seine Ziele weiterverfolgen können.

»Es gab nichts, was ich für dieses Mädchen nicht getan hätte – nichts.« Den Blick eindringlich auf Jack gerichtet, fuhr er fort. »Aber wie du selbst nur zu gut weißt, hat sie ihren Vater regelrecht vergöttert. Er war Sonne, Mond und Sterne für sie, während für mich nie ein Platz in ihrem Herzen war.« Er schluckte, als hätte er Mühe, seiner Bekümmerung Herr zu werden. »Gott weiß, wie sehr ich mich bemüht habe, aber Libby wollte es mir nicht erlauben.« Er zuckte resigniert die Achseln. »Vielleicht wenn sie in der Lage gewesen wäre, mir ein wenig Verständnis zu schenken …« Sylvia und Jack schmolzen förmlich dahin, »wäre ihr Verstand nicht ganz so beeinträchtigt gewesen, und ihre Anfälle nicht gar so schrecklich schlimm.«

Tränen glitzerten in Jacks Augen, die er in mannhafter Tapferkeit zu unterdrücken versuchte, indem er sich brüsk mit der Hand übers Gesicht fuhr, während Sylvia die Hand nach ihm ausstreckte.

»Wir haben es versucht, Jack, das musst du wissen«, sagte sie mit heiserer, tränenerstickter Stimme. »Am Ende konnten wir nichts anderes tun. Aber Kopf hoch, mein Sohn. Der Doktor sagt, wenn es ihr besser geht, kehrt sie wieder nach Hause zurück.«

Arnold bemerkte Sylvias hoffnungsvollen Blick, und für den Bruchteil einer Sekunde empfand er so etwas wie Mitleid mit dieser Frau. Die Pflegerin, die er gefragt hatte, war jedoch der festen Überzeugung, es sei das Beste für Epileptiker, sie zeit ihres Lebens von den Gesunden fernzuhalten, damit sie nicht heiraten, sich fortpflanzen und noch mehr Verrückte in die Welt setzen konnten. Sylvia mochte Tag und Nacht beten, doch die Chancen, der Doktor würde ihr kleines Mädchen für gesund genug erklären und nach Hause zurückschicken, waren geringer als dass einer von Sylvias mickrigen Hähnen ein Ei legte.

»Das ist Gottes Wahrheit, Jack«, log Arnold. »Und während wir darauf warten, bis ihr Verstand wieder heilt, sollten wir wie eine Familie zusammenhalten, damit sie sich sicher und geliebt fühlt, wenn sie nach Hause kommt.«

Jacks erst kürzlich vollends entwickelter Adamsapfel hüpfte auf und ab, während er sich mit dem Ärmel über die Nase wischte.

»Mag sein, dass du mich als Eindringling betrachtest, aber ich lege es nicht darauf an, den Platz deines Vaters einzunehmen. Niemand könnte das. Ich habe Will bewundert, habe zu ihm aufgesehen. Er war ein guter Mann … der Beste.«

Noch mehr Tränen traten in Sylvias Augen.

»Ich denke wirklich, die größte Hilfe, die deine Mutter, ich und auch du leisten können, um Libby zu helfen – und ich bin sicher, Will hätte es so gewollt –, besteht darin, dass wir das Geschäft und das Haus verkaufen.«

Entsetzen loderte in Sylvias und Jacks Augen. Wie auf ein Stichwort rissen sie die Münder auf.

»Hört mich zuerst an«, fuhr Arnold fort und brachte sie mit einer Handbewegung zum Schweigen, ehe sie protestieren konnten.

Die Idee war ihm gekommen, als er festgestellt hatte, dass Sylvia anfing, sich zunehmend an ihn zu klammern, wohingegen Jack sich immer weniger von ihm zum Narren halten ließ. Der Junge beschwerte sich neuerdings, mehr als seinen Teil der Arbeit verrichten zu müssen, und maulte, wenn Arnold sich ins Gebüsch davonmachte, um sich einen Schluck zu genehmigen.

Auch wenn es ihm inzwischen gelungen war, Libby loszuwerden, entwickelte sich das Leben, so rosig er es sich bei seiner Heirat mit Sylvia noch ausgemalt hatte, zunehmend zum Schlechteren. Mittlerweile sah er seine Zukunft klar und deutlich vor sich: ein Leben mit einer runzligen Frau, die ihm nicht von der Seite wich, und mit einem aufmüpfigen Jungen, der eines Tages die Rolle des Familienoberhaupts einnehmen und ihn aus dem Haus jagen würde.

Es war Zeit, sich aus dem Staub zu machen – und zwar ohne die Bürde einer Ehefrau und Familie. Doch erst nachdem er Sylvia überredet hatte, alles zu verkaufen. Er würde zusehen, dass er seinen Teil davon abbekam, und dann mit vollen Taschen das Weite suchen.

Er betrachtete Mutter und Sohn, ihre vor gespannter Erregung verzerrten Gesichter, als sie darauf warteten, dass er fortfuhr. »Wenn wir nach Canterbury ziehen, könnten wir Libby zu uns nehmen«, begann er, wohl wissend, dass diese Lüge seinem Argument Gewicht verleihen würde. »Christchurch ist eine Gemeinde, die sehr schnell wächst. Bestimmt finden wir dort eine geeignete Behandlungsmöglichkeit für sie, und vielleicht könnte sie ja bei uns leben, wenn sich ihr Zustand erst einmal gebessert hat.«

Sylvia betrachtete Jack mit einem unsicheren, doch hoffnungsvollen Ausdruck. Jack schien verwirrt zu sein, runzelte die Stirn und blickte zuerst seine Mutter, dann Arnold an, doch zumindest hörte er zu.

»Wir hätten mehr als genug Geld aus dem Verkauf, um ein Haus zu kaufen und eine Schranktischlerei in Christchurch zu eröffnen. Mit Jacks handwerklichem Geschick und unter meiner Führung wären wir schon bald wohlhabender, als wir es hier jemals werden können.«

»Aber hier haben wir einen guten Namen und jede Menge Kunden«, wandte Jack ein. »Schon jetzt haben wir alle

Hände voll zu tun, um mit den Bestellungen nachzukommen. Wenn du das willst, können wir Libby auch hierher zurückholen. Weshalb sollten wir also umziehen?« Die Furchen auf seiner Stirn vertieften sich noch.

»Ah, begreifst du denn nicht?«, hielt Arnold dagegen. »Canterbury ist schon jetzt dichter bevölkert als die Küste, und wie ich bereits sagte, wächst die Bevölkerungszahl immer weiter an. Bei all den Menschen, die solide Möbel haben wollen, kann gar nichts schiefgehen. Ich schwöre, im Handumdrehen besitzen wir die größte Möbelfabrik in ganz Canterbury!« Mittlerweile hatte er sich in Schwung geredet. »Es wäre ein Verbrechen, Libby nach Hause zu holen, ohne vorher zu versuchen, die beste Behandlungsmöglichkeit für sie zu finden, die es gibt, und das gelingt uns nur in einer Stadt, die gute Spezialisten hat.« Er wandte sich an Sylvia und drückte ihre Hand. »Was sagst du dazu?«

Sylvia legte die Stirn in Falten und kaute nachdenklich auf ihrer Unterlippe, ehe sie fragend Jack anblickte. Arnold musste gegen den Drang ankämpfen, ihre Hand zu zerquetschen, bis jeder einzelne Knochen zerbrach.

»Es ist deine Entscheidung, Mutter. Was auch immer du für richtig hältst«, murmelte Jack schließlich.

»In diesem Fall denke ich, es wäre eine gute Entscheidung, alles zu verkaufen und nach Canterbury zu gehen.«

Kapitel 26

Anne erwachte vom gequälten Wimmern irgendeiner armen Seele. Der Schmerz in ihrem Kopf ließ sie zusammenzucken. Heftig und erbarmungslos hämmerte er und wurde noch verstärkt durch das jämmerliche Geheul im Hintergrund. Sie schluckte und fuhr sich mit der Zunge über ihre rissigen Lippen, während sie feststellte, dass ihre Arme über der Brust gekreuzt waren und gegen ihre Brüste und den Bauch gepresst wurden. Mühsam brachte sie sich in eine sitzende Position: Sie befand sich in einem Bett. Wie dickflüssige Galle stieg Panik in ihrer Kehle auf. Ihre letzte bewusste Erinnerung sagte ihr, dass sie in einem winzigen abgedunkelten Raum aufgewacht war. Dieser Raum hier war wesentlich größer. Die rückwärtige Wand hatte einige hoch angebrachte Fenster, durch die Tageslicht hereindrang und die Düsternis ein wenig erhellte, so dass sie ihr eigenes und fünf weitere an einer Wand aufgereihte Betten erkennen konnte.

Da war ein Mann gewesen, fiel ihr wieder ein, während sich der Schmerz wegen der Anstrengung durch ihr Gehirn schnitt, doch sie wusste nicht mehr, weshalb. Das hier war ein völlig anderer Raum. Und dieses verdammte Ding – sie wand sich in der Enge des Dings, bei dem es sich, wie sie nun erkannte, um eine Zwangsjacke handelte – musste direkt aus der Hölle stammen.

Eine Frau in weiß-grau gestreifter Schwesterntracht, Schürze und einer weißen Haube mit einer großen weißen

Schleife unterm Kinn kam in den Raum geeilt. »Sie sind also wieder unter uns, wie ich sehe«, bemerkte sie und maß Anne mit routiniertem Blick.

»Was ist das hier? Wo bin ich?«, fragte Anne heiser.

»Im Seaview Hospital. Sie wurden gestern mit DT eingeliefert.«

Gestern? Was war seit dieser Zeit geschehen?

»Nun, da Sie sich wieder anständig benehmen, können wir Ihnen die Zwangsjacke ausziehen«, erklärte die Frau brüsk. »Sie haben sie Ihnen im Gefängnis angezogen, damit Sie sich nicht selbst wehtun. So etwas ist heutzutage kaum noch nötig. Mr Cleary benutzt sie nicht gern, aber Sie haben sich wie eine Irre gebärdet.« Sie quittierte ihren Scherz mit einem bellenden Lachen und gab Anne einen routinierten Schubs, um sie auf den Bauch drehen und die Verschlüsse auf dem Rücken der Zwangsjacke lösen zu können.

Gefängnis. Jetzt fiel es Anne wieder ein. Der dunkle Raum war eine Zelle gewesen. Und der Mann – Matthew Cleary, der Wärter.

»Puh, Sie stinken ja schlimmer als ein Hund, der sich in seinem eigenen Haufen gewälzt hat«, murmelte die Frau.

Der Gestank von Erbrochenem, Schweiß und anderen Dingen, an die Anne lieber gar nicht erst denken wollte, schlug ihr entgegen – und sie selbst war diejenige, der sie entströmten. »Ich schäme mich so«, stieß sie hervor und schnappte nach Luft, als die Schwester sie wieder auf den Rücken drehte und ihr die Jacke auszog.

Die Frau zuckte die Achseln. »Das kann ich mir vorstellen. Schaffen wir Sie ins Badezimmer. Je schneller wir Sie aus diesen Kleidern holen, umso schneller kann ich wieder atmen.«

Demütig ließ Anne sich in den Baderaum führen, wo sie angewidert die schaumig-graue Brühe in der Badewanne beäugte. Man erwartete doch nicht ernsthaft, dass sie da hineinstieg, oder?

»Sie brauchen gar nicht so gucken, Mylady. Sie sind heute bei weitem die schmutzigste Insassin, deshalb steigen Sie auch als Letzte in die Wanne. Ich kann nicht den ganzen Tag das heiße Wasser aus der Küche herschleppen, damit Sie und die anderen sich wie die Königin aufführen und im Luxus baden.«

Anne senkte den Kopf und schnappte nach Luft, als ihr der durchdringende Gestank ihres Körpers entgegenschlug. Dann lieber das stinkende Wasser. Schaudernd zog sie sich aus und stieg in die Badewanne. Es war nicht das bestenfalls lauwarme Wasser oder die Vorstellung, es mit dem toten oder sterbenden Ungeziefer zu teilen, das zuvor die Leiber der anderen Insassen bevölkert hatte, die ihr eine Gänsehaut bereiteten, sondern vielmehr der Gedanke daran, was sie in den vergangenen Tagen angerichtet haben mochte. Das Letzte, woran sie sich noch deutlich erinnern konnte, war sie selbst, wie sie hinter der Bar stand und die Gäste bediente. Danach entsann sie sich nur noch vage, in Clearys Gegenwart in einer Zelle wieder zu sich gekommen zu sein. Was für ein Gelage hatte sie nur veranstaltet, um sich in eine derartige Zwangslage zu bringen?

»Dieser verdammte Jimmy Edwards«, murmelte sie, als Erinnerungsfetzen in ihr Gedächtnis drangen.

»Was?«, fragte die Pflegerin.

»Nichts«, murmelte Anne und stand auf. Denn genau das war sie in Jimmy Edwards' Augen – ein Nichts.

»Wenn Sie sich benehmen und jemanden haben, der für Sie bürgt, sind Sie in einer Woche raus.« Die Frau reichte ihr ein Handtuch, das, wie Anne erleichtert feststellte, im Gegensatz zum Badewasser sauber war.

»Ziehen Sie das hier an«, forderte sie Anne auf, nachdem sie sich abgetrocknet hatte. Sie reichte ihr ein graues Baumwollkleid mit einer weißen Schürze. »Ihre schmutzigen Sachen können Sie im Badewasser waschen – für diejenigen, die es selbst schaffen, gibt es keine Rundumbetreuung.«

Nachdem Anne ihre Sachen gewaschen hatte, folgte sie der Frau in den Aufenthaltsraum. Sie zog ein an der Decke angebrachtes Holzgestell herunter, wo Anne ihre Kleidung zum Trocknen aufhängen konnte.

Anne starrte den langen Tisch in der Mitte des Raums an, die langen Bänke ohne Rückenlehnen links und rechts davon, die alten vergilbten Bilder an den Wänden. In jeder Ecke des Raums stand ein Lehnsessel, deren Bezug aus braunem Baumwollsamt an den Armlehnen durchgescheuert war.

Sie hatte sich noch nie so mies gefühlt.

»Es ist nicht so schlimm … Sie werden sich daran gewöhnen«, sagte die Pflegerin, als sie Annes verzweifeltes Gesicht sah. »Sehen Sie aus den Fenstern hinter Ihnen. Von dort aus können Sie die Gärten erkennen. Wenn ich später Zeit habe, nehme ich Sie mit auf einen Spaziergang.« Sie senkte die Stimme. »Es ist ja nicht so, dass Sie eine gepolsterte Zelle bräuchten, so wie manch anderer hier.«

Gänsehaut bildete sich auf Annes Armen.

»Los, suchen Sie sich einen Platz«, forderte die Pflegerin sie auf, gab ihr einen ermutigenden Schubs und wandte sich zum Gehen.

Mit einem Mal schien die Stimme der Frau lauter und wieder leiser zu werden. Sie spürte, wie eine Hitzewelle ihren Körper erfasste, sackte zusammen und hielt sich an der Armlehne des Sessels fest, während ihr der Fußboden gefährlich näher kam.

Die Pflegerin, eine große, kräftige Frau, packte Anne um die Taille und half ihr, sich aufzurichten. »Ich brauche Hilfe«, rief sie.

Augenblicklich eilte eine weitere Pflegerin herbei. Gemeinsam brachten sie Anne in den Schlafsaal zurück, zogen sie aus und streiften ihr ein Nachthemd über.

»Ich dachte mir schon, dass es bei Ihnen ein wenig schnell ging. Die meisten brauchen einen oder zwei Tage länger, bis sie ein Delirium tremens überwunden haben«, bemerkte die eine. »Am besten bleiben Sie mindestens für den Rest des Tages liegen.« Sie verließ den Raum und kam kurz darauf mit einem Glas und einem Löffel zurück.

»Smiths medizinische Pflaumen«, erklärte sie, als sie Annes misstrauischen Blick bemerkte. »Hilft bei Verstopfung und saurem Aufstoßen. Auf diese Weise müssen wir Ihnen keinen Einlauf verpassen.«

Anne litt weder an Verstopfung noch an saurem Aufstoßen. »Ich brauche das nicht«, sagte sie. Gewöhnliche Pflaumen waren eine Sache, aber *medizinische Pflaumen?* Gott allein wusste, welche widerwärtigen Substanzen in ihnen steckten.

»Dann eben nicht«, sagte die Pflegerin. »Legen Sie sich hin und schlafen Sie ein wenig.«

Anne, die sich schwach wie ein Neugeborenes fühlte, kam der Aufforderung nur allzu bereitwillig nach. Trotz des Geheuls der Patientin im Bett neben ihr war sie eingeschlafen, kaum dass ihr Kopf das Kissen berührte.

Ohrenbetäubendes Geschrei riss sie aus dem Schlaf. Sie richtete sich auf und sah zu der nahezu kahlen Frau im Bett neben ihr hinüber.

»Bleibt mir mit diesem verdammten Ding vom Leib, ihr elenden Miststücke! Ihr Schlampen!« Speicheltropfen sprühten aus dem Mund der Frau.

Die beiden Pflegerinnen, die Anne zuvor geholfen hatten, standen neben dem Bett der Mitpatientin. Eine hielt die zappelnde Gestalt fest, während die andere einen Vorhang vorzog. Die Patientin unternahm einen verzweifelten Versuch, sich zu befreien, der jedoch augenblicklich unterbunden wurde.

»Ich hab sie«, sagte die eine, drehte die Frau auf den Bauch und hielt sie fest.

Die wilden Flüche wurden vom Kissen gedämpft. Durch den halb geschlossenen Vorhang beobachtete Anne, wie das Nachthemd der Frau hochgezogen wurde, so dass ihr knochiges lilienweißes Hinterteil zum Vorschein kam. Das eine Ende eines Gummischlauches steckte in einem Eimer auf einem Rollwagen, während die Pflegerinnen das andere, mit einer Keramikspitze versehene Ende in den After der Frau einführten.

Die Frau riss den Kopf zurück und stieß ein Heulen aus, das Anne durch Mark und Bein fuhr. Die Keramikspitze musste das weiche Gewebe verletzt haben, denn um das Instrument herum bildeten sich Blutstropfen.

»Verdammt, wenn sie doch nur stillliegen würde, täte es auch nicht so weh«, murmelte die eine Pflegerin und nahm die Bettpfanne vom Wagen.

Exkremente, übel riechend und flüssig, wurden förmlich aus dem Hintern der Patientin katapultiert, spritzten über das Bett und auf die makellos weiße Schürze der Pflegerin. Zu den wilden Flüchen der Patientin gesellten sich ein paar herzhafte Schimpfworte.

Anne zog sich die Decke über den Kopf und stellte sich schlafend. Am nächsten Morgen schluckte sie die medizinischen Pflaumen klaglos. Später erlaubte man ihr, sich ein Kleid anzuziehen und in den Aufenthaltsraum zu gehen.

Von wenigen Ausnahmen abgesehen, wirkten die Gesichter der anderen Insassinnen leer und ausdruckslos. Sie murmelten Unverständliches vor sich hin, wiegten sich rhythmisch vor und zurück oder kratzten sich wie besessen wieder und wieder an derselben Stelle ihres Körpers. Die traurigste Gestalt von allen saß vollkommen reglos da und sah wie eine Leiche aus. Speichel sickerte aus ihrem Mundwinkel. Annes Magen verkrampfte sich vor Mitleid und Abscheu, und auch wenn sie sich für letzteres Gefühl schämte, konnte sie es doch nicht unterdrücken. Auf der Suche nach einem Platz weit außerhalb sah sie sich um.

In einem Sessel in der Ecke saß eine junge Frau. Im Gegensatz zu den meisten anderen, deren Kleider ihnen entweder nicht passten oder die sie völlig verdreht trugen (oder beides), wirkte sie tadellos. Keine einzige Strähne ragte aus ihrem hoch auf dem Kopf sitzenden Knoten. Ihre Augen, lebendig und eindeutig mit einem intelligenten Ausdruck, wanderten über Annes Gestalt, offenbar als Versuch, ihren Geisteszustand einzuschätzen.

Die junge Frau lächelte ihr entgegen. Unendlich erleichtert, zumindest einen weiteren normalen Menschen in dieser Hölle gefunden zu haben, trat Anne auf sie zu.

»Setzen Sie sich doch«, sagte sie und tätschelte einladend einen niedrigen Holzhocker neben ihrem Sessel. »Ich bin Victoria, und Sie sind …«

»Anne. Anne Gilpin«, erwiderte Anne und fragte sich, was diese Frau in diese Anstalt gebracht haben mochte.

»Wie lange sind Sie schon hier?«, erkundigte sie sich und wappnete sich innerlich, sich ihre Enttäuschung nicht anmerken zu lassen, falls Victorias Entlassung unmittelbar bevorstehen sollte.

»Oh, Jahre …«, antwortete Victoria leichthin.

Anne versuchte vergeblich, ihre Verblüffung zu verbergen.

»Ah, Majestät, da sind Sie ja«, sagte eine Pflegerin freundlich im Vorbeigehen. »Alles zu Ihrer Zufriedenheit, hoffe ich?«

»Einigermaßen«, gab Victoria mit einem würdevollen Nicken zurück. »Aber Sie wollen das Küchenpersonal vielleicht in Kenntnis setzen, dass mein Tee heute Morgen kalt und viel zu stark war.«

»Ich werde es an den betreffenden Dienstboten weitergeben«, versprach die Pflegerin mit ernster Miene, wenn auch kaum merklich zwinkernd, verbeugte sich und wandte sich ab, um mit einer anderen Patientin zu sprechen.

Victoria bedachte Anne mit einem resignierten Blick. »Das Personal ist auch nicht mehr das, was es einmal war. Ich bin froh, wenn ich endlich wieder nach Hause zu Albert komme.« Sie erhob sich. »Und nun muss ich ein wenig ruhen … wenn Sie mich also entschuldigen wollen.«

Verblüfft sah Anne zu, wie sie davonging.

»Das ist unsere Matilda«, erklärte die Pflegerin. »Die arme Seele glaubt, sie sei Königin Victoria.«

»Aber sie wirkt so … so normal.«

»Ja, das tut sie. Unsere Matilda ist schon ein paar Jahre bei uns. Sie würde keiner Fliege etwas zuleide tun, aber wir können sie eben nicht alleinlassen. Wenn doch, fährt sie sofort zum Hafen und macht ein Riesentheater, um auf ein Schiff nach Hause und zu ihrem Albert zu kommen. Auch wenn der arme Kerl bereits seit zweiundzwanzig Jahren tot ist.«

Anne ließ den Blick über die offenkundig Geisteskranken im Raum schweifen, die völlig verloren in ihrer eigenen Welt waren, während einige andere wie Matilda vollkommen normal wirkten. Aber wahrscheinlich besaßen auch sie den Verstand einer zermanschten Birne.

»Sie können sie ruhig ansehen und sich für etwas Besseres halten«, durchbrach die Stimme der Pflegerin ihre Überlegungen. »Aber sie sind arme Seelen … zumindest die meisten. Ihr einziges Verbrechen besteht darin, dass sie nicht ganz richtig im Kopf sind, wofür sie noch nicht einmal etwas können. Sie wurden so geboren, hatten eine Krankheit oder Ähnliches. Sie sollten sich glücklich schätzen, dass Sie gemeinsam mit ihnen eingesperrt sind, und nicht bei den Verbrechern – früher war das die Regel.«

Anne spürte, wie eine Woge der Beschämung über sie hinwegwusch. Die Worte der Frau führten ihr nur allzu deutlich vor Augen, wo sie hier war: in einer Irrenanstalt, weil sie die Trinkerei krank gemacht und sie unter Alkoholeinfluss ein Verbrechen begangen hatte. Sie war keine Mörderin oder eine Diebin, hatte jedoch in einem trunkenen Wutanfall immerhin das Eigentum eines anderen zerstört.

»Vor 1866, als das alte Krankenhaus in South Spit gebaut wurde, gab es in Hokitika keinen Ort, wo man die Geisteskranken unterbringen konnte«, fuhr die Pflegerin fort. »Bis dahin hat man sie zu den Mördern und Dieben gesperrt.«

Mit vor Verlegenheit und Scham feuchten Handflächen lauschte Anne der Frau.

»Und auch damals«, fuhr die Pflegerin, die sich inzwischen in Fahrt geredet hatte, fort, »gab es nicht genug Platz für die armen Teufel. Die, die übrigblieben, mussten nach Sunnyside in Christchurch gebracht werden. Die Provinzverwaltung hat sich zwar beschwert, wie viel ihre Verpflegung und allein die Kutschfahrt dorthin kosten, aber es ging nun mal nicht anders. Nein, meine Liebe, Sie können froh sein, dass man am Ende diese wunderbare Einrichtung gebaut hat. Andernfalls würden Sie jetzt noch übler in der Klemme stecken, als Sie es ohnehin schon tun.«

Sie tätschelte Anne freundlich die Hand und wandte sich zum Gehen. Niedergeschlagen fragte sie sich, wen sie mehr bedauern sollte, Matilda oder sich selbst. In diesem Moment sah sie ein Mädchen auf einem Hocker in einer Ecke des Raums sitzen. Sie kam ihr bekannt vor … war das nicht Libby Budd? Das musste ein Missverständnis sein. Anne betrachtete das Mädchen eingehender.

Sie schüttelte die Hand einer Frau ab, die sie ständig zu kneifen versuchte, stand auf und ging in die Ecke zu dem Mädchen. »Libby?« Behutsam legte sie die Hand auf die Schulter des Mädchens.

Libby fuhr zusammen.

Gütiger Gott, was war nur aus dem aufgeweckten, lebendigen Geschöpf geworden, seit Anne sie das letzte Mal gesehen hatte?

»Libby, Schätzchen, du brauchst keine Angst vor mir zu haben. Ich bin es, Anne Gilpin. Du hast mich bei den Bramwells im Laden gesehen. Du erinnerst dich doch bestimmt an mich, oder?«

Libby, die die Hände vors Gesicht geschlagen hatte, spreizte vorsichtig die Finger und lugte zwischen ihnen hindurch.

Beim Anblick des irren Gesichtsausdrucks des Mädchens wich Anne erschrocken zurück.

»Bei der erreichen Sie nichts«, bemerkte eine vorbeikommende Pflegerin und winkte ab. »Die ist so wahnsinnig, wie man nur sein kann. Die kommt nie wieder hier raus.«

Anne wusste, dass Libby einfältig war, doch als verrückt hatte sie sie nie betrachtet. Was um alles in der Welt hatte diesen entsetzlichen Verfall nur ausgelöst?

»Wann ist sie hergekommen? Und weshalb?«

»Eigentlich dürfte ich Ihnen das nicht sagen«, erwiderte die Frau und lachte herzhaft, ehe sie Anne alles über Libbys

Einlieferung erzählte, gewürzt mit einer anständigen Prise eigener Auslegung um einer guten Geschichte willen. »Sie leidet an Epilepsie. Ihre Anfälle werden immer schlimmer. Und sie sieht Dinge.«

»Wie meinen Sie das?«, hakte Anne nach.

Die Frau gab ein zynisches Bellen von sich. »Sie wissen schon – Leute … sie sieht tote Menschen, und Dinge, die sonst niemand sieht. Natürlich sind sie alle nur in ihrem Kopf. Das arme Ding, sie ist zu einer Gefahr für sich und andere geworden. Diese Sorte darf man nicht draußen frei herumlaufen lassen, inmitten von normalen Leuten – man weiß nie, was ihr einfällt oder auf wen sie losgehen könnte. Sie würden auch nicht wollen, dass so eine neben Ihnen wohnt, oder? Womöglich geht sie mit einer Axt auf Sie los. Und wenn man sie erst frei herumlaufen und selber Kinder bekommen lassen würde …«

Annes Blick wanderte wieder über das zusammengekauerte Bündel auf dem Hocker, und sie musste das Bedürfnis unterdrücken, sie in die Arme zu nehmen.

»Am besten, Sie halten sich von ihr fern. Inzwischen hat sie sich ein bisschen beruhigt. Wir wollen alles vermeiden, was sie aufregen könnte. Wenn sie erst mal loslegt, ist sie kaum zu bändigen.« Die Pflegerin legte Anne die Hand auf den Rücken und schob sie von Libby fort. »Kommen Sie«, sagte sie, zunehmend ungehalten, als Anne Libby weiterhin anstarrte. »Es gibt Arbeit, sogar jede Menge. Sehen Sie zu, dass Sie erst einmal wieder auf die Beine kommen. Für solche wie die hier kann man nicht viel tun.«

Kapitel 27

MAI FRISIERTE IHR Haar zum gewohnten tief im Nacken sitzenden Knoten, setzte sich ihren flachen Strohhut auf und befestigte ihn mit einer perlenbesetzten Haarnadel. Noch ein kurzer Blick in den Spiegel, dann war sie bereit für den Besuch in Seaview.

Als sie ihre Absicht, Anne in der Anstalt zu besuchen, das erste Mal verkündet hatte, war Henry alles andere als begeistert gewesen.

»Weshalb willst du dort hingehen?«, hatte er gefragt und sie angesehen, als wäre auch sie wahnsinnig geworden. »In deinem Zustand kann das doch nicht gut sein. Du weißt nicht, welche Auswirkung es auf das Baby hat, wenn dich der Anblick dort zu sehr aufregt.«

»Nicht so sehr, wie mich die Sorge quält, ob es Anne da oben gut geht. Ich ertrage die Vorstellung nicht, was in ihr vorgehen mag. Sie war immer zu nett zu mir, Henry, besonders nach dieser Sache mit Claire. Ich werde sie nicht im Stich lassen, wenn sie mich am dringendsten braucht. Außerdem kann ich bei dieser Gelegenheit auch Libby Budd besuchen. Ich bin sicher, Sylvia würde sich darüber freuen.«

Die Erwähnung von Libby hatte Henry letzten Endes überzeugt, trotzdem hatte er darauf bestanden, sie zu begleiten. »Ich werde dich auf keinen Fall allein dort oben herumlaufen lassen. Und wenn ich auch nur für eine Sekunde den Eindruck habe, dass es dir nicht guttut, bringe ich dich zurück.«

Mai war in Gedanken bei Anne, als sie den gewundenen Weg nach Seaview Terrace hinauffuhren. Unter ihnen lag die Stadt, die John Rochfort im Schachbrettmuster geplant hatte, während durch das dürre Gestrüpp am Straßenrand das Meer wie Diamanten funkelte, doch Mai hatte keine Augen für das spektakuläre Panorama.

Sie konnte sich nicht einmal annähernd vorstellen, wie Anne sich fühlte – blamiert in der ganzen Stadt, die sowohl von ihrem betrunkenen Tobsuchtsanfall als auch von der Inhaftierung und der anschließenden Einlieferung wusste, ebenso wie von ihrer »Affäre« mit Jimmy, die für manche noch viel schlimmer war. Als nun beide Einrichtungen in Sichtweite kamen, übertrug sich die bedrückende Verzweiflung all jener verlorenen und verirrten Seelen und der Inhaftierten, die für ihre Verbrechen schmorten, auf sie und erfüllte sie mit Furcht. Instinktiv zog sie die Schultern hoch und spürte Henrys besorgten Blick auf sich. Sollte sie auch nur das kleinste Zeichen von seelischer Not an den Tag legen, würde er augenblicklich kehrtmachen. Sie setzte sich auf und zwang sich zu einem Lächeln.

Das Anstaltstor war geöffnet worden, um einen anderen Besucher hinauszulassen, so dass man sie durchwinkte.

Libby Budd schlief und durfte nicht geweckt werden, informierte sie ein Pfleger. Enttäuscht folgten sie ihm den Korridor entlang zum Aufenthaltsraum der Frauen. Im ersten Moment hatte Mai Mühe, Anne zu finden, die ein Stück abseits saß. Sie hatte Gewicht verloren und starrte mit ausdrucksloser Miene vor sich hin, als ginge die geistige Beschränktheit der anderen unausweichlich auf sie über. In diesem Moment blickte Anne auf und sah die Bramwells den Raum betreten. Sie erhob sich, während sie bis zum Haaransatz errötete.

Mai verkrampfte sich innerlich beim Anblick der Frau, deren Beschämung fast mit Händen greifbar war. Ohne Henrys verärgerten Blick zu beachten, trat sie zu Anne und schloss sie in die Arme.

»Ich dachte schon, ich hätte wegen meiner Dummheit Ihre Freundschaft für immer verloren.« Anne hatte Mühe, Mai und Henry in die Augen zu blicken.

Mai trat zurück und wünschte nur, Henry möge etwas zu der flehentlich dreinblickenden Frau sagen. Stattdessen nickte er mit grimmiger Miene kaum merklich und blieb auch dann noch stehen, als Anne und Mai Platz nahmen.

Augenblicklich begann Anne, sich zu entschuldigen. »Ich hatte mein … Problem so gut im Griff. Seit einer halben Ewigkeit hatte ich keinen Tropfen mehr angerührt. Ich weiß nicht, was über mich gekommen ist. Vielleicht war es diese ganze Geschichte mit …« Ihre Stimme verklang. Sie war zu verlegen, um Jimmys Namen auszusprechen, vermutete Mai.

Unbehagliche Stille breitete sich aus. Was sagte man zu einem Menschen in einer solchen Situation? Mai hatte sich so sehr gewünscht, Anne zu sehen, doch nun, da sie vor ihr saß, fehlten ihr mit einem Mal die Worte des Trostes und der Ermutigung.

»Sie müssen versuchen, nicht darüber nachzudenken«, sagte sie schließlich und fand selbst diesen Ratschlag sofort dumm und unsinnig. Selbst dem stabilsten Menschen würde es schwerfallen, diese trostlosen Gedanken zu verdrängen, die Anne ohne jeden Zweifel quälten. »Keiner von uns ist perfekt, Anne. Das passiert uns allen«, fügte sie hinzu, sorgsam darauf bedacht, Henrys zynischen Gesichtsausdruck zu ignorieren.

»Nicht uns, ganz bestimmt nicht«, murmelte er. Mai hörte seine Bemerkung klar und deutlich, und Anne ebenfalls, wie ihre Miene verriet.

»Haben Sie irgendeine Ahnung, wann Sie entlassen werden sollen?«, fragte Mai mit lauter Stimme, als könnte sie dadurch Henrys harsche Worte übertönen.

»Sie sagen, es dauert ein paar Tage, um wieder zu Kräften zu kommen, aber bevor ich entlassen werde, brauche ich jemanden, bei dem ich bleiben kann und der für mich bürgt. Minnie Cullen würde das wohl kaum für mich tun.« Sie stieß ein bitteres Lachen aus.

Mai könnte das ebenso wenig tun, aber vielleicht könnten Henry und sie Anne ja eine Stellung anbieten? Aufgeregt wandte sie sich zu Henry um, der allem Anschein nach ihre Gedanken gelesen hatte.

»Es wird Zeit, dass wir gehen«, sagte er knapp, noch bevor sie etwas sagen konnte, und bot ihr seinen Arm.

Auf dem Nachhauseweg hing eine Stille zwischen ihnen, die in nichts dem gewohnten freundschaftlichen Schweigen glich, das sonst zwischen ihnen herrschte – tief sitzender Groll hinderte Mai daran, ihn anzusprechen, während Henry aus trotzigem Starrsinn schwieg.

Mai sah noch immer Annes verzweifelte Miene vor sich. Die Anstalt, ein einstöckiger Holzbau, war einst der ganze Stolz der Stadt gewesen und hatte als perfektes Beispiel für diese Art Einrichtung gegolten. Es verfügte über Männer- und Frauenschlafsäle, Einzelzimmer, Tagesaufenthaltsräume und sogar ein Billardzimmer für die männlichen Insassen. Doch inzwischen waren die Gebäude von innen und auch von außen heruntergekommen, da das Geld für Reparaturen und den Erhalt nicht mehr im selben Maße floss wie früher. Und die herrliche Aussicht, die die Patienten einst genossen hatten, um ihr Leid zu lindern, war mittlerweile durch denselben hohen trostlosen Zaun verdeckt, der auch das Gefängnis umgab. Die arme, arme Anne – an einem solchen Ort eingesperrt zu sein.

Wäre es Mais alleinige Entscheidung gewesen, hätte sie die Frau bei sich aufgenommen. Sie wusste, wie es war, in schlimmen Zeiten keinen Ort zu haben, wohin man gehen konnte. Doch Henry hatte keinen Zweifel an seiner Ansicht gelassen, und vor allem anderen war sie ihrem Ehemann verpflichtet.

Doch wo wäre sie heute, überlegte Mai, hätte Emily Radford, ihre einstige Nachbarin, sich vor all den Jahren nicht gegen die Wünsche ihres Ehemanns gestellt und hätte Mai nicht geholfen, vor ihrem brutalen ersten Ehemann zu fliehen? Ohne Emilys Hilfe wären Mai und Wiremu heute höchstwahrscheinlich tot.

Nein, bei allem Pflichtbewusstsein ihrem Mann gegenüber – sie konnte sich nicht zurücklehnen und nichts tun. Sie wollte gerade für Anne Partei ergreifen, als ihr Herz zu rasen begann. Nach Luft ringend, ließ sie sich gegen Henry sinken.

Anne schälte die restlichen Kartoffeln, eine ihrer täglichen Aufgaben in der Anstalt, ehe sie in den Aufenthaltsraum zurückkehrte. Mais und Henrys Besuch an diesem Nachmittag hatte sie überrascht und zutiefst gerührt, doch dann hatte sich die Stimmung zusehends verschlechtert. Dass die Aussicht, die beiden könnten für sie bürgen und ihr eine Stellung geben, gering war, hatte sie gewusst. Einer Trinkerin sein Vertrauen zu schenken, wäre ein idiotischer Akt, und Mai und Henry Bramwell waren weit davon entfernt,

Idioten zu sein. Dennoch hatte sie tief in ihrem Innern die winzige Hoffnung genährt, sie täten es dennoch, wenn auch nur so lange, bis sie wieder auf die Beine käme und nach Canterbury zurückkehren könnte.

Was für eine Närrin sie gewesen war. Sie hatte es so gut geschafft, keinen Tropfen anzurühren, ehe sie an die Küste gekommen war, um ein neues Leben anzufangen. Die Bezahlung für die Arbeit an der Bar war nicht schlecht, deshalb hatte sie inzwischen ein hübsches Sümmchen gespart. Doch an diesem Morgen hatte man ihr die Rechnung für den Schaden vorgelegt, den sie in der Bar angerichtet hatte. Es fraß ihre gesamten Ersparnisse auf und noch etwas mehr. Ohne Geld und einen Bürgen würde es Monate, vielleicht sogar noch länger dauern, bis sie entlassen wurde.

Irren-Bettys hexenartiges Gekicher hallte von den Wänden wider, als sie den Aufenthaltsraum betrat. Die Frau hüpfte im Kreis herum und zeigte mit dem Finger auf einen Mann, der vor Libby stand und masturbierte.

»Weg da! Weg von ihr, du Schwein!«, schrie Anne und machte einen Satz vorwärts.

Libby hatte sich eng zusammengerollt und die Hände vors Gesicht geschlagen.

»Oh nein, der Lurch-Mann ist wieder mal ausgebüxt.« Ein Pfleger stürzte an Anne vorbei. »So schlimm war er noch nie. Inzwischen ist er den ganzen Tag damit beschäftigt.« Er schob den Mann beiseite und fluchte, als sich ein Strahl Samenflüssigkeit auf seine Hose ergoss. »Immer ran ans junge Gemüse«, murmelte er und brachte den grinsenden Alten hinaus, der keinerlei Reue zeigte.

Anne setzte sich neben Libby. »Sie haben ihn weggebracht. Du bist in Sicherheit.«

Unvermittelt stürzte Libby sich auf Anne. Panisch versuchte Anne, sie abzuwehren, doch das Mädchen schlang die Arme um ihren Hals und presste sich zitternd gegen sie.

»Shhh, shhh«, flüsterte Anne, während sich ihr hämmernder Herzschlag allmählich beruhigte. Besänftigend strich sie mit der Hand über Libbys Rücken. »Ich lasse nicht zu, dass er dir noch einmal zu nahe kommt.« Annes Arme hätten sich mühelos zweimal um Libbys Gestalt legen können. Kaum zu glauben, dass sie bereits zwölf Jahre alt war. Im Vergleich zu Libbys Problemen erschienen ihr ihre eigenen Sorgen plötzlich banal.

Ohne jemanden, der für sie bürgte, würde sie noch länger hierbleiben müssen, als ihr lieb war. Doch sie würde die Zeit nutzen, um Libby zu beschützen und ihr in jeder erdenklichen Hinsicht zu helfen. Diese Aufgabe sollte ihr helfen, ihre eigene geistige Gesundheit zu bewahren, dachte sie beim Anblick von Irren-Betty, die sich wie von Sinnen am Kopf kratzte, so dass ihre spärlichen grauen Strähnen wild abstanden.

Kapitel 28

Teilnahmslos blickte Mai sich in ihrem Schlafzimmer um. Nichts vermochte ihre Stimmung zu heben. Nicht einmal die Tapete mit dem Muster aus leuchtend roten Mohnblüten und weißen Gänseblümchen vor dem grünen Blätterhintergrund, die sie sonst mit Stolz und Freude erfüllte.

Das Herzrasen, das ihrer Ohnmacht vorangegangen war, hatte sich mittlerweile gelegt. Doch trotz des vorsichtigen Optimismus des Doktors, der beängstigende Anfall habe weder ihr noch dem Baby geschadet, gelang es ihr nicht, ihre quälende Sorge abzustreifen.

»Sie leiden ein wenig unter Wassereinlagerungen, Mrs Bramwell. Wenn wir das Baby behalten wollen, müssen wir dafür sorgen, dass wir etwas Ruhe bekommen«, hatte er zu ihr gesagt. *Wir* – als teilte er ihren Zustand. »Und ich meine damit nicht, dass Sie dazwischen irgendwelche Kunden bedienen«, hatte er hinzugefügt und Henry streng angesehen. Doch Henry traf keine Schuld. Er hatte Mai sogar gewarnt, in die Anstalt zu fahren, und sie hatte nicht auf ihn gehört, ebenso wenig wie auf seine eindringliche Bitte, sich mehr Ruhe zu gönnen. Doch die Untätigkeit fiel ihr nicht leicht.

»Und Ihr Korsett, Mrs Bramwell. Ich würde Ihnen dringend raten, es wegzulassen. In Wahrheit ist es nichts als ein Folterinstrument für die Organe.«

Mai beruhigte ihn, sie trage niemals ein »Folterinstrument für die Organe«, schon gar nicht während der letzten drei Wochen vor der Niederkunft. Um ihrem Bauch etwas mehr Platz zu gönnen, hatte sie ihre Röcke und Oberteile so geändert, dass sie am Körper anlagen und dennoch weit genug waren, um bequem zu sein. Dank der raffiniert geschnittenen Kleider hatte sie, wie Henry es liebevoll bezeichnete, auf hübsche Weise rundlich gewirkt und nicht schwanger.

Mit ihrer Anweisung, sie solle sich ausruhen, hatten der Doktor und Henry leicht reden. Sie wusste, dass Henry und Jimmy ohne Hilfe im Laden auskamen, doch ihre häuslichen Fähigkeiten ließen eindeutig zu wünschen übrig. Wer besorgte das Kochen und Saubermachen, solange sie sich müßig die Zeit vertrieb? Sie malte sich aus, wie sich riesige Haufen fleckiger Laken und schmutziger Wäsche im Waschhaus türmten, wie Henry und die Jungen nicht anständig aßen und es im Haus aussah, als hätte eine Horde Welpen getobt.

Sie würden eine Frau einstellen müssen, die sich um den Haushalt kümmerte. Bei diesem Gedanken hob sich ihre Stimmung schlagartig. Vielleicht war das Schicksal eingesprungen, um Anne Gilpin zu helfen.

Henrys Reaktion auf Mais Vorschlag fiel genauso aus, wie sie es sich vorgestellt hatte.

»Verdammt, Mai, im nüchternen Zustand mag Anne Gilpin ja eine anständige Frau sein. Aber wenn wir sie einstellen, hätten wir keinen Moment Ruhe. Wir würden uns ständig fragen, ob sie wieder nach der Flasche grcift. Können wir dieses Risiko etwa eingehen, frage ich dich?«

Mai war bewusst, dass er möglicherweise recht hatte. »Andererseits«, wandte sie ein, »ist es doch denkbar, dass Anne nie wieder einen Tropfen anrührt, und wie sollen wir das herausfinden, wenn wir ihr keine Chance geben? Und hast du nicht selbst gesagt, du wünschtest, wir könnten uns das Gehalt einer Barkellnerin leisten, um sie anzustellen?«

»Das war, bevor ich von ihrem Hang zur Flasche erfahren habe«, erwiderte Henry stirnrunzelnd, während Mai auffiel, dass um seinen Mund nicht der gewohnt starrköpfige Zug lag.

Mit neu erwachtem Mut fuhr sie fort. »Henry, du hast Anne doch heute selbst gesehen. Ich bin noch nie einer Frau begegnet, die sich mehr für das geschämt und bereut hat, was passiert ist. Nachdem sie zuerst ins Gefängnis geworfen und dann in eine Anstalt eingewiesen wurde, wird es sicher lange, lange Zeit dauern, bis sie wieder daran denkt, auch nur an einer Flasche zu riechen, geschweige denn aus einer zu trinken.«

»Das stimmt, aber sie könnte auch ein Glas verwenden«, brummte Henry.

»Vor Kurzem erst hast du Jimmy ausgeschimpft, weil er dieser Frau keinen Heiratsantrag machte«, erinnerte Mai ihn. »Wie kannst du dich weigern, ihr Arbeit zu geben, wenn du der Meinung bist, Jimmy hätte sie im Stich gelassen? Wärst du damit nicht genauso schlecht wie er?«

»Das ist etwas vollkommen anderes«, erklärte er lahm.

»Und …«, fuhr Mai fort, »wie sollen wir so kurzfristig eine verlässliche und hart arbeitende Hausangestellte finden?«

»Es muss doch irgendwo eine Frau geben, die Erfahrung hat und garantiert nicht zur Flasche greift, oder?«, erwiderte Henry.

Mai wusste, dass Agnes Roberts froh wäre, wenigstens für ein paar Stunden pro Tag arbeiten zu können. Beim Gedanken an Bert Roberts' verzweifelte Frau neigte sie für den Bruchteil einer Sekunde dazu, Henry seinen Willen zu lassen. Doch Agnes Arbeit zu geben, wäre aller Wahrscheinlichkeit nach gleichbedeutend damit, ihrem brutalen Trunkenbold von Ehemann das Geld selbst in die Hand zu drücken, nur damit dieser es auf direktem Weg zu Minnie Cullen trug.

Mais Gedanken wanderten zu den Roberts-Kindern – zerschlissen, hungrig und selbst im bittersten Winter ohne Schuhe –, ehe sie sich Anne ins Gedächtnis rief, wie sie in dieser Anstalt saß, eingesperrt und umgeben von Menschen, die kaum mehr als leblose Hüllen waren. Ohne ihre Hilfe würde Anne auf unabsehbare Zeit dortbleiben müssen.

»Henry, ich kenne Anne und vertraue ihr. Und ich würde mich wesentlich wohler fühlen, sie anstelle einer Wildfremden um mich herum zu haben.«

»Ich hoffe, du machst keinen Fehler«, sagte Henry, noch immer zweifelnd, doch unübersehbar bereit, nachzugeben.

»Also begrüßt du die Entscheidung, Anne zu uns zu holen?« Mai war klar, dass ihr Sieg zum Greifen nahe war.

»Begrüßen wohl kaum, aber wenn du es unbedingt willst, ja, dann kann sie kommen. Aber nur, bis das Baby auf der Welt ist und du wieder auf den Beinen bist.«

Am nächsten Tag erfuhr Anne, dass sie entlassen wurde.

»Was … wie kommt denn das?«, fragte sie Mrs Gribben, die Oberschwester, überrascht und hocherfreut, ehe ihre Gedanken augenblicklich zu Libby und der Frage wanderten, wie um alles in der Welt sie ihr diese Neuigkeit beibringen sollte. Seit Anne das Mädchen vor dem unablässig masturbierenden Lurch-Mann gerettet hatte, wich Libby ihr nicht mehr von der Seite. Sie konnte nirgendwo hingehen, ohne dass das Mädchen ihr wie ein Schatten folgte.

Jimmy starrte Henry an, als wäre ihm ein Geschwür auf der Nase gewachsen. »Henry, hältst du es wirklich für eine so gute Idee, diese Frau hierherzuholen?«

»Ich sehe nichts, was dagegen spricht«, erwiderte Henry und schob aus Verärgerung darüber, dass Jimmy sein Urteilsvermögen infrage stellte, kurzerhand seine Vorbehalte beiseite, Anne Gilpin eine Stellung anzubieten. »Wieso bist du so sehr dagegen, sie hier zu haben?«, fragte er. »Ich bin mir durchaus darüber bewusst, dass du sie im biblischen Sinne … kennen magst, aber ich nehme doch an, dass das …«, fuhr er ironisch fort.

»Lass es gut sein, Henry! Tut mir leid, wenn ich das sage, aber du bist genauso schlimm wie all die anderen Idioten. Hast du nichts Besseres zu tun, als dir den lieben langen Tag das Maul über diese gedankenlose und völlig bedeutungslose Geschichte zu zerreißen?«

Henry, der Jimmys Schwäche für delikate Klatschgeschichten nur zu gut kannte, hatte Mühe, sich ein Grinsen zu verkneifen. »Na, sieh einer an, Jimmy, und dabei wollte man dich schon zum öffentlichen Ausrufer ernennen, weil du immer so gut informiert darüber bist, was in der Stadt vor sich geht. Und was kümmert es dich, ob die Leute wissen, dass du bei Anne Trost gesucht hast?«

Jimmy schüttelte langsam den Kopf und blies empört die Wangen auf.

»Und wenn wir sie zu uns holen«, fuhr Henry mit Unschuldsmiene fort, »musst du entweder in einem Bett mit ihr schlafen oder dir eine eigene Bleibe suchen, da es keine andere Möglichkeit gibt, als sie mit dir und den Jungen in einem Bett unterzubringen.«

»Oh! Nicht mal im Traum!« Jimmy stapfte zum Wiegetisch und begann, seinen Unmut an einem Käselaib auszulassen, den er so beherzt zerteilte, dass Henry fürchtete, er würde die Tischplatte in Stücke schneiden.

Leise lachend ließ er Jimmy im Laden zurück, während er sich daran machte, einen Vorhang in der Küche aufzuhängen, um eine Ecke als Schlafstatt für Anne Gilpin abzuteilen.

Nach Ladenschluss packte Jimmy mit vorwurfsvoller Miene seine Sachen und zog ins Exchange Hotel.

Annes Herzschlag beschleunigte sich zusehends, als Henry den Wagen vor dem Laden zum Stehen brachte. Sie fürchtete sich vor der Begegnung mit Jimmy. Nichts an seinem Verhalten deutete darauf hin, dass er ihre Zuneigung erwiderte. In diesem Fall wäre sie förmlich in den Laden geflogen, statt das Gefühl zu haben, im nächsten Moment einem Exekutionskommando gegenüberzustehen. Doch hätte er an jenem Abend nur den winzigsten Hauch einer Ermutigung spüren lassen, hätte sie kein Saufgelage veranstaltet und befände sich folglich nicht in dieser misslichen Lage.

Henry stieg vom Wagen und half ihr herunter.

Doch ihre Befürchtung erwies sich als überflüssig. Jimmy nickte lediglich, als sie den Laden durchquerte – jenes höfliche Nicken, mit dem man einen Wildfremden begrüßt.

Mai erwartete sie in der Küche. Anne hatte Mühe, ihr Entsetzen beim Anblick der Freundin zu verhehlen. Schwarze Schatten lagen unter den verquollenen Augen, und ihre Füße, die zu dick angeschwollen waren, um noch länger in Schuhe zu passen, waren barfuß. Anne hatte schon andere schwangere Frauen in diesem Zustand gesehen. Doch keine von ihnen hatte die Geburt überlebt.

Kapitel 29

Flankiert von zwei Pflegerinnen, saß Libby am Tisch im Speisesaal. Beim Anblick einiger anderer Frauen, die ihre Suppen gierig sabbernd hinunterschlangen, hob sich ihr Magen. Sie fühlte sich so schlecht wie am Tag ihrer Einweisung.

Mrs Gilpin hatte sie vor den schlimmsten Insassen beschützt, die in Seaview herumliefen und ihr ihre eigene verrückte Welt aufzwangen. Doch nun war sie fort – fort, um für Mr und Mrs Bramwell zu arbeiten –, und Libby war wieder allein.

Sie hatte nichts zu Abend gegessen. Sie hatte keinen Hunger. Außerdem war es ihr nicht gelungen, lange genug mit dem Schluchzen aufzuhören, um etwas essen zu können. Doch die beiden Pflegerinnen waren entschlossen, sie nicht aufstehen zu lassen, solange sie nichts zu sich genommen hatte.

»Komm, los, runter damit«, sagte die eine, die allmählich die Geduld verlor, nun scharf. Sie schob Libby einen Löffel Suppe in den Mund und rammte ihn gegen ihre Zähne, während die zweite Pflegerin ihre Arme festhielt, damit sie nicht um sich schlagen konnte. Libby keuchte und begann, nach Luft zu schnappen. Suppe lief ihr aus dem Mund.

»Ah, sieh nur, was du wieder angerichtet hast«, grollte sie. »Alles auf meine Uniform … wieder etwas, was ich sauber machen muss. Am liebsten würde ich dich mit der Nase reindrücken. Meinst du, ich hab nichts Besseres zu tun, als den ganzen Tag nur hinter dir herzuputzen?«

»Komm, das dauert mir schon viel zu lange«, herrschte die zweite Pflegerin sie an, während die beiden entnervte Blicke tauschten. »Wir bringen sie auf die Krankenstation und kriegen das Essen dort in sie hinein. Wenn wir es vor all den anderen tun, regt es sie nur unnötig auf.«

Die beiden Frauen packten Libby und zerrten sie aus dem Speisesaal. Sie strampelte wild und stemmte die Füße in den Boden. Doch Libbys Kampflust verstärkte die Entschlossenheit der beiden nur noch, also hoben sie sie hoch und trugen sie.

»Da wären wir«, sagte die eine und blieb vor der Krankenstation stehen. »Halt sie fest, während ich die Tür aufschließe.«

Libby wurde auf einen Stuhl gesetzt und an den Schultern festgehalten. Sie trat mit den Füßen um sich, in der vergeblichen Hoffnung, der Pflegerin einen schmerzhaften Hieb zu verpassen. Ihr Protest, perfekt formuliert in ihrem Kopf, kam lediglich als eine Reihe unartikulierter Grunzlaute über ihre Lippen.

Eine der Frauen verließ den Raum, während die zweite Libbys Schultern noch stärker packte. »Du kannst um dich schlagen, so viel du willst, Fräulein, aber du wirst dein Abendessen essen, ob es dir nun gefällt oder nicht.«

Panisch sah Libby sich in dem kleinen Raum um und schnappte in der Enge hektisch nach Luft. Leuchtend bunte Behälter mit Tabletten und Pulvern in allen erdenklichen Formen und Größen säumten die Regale an einer Wand, Bettpfannen, Krüge und Gummischläuche die andere. Mehrere seltsam geformte Zinklöffel mit Scharnierdeckeln und Hohlheft, die für die Verabreichung von Rizinusöl und anderen Medikamenten verwendet wurden, lagen auf einem hölzernen Rollwagen. Panik stieg wie dickflüssige Galle in ihrer Kehle auf.

Die zweite Pflegerin kehrte mit Libbys nicht aufgegessener Suppe zurück.

»Gott sei Dank, dass du wieder hier bist«, sagte die erste Pflegerin. »An der hier ist zwar nicht viel dran, trotzdem hat sie ziemlich viel Kraft. Ich bin ganz schön außer Atem. Gib mir die Schnabeltasse, ja?«

Die Brühe wurde in ein weißes Keramikgefäß gefüllt, das wie eine Sauciere mit einem langen, schmalen Ausguss aussah.

»Aaaah!« Libbys Nacken knackte, und ein stechender Schmerz durchfuhr sie, als ihr Kopf nach hinten gebogen und sie gezwungen wurde, den Mund zu öffnen. Die Tülle der Schnabeltasse schob sich zwischen ihre Lippen. Sie hustete und schnappte nach Luft, so dass die Brühe herauslief.

Wieder wurde ihr der Ausguss in den Mund gezwängt. Diesmal klappte die Pflegerin, die ihren Mund aufgerissen hatte, ihn wieder zu und hielt ihr die Nase zu, damit sie keine Luft bekam. Diese Prozedur wurde so lange wiederholt, bis keine Brühe mehr übrig war.

»So, Fräulein, dein ganzes Theater hat dir nichts genützt. Du hättest deine Suppe ebenso gut gleich aufessen können. Hätte uns eine Menge Mühe erspart.« Ihre Peinigerin zerrte sie in den Baderaum, wo sie ihr mit einem rauen Flanelllappen unsanft den Mund abwischte.

»Heiliges Kanonenrohr, wenn du nicht eine bist, die einem ständig Arbeit macht«, grollte sie.

Anschließend wurde Libby in den Schlafsaal gebracht, wo sie Besuch von der Oberschwester bekam.

»Ich dachte, sie macht Fortschritte, aber es ist schlimmer

mit ihr als je zuvor«, erklärte die Pflegerin. »Es steht mir ja nicht zu, so etwas zu sagen, doch ich frage mich, ob eine Verschärfung der Behandlung vielleicht eine Verbesserung ihres Zustands bringen könnte?«

Libby bekam einen Schluckauf. Ganz bestimmt nicht. Ihr Hinterteil war schon jetzt wund. Ständig verabreichten sie ihr Medizin, um ihre Verdauung in Gang zu bringen, wodurch ihre Anfälle von allein nachlassen sollten, behaupteten sie. Doch es schien nicht zu funktionieren. Stattdessen waren sie sogar noch schlimmer als zuvor, und in ihrem Nacken klaffte eine nässende Wunde, wo sie ihr die Haare ausrasiert hatten und irgendetwas auf die Haut auftrugen, um dafür zu sorgen, dass eine eiternde Blase entstand, die ihre Gemütsschwankungen ausgleichen sollte. Obwohl sie doch gar nicht unter Gemütsschwankungen litt! Sie war nicht verrückt wie all die anderen. *Sie* glaubten nur, sie sei es. Wegen ihrer Anfälle und weil sie nicht richtig sprechen konnte. Aber sie konnte klar denken. Solange die Worte in ihrem Kopf waren, hörten sie sich völlig normal an. Sie gerieten lediglich durcheinander, wenn sie versuchte, sie auszusprechen.

Die Oberschwester ließ sich Zeit, den Vorschlag der Pflegerin zu überdenken, während sie Libby eindringlich anstarrte.

»Ich denke, wir sollten es bei Elizabeth eher mit frischer Luft und mehr zu essen versuchen, als die Behandlung zu verschärfen«, sagte sie schließlich. »Das Kind ist viel zu dünn und blass für meinen Geschmack. Wie sich sehe, hat man ihr seit ihrer Einweisung kein einziges Mal erlaubt, nach draußen zu gehen.«

»Das nicht«, räumte die Pflegerin ein. »Ihr Zustand hat es nicht erlaubt«, fügte sie trotzig hinzu. »Ich sorge dafür, dass sie in den Garten geht, aber was das Essen betrifft …« Sie schüttelte den Kopf. »Sie hat schon Mühe, das Wenige bei sich zu behalten, das wir ihr geben.«

»Trotzdem müssen wir es versuchen«, beharrte die Oberschwester. »Gutes Essen, frische Luft und geistige Ablenkung sind die richtigen Mittel für all diese Patienten.«

»Wie sie wünschen«, erklärte die Pflegerin unterwürfig. »Reine Zeitverschwendung, wenn man mich fragt«, brummte sie Libby zu, als die Oberschwester gegangen war. »Ich nehme an, bei dir hilft überhaupt nichts.«

Libby saß auf der Veranda und wartete auf das Ende des Regens. An guten Tagen erlaubte man ihr, im Garten zu helfen, statt in der Küche oder in der Wäscherei. Doch ihr war es wesentlich lieber, draußen zu sein, unabhängig davon, welches Wetter herrschte, und sie packte jede sich bietende Gelegenheit beim Schopf.

Inzwischen war sie lange genug in Seaview, um zu wissen, dass die Geisteskrankheit bei einigen der weiblichen Patienten nicht ganz so ausgeprägt war. Und sie hatte sich an den leeren Blick der anderen gewöhnt, an ihre seltsamen Angewohnheiten, an ihr gackerndes Lachen über irgendeinen Witz, den nur sie selbst hören konnten, an ihre Selbstgespräche. Mittlerweile erschienen sie ihr beinahe normal. Doch die Wenigen mit den unkontrollierbaren Launen und Wutausbrüchen, bei denen sie mit irgendwelchen Gegenständen um sich warfen, ja sogar schweren Möbelstücken, bereiteten ihr Angst, deshalb ging sie ihnen aus dem Weg.

Was mochte ihre Mutter wohl machen?, fragte sie sich. Und Jack? Könnte sie doch nur die Zeit zurückdrehen. Zurück zu diesen Jahren, als Vater noch gelebt hatte und bevor Arnold Price in ihr Leben getreten war. Damals hatten alle ihre Versprechen gehalten. Doch nun würde sie für immer hier an diesem Ort bleiben müssen, und Arnold hatte ihr geschworen, er bringe ihre Mutter um, wenn sie ihr verrate, was sie wusste.

Libby zweifelte keine Sekunde daran, dass er seine Drohung wahrmachen würde. Er war grausam und gemein. Wie er Bobby, dieses winzige, schwache Katzenbaby, in Nippers Korb geschleudert und ihr die Schuld daran in die Schuhe geschoben hatte. Allein bei der Erinnerung daran, wie er ihm den Schwanz abgeschnitten hatte, überlief sie ein eisiger Schauder. Sie sah das Bild klar und deutlich vor sich, als wäre es gestern gewesen. Bobby war ins Gebüsch geflohen, und sie hatten ihn nie wieder gesehen. Libby schmerzte das Herz beim Gedanken daran, dass ihr armer Kater ohne jede Hilfe gestorben war.

Mit einem Mal kehrten all ihre hasserfüllten Erinnerungen wieder zurück. Dieser Mann war so hinterhältig gewesen: Er hatte sie des Diebstahls beschuldigt, dabei hatte er selbst das Geld in ihrem Zimmer versteckt. Und was war mit dem Tag, als sie die Scheune abgerissen hatten? Er hatte nur dagestanden und hätte zugelassen, dass ihr Vater von einem Holzblock erschlagen wurde. Hätte sie ihn nicht aus seinem Tagtraum gerissen, wäre ihr Vater schwer verletzt worden. Doch Arnold hatte für sich in Anspruch genommen, Vater gerettet zu haben, und Mutter hatte ihn dafür bewundert und für einen anständigen Kerl gehalten.

Und noch viel mehr, als er ihr am Abend ihres Geburtstags Pudding nach draußen gebracht hatte, obwohl der ihr von Vater verboten worden war, weil sie Arnolds Gebiss mit Schuhwichse geschwärzt hatte. Doch er hatte ihr den Pudding nicht gegeben, sondern ihn lachend vor ihrer Nase hin und her geschwenkt und ihn schließlich an Nipper verfüttert.

Sie hatte ihn nie gemocht, von Anfang an nicht, als er an ihre Tür geklopft hatte. Hätte sie ihn doch nur nicht dabei beobachtet, wie er sich am Tag nach dem Sturm dieses Tuch ums Gesicht gebunden hatte. Es hatte wie ein schwarzer Bart ausgesehen, und in diesem Augenblick war die längst vergessene Erinnerung zurückgekehrt. Sie hatte ihn als denjenigen wiedererkannt, der den armen Mann im Sumpf getötet hatte. Und danach war Price sogar noch gemeiner zu ihr gewesen.

Oh, wie gerissen dieser Mann war – viel, viel gerissener, als sie damals gewusst hatte. Und nun würde sie ihr Zuhause nie wiedersehen. Ebenso wenig wie Nipper oder Mutter oder Jack.

Sie taumelte den Weg entlang, während sich ihre salzigen Tränen mit den Regentropfen vermischten.

Kapitel 30

Am nächsten Morgen rang Libby beim Aufwachen nach Luft. Ihre Kehle schmerzte, und ihr Gesicht fühlte sich glühend heiß an.

»Heda! Was ist los?«, dröhnte die Stimme der Pflegerin in ihrem Ohr, als sie sich an ihr Bett klammerte.

»Du bist hier nicht im Hotel, Fräulein, sondern verdienst dir gefälligst deinen Lebensunterhalt. Und jetzt raus aus diesem Bett. Wenn du dich nicht beeilst, verpasst du noch das Frühstück.« Ihre Stimme wurde vom durchdringenden Schrillen der Feuerglocke übertönt. In Wahrheit wurde sie nie geläutet, um vor einem Brand zu warnen, sondern um die arbeitsfähigen Patienten zu ihren diversen Aufgaben in der Anstalt zu schicken oder herbeizurufen.

Mit klappernden Zähnen kämpfte Libby sich mühsam aus dem Bett. Sofort wich das Gefühl glühender Hitze entsetzlicher Kälte, und ihre Beine fühlten sich an, als wären sie nicht länger Teil ihres Körpers. Sie hatte Mühe, sich anzuziehen, und zuckte vor Schmerz zusammen, als ihr Kragen über die allmählich heilende Wunde des Haarseils in ihrem Nacken kratzte.

Endlich schaffte sie es, in den Speisesaal zu kommen, aber das Frühstück war beendet und der lange Tisch abgeräumt. Welche Rolle spielte das schon? Ihr Hals schmerzte so sehr, dass sie kaum ihren eigenen Speichel schlucken konnte, geschweige denn das klebrige Porridge.

Sie tappte hinaus in den Schuppen, um die Gartenutensilien zu holen, und zerrte den Rechen in den Gemüsegarten, auch wenn ihr selbst diese winzige Anstrengung sämtliche Energie raubte. Sie starrte zu Boden, sah, wie er immer näher kam. Dann legte sich Dunkelheit um sie.

Als sie wieder erwachte, schien das Gesicht der Oberschwester über ihr zu schweben, ehe ein zweites Gesicht in ihrem Gesichtsfeld erschien.

»Wir haben sie auf dem Pfad liegend gefunden, Oberschwester. Ich sag es ja ungern, aber mir scheint, sie ist für die Gartenarbeit oder sonstige Tätigkeiten im Freien nicht geschaffen. Und wenn man sich ansieht, wie mager sie bleibt, egal was wir ihr geben: Sie isst immer noch nicht genug, um auch nur eine Schnecke am Leben zu erhalten.«

Eine kühle Hand strich behutsam über Libbys Stirn. Einen köstlichen Augenblick lang glaubte Libby, sie sei wieder zu Hause und spüre die Hand ihrer Mutter.

»Und uns bleibt nichts anderes, als die Behandlungen zu verschärfen«, sagte die Oberschwester.

Nachdem sie gegangen war, meinte die Pflegerin leise zu jemandem, den Libby nicht sehen konnte: »Ich hab ja die ganze Zeit gesagt, die Abführmittel sind das einzig Richtige gegen ihre Anfälle und all das. Sie ist nicht kräftig genug, um anständig im Garten anzupacken. Das sollte man besser denen überlassen, die das können.«

Also würde man sie zwingen, noch mehr Medizin zu schlucken, und ihr dieses widerwärtige Ding in den Hintern schieben. Sie versuchte, aus dem Bett aufzustehen, doch je mehr sie sich bemühte, ihre Arme und Beine zu bewegen, umso weniger schienen sie gehorchen zu wollen. Sie driftete dem Schlaf entgegen, gequält von Teufelsgesichtern, die Arnold Price ähnelten, und Bildern von Bobby, dessen abgetrennter, bluttriefender Schwanz ihm aus dem Maul hing.

Sie hatte keine Ahnung, wie lange sie geschlafen hatte, doch als sie aufwachte, war Mrs Gribben bei ihr.

»Endlich bist du wieder wach, junge Dame.« Ein erleichtertes Lächeln breitete sich auf den bedrückten Zügen der Oberschwester aus. »Du hast so lange geschlafen, dass wir schon dachten, du schlägst die Augen überhaupt nicht mehr auf. Hier ist Besuch für dich.«

Erwartungsvoll setzte Libby sich auf. Mutter oder Jack vielleicht? Ihr eifriges Lächeln erstarb, als Mrs Gilpin den Raum betrat.

Mit der Warnung, nicht allzu lange zu bleiben, ließ Mrs Gribben Anne zurück.

Anne begann, mit Libby zu plaudern, und registrierte besorgt die Teilnahmslosigkeit des Mädchens. Nachdem sie sie während ihres Aufenthalts hier unter ihre Fittiche genommen hatte, war das Mädchen eine Spur lebhafter geworden und hatte stets auf sie reagiert. Doch nun zeigte sie den leeren Ausdruck einer Schwachsinnigen, und sie hatte noch mehr Gewicht verloren, was ihre Augen viel zu riesig für das schmale Gesicht wirken ließ.

Libby war wieder eingedöst, wie Anne mit einem Anflug von Erleichterung feststellte, nachdem sie ihren Vorrat an trivialen Gesprächsthemen aufgebraucht hatte. Nach Libbys Reaktionen zu urteilen, hätte Anne sich ebenso gut mit einer Porzellanpuppe unterhalten können.

Die Warnung der Oberschwester, nicht zu lange zu bleiben, im Ohr, stand sie auf.

»Sie gehen wieder, ja?«, fragte die Pflegerin, die in diesem Moment hereinkam.

Anne nickte. »Das arme Kind. Ich höre, ihre Mutter und ihr Stiefvater verkaufen das Geschäft und ihr Haus und ziehen nach Canterbury. Das heißt hoffentlich, dass sie vorhaben, Libby zu sich zu holen.«

In diesem Moment drang ein scharfes Zischen aus Libbys Mund. Anne drehte sich um und registrierte schockiert, wie Libby versuchte, sich aufzusetzen, während ihre Augen in den Höhlen nach hinten kippten und sie wild mit Armen und Beinen auf die Matratze einschlug.

»Oh, gütiger Gott, was passiert mit ihr? Stirbt sie?«

Die Pflegerin lief zum Bett und hielt Libby fest, damit sie nicht aus dem Bett fallen konnte. »Sie hat einen Anfall. Es ist kein schöner Anblick. Am besten, Sie gehen jetzt.«

Anne konnte gar nicht schnell genug wegkommen.

Das Erste, was Libby wahrnahm, als sie wieder zu sich kam, war ein Gesicht mit rosigen Wangen und einer gebogenen Nase, das unangenehm dicht über ihr schwebte.

»Mund auf und runter damit.« Ein Löffel, der groß genug war, um ihren gesamten Mund auszufüllen, wurde zwischen ihre Lippen geschoben. Sie würgte beim Geschmack der bitteren Medizin.

»Ich hab's der Oberschwester doch gleich gesagt, oder?«, erklärte die Pflegerin verärgert. »Ich hab ihr gesagt, dass du nicht für die Arbeit im Freien geeignet bist. Ich hab ihr gesagt, wir sollten deine Behandlung verschärfen. Aber hat sie auf mich gehört? Nein, natürlich nicht. Und jetzt hat dich der Tod in den Fängen, und wir dürfen zusehen, dass wir ihn wieder vertreiben. Als hätten wir nicht schon genug Arbeit.«

Libby wartete, bis die Pflegerin den Raum verlassen hatte, und spuckte die Medizin aus.

Noch zwei weitere Male an diesem Tag kamen sie mit ihrer Medizin.

»Es bringt nichts, sie aufzuwecken und ihr etwas zum Schlafen zu geben, wenn sie's sowieso schon tut«, hörte sie eine Pflegerin beim ersten Mal flüstern.

»Aber der Doktor hat angeordnet, ihr das hier zu geben«, protestierte die andere.

»Ha! Sie schreit nur das ganze Haus zusammen, wenn wir sie wecken, außerdem kriegt sie wieder einen ihrer Anfälle. Los, Meg, lassen wir das Mädchen schlafen. Es muss ja keiner mitkriegen.«

Es entstand eine Pause, während Meg den Vorschlag überdachte, dann ertönten schwere Schritte, die beiden entfernten sich. Als sie das nächste Mal auftauchten, stellte Libby sich schlafend. Die Schritte kamen lediglich bis zur Tür. Sie spürte, dass sie sie beobachteten, und kreuzte die Finger.

»Schläft immer noch tief und fest«, stellte die eine fest.

»Tja, mein Mann, Gott hab ihn selig, hat immer gesagt, weck niemals einen schlafenden Hund, es sei denn, du willst, dass er dich in die Hand beißt«, sagte die andere. Ein leises Lachen, dann gingen sie wieder.

Libby zog sich die Decke über den Kopf, um die anderen Insassinnen nicht zu ermutigen, sich ihr zu nähern. Die Nachricht von Mutters und Jacks Plänen, mit Arnold Price nach Canterbury zu ziehen, hatte sie zutiefst erschüttert. Sie würden sie niemals zu sich holen. Dafür würde Arnold Price schon sorgen. Sie würde sie nie wiedersehen. Ohne diesen winzigen Hoffnungsschimmer könnte sie ebenso gut tot sein. Und müsste damit auch keine ihrer widerlichen Behandlungen mehr über sich ergehen lassen.

Sie wartete, bis das Licht gelöscht war und die Schnarchlaute, das Seufzen und Wimmern verrieten, dass die anderen Patientinnen tief und fest schliefen, und schlüpfte aus dem Bett. Eilig zog sie sich an. Mit den Schuhen in der Hand schlich sie aus dem Schlafsaal, durch den dunklen Aufenthaltsraum und über den Korridor zum Büro.

Ein Wachmann döste hinter einem breiten Schreibtisch. Auf der einen Seite der Wand hing ein Schlüsselbund. Mit hämmerndem Herzen schob sie sich an ihm vorbei. Er hustete genau in jenem Augenblick, als sie die Finger um den Schlüsselbund schloss. Sie griff so fest zu, dass sich die Zinken in ihre Hand schnitten, doch der Wachmann schlief weiter. Das Herz schlug ihr bis zum Hals, als sie sich aus dem Büro pirschte.

Die äußere Tür ließ sich mit dem dritten Schlüssel öffnen, den sie ausprobierte. Sie zog ihre Schuhe an und hastete den Pfad entlang. Das Tor war verschlossen. Sie probierte einen Schlüssel nach dem anderen, bis ihre Handflächen nach säuerlichem Schweiß und Metall stanken. Doch keiner passte ins Schloss.

Sie hörte nichts als das Blut, das in ihrem Kopf rauschte und ihren Verstand zu betäuben schien.

»Innehalten und nachdenken, Mädchen«, hallte die Stimme ihres Vaters in ihrem Kopf wider. »Einatmen, schön tief und langsam.«

»V-Vater«, flüsterte sie und machte einige tiefe, pfeifende Atemzüge, ehe sie eilig die Hand am ihrem Kleid abwischte und es noch einmal versuchte. Beim ersten Schlüssel sprang das Schloss klickend auf.

Im Mondschein sah der Garten vollkommen anders aus, keineswegs so einladend wie bei Tageslicht. Zögerlich stand sie da. Ein schrilles Heulen zerriss die nächtliche Luft, als eine Insassin im Schlaf von ihren Qualen heimgesucht wurde. Libby lief los wie auf der Flucht vor dem leibhaftigen Teufel, den Pfad hinunter und am Gestrüpp entlang, das den Wegesrand säumte, bis zur ersten Stelle, wo sich eine Lücke bot. Sie arbeitete sich durchs Gebüsch bis zu der gewundenen Straße, die den Hügel hinabführte.

Kapitel 31

MAI SCHWEBTE ZWISCHEN Wachen und Schlafen und regte sich kaum, als Henry ins Bett kam, das Licht ausknipste und sich in der Dunkelheit an sie schmiegte.

»Gute Nacht, Alyssa Mai, und ich entschuldige mich, solltest du ein Allan Michael oder etwas in dieser Richtung sein«, murmelte er und strich mit der Hand über Mais ausladenden Leib.

Sie hätte leise gelacht, wenn sie die Energie dafür aufgebracht hätte.

»Das erste Mal seit einer halben Ewigkeit, dass keiner spätabends an die Tür klopft und etwas haben will, das er am Tag vergessen hat.«

Er drehte sich auf den Rücken und stieß einen köstlichen Seufzer aus, der unvermittelt in einen Fluch umschlug.

»Zum Donnerwetter noch mal! Zu früh gefreut«, grollte er, richtete sich auf und knipste das Licht an.

Mai presste sich das Kissen auf den Kopf, um sich seine Flüche nicht anhören zu müssen, während sie vage das Klopfen an der Ladentür vernahm, gefolgt von einem alles andere als vagen Schrei aus Henrys Mund, als er aus dem Bett sprang und sich den Zeh an der Kommode stieß.

»Lass doch ein einziges Mal gut sein«, murmelte Mai. »Wer auch immer es ist, er oder sie wird schon wieder gehen, wenn keiner öffnet.«

Unentschlossen stand Henry da, doch das Klopfen wurde immer lauter und eindringlicher.

Er schlüpfte in Hose und Hemd und machte sich auf den Weg, um die Tür zu öffnen.

»Es sind ein paar Leute aus der Anstalt«, sagte er zu Mai, als er ins Schlafzimmer zurückkam. »Sie stehen in der Küche und reden mit Anne. Die junge Libby Budd ist verschwunden. Sie glauben, sie sei hergekommen, weil sie Anne kennt, oder sie könnte versuchen, sich nach Hause durchzuschlagen.« Henry ging wieder in die Küche.

Mai lauschte den Gesprächsfetzen, die herüberdrangen. Sie wollte gerade aufstehen, als Henry erschien.

»Ich nehme den Wagen und helfe ihnen bei der Suche. Sie fahren den Weg zu Sylvia ab, falls sie in diese Richtung gegangen ist.«

Mai war dankbar für Annes Gesellschaft, als die Männer aufgebrochen waren. Es tröstete sie, eine weitere Erwachsene im Haus zu haben, besonders wo die Geburt so unmittelbar bevorstand. Sie setzte sich im Bett auf und unterhielt sich leise mit Anne. Beide Frauen machten sich große Sorgen um Libby, die ganz allein dort draußen in der Dunkelheit herumirrte.

Wiremu kam ins Schlafzimmer und rieb sich die Augen. »Kommt das Baby?«, fragte er.

»Nein. Libby Budd ist aus der Anstalt verschwunden, und dein Vater hilft bei der Suche. Am besten gehst du wieder ins Bett. Es gibt nichts zu tun, bis man sie gefunden hat.«

Wiremu ging in die Küche und nahm den Rest des kalten Rinderbratens heraus, als er sicher war, dass Anne und seine Mutter nicht hinsahen. Er schnitt mehrere dicke Stücke ab und fuhr erschrocken zusammen, als er Dons Stimme hinter sich hörte. »Kann ich auch was haben?«

»Greif zu«, murmelte Wiremu mit vollem Mund.

»Wieso bist du auf?«, frage Don schlaftrunken, dem das Haar wild vom Kopf abstand.

Ehe Wiremu antworten konnte, nahm er ein leises Scharren wahr.

»Da draußen ist etwas«, flüsterte Don.

Wiremu bedeutete seinem Bruder, den Mund zu halten, nahm den Schürhaken vom Kamin, pirschte zur Tür und riss sie auf. Ein Schrei entfuhr ihm, als eine Gestalt über die Türschwelle in die Küche taumelte.

»Schnell, geh und hol Ma!«, sagte er, als er Libby erkannte.

Dan wich entsetzt vor der zerzausten Gestalt zurück.

Anne kam aus dem Schlafzimmer geeilt. »Oh gütiger Himmel! Wo warst du nur, Libby? In Seaview herrscht helle Aufregung. Alle suchen nach dir.«

»H-hier b-b-bleiben?«, brachte Libby mühsam heraus.

Wiremu hob Libby hoch und hielt sie am Arm fest, als sie ins Schwanken geriet.

»B-bleiben?«, wiederholte sie.

Anne ging in die Hocke, so dass sie sich auf Augenhöhe mit Libby befand. »Oh, Libby, Liebes. Du kannst nicht hierbleiben. Sie werden es nicht zulassen.«

Wiremus Furcht vor Libby war längst verflogen. Er hatte gesehen, wie sanftmütig sie mit den Kätzchen umgegangen war, und wusste, dass sie ihm nichts tun würde, solange er sie gut behandelte.

»Man kann sie nicht an diesen Ort zurückschicken«, sagte er. »Das ist doch jedem klar, wie sehr sie ihn hasst. Warum wäre sie sonst weggelaufen? Sie sieht entsetzlich aus. Wenn sie dort bleibt, wird es ihr nicht besser gehen, sondern immer schlechter.«

Ein Schrei drang aus dem Schlafzimmer seiner Mutter.

Panisch blickte Anne über ihre Schulter, dann sah sie Libby an. »Ich muss mich um deine Mutter kümmern«, sagte sie zu Wiremu. »In der Zwischenzeit gehst du los und schaust, ob du jemanden von den Leuten aus der Anstalt findest. Sag ihnen, wir hätten Libby gefunden.«

»Neiiiin!« Libby stampfte mit dem Fuß auf und umklammerte Wiremus Hand.

Aus Angst, sie könnte gleich einen Anfall bekommen, versuchte er, sie dazu zu bewegen, sich hinzusetzen, doch sie stand stocksteif da.

»Es kommt alles wieder in Ordnung, Libby«, sagte er und hatte Mühe, seine eigene Aufregung zu unterdrücken. Doch er wusste, dass nicht alles in Ordnung kommen würde. Nach allem, was er von der Anstalt gehört hatte, würde sie sicher sterben, wenn sie sie dorthin zurückbrachten – genauso gut könnte er das Gewehr nehmen und sie erschießen. Es *musste* doch irgendeine Möglichkeit geben, ihr zu helfen. Verzweifelt blickte er sich in der Küche um, als sein Blick auf die hintere Eingangstür und die Fliegentür fiel. »Schnell«, zischte er und zog Libby zur Tür.

»Wohin willst du?«, fragte Don, der ihnen gefolgt war.

»Ich suche nach den Leuten aus der Anstalt. Wir gehen hinter dem Haus entlang und durch die Gasse bis zur Straße. Du bleibst hier.« Wiremu schob Don ins Haus zurück.

»Wieso nimmst du sie mit?«

»Damit die Leute, die nach ihr suchen, nicht noch einmal herkommen müssen, um sie zu holen«, erklärte Wiremu – bereits die zweite Lüge an diesem Abend. »Sag Mrs Gilpin, ich hätte sie mitgenommen.«

Libby begann, sich zu wehren. Wiremu, der Mühe hatte, sie festzuhalten, trat mit dem Fuß die Hintertür zu.

»Hör auf, Libby«, flüsterte er. »Ich bringe dich nicht in

die Anstalt zurück, ich versprech's. Du kannst dich im Lager verstecken. Sie werden dich nicht finden, solange du dich nur versteckt hältst, wenn jemand kommt.«

Er zog die Tür zum Lager auf und schob Libby in den Raum. Ihr Widerstand erlahmte, trotzdem spürte er ihr Zittern, als er ihr die Hand auf den Rücken legte und sie weiter in den Raum schob. Er trat vor eine Reihe sorgfältig aufgestapelter Schachteln und Zuckersäcke. »Versteck dich hier, wo man dich von der Tür aus nicht sehen kann«, wies er sie an. »Ich bleibe lange genug hier, damit Don glaubt, wir wären weggegangen, dann bringe ich dir eine Decke und etwas zu essen.«

»Ich glaube, die Wehen haben eingesetzt«, sagte Mai, als Anne das Schlafzimmer betrat. »Es ist noch früh.« Sie sah bestürzt aus. »Oh, Anne, meinen Sie, dem Baby geht es gut?«

»Natürlich geht es ihm gut. Und jetzt legen Sie sich hin und hören auf, sich Sorgen zu machen. Es tut weder Ihnen noch dem Baby gut, wenn Sie das tun«, erklärte Anne mit einer Zuversicht, die sie keineswegs empfand. »Vielleicht ist es nur falscher Alarm«, fügte sie hoffnungsvoll hinzu.

Mais Gesicht verzerrte sich.

»Wieder eine Wehe?«

Mai nickte. »Diesmal noch schlimmer.«

Anne, die wünschte, sie könnte ihrem eigenen Ratschlag folgen und sich keine Sorgen machen, ließ sich aufs Bett sinken. Es würde eine lange Nacht werden.

Arnold gab die Zügel frei und ließ die Pferde nach ihrem eigenen Gutdünken laufen. Sie hatten den Wagen schon so oft nach Hokitika gezogen, dass sie die Straße wesentlich besser kannten als er selbst, ganz besonders bei Nacht. Er hatte gerade seine Stiefel ausgezogen, als Bramwell sie mit der Nachricht von Libbys Flucht aus dem Bett geholt hatte. Er hätte keine Sekunde geglaubt, dass sie genug Grips haben könnte, sich aus dem Staub zu machen.

Betrübt sah er zu Sylvia hinüber, die in eine Decke eingehüllt neben ihm saß. Seit einiger Zeit schien es, als könnte er keinen Schritt mehr ohne sie tun. Er hatte ihr gesagt, sie solle zu Hause bleiben, für den Fall, dass Libby dorthin käme, doch sie hatte nicht hören wollen.

»Falls sie das tut, ist Jack hier. Aber ich finde keine Ruhe, wenn ich nicht mit dir komme«, hatte sie mit entschlossener Miene erklärt. Es wäre reine Zeitverschwendung gewesen, hätte er versucht, sie von ihrer Meinung abzubringen.

Inzwischen sollte er längst auf dem Weg nach Australien sein, und zwar ohne seine nervtötende Ehefrau. Er hatte gedacht, das Haus und die Fabrik ließen sich sehr schnell verkaufen, doch offenbar zog jeder aus Stafford fort. Nur wenige Männer hatten genug Geld zur Verfügung, und all jene, die es besaßen, waren nicht am Kauf eines Hauses in dieser Gegend interessiert.

Stafford hatte seine besten Tage längst gesehen, doch er wollte verdammt sein, wenn er all die Zeit und Arbeit dafür aufgewendet hatte, einer alternden, lästigen Frau den Hof zu machen und mit ihr das Bett zu teilen, nur um am Ende mit leeren Händen dazustehen. Wenn er das Haus und die Fabrik nicht verkaufen konnte, würde er das alles notfalls versichern und selbst anzünden.

Er richtete den Blick nach vorn und sah, wie die Entfernung zu Bramwells Wagen immer größer wurde. Er ließ die Peitsche auf die Flanken der Pferde niedersausen, ohne Sylvias Schreckensschrei zu beachten, als sie an Tempo zulegten und sie auf dem Sitz nach hinten gedrückt wurde. Im nächsten Moment wurde er selbst hochgerissen und prallte unsanft auf den Sitz zurück, ehe sich der Wagen abrupt zur Seite neigte und schließlich vollends umkippte.

Anne hatte Mais Rücken so kräftig massiert, dass ihre Arme schmerzten. Wahrscheinlich war es nicht sonderlich hilfreich, um die Schmerzen zu lindern, aber zumindest gab es ihr das Gefühl, ein klein wenig geholfen zu haben. Und die in den Wehen liegende Frau schien ihre Berührung als halbwegs tröstlich zu empfinden. Mittlerweile waren die Abstände zwischen den Wehen sehr kurz. Ihr Gesicht glänzte vom Schweiß, und ihr Atem kam schnell und stoßweise.

Schwere Gewissensbisse plagten Anne. Sie fühlte sich schrecklich, weil sie Libby in die Anstalt zurückgeschickt hatte. Wiremu hatte ihre eigenen Gedanken ausgesprochen, als er gemeint hatte, Libbys Zustand verschlechtere sich in der Anstalt nur noch. Aber was hätte sie denn sonst tun sollen?

Sie sah Mai an und verzweifelte beinahe an ihrem Unvermögen, der Chinesin zu helfen, die sich versteifte und einen lauten Schmerzensschrei ausstieß. Beim dritten Kind konnte eine Geburt doch nicht so lange dauern, oder? Mai war völlig erschöpft und zum Glück kaum noch bei Bewusstsein.

Anne hatte schon vor Stunden nach der Hebamme geschickt, die jedoch mit der Geburt eines anderen Kindes beschäftigt war. Sie hatte ihnen ausrichten lassen, sie komme so schnell wie möglich.

Die Härchen in Annes Nacken sträubten sich, als Mai ein schmerzerfülltes Stöhnen ausstieß. Harsch und guttural drangen die Laute unaufhörlich über Mais Lippen. Anne zog das Laken beiseite und sah bereits das Köpfchen des Babys.

Es waren Henry und Michael Hennessy, ein Pfleger aus Seaview, die Sylvia schließlich halfen, auf Henrys Wagen zu steigen. Arnold Price, den das Wohlergehen seiner Frau nicht zu kümmern schien, kletterte auf den Bock und quetschte sich neben Henry und Michael, statt hinten neben Sylvia zu sitzen.

Zum Glück für Price besaß Sylvia kräftige Lungen, dachte Henry. Ohne ihre hysterischen Schreie hätten sie wohl nicht mitbekommen, dass der Wagen der Prices ein Rad verloren hatte. Möglicherweise wären sie noch viele Meilen gefahren, bis ihnen aufgefallen wäre, dass ihnen der Wagen nicht länger folgte. Dabei hätte Price nicht weit gehen müssen, um Hilfe zu holen. Vor Kurzem waren sie an einem Farmhaus vorbeigekommen, in dem Licht brannte. Zweifellos war die Hausfrau noch wach und nähte für ihre Familie, die längst in den Betten lag, so wie es die meisten Frauen taten. Am nächsten Morgen standen sie um fünf Uhr wieder auf, um die Kühe zu melken und Brot zu backen, ehe sie sich ums Frühstück kümmerten.

Das Los einer Frau war nicht einfach, musste Henry zugeben.

»Sie haben sich doch nicht wehgetan, als sich das Rad gelöst hat?«, fragte er Sylvia, blickte über die Schulter und bemerkte ihren angespannten Gesichtsausdruck.

»Ihr ist nichts passiert«, erklärte Arnold anstelle seiner Frau, zog die Schultern hoch und massierte sich das Genick. Leider, hätte er am liebsten hinzugefügt. Als er gemerkt hatte, was passierte, hatte er den Impuls verspürt, ihr einen Stoß zu versetzen, in der flüchtigen Hoffnung, sie möge unter den Wagen geraten und darunter zerquetscht werden. Doch sie hatte so laut gebrüllt, dass ihm beinahe das Trommelfell geplatzt war. Und leider hatte sie ihn am

Kragen gepackt und sich daran festgehalten, so dass er kaum noch Luft bekommen hatte.

Sylvia brach erneut in Tränen aus. »Es ist meine Schuld, dass Libby weggelaufen ist«, stieß sie zwischen zwei Schluchzern hervor. »Ich habe doch selbst gesehen, in welchem Zustand sich einige der Leute in dieser Anstalt befinden, und da hätte ich sie niemals an diesem entsetzlichen Ort zurücklassen dürfen.«

Michael Hennessy wandte sich zu ihr um. »Verzeihung, Mrs Price«, erklärte er mit einem empörten Unterton, »aber es gibt eine Menge Patienten, die aus Seaview entlassen wurden, und einige sind heute noch dort, die nur Gutes über die Anstalt zu sagen haben. Es ist eine gute Einrichtung, und ich bin stolz, sagen zu dürfen, dass ich dort arbeite. Ihre Tochter wird in guten Händen sein, wenn wir sie gefunden und zurückgebracht haben.«

Arnold, der Hennessy bislang kaum Beachtung geschenkt hatte, weil er ihm reichlich zugeknöpft erschienen war, warf dem Mann einen dankbaren Blick zu. »Hast du das gehört, Sylvia? Aus dem Mund eines Experten. Und nun mach dir weiter keine Sorgen. Ich bin sicher, du wirst feststellen, dass Libby nichts passiert ist.«

»Sie hatte im Lauf der Jahre ihre Phasen, die mich manchmal schier haben verzweifeln lassen, das will ich gar nicht abstreiten. Aber sie ist mein eigen Fleisch und Blut, und ich hätte sie niemals einweisen dürfen«, fuhr Sylvia fort, als hätte sie Arnold nicht gehört.

Arnold lauschte mit wachsendem Entsetzen. Er würde diesem Gedankengang augenblicklich ein Ende bereiten müssen. Das Letzte, war er wollte, war, dieses kleine Miststück wieder zu Hause zu haben. »Sylvia«, sagte er, wandte sich um und sah seiner Frau tief und eindringlich in die Augen. »Du hast selbst gesehen, was dieses Kind mir angetan hat. Und nicht nur einmal. Wenn ihr Verhalten nicht rachsüchtig und gehässig war – geistig getrübt von Zorn und Wahnsinn –, dann weiß ich auch nicht.«

Doch diesmal ließ Sylvia sich nicht einfach manipulieren.

»Ich weiß, du glaubst, sie hätte dich aus reiner Boshaftigkeit angegriffen, Arnold«, sagte sie, während ihr Schluchzen allmählich verebbte. »Und ich dachte das zu Beginn auch. Aber jetzt muss ich mich fragen, ob ihr nicht etwas so große Angst eingejagt hat, und sei es nur in ihrer Einbildung, dass sie sich gewehrt hat, ohne darüber nachzudenken. Schließlich kann sie nicht sprechen und erzählen, was sie quält.«

Ehe Arnold Sylvias Argumenten, die der Wahrheit gefährlich nahekamen, widersprechen konnte, ergriff Henry das Wort.

»Das wäre durchaus möglich, Sylvia. In den letzten Monaten ist ihr ganzes Leben aus den Fugen geraten. Hart genug für einen geistig normalen Menschen – und ich möchte damit keinesfalls respektlos klingen«, fügte er eilig hinzu, »– das zu akzeptieren, von Libby ganz zu schweigen. Wer weiß, was ihr durch den Kopf geht?«

Arnold hatte Mühe, seinen wachsenden Unmut im Zaum zu halten. Dieser Bramwell täte besser daran, sich um seine eigenen Angelegenheiten zu kümmern, dachte er, machte einige tiefe Atemzüge durch die Nase und kämpfte seine Wut nieder. »Ich kann mir vorstellen, dass Sie recht haben, Henry«, sagte er und zwang sich, einen halbwegs ruhigen Ton anzuschlagen, »und ich teile Sylvias Meinung, dass diese … diese Krankheit ausgebrochen ist, weil sie so sehr um ihren Vater trauert. Aber bis sie geheilt ist, halte ich die Anstalt für das Beste.«

»Nein!«, rief Sylvia in aller Entschlossenheit. »Wenn wir

sie gefunden haben, nehmen wir sie mit zu uns nach Hause. Ich werde nicht zulassen, dass sie noch einmal in die Nähe dieses Ortes kommt!«

Arnold fuhr so abrupt herum, dass sein Nacken ein Knacken von sich gab. »Aber …«

»Kein Aber!«, unterbrach Sylvia fest, zog ein Taschentuch aus ihrer Handtasche und putzte sich lautstark die Nase. Mit einem Mal wirkte sie erheblich gefasster, nun, da sie eine Entscheidung getroffen hatte. »Sie gehört zu uns und nicht in die Obhut wildfremder Menschen.«

Kapitel 32

Henry trieb die Pferde an. Der Tag war längst angebrochen und gab den Blick auf das Gras und das Gestrüpp frei, auf dem weißer Nachtfrost schimmerte. Er löste den Griff um die Zügel und blies auf seine Finger, die taub vor Kälte waren.

Die Stimmen seiner Fahrgäste, die das Klappern der Hufe und das Rumpeln der Räder übertönten, waren zu einem dumpfen Dröhnen in seinen Ohren verebbt. Zum wiederholten Mal sah er zu Arnold Price hinüber, nicht im Mindesten von der Gestalt beeindruckt. Mit seinen dichten dunklen Haaren und den wohlgeformten Zügen hätte er ein gut aussehender Mann sein sollen, doch um seinen Mund lag ein gemeiner Zug, und in seinen Augen funkelte Verschlagenheit.

Henry hatte Will Budds hohe Meinung von dem Mann nie geteilt, doch das hätte er keinesfalls laut gesagt. Er bezweifelte auch die Rechtschaffenheit seiner Motive, Sylvia zu heiraten. Sie war eine vermögende Frau, und für ihn lag es auf der Hand, dass Price sie lediglich genommen hatte, um sich an ihr zu bereichern. Trotzdem ging es ihn nichts an, und was zählte schon seine Meinung, solange Price sie anständig behandelte?

Er konzentrierte sich auf die Straße vor ihm, obwohl seine Augen mittlerweile vom Schlafmangel brannten und juckten und er seinen Rücken nicht mehr spürte. Seit sie die Prices abgeholt hatten, quälte ihn ein ungutes Gefühl, deshalb hatte er es eilig, nach Hause zu kommen. Die Abzweigung zur Anstalt tauchte vor ihnen auf, doch er lenkte die Pferde weiter in Richtung Stadt. »Ich muss dringend heim«, sagte er über ihre Proteste hinweg. »Sie werden sich einen Wagen leihen und damit nach Seaview fahren müssen.«

Als sie den Laden erreichten, kam ihnen Anne bereits entgegen. Ihre Augen waren gerötet, und sie schien völlig aufgelöst zu sein. »Henry, Gott sei Dank, dass Sie wieder da sind. Sie haben eine Tochter, aber Mai ...«

Henrys Herzschlag setzte einen Moment lang aus, als sie sich unterbrach, zu erschüttert, um weiterzusprechen. Er stürmte durch den Laden und blieb zögernd in der Schlafzimmertür stehen. Die Hebamme, die sich über Mai beugte, hob den Kopf und blickte ihn voller Mitgefühl und Betrübnis an.

Henry spürte, wie seine Beine nachzugeben drohten. »Sie ist nicht ...«

»Nein, sie ist nicht«, erwiderte die Hebamme, wohl wissend, was er hatte fragen wollen. »Aber es ist wohl das Beste, wenn Sie sich darauf gefasst machen«, fügte sie hinzu und wandte sich an Anne. »Holen Sie die Jungen.«

Wiremu und Don folgten Anne langsam ins Schlafzimmer. Tränenüberströmt und stumm starrten sie ihre Mutter an. Ihre Augen waren geschlossen, und ihre Haut hatte eine wächsern-durchscheinende Farbe angenommen. Henry fürchtete, die Hebamme habe sich geirrt und Mai sei bereits von ihnen gegangen, doch dann bemerkte er das schwache Heben und Senken ihres Brustkorbs. »Oh Jesus, Mai«, stieß er erstickt hervor.

Anne, in deren Augen Tränen schwammen, berührte ihn sanft. »Henry ... Ihre Tochter ...«

Sanft drückte Henry die Lippen auf Mais Mund, ehe er vor die Wiege in der Ecke des Raums trat. Das Baby lag reglos und stumm da, seine Wimpern wirkten wie rot-goldene Fächer auf den Wangen. Behutsam berührte Henry die feinen Haarsträhnen, die dieselbe Farbe besaßen wie Wiremus und sein eigenes Haar, fuhr mit dem Finger über das kleine Gesicht und wusste, dass sie tot war.

»Der Herr hatte sie schon zu sich genommen«, erklärte er den Jungen, hob das Baby hoch und trug es zum Bett. »Deine kleine Alyssa Mai«, sagte er und legte die Wange des Babys sanft an Mais Gesicht.

Wiremu, der sicher war, dass er nie wieder etwas würde essen können, betrachtete angewidert sein Porridge und schob die Schüssel beiseite. Don, dessen Frühstück ebenfalls unberührt war, saß gegenüber von ihm am Tisch.

»Ma wird doch nicht sterben, oder, Wiremu?«

»Nein, Dummkopf. Unsere Ma ist stark.« Wiremu wünschte, er könnte seinen eigenen Worten glauben. Er dachte an seine kleine Schwester, die nur so kurz am Leben gewesen war, während sich ein Kloß in seinem Hals bildete. Ma hatte sich so sehr ein Mädchen gewünscht. Doch er und Don hatten insgeheim gehofft, es würde ein Junge werden, und nun war der Tod des Babys ihre Schuld – *sie* waren dafür verantwortlich.

Er wusste, dass Mrs Gilpin befürchtet hatte, Ma könnte sterben, bevor ihr Vater aus Stafford zurückkehrte. Sie hatte es nicht laut ausgesprochen, aber ihre Angst war so groß gewesen, dass er gewusst hatte, dass etwas Schlimmes passiert war. Er hatte gebetet, einen Handel mit Gott geschlossen. Er hatte ihm versprochen, er würde nie, nie wieder in seinem Leben etwas Schlimmes tun, nicht einmal eine Lüge erzählen, wenn Gott nur Ma am Leben ließe. In diesem Moment war ihm Libby wieder eingefallen, die im Lager saß und immer noch darauf wartete, dass er mit einer Decke und einem Kissen zurückkam. Libby, für die er gelogen hatte.

»Als ich losgegangen bin, um nach den Männern aus der Anstalt zu suchen, ist sie wieder weggelaufen, und ich konnte sie nicht mehr finden«, hatte er zu Mrs Gilpin gesagt, nachdem er Libby am Vorabend im Lager zurückgelassen hatte.

Am liebsten hätte Arnold sich die Hände auf die Ohren gepresst, um Sylvias Gejammer nicht mehr hören zu müssen, als sie von Seaview zurück in die Stadt fuhren. Es war ihr endloses Geplapper, das dieses Zucken seines Lids und das Brennen in seinen Eingeweiden auslöste. Seit ihrem Gespräch mit Mr Gribben, dem Anstaltsleiter des Seaview Hospital, hatte ihr Gezeter und Geheule keine Sekunde lang aufgehört. Er verkniff sich ein zynisches Schnauben. *Hospital?* Sie konnten dieser Einrichtung noch so hübsche Namen geben – es war und blieb ein Ort, an dem diese Geisteskranken lebten. Der Ort, an den sie gehörten, weggeschlossen und fernab von den Leuten, die ihre Sinne beisammen hatten.

»Arnold, was ist, wenn sie irgendwo im Gebüsch herumirrt und wir sie nie wieder finden? Sie könnte in einen Fluss gestürzt und ertrunken sein oder einen schlimmen Anfall erlitten haben.«

»Sylvia, du machst dich mit diesen unsinnigen Ideen noch ganz verrückt. Wahrscheinlich ist sie an irgendeinem warmen, gemütlichen Ort und schläft in dieser Sekunde tief und fest.«

Je früher sie Libby fanden, umso schneller würde Sylvias Gejaule aufhören. Mit größerer Aufrichtigkeit denn je zuvor in seinem Leben wandte er sich ihr zu. »Sylvia, ich verspreche dir, wir werde nicht ruhen, bis wir sie gefunden haben.«

Und dann würde er dafür sorgen, dass dieses Balg wieder in die Anstalt gesteckt wurde, egal was Sylvia wollte.

Sylvias Schluchzen verebbte gerade lange genug, damit sie ihre verquollenen Augen abwischen konnte. »Ich bin sicher, das wirst du, Arnold, aber ich hätte sie niemals dort zurücklassen dürfen. Es ist meine Strafe, dass sie jetzt weggelaufen ist. Ich werde sie nicht noch einmal fortgeben, Gott ist mein Zeuge.«

Arnolds Lid zuckte noch heftiger. Er versuchte, die Augen zusammenzukneifen, damit es aufhörte, stattdessen wurde es schlimmer, und der Schmerz in seinen Eingeweiden brannte immer schmerzhafter, wie jedes Mal, wenn er an Libby dachte. Dieses kleine Miststück, diese boshafte Art, ihn ständig anzustarren, wohl wissend, was er getan hatte. Seine Kehle wurde eng, und er spürte, wie sich der Strick in seinen Hals schnitt, wie sich die Schlinge zuzog, immer enger, so dass er keine Luft mehr bekam …

Erschrocken fuhr er zusammen, als Sylvia ihm die Hand auf den Arm legte.

»Ich muss dir etwas sagen«, meinte sie, während sich ihre düstere Miene ein wenig erhellte.

Arnold hörte nur mit einem Ohr hin.

»Ich wollte es dir erst sagen, wenn ich absolut sicher bin, denn ich dachte, ich hätte diese Phase meines Lebens längst abgeschlossen.« Sie drückte seinen Arm in der Erwartung einer Erwiderung.

Er gab ein Grunzen von sich.

»Es scheint ganz so, als bekämen wir Familienzuwachs.«

Was in drei Teufels Namen sollte das bedeuten? Er fuhr abrupt herum. »Was redest du da?«

»Ich bekomme ein Kind, Arnold. Ist das nicht wunderbar?«

Eine glühend heiße Klinge schnitt sich durch Arnolds Eingeweide. Er starrte Sylvia an, mit verzerrtem Gesicht, unfähig, den Schmerz zu überwinden und etwas zu sagen.

»Ich wusste, dass du außer dir vor Freude bist, wenn du es erfährst.« Sylvia strahlte. »Oh, Arnold … denk doch nur. Es könnte ein Junge werden, dein eigener Sohn! Wir sind wirklich gesegnet!«

Großer Gott! Das Brennen in seinen Eingeweiden war schlimmer als ein heißes Eisen, und sein Lid zuckte im Takt mit seinem Herzschlag.

Wiremu betrat das Lager und rief ihren Namen. Hinter den Schachteln und Säcken raschelte es, dann kam Libby zum Vorschein. Ihre Augen wirkten riesig in dem mageren Gesicht.

»Hier, ich habe etwas zum Frühstück für dich.« Wiremu reichte ihr sein unaufgegessenes Frühstück, als sie vorsichtig aus ihrem Versteck trat.

»Ich konnte dir nichts bringen, weil ich Angst hatte, sie beobachten mich«, erklärte er und bemerkte schuldbewusst, wie hungrig sie sein musste, denn sie begann gierig den Haferbrei zu verschlingen. Sie schluckte kaum, ehe sie sich bereits den nächsten Löffel voll in den Mund schob.

»Mehr?«, fragte Libby, hob die Schale an den Mund und leckte die Reste mit der Zunge auf.

Beim Gedanken an sein Versprechen gegenüber dem Herrn höchstpersönlich sah Wiremu über die Schulter in Richtung des Schlafzimmers seiner Eltern, wo seine schwerkranke Mutter lag. »Libby, ich kann nicht noch mehr für dich stehlen. Und du kannst auch nicht länger hierbleiben. Du musst wieder in die Anstalt.«

Libby wich zurück, als hätte er ihr eine Ohrfeige verpasst.

Wiremu nahm sie bei den Schultern. »Bitte, bitte, Libby, reg dich nicht auf«, bettelte er und drückte sie auf den Boden. Ihr Atem kam in erstickten Stößen.

»Ar-Arnold P-P-Price tttötet m-m.«

»Ist schon gut, ist schon gut. Beruhige dich«, besänftigte Wiremu sie aus Angst, jemand könnte sie hören und hereinkommen. Er kauerte sich neben Libby und umarmte sie impulsiv. Wäre Mr Price hier, würde er den Mann anständig in den Hintern treten, und zum Teufel mit der Strafe, die er zweifellos dafür bekäme. Er war ein gemeiner Mistkerl, wenn er Libby solche Angst machte.

»Mr Price wird dich nicht töten, Libby. Das meinst du nur, weil du weißt, dass er und deine Mutter böse sein werden, weil du weggelaufen bist.«

»T-tötet M-M-M, wenn L-Libby sagt.«

»Wenn du *was* sagst?«

Libby schüttelte den Kopf.

Wiremu wandte sich ab. Er ertrug den vertrauensvollen Ausdruck in Libbys Augen nicht, ihre Gewissheit, dass er ihr helfen würde, obwohl er doch wusste, dass er es nicht konnte. Er verabscheute die Vorstellung, es ihr sagen zu müssen, und hätte er nicht mit Gott einen Handel wegen des Lebens seiner Mutter abgeschlossen, hätte er Libby wohl geholfen, sich für immer hier zu verstecken, falls es nötig sein sollte. Aber ein Versprechen war ein Versprechen und durfte unter keinen Umständen gebrochen werden, besonders keines, das man Gott gegeben hatte. Er konnte nicht länger lügen und Libby verstecken.

»Komm jetzt, Libby.« Er griff nach ihrer Hand, doch sie wich zurück und begann sich zu winden.

»Du kannst dich nicht ewig hier verstecken. Selbst wenn

du hierbleibst, werden sie dich irgendwann finden«, meinte er, um seine Gewissensbisse ein wenig zu mildern. »Du musst jetzt mit mir kommen.«

»A-Arnold hat M-Mann tot g-gemacht.«

Wiremu erstarrte.

»E-er schlecht. T-tut Mama weh, wenn Libby s-sagt.«

Erschüttert starrte Wiremu sie an. Sie sprach klar und deutlich, so als wäre sie völlig normal im Kopf. Trotzdem musste sie den Verstand verloren haben, wenn sie so etwas Schreckliches behauptete.

Doch ihre Augen – die Aufrichtigkeit darin, ohne jede Boshaftigkeit – waren flehend auf ihn gerichtet. Sollte er ihr glauben? Ihr Gesicht verriet nicht den geringsten Anflug von Geistesgestörtheit. Wiremu biss sich auf die Unterlippe und rang mit sich.

Sie fuhren vor Schreck zusammen, als Don den Lagerraum betrat.

»Mrs Gilpin will …« Er brach ab, während sich seine Augen bei Libbys Anblick weiteten. »Pa!«, schrie er und stürmte in die Küche zurück.

Libby stürzte an Wiremu vorbei und aus dem Lagerraum. Er folgte ihr und sah gerade noch, wie sie auf einen Stapel Kisten kletterte und über den Zaun hinter dem Haus sprang.

Er war froh, dass sein Vater dachte, er habe sie erst an diesem Morgen im Lager entdeckt, und ihn nicht mit weiteren Fragen löcherte. Wiremu würde nicht zugeben müssen, ihr geholfen zu haben.

Anne erzählte Jimmy vom Tod des Babys und Mais Zustand, kaum dass er einen Fuß in den Laden setzte. »Es war ein winziges Mädchen. Sie war wunderschön, aber so klein und nicht dafür gedacht, auf dieser Welt zu bleiben, das arme Würmchen. Und ganz wenig hat gefehlt …« Sie hielt Daumen und Zeigefinger nur wenige Millimeter voneinander entfernt, »… dann hätten wir auch Mai verloren. Es war eine grauenhafte Nacht, das kann ich Ihnen sagen. Und ich hatte so schreckliche Angst, dass sie stirbt, bevor Henry zurückkommt. Gott sei Dank scheint es ihr heute Morgen etwas besser zu gehen.« Anne schniefte und wischte sich mit der Hand die Nase ab. »Tut mir leid, ich wollte mich nicht bei Ihnen ausheulen, aber ich bin im Moment zu nichts zu gebrauchen.«

»Sie haben Ihre Sache sehr gut gemacht. Ein Glück, dass Sie hier waren.« Jimmy hatte das Bedürfnis, mehr zu sagen, doch er fand keine passenden Worte. Selbst wenn Anne ihm nicht erzählt hätte, was während der Nacht passiert war, hätte er gewusst, dass etwas Schlimmes im Gange war. Die Trauer und Niedergeschlagenheit hatten ihn bereits an der Tür wie eine Wolke eingehüllt, schwer und drückend, beinahe mit Händen greifbar.

Er fand Henry am Küchentisch sitzend vor. Innerhalb einer einzigen Nacht schien er um zehn Jahre gealtert.

Was sagte man zu einem Menschen, der soeben ein Kind verloren hatte und im Begriff stand, vielleicht auch noch seine Frau sterben zu sehen? Jimmy streckte die Hand aus. »Verdammt, Henry, ich kann nicht sagen, wie leid es mir tut, vom Tod des Babys zu hören.«

Henry erhob sich, packte Jimmy bei den Unterarmen, ohne auf die ausgestreckten Hände zu achten, und hielt sie fest, als zöge er Kraft aus der Berührung. »Es sollte nicht sein, Jimmy«, sagte er, und in seinen Augen lag so unendlich großer Kummer, dass Jimmy erbleichte.

»Was soll ich nur wegen Mai unternehmen? Was, wenn sie

stirbt, Jimmy? Ohne sie bin ich nichts. Wäre ich doch nur bei ihr gewesen, dann würde sie jetzt nicht hier liegen und mit dem Tod ringen.«

Inzwischen hatte auch Anne den Raum betreten. »Sie konnten nicht wissen, dass die Wehen einsetzen würden. Und es hätte rein gar nichts geändert, wenn Sie hier gewesen wären. Selbst wenn die Hebamme früher eingetroffen wäre, hätte es keinen Unterschied gemacht«, sagte sie leise. »Sie dürfen nicht verzweifeln. Mai ist so kräftig. Sie wird nicht einfach aufgeben. Sie liebt Sie und die Jungen viel zu sehr.«

Jimmy war dankbar für Annes Anwesenheit. Sie hatte ein Gespür dafür, was getan und gesagt werden musste.

Sie beschlossen, dass Henry bei Mai bleiben sollte, während Anne und Jimmy sich um den Laden kümmerten. Sorgsam darauf bedacht, Distanz zu wahren, trat Jimmy hinter die Ladentheke, während Anne sich im vorderen Teil des Ladens beschäftigte und die Gartengeräte aufräumte. Eine unbehagliche Stille hing zwischen ihnen. So wenig Jimmy Arnold Price mochte, war er doch froh, ihn und Sylvia den Laden betreten zu sehen.

Sylvia sah aus, als hätte sie seit Tagen nicht geschlafen, bemerkte Jimmy, während sie sich auf den Stuhl vor dem Ladentisch sinken ließ.

»Und wie geht es Ihnen heute Morgen?«, erkundigte er sich höflich.

Price ignorierte seine Begrüßung. »Ich lasse Sylvia hier bei Ihnen, während ich mich der Suche nach Libby anschließe.«

»Haben Sie noch nicht von Mr und Mrs Bramwells Verlust gehört?«, fragte Jimmy, dem sich angesichts des ungehobelten Benehmens des Mannes die Nackenhaare sträubten.

Sylvia starrte ihn entsetzt an. »Oh mein Gott … aber doch nicht Mai …«

»Nein, das Baby«, erwiderte Jimmy in einem etwas sanfteren Tonfall an Sylvia gewandt. »Aber um ein Haar hätten wir auch Mai verloren.«

Sylvia erhob sich und machte einige Schritte auf die Küche zu. »Wie geht es ihr jetzt?«

»Nicht viel besser. Henry ist außer sich.«

»Gibt es denn nichts, was ich tun kann, Jimmy?«

»Nein, nichts. Mrs Gilpin und ich kümmern uns schon um alles. Leider geht es Mai nicht gut genug, um Besuch zu empfangen«, erklärte Jimmy, als er Sylvias Blick zum hinteren Teil des Ladens wandern sah.

Price zeigte nicht einmal den Anflug von Mitgefühl. Stattdessen schien der Mann es lediglich eilig zu haben, aus dem Laden zu kommen.

»Jimmy, bitte richten Sie Henry unser Beileid aus. Und machen Sie sich wegen mir keine Gedanken. Ich werde im Hotel warten, solange Arnold weg ist.«

»Libby war gestern Abend hier«, sagte Anne und trat auf Sylvia zu.

»Was für wunderbare Nachrichten!« Sylvia wandte sich ihrem Ehemann zu. »Hast du das gehört, Arnold? Libby ist hier. Wir können sie mit nach Hause nehmen.«

Mit einem bestürzten Blick in Jimmys Richtung ergriff Anne Sylvias Hände. »Sylvia, es tut mir schrecklich leid, aber sie ist nach dem Frühstück weggelaufen, und wir konnten sie nicht mehr finden.«

Prices fahles Gesicht verzerrte sich vor Wut. »Sie hatten das Mädchen heute Nacht hier bei sich, haben ihr etwas zu essen gegeben und Sie dann einfach gehen lassen? Sie verdammte Idioten! Wieso haben Sie das nicht gemeldet?«

»Sie verstehen nicht ganz, Mr Price. Wiremu hat sie gefunden, als sie sich im Lagerraum versteckt hatte. Und zwar *nach* dem Frühstück!«, erklärte Anne knapp, ließ Sylvias Hände los und musterte Price eisig.

»Sie wird nach Hause gehen«, knurrte Price, an Sylvia gewandt. »In diesem Fall kannst du genauso gut mitfahren. Auf diese Weise brauche ich wenigstens nicht zurückzukommen und dich abzuholen, wenn man sie findet.«

»Aber wir haben keinen Wagen. Jemand muss ihn erst reparieren.«

»Wir leihen uns einen bei der Pferdevermietung.«

Die Prices machten sich auf den Weg. »Man kann nur großes Mitleid mit dem Mädchen haben, dass sie einen Stiefvater wie diesen haben muss«, sagte Jimmy zu Anne.

Anne nickte. Während der nächsten Stunde wechselten sie kein weiteres Wort, doch die Stille hatte ihre unterschwellige Verlegenheit verloren. Angesichts des kaum vorhandenen Geschäfts könnten sie den Laden ebenso gut schließen, dachte Jimmy später an diesem Morgen. Und auf die Kundin, die in diesem Moment hereinkam, hätte er mit Vergnügen verzichtet. Er wappnete sich innerlich beim Anblick von Minnie Cullen, die geschäftig auf die Ladentheke zueilte.

»Die hat Nerven, sich hier noch einmal blicken zu lassen, nach allem, was sie sich beim letzten Mal geleistet hat«, sagte Jimmy mit gedämpfter Stimme zu Anne.

Anne, die mit dem Säubern des Ladentisches beschäftigt gewesen war, hatte Minnie nicht kommen sehen. Sie drehte sich um, erblickte ihre einstige Arbeitgeberin und wurde blass.

Jimmy gab ihr einen leichten Schubs. »Los, nach hinten mit Ihnen. Ich mache das hier schon.«

Doch Anne stand wie angewurzelt da, als hätte Minnie Cullen sie verhext.

»Ich habe gehört, heute ist ein schwarzer Tag für diese Familie, voll Kummer und Sorgen«, verkündete Minnie. »Ich weiß, dass Mr Bramwell, seine Frau und ich in der Vergangenheit unsere Probleme hatten, Mr Edwards, aber in Zeiten wie diesen muss man zusammenhalten.« Ihr Blick fiel auf Anne, dann richtete er sich wieder auf Jimmy. »Glauben Sie, das ist die Strafe Gottes dafür, dass Mr und Mrs Bramwell eine verrückte Verbrecherin bei sich aufgenommen haben?«

Anne floh aus dem Laden.

Hatte die Unverfrorenheit dieser Frau denn keine Grenze? »Brauchen Sie etwas, Mrs Cullen, oder sind Sie nur hergekommen, um zu sehen, ob Ihr Mundwerk noch reibungslos funktioniert?«

»Nun!«, schnaubte Minnie. »So behandelt man doch keinen Kunden. Seit seiner Eröffnung habe ich ein hübsches Sümmchen in diesem Laden liegenlassen!«

Jimmy hatte geglaubt, die Hotelbesitzerin mit seiner Bemerkung endlich vergrault zu haben, doch stattdessen beugte sie sich vor. Auf ihrem Gesicht lag ein selbstgefälliger Ausdruck, als stünde sie im Begriff, ein wichtiges Geheimnis preiszugeben. »In Wahrheit bin ich hergekommen, um ein gutes Werk zu tun, Mr Edwards.«

Das bezweifelte Jimmy stark.

Sie richtete sich auf und schwieg – unübersehbar erwartete sie, dass er aus Neugier nachfragte.

Doch er wollte verdammt sein, wenn er ihr diese Befriedigung verschaffte. Er kehrte ihr den Rücken zu, ging in die andere Ecke des Raums und machte sich daran, Knopfschachteln und Spitzen zu sortieren, die ein anderer Kunde in Unordnung gebracht hatte.

Minnie folgte ihm. »Ihre … äh … Verlobte«, sagte sie, während sie in boshafter Freude die Lippen schürzte, »ist nämlich im Niagara Hotel in Greymouth abgestiegen.«

Eine Schachtel Perlmuttknöpfe entglitt Jimmys Händen, so dass die winzigen Knöpfe auf dem Boden umherkullerten.

Kapitel 33

Minnie schien hochzufrieden mit der Wirkung ihrer Neuigkeit zu sein. »Gütiger Himmel, Mr Edwards, Sie sind wohl heute Morgen ein bisschen ungeschickt.« Sie machte auf dem Absatz kehrt, blieb jedoch an der Tür noch einmal kurz stehen und nickte knapp, ehe sie endgültig davonmarschierte.

Wie betäubt starrte Jimmy der Hotelbesitzerin nach. So vieles war nach der überstürzten Abreise der Harringtons ungesagt geblieben. So viele Male hatte er sich danach gesehnt, die Frau, die ihn hintergangen hatte, zur Rede zu stellen. Nun wusste er, wo sie steckte, und er hätte keine ruhige Minute, bis er ihr nicht auf die Spur gekommen wäre.

Angesichts der heiklen Situation wollte er Henry nur sehr ungern um einen freien Tag bitten, um nach Greymouth zu fahren, doch in Wahrheit wurde er ohnehin nicht gebraucht. Das lag auf der Hand. Abgesehen vom einen oder anderen besorgten Kunden, der einen Kuchen oder ein Backwerk abgab, wie es in Zeiten wie diesen üblich war, herrschte an diesem Morgen im Laden so gut wie kein Betrieb. Und genauso würde es auch bleiben, bis das Baby beerdigt war und sie wussten, wie sich Mais Zustand weiterentwickeln würde. Er konnte nur beten, dass sie nicht alle beide begraben werden mussten.

Trotzdem dachte er lange darüber nach, ehe er zu Henry

ging, doch am Ende war es Henry selbst, der Jimmy vorschlug, gleich nach Greymouth aufzubrechen.

»Im Laden gibt es nichts zu tun, und es hat auch keinerlei Auswirkung auf Mais Zustand, ob du hier bist oder nicht«, sagte er. »Wenn du heute noch ankommen willst, solltest du dich lieber beeilen. Die letzte Kutsche fährt um drei Uhr. Die hast du verpasst, aber Cameron hat bestimmt ein gutes Pferd für dich. Am besten nimmst du die alte Straße am Strand entlang – auf diesem Weg bist du um Stunden schneller dort als über die Route durchs Landesinnere.«

Cameron, der Pferdevermieter, hingegen riet ihm davon ab. »Nein, nein, Jimmy. Die Schneeschmelze ist sehr heftig. Die Flüsse werden weiß von all dem geschmolzenen Eis sein. In diesem Zustand kann kein Mensch ihre Tiefe schätzen. Außerdem müssen Sie davon ausgehen, dass um diese Jahreszeit die Strömung ziemlich stark ist. Es wäre viel zu riskant. Und wir wollen doch unseren guten alten Ned nicht verlieren, was?«

Jimmy verkniff sich ein wehmütiges Grinsen. Er hatte das sichere Gefühl, dass Cameron den Verlust seines Pferdes weitaus mehr bedauern würde als Jimmys.

»Ned ist gerade beim Hufschmied«, fuhr Cameron fort. »Er hat heute Morgen ein Eisen verloren, aber inzwischen sollte er fertig sein. Ich wollte ihn gerade holen, als Sie reingekommen sind.«

Jimmy nahm Neds Sattel und ging zur Hufschmiede, die sich um die Ecke in der Stafford Street befand.

Als Jimmy in die halbdunkle Werkstatt trat, schlug ihm Hitze und eine leuchtend orangefarbene Flamme aus der Esse entgegen, vermischt mit dem lauten Zischen und dem durchdringenden Gestank von rasch auskühlendem Eisen.

»Ned steht hinterm Haus. Der Junge kümmert sich um

ihn«, knurrte Charlie Horner, der Hufschmied, der gerade ein glühendes Hufeisen mit dem Hammer bearbeitete, und nickte in Richtung seines Lehrburschen.

Jimmys Wangen röteten sich von der Hitze, während er sich fragte, wie Horner sie tagein, tagaus ertrug. Obwohl er nur eine lederne Weste und eine Schürze über der nackten Brust trug, glitzerten die mächtigen Trapezmuskeln des Mannes vor Schweiß, während das laute und stete Dröhnen seines Hammers Jimmy in den Ohren schmerzte.

Es gelang ihm, zügig zur Arahura-Brücke zu gelangen, wo er an einem Grüppchen Maori vorbeikam, die unterwegs zu ihrer kleinen Siedlung am anderen Ufer waren. Er ritt zügig durch Waimea und Goldsborough, ehe er nach Kumara kam, wo er Ned bei Empire Stables stehenließ und ihn, wie Cameron mit dem Eigentümer vereinbart hatte, gegen Buster austauschte, der ebenfalls Cameron gehörte.

»Es zieht zu«, warnte der Stallbursche, als Jimmy erzählt hatte, dass er nach Greymouth reiten wollte. »Außerdem wird es bald dunkel, deshalb gebe ich Ihnen Buster. Er ist die Straße gewöhnt und würde den Weg auch mit verbundenen Augen finden.«

Über den Taramakau führte eine solide Brücke, doch wie Cameron vorhergesagt hatte, war das Wasser im Fluss milchig weiß von all dem geschmolzenen Schnee und trieb mit beachtlicher Geschwindigkeit dahin. Er war dankbar für den Ratschlag des Pferdeverleihers, nicht die alte Route am Strand entlang zu nehmen. Allein der Versuch, bei diesen Bedingungen den Fluss zu überqueren, wäre tollkühn gewesen.

Buster galoppierte mühelos die Greenstone Road hinauf bis zur Abzweigung am Blackwater Creek. Und auch den Greenstone Creek, der von der Schneeschmelze nicht betroffen war, überwand er ohne weitere Vorkommnisse.

Jimmy wünschte, er hätte jemanden bei sich, der ihm Gesellschaft leistete, als er die einsame No Name Road entlangritt. Dichtes Gestrüpp säumte die eine Seite der Straße, während sich auf der anderen der Blackwater Creek entlangschlängelte. Zu dieser Tageszeit wirkte die Landschaft geradezu unheimlich. Die Sonne ging schnell unter, und schiefergraue Regenwolken begannen sich am Himmel zu türmen. Jimmy war enorm erleichtert, dass Burgess, Kelly, und Levy, die Buschräuber, bereits seit achtzehn Jahren tot waren, aufgeknüpft für ihre hinterhältigen Verbrechen. Dies war genau der Ort, den sie ausgesucht hätten, um einem ihrer Opfer aufzulauern.

Er ritt den langen steilen Weg den No Name Hill hinunter bis nach Marsden, wo in einigen Häusern bereits die Lampen brannten. Vor Kälte schaudernd, malte er sich aus, wie es wäre, jetzt in einem der gemütlichen Häuser zu sitzen, ein Glas Whisky in der Hand, die Füße auf dem Messingkamingestell, während ihm die Wärme aus dem Herd in die Glieder drang. Ein dicker Regentropfen landete auf seiner Wange.

Er saß ab, um die Ölhaut überzustreifen und war dankbar, den Großteil des Weges bereits hinter sich zu haben. Nur Limestone und Bodytown musste er noch durchqueren, ehe er nach Greymouth gelangte.

Es war stockdunkel und goss in Strömen, als er Limestone erreichte, eine Ansammlung aus Hütten und einer heruntergekommenen Pension, die den einst so belebten Ort Lügen strafte.

Eine Laterne über der Eingangstür der Pension, in deren Lichtkegel die Regentropfen so heftig niederpasselten, dass sie von den Steinen zurückgeworfen wurden, bildete die einzige Lichtquelle in der eisigen und unwirtlichen Nacht.

Jimmy gab Buster die Sporen, zog die Schultern hoch, den breitkrempigen Hut noch tiefer ins Gesicht, und ließ reumütig die Ortschaft hinter sich.

Als er nach Bodytown kam, hatte der Regen ein wenig nachgelassen. Verführerisch schimmerten die Lichter im einen oder anderen Farmhaus. Hätte er an eine der Türen geklopft, hätte man ihn gewiss willkommen geheißen, ihm eine warme Mahlzeit und ein trockenes Bett angeboten, so eng es im Haus auch sein mochte. Doch er war fest entschlossen, so schnell wie möglich zu Claire zu kommen, deshalb ritt er weiter.

Es war bereits nach sieben Uhr, als er endlich bei Ruggs' Stables in Greymouth eintraf.

»Der alte Buster ist eines der wenigen Pferde, das Sie sicher durch einen Abend wie diesen bringen konnte«, erklärte der Stallbursche, nahm Buster den Sattel ab und rieb ihn trocken. »Man muss ihn nur einmal eine Strecke reiten lassen, und schon kennt er sie – und vergisst sie auch nie wieder. Mit ihm hat sich Cameron ein echtes Goldstück ins Haus geholt.«

Der Stallbursche brachte Jimmy in einem Einspänner zum Niagara Hotel in der Johnson Street.

Nun, da er gleich Claire wiedersehen würde, merkte Jimmy, dass er sich beinahe vor der Begegnung mit dieser Frau fürchtete. Er klopfte an die Tür des Zimmers, zu dem man ihn geschickt hatte, und befingerte seinen steifen weißen Kragen, der sich geschrumpft anfühlte. Was tat er hier überhaupt? Sie und dieser Mistkerl von Elmer hatten ihn geschröpft und dafür gesorgt, dass er wie ein Idiot dastand. Was könnte er gewinnen, indem er sie nun zur Rede stellte? Sein Geld war weg – er würde keinen Penny davon zurückbekommen. Dafür waren die beiden viel zu gerissen. Noch hätte er kehrtmachen und davonlaufen können, doch in diesem Moment hörte er Claires Stimme. »Herein.«

Ein Gefühl gespannter Erregung erfasste ihn. Sie war nur eine Frau, und noch dazu eine Verbrecherin. *Sie* war diejenige, die Angst haben sollte, nicht er. Mit einem Mal von Zuversicht erfüllt, trat er ein.

Claire, zwar immer noch so hübsch wie zuvor, sah irgendwie anders aus – dicker, als er sie in Erinnerung hatte. Obwohl er sich bemühte, nicht auf ihren gewölbten Bauch zu starren, schienen seine Augen nicht gehorchen zu wollen, sondern hefteten sich darauf. Sie erwartete unübersehbar ein Kind. Die Erkenntnis, dass sie auch schon schwanger gewesen sein musste, während sie ihre Rolle als seine Verlobte gespielt hatte, war wie ein Stiefeltritt in die Magengrube.

»James, was musst du nur von mir denken?« Sie senkte den Blick und klimperte auf diese aufreizende Weise mit den Wimpern, an die Jimmy sich so voller Sehnsucht erinnert hatte. »Kannst du mir jemals verzeihen?«

Nach allem, was zwischen ihnen vorgefallen war, staunte er nur, dass sie noch immer die Kokette mimen konnte. Doch inzwischen war er klüger: Ihre Reue war etwa so aufrichtig wie ihre Frömmigkeit. Er hatte ihr nichts mehr zu sagen. Die Hoffnung, die er wochenlang gehegt hatte – dass sie, trotz ihrer Ehe mit Elmer, zu ihm zurückkehren würde –, war verflogen, gemeinsam mit jedem Funken Verlangen, das er je für diese Frau gehabt hatte.

Sie saß auf dem Bett und klopfte einladend auf den Platz neben sich. »Elmer ist fort.«

Jimmy, der nicht riskieren wollte, ihr noch einmal ins Netz zu gehen, rührte sich nicht vom Fleck.

Unbeirrt fuhr Claire fort. »Kaum waren wir hier, hat er mich verlassen. Er hat alles mitgenommen. Hätte ich nicht selbst ein wenig Geld gehabt, das er nicht in die Finger gekriegt hat, wäre ich verhungert.« Sie starrte ihn an, während sich ihre Augen mit Tränen füllten.

Sie hatte selten verletzlicher ausgesehen, dachte Jimmy und spürte einen Kloß in seinem Hals.

»Ich bin so froh, dass du hier bist, James. Ich wäre ja zu dir gekommen, aber ich habe mich so sehr für das geschämt, was Elmer getan hat …«

»Elmer?« Jimmy stieß ein bellendes Lachen aus. »Du bist doch keinen Deut besser als er. Nach allem, wie ihr beiden das Leben anderer Menschen ruiniert habt, verdient ihr sogar Schlimmeres als Gefängnis. Und jetzt, wo er dich sitzen gelassen hat, erwartest du ernsthaft, dass ich dich zurücknehme? Ich muss völlig verrückt gewesen sein, dich nicht zu durchschauen.«

Claire, die lediglich Freundlichkeit und Bewunderung von Jimmy gewöhnt war, starrte ihn entsetzt an. »Oh, James, ich weiß, ich verdiene das alles, was du sagst, aber bitte glaube mir. Es war nie meine Absicht, dich zu betrügen. Elmer hat mich dazu gezwungen. Dieser Mann hat mir Angst gemacht – er ist ein gemeiner, brutaler Kerl. Ich hatte solche Angst vor ihm, viel zu große Angst, um mich gegen ihn aufzulehnen. Ich verspreche, dass ich dich nie wieder belügen werde, aber bitte, bitte, bitte nimm mich mit.« Sie umklammerte Jimmys Hände und blickte ihn mit weit aufgerissenen Augen flehend an.

Früher hätte sie ihn damit erweicht. Sogar jetzt, da sie das Kind eines anderen Mannes unterm Herzen trug, ließ er sich beinahe überzeugen, als er in ihre strahlend blauen, täuschend unschuldigen Augen blickte. Doch dann bemerkte er eine kalkulierte Wachsamkeit darin, mit der sie seine Reaktion abzuschätzen versuchte.

»Du vergeudest dein Talent«, sagte er und befreite seine Hände aus ihrem Griff. »Eigentlich solltest du auf der Bühne stehen. Ich verstehe gar nicht, wieso du es dort nicht schon früher versucht hast.«

Er nahm an, dass sie vor Empörung, ja vielleicht sogar Wut, zu einer scharfen Erwiderung ansetzen würde, und sah verblüfft, wie sie unvermittelt den Kopf in den Nacken warf und loslachte.

»Ah, Jimmy ... du lässt dich nicht mehr so einfach aufs Glatteis führen. Du hast schnell gelernt.« Ihr Lächeln verflog, während sie seinem Blick folgte, bis hin zum Perlenring auf dem Rand des Waschtischs. Es war der Verlobungsring, den er ihr geschenkt hatte und der nun zu eng für ihre geschwollenen Finger war.

»Du bist ein guter Mann, Jimmy Edwards, und mich hat das eine oder andere Mal das schlechte Gewissen gequält, solange ich deine Verlobte war. Aber Geschäft ist nun mal Geschäft.« Eine Spur Härte schlich sich in ihren Tonfall. »Gefühle dürfen einem nicht in die Quere kommen, wenn man so geniale Pläne verfolgt. Und du musst zugeben, dass dieser Plan genial war, Jimmy, bis das hier« – ihr Blick wanderte zu ihrem Leib – »und dein nicht vorhandenes Stück Land einen Strich durch die Rechnung machten. Man hat mich nicht allzu oft hinters Licht geführt, Jimmy. Wenn ich ehrlich bin, wurde ich, abgesehen von meinem geliebten Ehemann, der bei Nacht und Nebel das Weite gesucht und mich mit kaum einem Penny zurückgelassen hat, noch nie zum Narren gehalten.« Sie warf ihm einen fragenden Blick zu. »Unglaublich, dass ausgerechnet du mich in deiner dümmlichen, ehrlichen Art mit deiner pompösen Behauptung von Reichtum und Land so drangekriegt hast.«

Vor wenigen Wochen noch wäre Jimmy vor Scham angesichts dieser Worte errötet. Doch nun verspürte er nichts als tiefe Befriedigung, Claire und Elmer belogen zu haben.

»Ich mache dir einen Vorschlag, Claire«, sagte er, während sein Blick erneut auf den Ring fiel. »Da du so dringend Geld brauchst, kaufe ich dir diesen Ring ab.«

»Für zehn Pfund, und keinen Penny weniger«, erklärte Claire und streckte die Hand aus.

»Wohl kaum.«

Claire zuckte achtlos die Achseln, während sich die Andeutung eines Lächelns auf ihrem Gesicht ausbreitete, als hätte sie ohnehin nicht damit gerechnet, dass er einverstanden sein könnte. »Also schön, du hast mich immer gut behandelt. Fünf Pfund, dann will ich aber nichts mehr hören, sonst überlege ich es mir noch anders.«

»Ein Pfund!« Er zog eine Pfundnote aus der Uhrentasche seiner Weste und reichte sie Claire, dann nahm er den Ring und verließ den Raum, bevor sie Gelegenheit hatte, zu protestieren.

Jimmy verbrachte die Nacht in der Pension ein Stück die Johnson Street hinunter. Am nächsten Morgen, nachdem er Buster aus dem Stall abgeholt hatte, machte er sich auf den Rückweg. Es war ein angenehmer Ritt ohne jede Eile, nicht wie am Tag zuvor, als er es so eilig gehabt hatte, nach Greymouth zu kommen und Claire zu sehen. Es war ein milder und sonniger Frühlingsmorgen, und er schaffte es, in kürzester Zeit zu der Stelle zu gelangen, wo der steile Weg den No Name Hill hinaufführte. Die Regenfälle des Vortages hatten den Weg gefährlich rutschig gemacht, deshalb erschien es Jimmy vernünftig, abzusitzen und das Pferd zu Fuß den Hügel hinaufzuführen.

Er fühlte sich herrlich befreit. Befreit von seiner Sehnsucht nach Claire, ebenso wie von dem nagenden Gefühl der Wertlosigkeit, das ihn seit ihrem Verschwinden gequält hatte. Zu seiner Überraschung hatte er in der vergangenen Nacht wie ein Baby geschlafen, trotz der harten und dünnen Matratze. Claire wiederzusehen, hatte sich angefühlt, als hätte ihm jemand die Scheuklappen abgenommen. Bis zum gestrigen Tag hatte er sich eingeredet, Elmer sei derjenige gewesen, der sich die hinterhältigen Pläne ausgedacht hatte, während Claire lediglich sein verängstigtes Werkzeug gewesen war. Doch nun wusste er, dass er sich geirrt hatte. Er würde das Geld, das sie ihm gestohlen hatten, nie wieder zurückbekommen, aber welche Rolle spielte das schon? Er hatte ein Dach über dem Kopf, einen vollen Magen und gute Freunde wie Henry und Mai. Und Anne Gilpin. Sie hatten ihn in dieser schlimmen Zeit unterstützt, hatte sich nicht von ihm abgewandt, so wie er es mit ihr getan hatte. Und er hatte sie dafür belohnt, indem er sich wie ein gemeiner Lump benommen hatte. Was für ein Idiot er doch gewesen war!

Tief in Gedanken versunken, bemerkte er kaum seine Umgebung. Scheinbar im Nu erreichte er Kumara, wo er Buster gegen Ned tauschte und in leichtem Galopp nach Hokitika ritt.

Anne war allein im Laden, als er eintraf. Erschüttert bemerkte er den Unterschied zwischen ihr und Claire. Eine Aura wohlwollender Güte umgab Anne, die in so krassem Gegensatz zu Claires geziertem Getue stand. Wie hatte er nur so blind sein können?

Sie begrüßte ihn mit einem Lächeln. »Mai geht es heute schon viel besser, obwohl sie sich immer noch wegen des Babys grämt.«

»Das kann man nicht anders von ihr erwarten, aber glücklicherweise erholt sie sich.«

»Möchten Sie eine Tasse Tee, während ich Ihnen etwas zu essen mache?«, fragte Anne zögerlich, als erwartete sie ein Nein.

Nach der langen Reise stand Jimmy in Wahrheit eher der Sinn nach einem anständigen Glas Ale, doch er hatte ein gutes Stück Arbeit vor sich, wenn er sich mit Anne versöhnen wollte. Es wäre dumm, ihr Angebot abzulehnen.

»Sehr gern«, sagte er, nahm den Hut ab und setzte sich an den Tisch.

Kapitel 34

FÜNF LANGE VERREGNETE Tage waren seit Libbys Verschwinden vergangen. Arnold, übellaunig wegen der Erkältung, die er sich bei der Suche nach ihr eingefangen hatte, kümmerte es in Wahrheit nicht, ob sie noch lebte oder tot war. Ehrlich gesagt hoffte er sogar, dass sie inzwischen erfroren war, wo auch immer sie sein mochte.

Er hatte die Nase voll von diesen Budds. Sylvias Mundwerk lief in den letzten Tagen ununterbrochen. Entweder sie heulte wegen irgendetwas, oder sie schwadronierte über das Baby, ständig mit dieser weinerlichen Stimme, die ihn schier um den Verstand brachte. Und Jack war so aufsässig, wie Libby es gewesen wäre, wenn sie sprechen könnte.

Er hatte beinahe die Kontrolle über sich verloren, als Sylvia ihm erzählt hatte, dass sie ein weiteres Balg erwartete … garantiert eines, das ebenso schwachsinnig war wie seine Schwester mit ihren Anfällen und Visionen. Er presste sich die Hand auf den Bauch und zuckte zusammen, als der vertraute Schmerz in seinen Eingeweiden zu brennen begann.

Nein, er würde nicht hierbleiben und all das über sich ergehen lassen. Inzwischen hatte er beschlossen, das Haus anzuzünden und das Geld von der Versicherung abzukassieren, nur dass Sylvia und Jack ebenfalls in dem Feuer umkommen sollten. Und auch Libby, falls sie sie irgendwann fanden und sie noch lebte. Sie alle machten ihn wahnsinnig.

Er hatte das Haus bei der Victoria Insurance Company versichert. Der Agent war hocherfreut gewesen, das Geschäft unter Dach und Fach zu bringen, und hatte die ganze Zeit gegrinst, gebuckelt und ihm Honig um den Bart geschmiert. Das Lächeln würde ihm schon vergehen, wenn seine Versicherung erst einmal bezahlen musste.

Und der Drogist hatte ihm, ohne mit der Wimper zu zucken, mehr als genug Laudanum verkauft, um die gesamte Budd-Familie in den Tiefschlaf zu versetzen. Ihre Chance, aufzuwachen und aus dem Haus zu kommen, wenn es erst einmal brannte, war praktisch Null.

Er würde den zutiefst erschütterten und trauernden Ehemann und Stiefvater spielen, während er auf die Auszahlung der Versicherungssumme wartete, und sich dann aus dem Staub machen. Er wollte verdammt sein, wenn er jemals wieder einen Fuß an diesen gottverdammten Ort setzte.

Die Beerdigung des Bramwell-Babys hatte die Suche nach Libby verzögert, da die Männer es sich nicht hatten nehmen lassen, daran teilzunehmen. Er begriff nicht, was dieses Gejammer und Geheule sollte. Die Mutter war nur ein verdammtes Schlitzauge, und das Baby hatte lediglich ein paar Stunden gelebt, aber alle taten wie am Boden zerstört. Sie scharwenzelten um Henry herum, machten den Kotau vor ihm – die Ironie dieses Begriffes entlockte ihm ein säuerliches Grinsen – und baten ihn, die Kondolenzbekundungen an seine Frau zu übermitteln. Soweit es Arnold betraf, wären sie alle besser dran, wenn diese Frau das Zeitliche segnen würde. Es wäre kein Verlust für diese Welt. Ein Schlitzauge weniger, das die Luft verpestete, außerdem wäre auf diese Weise dafür gesorgt, dass nicht noch mehr von diesen Bastarden auf die Welt kamen.

Libby war über den Zaun hinterm Haus geflüchtet, als sie ihr Versteck im Lagerraum entdeckt hatten. Doch kaum war die Suche nach ihr eingestellt worden, hatte sie sich wieder zurückgeschlichen. Mittlerweile ernährte sie sich seit Tagen von nichts anderem als getrockneten Datteln, Äpfeln aus dem Vorjahr und Zitronenwasser. Die karge Nahrung hatte ihr Durchfall beschert. Ihr Hinterteil schmerzte, und sie hatte schrecklichen Hunger. Zum Glück befand sich die Toilette neben dem Lagerraum, doch einmal hatte man sie um ein Haar erwischt.

Die Tür ging auf. Sie zog sich hinter die Säcke zurück.

»Heiliger Strohsack, hier riecht es, als wäre eine Ratte verendet.« Ein angewiderter Tonfall lag in Henrys Stimme. Sie hörte seine Schritte, die sich den aufgestapelten Säcken und Schachteln näherten, ehe sie sich wieder entfernten. Die Tür ging zu.

Libbys Eingeweide zogen sich zusammen. Vorsichtig arbeitete sie sich zur Tür vor, schaute hinaus und stieß einen erschrockenen Schrei aus, als sie jemand packte und hochriss.

»Wohin wollen wir denn, Libby?« Henry packte sie am Ärmel und hielt sie fest. »Puh! Ich will ja nicht unhöflich sein, aber dein Parfum würde ich nicht einmal meinem schlimmsten Feind empfehlen.«

Libby trat mit den Füßen nach ihm.

»Gütiger Himmel, Libby Budd, wenn ich hier fertig bin, brauche ich ebenso dringend ein Bad wie du.« Henry wedelte mit der Hand vor seiner Nase. Ihr durchdringender Gestank schien ihm mehr zuzusetzen als ihr erbitterter Widerstand.

So groß ihr Mitgefühl für Libby auch sein mochte – Anne verbannte sie und auch Henry jedoch augenblicklich, sobald sie die Küche betraten. »Sie stinkt ja wie ein Koben voller Schweine. Sie muss sich hinterm Haus waschen, sonst hängt dieser Gestank überall im Haus und im Laden. Kein Kunde wird so tapfer sein und noch einen Fuß hereinsetzen.«

Henry stellte die Zinkwanne neben die Hintertür und füllte sie mit heißem Wasser, während Anne eilig eines von Mais Nachthemden kürzte, damit sie es Libby anziehen konnte.

»Ich bin entsetzt über den Zustand des Mädchens«, sagte Henry leise und sah zu, wie Anne den letzten Stich nähte, ehe sie den Faden durchbiss. »Sie war ja nie ganz richtig im Kopf und bekam diese Wutanfälle, doch wenn man bedenkt, was ihr zugestoßen ist, muss man sich fragen, ob das nicht bei jedem anderen auch so wäre. Trotzdem hätte ich sie nie im Leben als geistesgestört betrachtet – nicht wie all die anderen armen Teufel auf dem Hügel. Einfältig, ja, aber verrückt? Nein.«

»Ich fürchte, der Verlust ihres Vaters hat das ausgelöst.« Anne strich das Nachthemd glatt und betrachtete ihre Arbeit. »Nach dem, was ich weiß, hat sie ihn regelrecht vergöttert. Sie haben selbst gesagt, Will Budd sei ein feiner Kerl und überall beliebt gewesen. Es muss ein gewaltiger Schock für Libby gewesen sein, mitanzusehen, wie Arnold Price seinen Platz einnahm. Für meine Begriffe ist dieser Price ein ziemlich mieser Kerl. Andererseits kann man sich über Geschmack nicht streiten.« Sie dachte an ihren eigenen Ehemann, einen Dieb und üblen Burschen, dessen Unaufrichtigkeit sie nicht durchschaut hatte. »Sylvia muss irgendetwas an ihm finden.«

»Hmmpf«, schnaubte Henry. »Gott weiß, was Will zu all dem sagen würde, aber ich weiß, dass es ihm das Herz brechen würde, Libby so krank und verstört zu sehen.«

Mittlerweile war die Polizei eingeschaltet worden, und man hatte einen Constable losgeschickt, um die Prices zu informieren, dass sie in Sicherheit, wenn auch leider in keinem besonders guten Zustand war. Voller Unbehagen dachte Anne an Libbys bevorstehende Rückkehr nach Hause. Nachdem sie ein wenig Zeit mit ihr in Seaview verbracht hatte, fragte sie sich, ob das Mädchen eher verängstigt als verrückt war. Wovor sie Angst hatte, konnte Anne zwar nicht sagen, doch vielleicht war ihr Stiefvater der Anlass dafür.

Sie hatte nicht gewagt, Libby zu sagen, dass ihre Mutter und ihr Stiefvater bald kämen, um sie abzuholen, und hatte auch den anderen eingebläut, es nicht zu tun. Sollte Price tatsächlich die Ursache für Libbys Zustand sein – und sie vermutete das nur –, würde sie höchstwahrscheinlich einen neuerlichen Krampfanfall bekommen oder tobsüchtig werden.

Am nächsten Tag um die Mittagszeit trafen Sylvia und Arnold Price im Laden ein. Sobald Libby sie erblickte, buckelte sie wie eine verängstigte Katze und begann so heftig zu zittern, dass Anne fürchtete, ihr Kopf springe ihr vom Hals.

Es schien eine halbe Ewigkeit zu dauern, bis die Krämpfe nachließen. Price nahm eine Flasche Laudanumsirup aus der Tasche, zog den Korken ab und gab ein wenig von der Flüssigkeit in Libbys Mund. Wenig später sackte Libby in Annes Armen zusammen.

Kapitel 35

Wiremu sass im Schneidersitz auf dem Bett seiner Eltern. Seine entspannte Haltung stand in krassem Gegensatz zu Libbys unverhohlenem Grauen an diesem Morgen, als ihre Mutter und ihr Stiefvater sie mit nach Hause genommen hatten.

Henry rätselte, wie die Abreise eines so winzigen Persönchens ein derart schlechtes Gewissen in ihm auslösen konnte. Er war nicht für Libby verantwortlich – sie war nicht einmal mit ihm verwandt. Doch im umgekehrten Fall hätte Will Budd sich um Mai und seine beiden Jungen gekümmert, ohne Zweifel. Am liebsten hätte er Price die Flasche Laudanum aus der Hand geschlagen, das er dem Mädchen gewaltsam verabreicht hatte. Henry hatte bereits mehrere ihrer Anfälle miterlebt, nach denen sie stets ruhig und leicht benommen gewesen war. Es bestand also keinerlei Notwendigkeit, ihr ein Schlafmittel zu verabreichen. Price hatte viel zu schnell dazu gegriffen.

Mai, die den ganzen Vormittag geschlafen hatte, wusste noch nichts von Libbys Heimkehr. Henry lauschte Wiremu, der sich mit seiner Mutter unterhielt, und konnte sein Glück, dass sie das Schlimmste überstanden hatte, noch immer nicht recht fassen. Sie betrauerte weiterhin den Verlust des Babys und zeigte kein allzu großes Interesse an den Vorgängen im Haushalt, doch sie war am Leben, und dafür wäre er für immer dankbar.

Wiremu ging offenbar der Gesprächsstoff aus – höchst ungewöhnlich für ihn. Es war ihm nicht einmal gelungen, seiner Mutter ein Lächeln zu entlocken. Sie schien ihm zwar zuzuhören, doch er wusste, dass sie in Wahrheit nichts von dem mitbekam, was er sagte. Ein abwesender Ausdruck lag in ihren Augen, und sie schien mit den Gedanken anderswo zu sein.

»Nur die Zeit wird ihr helfen, ihre Trauer zu überwinden, und es sind erst ein paar Tage vergangen«, hatte Mrs Gilpin beim Frühstück gesagt, als Wiremu ihr seine Furcht gestanden hatte, seine Mutter niemals wieder glücklich zu sehen. »In der Zwischenzeit müssen wir uns alle gedulden, bis zu dem Tag, an dem deine Mutter morgens aufwacht und das Zwitschern der Vögel wieder hört.«

Wiremu wusste nicht recht, was Mrs Gilpin damit sagen wollte, doch sie schien ziemlich sicher zu sein, dass Ma noch einmal glücklich werden würde, und das hatte ihn ein wenig aufgemuntert. Gleichzeitig hingen für ihn ihre Genesung und sein gehaltenes Versprechen Gott gegenüber unmittelbar zusammen.

»Libby Budd ist mit ihrer Mutter und Mr Price nach Hause gefahren«, erzählte er ihr jetzt. »Sie wollte nicht gehen und hatte einen schrecklichen Anfall, weil sie Mr Price so hasst. Sie hat entsetzliche Angst vor ihm«, fügte er hinzu, obwohl er gewarnt worden war, genau dieses Thema nicht anzuschneiden.

Henry runzelte die Stirn. »Deine Mutter braucht das nicht zu hören, Sohn. Sie hat genug eigene Sorgen. Am besten lassen wir sie ein wenig ausruhen.«

Doch mit einem Mal flackerte Leben in Mais Augen auf. »Nein, Henry, lass Wiremu ruhig eine Weile hierbleiben. Ich würde mir gern anhören, was er zu erzählen hat.«

Henry hob eine Braue – eine Geste, die Wiremu verriet, dass sein Vater gute Lust hatte, ihn sich anschließend anständig vorzunehmen, doch ermutigt vom Interesse seiner Mutter, fuhr Wiremu fort. »Sie hat gesagt, Mr Price hätte einen Mann getötet und würde ihrer Mutter wehtun, wenn Libby ihn verrät.«

»Wann hat sie dir das erzählt?«, fragte Henry, dem diese Tatsache ebenfalls neu war.

»Am Abend, als sie aus der Anstalt weggelaufen ist. Sie hatte solche Angst, dass ich ihr fast geglaubt hätte. Aber dann habe ich noch mal darüber nachgedacht und kapiert, dass sie das nur gesagt hat, weil sie nicht ganz richtig im Kopf ist und sich deshalb irgendwelche seltsamen Dinge ausdenkt.«

Henry mochte Wiremus logischer Erklärung zustimmen. Den Worten eines geistesgestörten Kindes konnte man nicht glauben. Doch war Libby Budd tatsächlich geistesgestört? Sicher sah sie Dinge, die andere nicht sehen konnten, und mit ihrem Kopf stimmte eindeutig etwas nicht. Aber das machte noch lange keine Verrückte aus ihr. Aller Wahrscheinlichkeit nach war es tatsächlich nur eine Lügengeschichte, doch es lag auf der Hand, dass Libby entsetzliche Angst vor ihrem Stiefvater hatte. »Erzähl mir ganz genau, was Libby gesagt hat«, forderte er seinen Sohn auf.

Wiremu kaute auf seiner Daumenspitze herum und runzelte die Stirn, als hätte er Mühe, sich Libbys exakte Worte ins Gedächtnis zu rufen. »Sie hat nur gesagt, was ich dir schon erzählt habe«, erwiderte er schließlich leicht ungeduldig. »Dass Mr Price einen Mann umgebracht hat und ihrer Mutter wehtun würde, wenn sie ihn verrät.«

»Bist du sicher?« Henry blickte Mai über Wiremus Kopf hinweg in die Augen.

»Ich erzähle keine Lügen!«, protestierte Wiremu. »Genau das hat sie gesagt!«

»Ich weiß, dass du nicht lügst, mein Sohn.« Henry strich ihm übers Haar. »Aber ich glaube, Libbys Fantasie ist etwas mit ihr durchgegangen. Komm jetzt, lassen wir deine Mutter ein wenig ausruhen.« Er stand auf und gab Mai einen Kuss auf die Wange.

Anne stellte die Suppenterrine auf den Tisch, doch Henry verspürte keinen Appetit auf die dicke, kräftige Brühe, das Brot und den Käse, die sie zum Mittagessen vorbereitet hatte. Er war mit den Gedanken noch immer bei Libby Budd – verdreckt, halb verhungert und außer sich vor Angst, als er sie im Lagerraum gefunden hatte. Sein Instinkt sagte ihm, dass nicht die Geisteskrankheit die Ursache für die entsetzliche Furcht dieses Kindes war. Und wenn Price Libby misshandelt oder geschlagen hatte? Das hätte eine Verschlimmerung ihrer Anfälle auslösen können.

Annes Stimme riss ihn aus seinen Grübeleien. »Henry, stimmt etwas mit dem Essen nicht?«

»Oh … nein, mir gehen nur einige Dinge im Kopf herum«, antwortete er und schob sich einen Löffel Suppe in den Mund. Am besten dachte er nicht weiter über Libby nach. Er hatte selbst genug Sorgen, um sich auch noch mit den Nöten anderer zu belasten.

Arnold sah zu, wie Sylvia in Libbys Zimmer verschwand. Seit ihrer Heimkehr machte sie ununterbrochen ein riesiges Theater um dieses Balg. Nicht dass Libby viel davon mitgekriegt hätte. Sie war immer noch benommen von dem Laudanum, was auch gut so war, sonst hätte sie zweifellos einen Anfall bekommen, wenn sie festgestellt hätte, dass die Hundebabys fort waren. Er hatte dafür gesorgt, dass sie wenige Tage nach ihrer Einweisung weggekommen waren. Aber nicht zu anderen Leuten, wie Sylvia dachte. Oh nein, er hatte diese verdammten, ständig pissenden Viecher ins Gebüsch getragen und abgeknallt.

Nun, da seine Pläne gereift waren, konnte er seine Ungeduld, die Budds endlich loszuwerden, kaum mehr beherrschen. Heißer Kakao, mit einer anständigen Portion Laudanum versetzt, würde dafür sorgen, dass sie einschliefen. Dann würde er ein Feuer in Libbys Zimmer anzünden. Ein Behälter Kerosin neben dem Kamin würde seine Aufgabe ebenso gut erfüllen wie ein Pulverfass. Wenn sich das Feuer erst einmal bis zum Kamin gefressen hatte, würde das Haus explodieren, so dass das Dach wegflog. Er sei gerade draußen gewesen – auf dem Außenabort, würde er den Leuten erzählen –, als die Explosion erfolgte, doch als er zum Haus zurückgekommen sei, hätte alles lichterloh gebrannt. Er wollte behaupten, er habe versucht, ins Haus zu gelangen, doch die Flammen hätten es ihm unmöglich gemacht. An dieser Stelle seiner Schilderung würde er zusammenbrechen, ein, zwei Tränen verdrücken und sich dann zusammenreißen: er, der am Boden zerstörte, aber tapfere Ehemann, der seine Stiefkinder wie seinen eigenen Nachwuchs geliebt hatte. Er würde sich selbst die eine oder andere kleine Verbrennung zufügen müssen – bei dieser Vorstellung zuckte er zusammen –, doch es wäre den Schmerz zweifellos wert.

Henry war mit den Gedanken nicht bei seiner Arbeit. Er starrte die Flasche Worcestersauce in seiner Hand an und versuchte vergeblich, sich zu entsinnen, weshalb er sie aus dem Regal genommen hatte. Wegen Libby konnte er sich nicht konzentrieren. Als er sie im Lager gefunden hatte, war ihm die Erinnerung an diese wilde Katze gekommen, die er einmal im Laden in eine Ecke gedrängt hatte. Sie hatte ebenso gefaucht und ihn zerkratzt und dabei keineswegs den Eindruck gemacht, verrückt zu sein, sondern lediglich schrecklich verängstigt.

»Henry, wenn du keine weiteren Pläne mit dieser Sauce hast, wärst du dann so gut, sie wieder ins Regal zu stellen und mich vorbeizulassen, bevor ich hier zusammenbreche?«

»Oh, tut mir leid, ich war in Gedanken versunken.« Henry sah den rotgesichtigen und atemlosen Jimmy an, der mühsam einen Sack Zucker durch den Laden zerrte.

»Es wäre mir recht, wenn du aus deinen Gedanken wieder auftauchen und mir helfen würdest, diesen Sack hier zum Wiegetisch zu schleppen, damit ich mir keinen Bruch hebe.«

Henry nahm Jimmy den siebzig Pfund schweren Zuckersack ab, hob ihn auf den Rücken und schleppte ihn zum Tisch hinüber. »Ich verstehe überhaupt nicht, was daran so schwer sein soll, Jimmy.« Er grinste, wohl wissend, dass er ihn um seine körperliche Kraft beneidete.

»Du gemeiner Mistkerl«, gab Jimmy zurück, zog ein Taschentuch hervor und wischte sich den Schweiß von der Stirn. »Aber«, fuhr er fort, »ich kann dir keinen Vorwurf daraus machen, wenn du andere Dinge im Kopf hast. Ist schon eine schwierige Zeit, wo Mai so krank ist.«

Henry nahm Jimmys Bemerkung mit einem knappen Nicken zur Kenntnis. Seltsam, dass die Menschen es nach Möglichkeit vermieden, den Tod des Babys zu erwähnen. Die Platituden kamen ungehindert über ihre Lippen – »Tut mir leid, dass Sie solchen Kummer haben«, »Irgendwann wird es ein anderes für Sie geben« oder »Es sollte wohl nicht sein« und nicht zu vergessen »Wir bekommen nie mehr auferlegt, als wir ertragen können.«

In diesem letzten Punkt hätte Henry gern widersprochen, andererseits konnte er die Zurückhaltung der Leute auch verstehen. Er selbst war immer zutiefst verlegen gewesen, wenn Freunde und Kunden einen Todesfall in der Familie zu beklagen gehabt hatten. Vermeintlich enthielt eine gemurmelte Unsinnigkeit keinerlei aufrichtiges Gefühl oder Mitleid mit dem Kummer des Betreffenden, trotzdem war es häufig das Einzige, was andere Menschen ausdrücken konnten.

Er beneidete Jimmy, der scheinbar völlig zufrieden mit sich und dem Rest der Welt dastand, eifrig Zucker in Papiertüten füllte und sie ins Regal stapelte. Seit er Claire in Greymouth getroffen hatte, war er ein anderer Mensch. Sie mit dem Kind eines anderen unterm Herzen zu sehen, hatte ihn bis ins Mark erschüttert, wie er Henry gegenüber zugegeben hatte. In diesem Moment war ihm endgültig klargeworden, dass die Frau, die er geliebt und begehrt hatte, niemals existiert hatte. Diese Erkenntnis hatte ihm geholfen, seinen Frieden zu finden. Während Henrys Gedanken unaufhörlich um Mai und ihre Genesung, um den Verlust des Babys und nun auch noch um Libby Budd kreisten.

Will Budd hatte seine Tochter vergöttert. Sie war das Licht seines Lebens gewesen. Könnte der Mann sehen, in welchem Zustand sie sich nun befand, käme er um vor Kummer. Er war ein guter Freund gewesen – einer der wenigen, die vor all den Jahren zu ihm und Mai gehalten hatten, während so viele andere Einwohner Staffords aufgrund boshaft verbreiteter Gerüchte und rassistischer Bigotterie ihren Laden boykottiert hatten.

Bei aller Ehrlichkeit musste er jedoch zugeben, dass er

Libbys Behauptung, Price habe einen Mann getötet, nicht glauben konnte. Dennoch quälte das Mädchen irgendetwas so sehr, dass sie unter diesen entsetzlichen Halluzinationen litt. Vielleicht war er es Will Budd ja schuldig, dem Mädchen einen Besuch abzustatten, obwohl ihm nicht ganz klar war, wie er ihr helfen könnte. Selbst wenn zwischen Libby und ihrem Stiefvater nicht alles zum Besten stand, bewirkte eine Einmischung womöglich, dass sich ihr Verhältnis noch weiter verschlechterte. Aber wäre ein Besuch dann und wann, falls er seine Meinung für sich behielt, nicht doch besser, als sich zurückzuhalten und nichts zu tun?

Mai war wach, als er nach ihr sah. »Du verbringst viel zu viel Zeit damit, dir meinetwegen Sorgen zu machen«, sagte sie, setzte sich auf und schüttelte ihr Kissen auf.

»Ich könnte niemals zu viel Zeit mit dir verbringen«, erwiderte er mit unverbrämter Aufrichtigkeit. Allein die Vorstellung, sie nicht mehr an seiner Seite zu wissen, bereitete ihm körperliche Schmerzen.

Mai legte ihm die Hand auf die Wange. »Wir waren so nahe dran, getrennt zu werden, Henry. Ich danke Gott für jeden Tag, den wir nun zusammen sein dürfen.« Sie musterte ihn. »Aber etwas macht dir Sorgen, das sehe ich. Das ist nicht notwendig. Ich fühle mich schon viel besser. Bald werde ich wieder im Laden stehen und euch alle herumkommandieren.«

Henry lachte. »Ich freue mich schon darauf. Aber ich muss zugeben, dass ich mir ziemlich große Sorgen wegen Libby Budd mache. Seit Wills Tod hat sich ihr Zustand dramatisch verschlechtert. Ich bin es Will schuldig, etwas zu unternehmen, auch wenn ich mir noch immer das Hirn zermartere, was das sein könnte. Ich wollte sie heute Nachmittag besuchen, aber ich zögere noch, dich alleinzulassen.«

»Auch ich konnte kaum an etwas anderes denken«, gab Mai zu, während sich ihr Blick umwölkte. »Wenn dein Bedürfnis so groß ist, solltest du zu Sylvia fahren und dir einen Eindruck verschaffen, wie Libby sich inzwischen macht. Nimm Wiremu mit. Das Mädchen liegt ihm sehr am Herzen.«

»Es geht dir noch nicht gut genug, um allein zu bleiben«, wandte Henry ein.

»Ich werde nicht allein sein. Jimmy, Anne und Don sind doch bei mir. Außerdem fühle ich mich so kräftig, dass ich mir überlegt habe, heute Nachmittag aufzustehen. Ich verspreche aber, mich sofort wieder hinzulegen, sobald mir nicht mehr wohl ist«, fügte sie beim Anblick seiner gerunzelten Stirn hinzu. »Bitte Anne, eine Schachtel Karamell- und Malzbonbons herzurichten, die du Libby mitbringen kannst.«

Henry, noch immer unsicher, sah sie eindringlich an. Ihre Augen waren klar, auch wenn sie nach wie vor ein klein wenig zerbrechlich wirkte. Er schüttelte den Kopf. »Ich denke, ich sollte lieber hier bei dir bleiben.«

»Henry, ich habe keine Ruhe, solange ich nicht weiß, dass mit Libby und Sylvia alles in Ordnung ist, und du genauso wenig.«

»Wahrscheinlich hast du recht«, gab Henry zu. »Außerdem …«

Mai zeigte zur Tür. »Geh!«

Kapitel 36

Ungeduldig, seine Pläne endlich in die Tat umzusetzen, machte Arnold sich auf den Weg ins Sägewerk, um Jack abzuholen.

»Lass die Arbeit bis morgen liegen, Jack. Dieses eine Mal wird es schon gehen«, sagte er, als er seinen Stiefsohn in der Werkstatt vorfand. »Libby ist zu Hause und kann es kaum erwarten, dich wiederzusehen.«

Jacks Züge erhellten sich bei dieser Lüge, und nur allzu bereitwillig folgte er Arnolds Rat. Arnold marschierte voraus über den Pfad durch den Wald. Er spürte, dass sich die Schritte des Jungen hinter ihm verlangsamten, wandte sich um und registrierte mit Unmut die wachsende Lücke zwischen ihnen. Normalerweise war er derjenige, der hinter seinem Stiefsohn zurückfiel, doch heute erfüllte ihn eine gespannte Erregung, die keine Müdigkeit gestattete.

Heute Abend wäre er die Budds endgültig los – ein Gedanke, der seinen Schritten eine federende Leichtigkeit verlieh.

Zu Hause angekommen, stellte Jack enttäuscht fest, dass Libby eingedöst war, und machte sich auf den Weg zum Melken. Auch Sylvia war eingeschlafen, während sie bei Libby Wache hielt. Mit halb geöffnetem Mund saß sie zusammengesunken in ihrem Schaukelstuhl neben dem Bett, ein Speichelfaden löste sich in ihrem Mundwinkel. Arnold betrachtete das schlaffe, faltige Fleisch ihres Gesichts und

Halses. Nach dem heutigen Abend würde er diesen Anblick nie wieder ertragen müssen.

In diesem Moment erwachte Libby und sah ihn, als hätte sie seine Anwesenheit gespürt. Sie riss die Augen auf, so dass das Weiße zu erkennen war. Er konnte die Angst beinahe riechen, die ihr aus jeder Pore drang. Eilig machte er kehrt und verließ das Zimmer.

Er ging in sein und Sylvias Schlafzimmer und holte eine kleine Reisetasche unter dem Bett hervor. Dann trat er zum Schrank, schob die Hand zwischen die Rückwand und die Mauer und zog einen großen Umschlag heraus, den er ebenfalls in die Reisetasche legte. Als Nächstes folgten ein Hemd und ein Paar Socken, dann der Musselinbeutel, der Sylvias Einnahmen aus dem Verkauf der Eier, der Butter und des Käses enthielt. Als er sicher war, dass ihn niemand beobachtete, ging er eilig ins Waschhaus und verstaute die Tasche dort.

Danach kehrte er ins Haus zurück und weckte Sylvia. »Du solltest Libby lieber etwas zu essen machen.«

»Oh, du bist so vernünftig, Arnold. Ich bin heute dermaßen durcheinander, ich kann kaum einen klaren Gedanken fassen.« Mit müden Augen schlurfte sie in die Küche, während Arnold erschaudernd bemerkte, dass sie wie eine alte Frau aussah.

Sie erhitzte ein wenig Brühe und gab etwas davon in eine Suppenschale.

Als sie ihm den Rücken zukehrte, zog Arnold das Laudanum-Fläschchen aus der Tasche und tröpfelte eine beachtliche Menge des Schlafmittels in Libbys Suppenschüssel, ehe er umrührte.

Sylvia schenkte ihm ein müdes Lächeln. »Arnold, du bist mir wirklich eine großartige Hilfe!«

Arnold erwiderte das Lächeln, während sich ein winziger Funken Mitleid in seinem Innern regte. Sie hatte ihn immer gut behandelt. Ebenso wie Will ... Vielleicht könnte er ja verschwinden, ohne sie umzubringen? Wenn er noch eine weitere Woche wartete, fand sich vielleicht doch ein Käufer für das Haus und die Fabrik. Zusammen wären sie erheblich mehr wert als die Versicherungssumme für das Haus allein. Schätzungsweise könnte er sich mit Sylvias Gejammer noch eine Weile arrangieren. Schließlich sah man ihre Falten im Dunkeln nicht, und wenn sie ihn ins Gebüsch zerrte, würde er sie einfach von hinten nehmen. Dagegen hätte sie sicher nichts einzuwenden, so scharf, wie sie immer darauf war.

»Ich kühle sie nur ein wenig ab«, sagte er und rührte weiter, um das Opiat so gut mit der Brühe zu vermischen, dass Libby nichts Ungewöhnliches daran auffallen und sie sich weigern konnte, sie zu essen.

»Es ist mir ein großer Trost, zu wissen, dass unser Kind einen guten und liebevollen Vater haben wird«, erklärte Sylvia und betrachtete ihn liebevoll.

Augenblicklich verschwand Arnolds Anflug von Sentimentalität. Einen Moment lang hatte er das Baby glatt vergessen.

»Du gibst ihr die Brühe, meine Liebe«, sagte er und reichte Sylvia die Suppenschale. »Sieh zu, dass sie alles isst, bis zum letzten Tropfen. Je schneller sie zu Kräften kommt, umso schneller ist sie wieder auf den Beinen. Ich schneide uns solange ein wenig kalten Braten zum Abendessen auf. Was sagst du dazu?«

»Ich würde sagen, es ist das reinste Wunder«, bemerkte Jack, der vom Melken hereinkam.

Den Bruchteil einer Sekunde lang dachte Arnold daran,

ihm für diese Unverschämtheit eine schallende Ohrfeige zu verpassen, zwang sich jedoch, den Impuls zu unterdrücken, und nahm stattdessen den Rinderbraten heraus. Weshalb sollte er sich von einer frechen Bemerkung aus dem Konzept bringen lassen? Nicht mehr lange, dann wäre er mit dieser Sippschaft fertig.

Sylvias Züge erhellten sich beim Anblick des mit Rindfleisch, eingelegtem Gemüse und einem Teller voll dicker Brotscheiben gedeckten Tisches.

»Er hätte auch gleich noch ein paar Kartoffeln kochen können«, murmelte Jack.

»Jack! Nimm dich in acht, was du sagst. Arnold hat sich solche Mühe gegeben, und du solltest ihm dafür dankbar sein. Und jetzt mach dich nützlich und hol Butter aus dem Schrank, statt herumzumaulen.«

Sylvia setzte sich hin und stocherte in ihrem Essen herum. Arnold, der mittlerweile vor Aufregung regelrecht fieberte, verspürte zwar keinen Appetit, zwang sich aber trotzdem, ein paar Bissen hinunterzuwürgen, um sich Sylvias besorgtes Gegacker nicht anhören zu müssen. Jack, gierig wie immer, schlang sein Fleisch und Brot hinunter, ehe er sich auch noch über Sylvias und Arnolds nahezu unberührte Mahlzeiten hermachte.

»Ich koche uns eine hübsche Tasse heißen Kakao, während du dich um den Abwasch kümmerst, meine Liebe.« Arnold trug die leeren Teller ab.

Jack stand auf.

»Vielen Dank, doch dafür bin ich viel zu satt«, sagte er und rieb sich den Bauch. »Ich gehe ins Bett.«

Arnold umfasste die Teller, die seinem Griff zu entgleiten drohten, noch fester. »Aber eine Tasse wird dir helfen, schneller einzuschlafen!«

»Ich brauche nichts, was mir beim Einschlafen hilft«, erklärte Jack gähnend. »Ich bin schon jetzt todmüde.«

Verdammt! Er würde eine andere Methode finden müssen, um den Jungen in Tiefschlaf zu versetzen – eine weitaus unangenehmere. Er wandte sich wieder Sylvia zu.

»Sylvia, meine Liebe, eine Tasse Kakao für dich?« In der Gewissheit, dass sie so gut wie nie ohne ihren abendlichen Schlummertrunk zu Bett ging, nahm er eine Tasse und Untersetzer aus dem Schrank.

»Das ist sehr nett, Arnold, aber danke, lieber nicht. Ich habe da ein flaues Gefühl im Magen. Schätzungsweise ist Schlafen genau das Richtige für mich.«

Arnold biss so heftig die Zähne zusammen, dass sein Kiefer knackte.

»Oder ein Schlückchen Sherry? Damit beruhigt sich dein Magen. Soweit ich mich erinnere, hat Will doch immer gesagt, ein Tropfen Sherry wirkt wahre Wunder, wenn der Magen schmerzt«, log er und nahm eine Flasche aus dem Schrank.

Sylvia hob erstaunt die Brauen. »Hat er das? Tja, dann könnte ich vielleicht ein Schlückchen versuchen.«

Arnold schenkte ihr ein Glas voll ein, ehe sie es sich anders überlegen konnte, und gab eine großzügige Portion Laudanum hinein.

»Danke. Ich nehme es mit ins Bett.«

»Oh, nein, nein, Liebes, trink es doch gleich. Ich will ganz sicher sein, dass du gut schlafen wirst. Ich bin erst zufrieden, wenn deine Wangen wieder rosig sind«, erklärte Arnold galant. Es wäre schon mühsam genug, sich später um Jack zu kümmern. Er wollte nicht gezwungen sein, dieselbe Methode auch bei Sylvia anzuwenden.

»Tja … wenn du meinst.« Sylvia nahm mehrere kleine

Schlucke und verzog angewidert das Gesicht. »Das schmeckt ziemlich widerwärtig, Arnold. Ich mag ihn lieber in einer Süßspeise.« Sie reichte Arnold das halbvolle Glas und machte sich auf den Weg ins Schlafzimmer.

Lief eigentlich an diesem Abend nichts wie geplant? Arnold knallte das Glas auf den Tisch und saß minutenlang grübelnd da, ehe er Sylvia ins Schlafzimmer folgte. Die Vorhänge waren zugezogen, so dass tiefe Dunkelheit im Raum herrschte. Das einzige Geräusch stellten Sylvias flache, von leisen Schnarchlauten unterbrochene Atemzüge dar. Scheinbar hatte die geringe Menge Laudanum trotz allem ihre Wirkung getan. Sylvia würde tief und fest schlafen, wie eine Tote, bis zu dem Augenblick, wenn sie endgültig der Welt der Lebenden den Rücken kehrte.

Als Mai aufwachte, war es Zeit fürs Abendessen. Da sie es kaum erwarten konnte, nicht mehr wie eine Kranke behandelt zu werden, zog sie sich an und setzte sich zu Anne und Don an den Küchentisch. »Darf ich kurz in den Laden, wenn ich verspreche, keinen Staubwedel in die Hand zu nehmen?«, fragte sie Anne.

»Ich habe Henry mein Wort darauf gegeben, nicht zuzulassen, dass Sie sich überanstrengen.«

»Anne! Ich habe mich den ganzen Tag ausgeruht. Wenn ich noch länger liegen bleibe, vergesse ich am Ende, wie ich meine Beine benutzen muss.«

Anne sah sie unbehaglich an. »Ich glaube wirklich nicht …«

»Ich verspreche, ich werde nichts weiter tun, als einen kleinen Spaziergang durch den Laden zu machen.«

»Aber Henry hat gesagt …« Anne unterbrach sich beim Anblick von Mais ärgerlicher Miene. »Ach, los, gehen Sie schon«, meinte sie und zuckte resigniert die Achseln. »Als könnte ich Sie aufhalten, wenn Sie sich etwas in den Kopf gesetzt haben. Aber bleiben Sie nicht zu lange, sonst komme ich Sie holen!«

Das Gefühl, eine Weile ungehindert durch den Laden schlendern zu dürfen, war so erfrischend und erholsam wie ein heißes Bad. Mai ging von Regal zu Regal, rückte hier eine Schachtel und dort eine Dose zurecht und bemerkte mit einem Anflug von Missmut die eine oder andere freie Stelle, wo ein Artikel verkauft, aber nicht ersetzt worden war.

Sie nahm eine Flasche Kolikwasser, das sie nach ihrem eigenen Rezept aus Fenchel, Ingwer und Limonenbalsam herstellte – gemeinsam mit einer Reihe anderer Kräuter, deren Namen sie jedoch tunlichst für sich behielt, sollte jemand versuchen wollen, die Mixtur selbst herzustellen. Was würde sie jetzt wohl tun, wäre Alyssa am Leben geblieben?

Stimmengewirr auf der Straße riss sie aus ihren Grübeleien. Sie stellte die Flasche ins Regal zurück, trat ans Fenster und erkannte Bert und Agnes Roberts, die in einen wüsten Streit verstrickt waren.

»Her mit dem Geld!« Roberts machte einen Satz auf seine Frau zu, sprang jedoch zu weit, so dass er sie verfehlte und zu Boden fiel. Agnes nutzte seine vorübergehende Bewegungsunfähigkeit und hastete davon, dicht gefolgt von ihren Kindern, die ihr wie eine Schar Entenküken folgten.

Roberts kam wieder auf die Beine und setzte sich ebenfalls in Bewegung.

»Oh nein«, stieß Mai hervor, als sie seine geballten Fäuste sah und augenblicklich wusste, was er vorhatte. Sie wünschte, Agnes würde sich umdrehen.

»Anne, kommen Sie schnell!« Mai packte einen Spaten aus der Auslage und lief hinaus, doch es war zu spät. Roberts hatte seine Frau bereits an der Schulter gepackt, riss sie herum und versetzte ihr einen heftigen Schlag gegen die Schläfe, der Agnes zu Boden streckte. Roberts stand über ihr und holte bereits mit dem Fuß aus, um ihr einen Tritt zu verpassen.

»Aufhören!«, schrie Mai und reckte den Spaten.

Roberts fuhr herum. »Was haste denn damit vor, Weib?«, stieß er trunken hervor und starrte den Spaten an. »Willste 'n paar verdammte Kartoffeln ausgraben?«

Doch trotz seiner Wichtigtuerei – und sehr zu Mais Erleichterung – ließ er sein Bein sinken. Er ging neben Agnes in die Hocke, schnappte ein paar Münzen, die ihr aus der Hand gefallen waren, und kam schwankend wieder auf die Beine.

»Kümmer dich um dein eignen Kram, elendes Chinesenweib«, murmelte er und torkelte in Richtung Golden Age Hotel davon.

Anne rannte aus dem Laden herbei und sah Agnes Roberts auf dem Boden liegen. »Was ist denn mit dieser armen Seele passiert?«

»Er hat sie niedergeschlagen und ihr die wenigen Münzen abgeknöpft, die Minnie Cullen ihr gegeben hat. Und jetzt geht er und versäuft sie«, antwortete Mai, während sich die Roberts-Kinder um ihre Mutter scharten. Die kleinsten weinten sogar.

Mai hockte sich hin und untersuchte die Wunde an Agnes' Schläfe. »Schaffen Sie es, aufzustehen?«

Agnes nickte und stöhnte vor Schmerz angesichts der abrupten Bewegung.

»Es war sehr tapfer von Ihnen, sich den Abstinenzlerinnen anzuschließen«, sagte Mai, nachdem sie Agnes ins Haus geführt hatten.

»Tapfer? Wohl kaum. Verrückt und idiotisch trifft es wohl

eher«, erwiderte Agnes schwach. »Seitdem benimmt er sich zehnmal schlimmer als vorher. Früher hat er wenigstens seine Fäuste für sich behalten, wenn er nüchtern war, aber jetzt schlägt er mich beim geringsten Anlass.«

»Wieso verlassen Sie ihn nicht, Agnes?«, fragte Mai, obwohl sie die Antwort bereits kannte.

»Und wo soll ich mit fünf Kindern hin? Wie haben doch auch so schon kaum genug. Ohne ihn hätten wir noch weniger.«

»Die Wunde muss sich ein Arzt ansehen«, riet Mai, betupfte die Verletzung mit Jod und ging in den Laden, um etwas Geld aus der Kasse zu holen. »Nehmen Sie das hier, um den Doktor zu bezahlen.« Sie drückte Agnes das Geld in die Hand.

Agnes murmelte ihren Dank, ohne Mai in die Augen zu sehen. Mai wusste, dass das Geld niemals in der Hand des Doktors landen würde. Stattdessen würde sie ihren Kindern etwas zu essen kaufen und ihre eigenen Bedürfnisse wie immer hintanstellen.

»Ich muss jetzt gehen. Ich muss unbedingt zu Hause sein, wenn er kommt.« Mühsam erhob sie sich. Ohne Annes Hilfe wäre sie auf den Stuhl zurückgesunken.

»Nehmen Sie das hier.« Mai reichte Agnes einen Korb. »Es ist nur kalter Braten und ein bisschen Brot«, sagte sie und tat den Dank der Frau mit einem Schulterzucken ab, ehe sie Agnes und ihre Kinder durch den Laden nach draußen begleitete, auch wenn die Gewissheit, sie zu einem betrunkenen Mistkerl zurückzuschicken, noch so frustrierend war. »Sie brauchen nicht zu ihm zurückzugehen. Sie können jederzeit hierbleiben, bis wir etwas anderes gefunden haben, wo Sie wohnen können, und eine Stellung«, bot sie aus einem Impuls heraus an.

Agnes lächelte traurig und schüttelte den Kopf. »Das ist nett von Ihnen, es uns anzubieten, Mrs Bramwell, und ich danke Ihnen sehr. Aber Bert findet uns, egal wohin wir gehen. Und kein einziger Vermieter in der ganzen Stadt würde uns eine Wohnung geben und sich mit einem Kerl einlassen, der nichts als flucht und die Türen eintritt. Wir stünden im Handumdrehen auf der Straße und wären wieder bei ihm. Nur dass er dann noch gemeiner wäre.« Sie schob ihre Kinder zur Tür hinaus und verschwand.

»Oh, Anne, ich habe ein so schlechtes Gewissen, sie zu diesem brutalen Kerl zurückgehen zu lassen.«

»Was sollten Sie denn tun? Sie weiß, dass er sie auftreiben würde, egal wo sie ist.«

»Eines Tages wird er sie wahrscheinlich noch umbringen.« Mai sah ihnen nach, bis Agnes und die Kinder in der Dunkelheit verschwunden waren.

Kapitel 37

HENRY SPANNTE DEN Arm an der Stelle an, wo Wiremus Kopf lag. Der Junge konnte kaum noch die Augen offen halten. Würde der Wagen nicht auf der Straße hin und her holpern, wäre er längst eingeschlafen.

Was hatte er sich nur dabei gedacht? Dieser Besuch bei Sylvia und ihrer Familie war eine völlig idiotische Idee. Er hätte bis zum nächsten Morgen warten sollen, doch Mai hatte darauf bestanden.

Leuchtend orangefarbene Streifen erstreckten sich am Horizont und ließen ahnen, dass die Dunkelheit nicht mehr fern war, trotzdem trennte sie noch immer eine gute halbe Meile von Will Budds einstigem Grund und Boden.

»Setz dich nach hinten«, sagte er zu Wiremu, als dem Jungen die Augen zufielen und sein Kinn immer weiter Richtung Brust sackte. »Da ist eine Decke. Wickle dich ein und sieh zu, dass du warm bleibst.«

Einen Moment lang war Henry versucht, kehrtzumachen und nach Hause zurückzufahren. Wenn er länger darüber nachdachte – und auf dem Weg hierher hatte er genug Zeit zum Nachdenken gehabt –, lag es auf der Hand, dass er nichts für Libby tun konnte. Price mochte durchaus der Grund ihrer Probleme sein, doch er war ihr Stiefvater. Wenn Henry sich einmischte, würde es Libbys Lage wahrscheinlich nur verschlimmern. Er drosselte das Tempo.

»Sind wir da?«

»Nein, Sohn, sind wir nicht, und wir werden auch nicht hinfahren. Wir kehren um. Du musst ins Bett. Das ist alles idiotisch.«

»Nein!« Wiremu schälte sich aus der Decke. Das Gesicht des Neunjährigen war faltig und zerknautscht wie das eines alten Mannes. Mühsam kletterte er neben Henry auf den Sitz. »Du hast es versprochen!«, bettelte er. »Wir sehen nach Libby, das hast du versprochen.«

»Das werden wir auch, aber nicht heute Abend.« Die Zügel hingen schlaff herab, so dass die Pferde die Köpfe recken konnten, um ein paar Grasbüschel am Wegrand auszurupfen. »Es ist sinnlos. Ich gebe zu, auch ich habe mir Sorgen um Libby gemacht, aber wenn ich ehrlich bin, habe ich keine Ahnung, wie wir ihr helfen sollten.« Erst jetzt wurde ihm die Absurdität von Libbys Behauptung gänzlich klar.

»Aber Pa … wir sind schon so nahe …« Wiremu zeigte nach vorn, wo die Spitze eines Kamins über den Rand des Gebüschs ragte. »Bitte, können wir nicht hinfahren und Libby besuchen … nur damit sie weiß, dass wir an sie denken?«

»Wiremu, ich bin sicher, Libby weiß das. Am besten, wir verschieben den Besuch auf ein andermal.«

Wiremus Unterlippe begann zu beben.

»Verdammt noch mal, Junge, wir haben sie doch erst heute Morgen zuletzt gesehen«, grollte Henry verärgert und schuldbewusst zugleich.

»Bitte, Pa.«

Wiremus tiefschwarze Augen, die denen seiner Mutter so sehr glichen, bohrten sich in Henrys. Er beachtete den flehenden Blick nicht, sondern dachte an Mai und das behagliche, warme Bett, das auf ihn wartete. Doch dann rief er sich ins Gedächtnis, wie wichtig dieser Besuch für Wiremu war. Er hatte ihm von seinem Versprechen Gott gegenüber erzählt. Und dass er es nicht über sich gebracht hatte, Libby zu helfen, weil dies bedeutet hätte, sein Versprechen zu brechen und somit vielleicht das Leben seiner Mutter aufs Spiel zu setzen. Wiremu quälten Gewissensbisse, denn er hatte Libby im Stich gelassen.

Tiefe Traurigkeit überkam Henry beim Gedanken daran, wie sehr Libby wegen Wiremus Überzeugung hatte leiden müssen, doch gleichzeitig war er auch stolz auf die unübersehbare Liebe seines Sohnes zu seiner Mutter.

»Also gut«, sagte er. »Aber wir bleiben nur eine Minute. Ich werde sagen, wir seien auf dem Weg nach Stafford, deshalb hätte ich die Idee gehabt, auf einen Sprung vorbeizusehen, verstehst du? Manchmal schadet es nicht, eine kleine Lüge zu erzählen.«

Arnold legte einen Strick um Nippers Hals und band sie an die Hundehütte, ehe er in den Schuppen ging, um einen Spaten zu holen, während ihm das empörte Kläffen des Biestes noch in den Ohren hallte. Einen Moment lang wollte er zurückkehren und dem verdammten Vieh eines überziehen, damit sie endlich still war, doch das Tageslicht schwand schnell, und er hatte noch jede Menge zu tun, ehe es vollends dunkel wurde. Er schlich sich über die Veranda und lauschte an der Tür zum Anbau, ehe er den Knauf drehte.

Jack lag auf dem Rücken und schlief tief und fest. Seine Atemzüge waren leise, wie das Schnurren einer Katze. Er sah so unschuldig aus, dass Arnold für einen flüchtigen Moment beinahe so etwas wie Mitleid empfand. Vor Libbys Einweisung hatte der Junge sogar Respekt vor ihm gezeigt – hatte zu ihm aufgesehen –, und das hatte ihm gefallen. Doch in letzter Zeit war er ständig mürrisch und widersprach.

Arnold trat näher ans Bett, hob den Spaten und ließ ihn auf Jacks Kopf niedersausen. In diesem Augenblick riss Jack die Augen auf und rollte sich zur Seite – nur Sekundenbruchteile, bevor der Spaten seinen Schädel zertrümmert hätte.

»Mutter!«, schrie er und hielt sich schützend die Hände über den Kopf, als Arnold erneut ausholte und der Spaten auf seine Schulter krachte. Der Junge stieß einen Schmerzensschrei aus und stürzte zur Tür.

Arnold holte aus und hieb auf Jacks Rücken, so dass der Junge zu Boden ging.

»Nicht! Arnold! Bitte tu mir nicht weh!«

Arnold zögerte und wich zurück, als er die Furcht in den Augen des Jungen sah. Doch nun konnte er ihn erst recht nicht leben lassen. Er würde bei der erstbesten Gelegenheit alles erzählen, so dass ihm jeder Polizist an der gesamten Küste auf den Fersen wäre.

Er verpasste Jack einen brutalen Tritt in die Rippen und hob den Spaten erneut, um ihm den Schädel einzuschlagen. Jack gab einen leisen Laut von sich, dann lag er reglos da. Arnold schleuderte den Spaten weg, lief los und begann, Kerosin über die Wände und den Fußboden zu gießen. Er hatte das Streichholz in der Hand und wollte es gerade anreißen, als ein lautes Klopfen an der Tür ertönte.

»Hallo«, rief eine Männerstimme, »jemand zu Hause?«

Irritiert sah Arnold zur Tür. Dieser naseweise Weltverbesserer Bramwell! Einen Moment lang wollte er sich einfach ducken und verstecken. Wenn dieser Idiot glaubte, dass alle schliefen, würde er vielleicht verschwinden. Doch dann fiel ihm Jack ein, der leblos im Anbau lag. Und falls Bramwell nun auf die Idee kam, dort nachzusehen? Verdammt, verdammt, verdammt! Er atmete einige Male tief durch und kämpfte seine aufsteigende Panik nieder, ehe er zur Tür ging und sie aufriss.

Bramwell stand vor ihm, so hochgewachsen und breitschultrig, dass er beinahe den gesamten Türrahmen ausfüllte und sich ducken müsste, wenn er das Haus hätte betreten wollen. Arnold starrte ihn mit finsterer Miene an. Es gefiel ihm ganz und gar nicht, den Kopf in den Nacken zu legen, um dem anderen Mann ins Gesicht blicken zu können.

»Ah – Henry. Ein ungewöhnlicher Zeitpunkt für einen Besuch«, erklärte er spitz. »Ist etwas passiert? Haben wir etwas im Laden vergessen?«

»Nicht dass ich wüsste, Arnold. Wir sind nur zufällig vorbeigekommen, und ich dachte, ich schneie einfach herein und sehe, wie es Libby geht.«

Wiremu sprang vom Wagen und trat neben seinen Vater.

»Schwer zu sagen, schließlich ist sie erst ein paar Stunden hier.« Arnolds Stimme troff vor Sarkasmus. Er spürte, wie sein Auge zu zucken begann, als Henry über seine Schulter hinweg ins Haus schaute.

»Sie ist längst im Bett«, erklärte er und massierte sein Auge. »Und ihre Mutter und Jack auch. Ich wollte mich auch gerade hinlegen. Es war ein langer und anstrengender Tag.« Er trat zurück und machte Anstalten, die Tür zu schließen, so dass lediglich sein Gesicht erkennbar war. »Ich würde Sie ja hereinbitten, aber ich möchte sie nicht wecken. Ich werde ihnen gleich morgen früh Ihre Grüße ausrichten.«

»Nun … dann vielen Dank.«

Arnolds Lid zuckte wie verrückt, als er darauf wartete, dass Henry endlich verschwand.

»Und es ist auch wirklich alles in Ordnung?«, hakte Henry nach, ohne sich vom Fleck zu rühren.

Arnolds Handflächen waren schweißnass. Er nickte. War dieser Idiot auf der Türschwelle angewachsen?

»Ah … dann mache ich mich wohl besser auf den Weg.«

»Ja, Sie haben ja noch eine lange Fahrt vor sich.« Inzwischen hatten Arnold die Kerosindämpfe im Haus die Tränen in die Augen getrieben.

Henry schnüffelte. »Rieche ich da Kerosin?«

»Ja, ja, genau. Ich bin gegen die Kanne gestoßen und habe sie umgekippt. Ich habe es gerade erst aufgewischt.«

»Ah … darum tränen Ihre Augen so«, folgerte Henry, den Blick noch immer fest auf Arnolds zuckendes Auge geheftet. »Am besten, Sie reißen sämtliche Türen und Fenster auf und lassen sie über Nacht offen. Es ist verflixt schwer, diesen Gestank aus dem Haus zu bekommen.«

»Ja, ja, das werde ich tun.« Arnolds Unmut wuchs mit jeder Sekunde, die dieser Trottel sich weigerte, endlich zu verschwinden. Es gab nur eine Möglichkeit, ihn loszuwerden. Er schlug ihm die Tür vor der Nase zu.

Henry kam sich wie ein Idiot vor, als er vor der geschlossenen Haustür stand. Er war etwa so freundlich willkommen geheißen worden wie eine Sandfliegenplage.

Enttäuschung zeichnete sich auf Wiremus Gesicht ab.

»Also, dann ab nach Hause«, sagte Henry, legte Wiremu die Hand auf die Schulter und schob ihn zum Wagen.

»Aber wir haben Libby gar nicht gesehen«, protestierte Wiremu und blickte zum Haus zurück, während er die Fersen in den Boden stemmte.

»Du hast gehört, was er gesagt hat, Wiremu. Sie sind alle schon im Bett. Ich habe dir gleich gesagt, dass das passieren kann. Komm jetzt, auf den Wagen mit dir. Deine Mutter wird böse sein, wenn wir zu lange wegbleiben.«

Die Fahrt war reine Zeitverschwendung gewesen, was Henry nicht weiter überraschte. Price, für den ihr Besuch nicht gerade eine wohlwollende Geste darstellte, hatte keinen Hehl aus seiner Abneigung gemacht, genau wie Henry befürchtet hatte.

Es war fast vollständig dunkel, als sie den Weg entlangfuhren, der vom Haus zur Straße führte. Wiremu lehnte Henrys Vorschlag ab, sich hinten auf den Wagen zu legen und zu schlafen, sondern zog es vor, sich in eine Decke gehüllt neben seinen Vater auf den Bock zu setzen.

»Du solltest lieber zusehen, dass du etwas Schlaf bekommst«, beharrte Henry. »Wir haben eine lange Fahrt von uns.«

Wiremus Unterlippe bebte. »Ich mag Mr Price nicht«, erklärte er halsstarrig. »Er hätte uns erlauben sollen, Libby zu sehen, selbst wenn sie schläft.«

Auch Henry hatte nicht allzu viel für ihn übrig, doch angesichts der späten Stunde und der Tatsache, dass ein anstrengender Tag hinter Price und seiner Familie lag, war seine Behauptung, alle lägen bereits in ihren Betten und schliefen, sicher keine Lüge gewesen.

»Nein, Sohn«, widersprach er und fühlte sich ausnahmsweise verpflichtet, für Price Partei zu ergreifen, »Mr Price mag zwar ein Mann sein, der … nun ja … seine eigenen Ansichten und Methoden hat, aber« – Henry wählte seine Worte mit Bedacht – »ich bin sicher, er würde sich nicht aus böser Absicht weigern, dass wir Libby sehen. Er wollte sie nur nicht stören, das ist alles.«

Wiremu presste die Lippen aufeinander – genau so, wie Henry es nach Mais Aussage tat, wenn er von etwas ganz und gar nicht überzeugt war.

Arnold stürzte ins Wohnzimmer und beobachtete, wie Henry und Wiremu Bramwell auf den Wagen kletterten. Er würde warten, bis sie die Straße erreicht hatten und ein Stück weit gefahren waren, ehe er das Haus anzündete. Auf diese Weise wäre es zu spät, wenn Bramwell die Flammen bemerken und umkehren würde. Bis dahin wäre die Budd-Familie längst verkohlt und er ein trauernder Witwer.

Wenn er das Feuer vor Libbys Zimmer erst einmal entzündet hätte, würde es nur Sekunden dauern, ehe sich die Flammen über die Kerosinspur bis zum Schlafzimmer fraßen, wo Sylvia lag. Keine der beiden hätte auch nur die geringste Überlebenschance. Danach würde er Jacks Zimmer lieber selbst anzünden, statt zu warten, bis es die Flammen von allein erreicht hatten. Er wollte mit eigenen Augen sehen, wie die Leiche des Jungen verkohlte, so dass niemand seine Verletzungen mehr erkennen konnte. Nervös ging er im Korridor auf und ab, zog ununterbrochen seine Taschenuhr heraus und überprüfte die Zeit, die im Schneckentempo dahinzukriechen schien.

Wiremu kippte nach vorn, als der Wagen über den Weg holperte. Henry bekam ihn gerade noch rechtzeitig zu fassen, bevor er vom Sitz fiel. »Geh nach hinten, Sohn. Du schläfst ja schon im Sitzen ein und fällst noch herunter. Gerade eben wäre es fast so weit gewesen. Deine Mutter wird nur allzu froh sein, wenn sie dich wohlbehalten und gesund wiederbekommt.«

Diesmal gehorchte Wiremu, saß jedoch innerhalb von Sekunden wieder neben Henry und hielt die Schachtel mit den Süßigkeiten in der Hand, die Anne für Libby eingepackt hatte.

»Wir haben vergessen, die hier bei Mr Price zu lassen«,

sagte er, inzwischen wieder hellwach. »Wir müssen zurückfahren.«

Henry betrachtete die hübsche, mit einer scharlachroten Schleife verzierte Schachtel. Es war nichts Lebensnotwendiges. Libby würde sicher nicht sterben, wenn sie keine Karamell- und Malzbonbons bekam.

»Fahren wir zurück, Pa?«

»Nein, wir geben sie Libby, wenn sie uns das nächste Mal besucht.«

»Ma wird bestimmt böse, wenn wir mit Libbys Geschenk nach Hause zurückkehren.«

Henry lächelte. Mochte sein, dass Mai ein wenig verärgert wäre, dass er nach der langen Fahrt vergessen hatte, das Geschenk abzuliefern, aber sie war keine Frau, die sich allzu lange mit Bagatellen aufhielt. Doch dann dachte er daran, wie krank sie gewesen war. Wie groß die Gefahr gewesen war, sie endgültig zu verlieren. Wenn es ihr eine Freude bereitete, das Geschenk wohlbehalten bei Libby zu wissen, würde er dafür sorgen. Es bestand kein Grund, Price noch einmal zu belästigen. Wiremu könnte das Päckchen einfach auf die Vordertreppe legen, wo sie es am nächsten Morgen finden würden.

»Du hast recht, mein Sohn. Wir fahren zurück und legen Libbys Päckchen vor die Tür.«

Wiremu strahlte.

Arnold sah erneut auf die Uhr. Inzwischen sollte Bramwell längst auf der Straße und unterwegs nach Hokitika sein. Selbst wenn er oder der Junge die Flammen sehen würden, hätten sie keine Chance, umzukehren und das Haus noch rechtzeitig zu erreichen.

Im ersten Moment hatte er Bramwell verflucht, doch inzwischen war ihm aufgegangen, dass sein Erscheinen ein Glücksfall für ihn war. Dieser selbstgerechte Narr und sein Mischlingssohn könnten sich am Ende als unwissentliche Zeugen einer entsetzlichen Tragödie erweisen. Die Kerosindämpfe ließen ihm die Tränen übers Gesicht laufen, und sein Auge zuckte wie der Schwanz eines Rammlers beim Anblick eines Weibchens. Er riss ein Streichholz an und warf es gegen Libbys Zimmertür. Es landete in der Kerosinpfütze und entzündete sich mit einem lauten Fauchen.

Arnold drehte sich um, als er ein Scharren hinter sich hörte. »Großer Gott!«, schrie er beim Anblick seines Stiefsohns, der nackt und mit dem Spaten in der Hand auf ihn zutaumelte, während ihm das Blut über Gesicht und Brust lief. Arnold sprang zur Seite, doch der Schreck über die unerwartete Wiederauferstehung des Jungen verlangsamte seine Reaktionen, so dass der Spaten mit voller Wucht in seiner Magengrube landete.

In diesem Augenblick stürzte sich ein knurrendes Fellbündel auf ihn, und Nipper, an deren Hals noch das durchgebissene Seilende baumelte, vergrub ihre messerscharfen Zähne in seiner Hand. Mit seiner unverletzten Faust schlug er nach dem Kopf der Hündin, ehe er ihren Kiefer zu fassen bekam, so dass er ihr Gebiss lockern und sie von sich schleudern konnte. Wieder ging Jack auf ihn los, verfehlte ihn jedoch, indem Arnold zur Seite hechtete. Einen Augenblick später hatte er ihm den Spaten entwunden. Jack machte kehrt und floh.

»Diesmal kommst du mir nicht davon, du kleiner Mistkerl«, knurrte Arnold und wirbelte herum, als hinter ihm etwas knackte und die Flammen mit einem lauten Dröhnen zum Leben erwachten. Ein Schrei entrang sich seiner Kehle, er wurde von den Füßen gerissen und durch den Raum geschleudert. Glühend heiße Klingen schienen sich durch seinen Körper zu bohren. Entsetzt bemerkte er, dass seine Jacke in Flammen stand, rappelte sich hoch und taumelte durch die Tür ins Freie.

Henry und Wiremu kamen gerade um die letzte Biegung auf dem Weg, der zum Haus der Budds führte, als sie die Explosion hörten, während der Himmel vor ihnen von orangeroten Flammen erhellt wurde.

Henry sprang vom Wagen und stürzte zum Haus, aus dem Flammen und Rauch schlugen, die ihn zwangen, zurückzuweichen.

»Pa! Sieh doch, da drüben! Da ist Jack!« Wiremu sprang ebenfalls vom Wagen und deutete zur Hausecke, wo sich der splitternackte Jack schwankend an einem Verandapfosten festklammerte.

»Mutter und Libby – sie sind noch drin!«, schrie er heiser und deutete auf die ihnen abgewandte Seite des Hauses. Gerade als Henry und Wiremu ihn erreichten, sackte er in die Knie.

Wiremu, der vor Henry losgelaufen war, zeigte auf ein Fenster. »Pa! Sie können nicht raus – Libby und ihre Mutter – sie sind eingesperrt!«

Henrys Herz hämmerte gegen seinen Brustkasten.

»Weg da!«, schrie er, zog eilig seine Jacke aus und wickelte sie sich um die Hand, dann schlug er das Fenster ein und wich zurück, als die Scherben auf ihn herabregneten. Mit einigen kurzen Hieben schlug er die scharfkantigen Scherben aus dem Rahmen, griff hinein und hob Libby heraus, die hustend und japsend in seinen Armen zusammenbrach. Er reichte das Mädchen an Wiremu weiter und wandte sich wieder dem Fenster zu. Der dichte Qualm brannte in seinen Augen, so dass er Sylvia kaum erkennen konnte.

»Los, beeilen Sie sich!«, schrie er. »Wir dürfen keine Zeit verlieren.« Sengende Hitze drang aus dem Raum, während sich die Flammen beängstigend schnell über die Holzwände fraßen.

»Warten Sie!«, stieß Sylvia hervor und verschwand aus seinem Blickfeld.

»Sylvia!«, schrie Henry. Wo um alles in der Welt war sie? Er beugte sich durchs Fenster, doch seine Augen tränten so heftig, dass er nichts erkennen konnte, während seine Lungen von der brüllenden Hitze brannten. Ein erstickter Husten schüttelte ihn.

In diesem Moment tauchte eine magere Gestalt mit einer kleinen Kassette in der Hand auf, die sie mit einem Schrei aus dem Fenster schleuderte, wo sie leise polternd auf dem Boden landete.

»Los! Schnell! Sie müssen sofort hier raus!« Henry hatte die Worte laut hinausschreien wollen, brachte aber lediglich ein heiseres Krächzen zustande.

Sylvia packte seine Hände, worauf er ihre Handgelenke umfasste und zog. Sie schaffte es, sich ein Stück weit herauszuwinden, doch plötzlich blieb sie stecken. Henry packte ihr Nachthemd und riss mit aller Kraft. Es gelang ihm, sie einige Zentimeter weit zu ziehen, dann verfing sich der Stoff an einer Scherbe. Sie schrie vor Schmerz, als sich das Glas in ihr Fleisch bohrte. Unbeirrt zerrte Henry weiter. Lieber ein verletztes Bein als bei lebendigem Leib zu verbrennen, dachte er, und endlich glückte es ihm, sie vollends zu befreien.

Kapitel 38

Henry gab Jack sein Hemd, damit er sich wärmen und seine Blöße bedecken konnte. Auf dem Weg nach Hokitika redete der Junge nahezu ohne Pause. Nipper hatte ihn gerettet, erklärte er. Er wäre nie im Leben zu sich gekommen, hätte er nicht ihr jämmerliches Winseln gehört und die feuchte Hundezunge auf seiner Wange gespürt.

Henry war entsetzt, als ihm die ganze Situation bewusst wurde. Bis zu einem gewissen Grad trug er die Schuld an dem, was vorgefallen war. Er hatte gewusst, dass etwas nicht stimmte … dieser Kerosingestank, Prices seltsames Verhalten, Libbys Angst vor ihm. Er hätte auf seinen Instinkt vertrauen, sich Zugang zum Haus erzwingen und Price von seinem teuflischen Vorhaben abbringen sollen.

Dieser Mann war nicht nur skrupellos, sondern vollkommen verrückt. Libbys Behauptung, sie habe beobachtet, wie dieses Schwein einen Mann getötet hatte, war mit einem Mal bedenklich glaubhaft geworden.

Unterwegs machte Henry bei der Polizei Halt, um Prices Brandstiftung und den versuchten Mord zu melden. Niemand wusste, wozu dieser Mann fähig wäre, solange er sich auf der Flucht befand. Je schneller er geschnappt und hinter Schloss und Riegel gebracht wurde, umso besser.

»Was in Gottes Namen ist denn passiert?«, rief Anne Gilpin beim Anblick der jämmerlichen Gestalten. »Oh, ich wusste doch, dass da etwas nicht stimmt. Zum Glück schläft

Mai schon. Sie würde einen Schock erleiden, wenn sie euch in diesem Zustand sehen würde.«

Henry, der die halb bewusstlose Libby auf den Armen trug, war am Ende seiner Kräfte. Seine Lungen brannten vom Qualm, die Brandblasen an seinen Händen schmerzten, und er war völlig erschöpft von der schlaflosen Nacht. Behutsam legte er Libby auf das Sofa in der Küche, ehe er auf einen Küchenstuhl sank.

Jack hatte seine Mutter inzwischen ebenfalls zum Sofa geführt, wo sie sich zu Libbys Füßen niederließ.

Nur allzu gern übergab Henry das Kommando an Anne. Wie ein General scharte sie ihre Truppen um sich, und er war von ganzem Herzen dankbar dafür, dass Mai darauf bestanden hatte, ihr eine Stellung in ihrem Haus zu geben.

Anne weckte Don und schickte ihn los, den Doktor zu holen. Henry sollte, nachdem er wieder zu Atem gekommen war, das Feuer im Kamin entfachen und die Zinnwanne aus dem Waschhaus hereintragen. Wiremu wurde angewiesen, die Wasserkessel zu füllen, nur Jack, dessen Kopf noch immer blutverschmiert war und der nun erschöpft zusammensackte, ließen sie ein wenig ruhen.

Der Doktor traf innerhalb einer Viertelstunde ein, begleitet von Don, der schier platzte vor Stolz, weil er mit dem Doktor in dessen Einspänner zum Laden gefahren war. Jacks Wunde wurde gesäubert und verbunden, ehe sich der Arzt um Sylvias Verletzung kümmerte. Libby, die zwar noch immer nach Atem rang, war mit ein paar oberflächlichen Kratzern an den Händen davongekommen.

»Ich würde dringend raten, Ihre Tochter wieder ins Seaview Hospital einweisen zu lassen, Mrs Price«, sagte der Doktor, nachdem er Libby untersucht hatte. »Ihre Epilepsie verschlimmert sich nur weiter, wenn sie nicht behandelt wird.«

»N-Nein!« Libby setzte sich auf und schlang die Arme um ihre Mutter.

»Mach dir keine Sorgen, Liebes«, meinte Sylvia beschwichtigend, deren Gesicht grau vor Erschöpfung und Schmerzen war. »Diesen Ort siehst du nie wieder von innen.« Sie schaute dem Arzt in die Augen.

»Meine Tochter wird nicht noch einmal einen Fuß in diese Klinik setzen. Ihr Platz ist zu Hause bei ihrer Familie. Wenn sich ihre Anfälle verschlimmern, dann ist es eben so. Doch eines sage ich Ihnen, Doktor: Gegenüber vorher konnte ich keinerlei Verbesserung ihres Zustands feststellen.«

»Aber im Lauf der Zeit, Mrs Price ...«

»Niemals! Und sprechen Sie mich nie wieder mit diesem Namen an!« Mühsam, da die Verbände ihre Bewegungsfähigkeit einschränkten, löste sie ihre Arme aus der Umklammerung ihrer Tochter und drückte sie ebenfalls an sich. »Nun, da dieser Mann aus unserem Leben verschwunden ist, wird Libby bei mir und Jack sicher sein.«

Mai, die von dem Tumult erwacht war, gesellte sich zu ihnen, während Henry die Vorkommnisse der vergangenen Nacht schilderte. »Ich hielt es für das Beste, sie herzubringen«, schloss er.

»Was Libby und Sie durchgemacht haben«, sagte Mai zu Sylvia, voller Dankbarkeit, dass die kleine Familie die Tragödie halbwegs unbeschadet überstanden hatte.

Sylvia schüttelte heftig den Kopf. »Was ich erduldet habe, war im Grunde gar nichts. Die arme Libby ist diejenige, die am meisten ertragen musste ... und Jack. Dieser elende Verbrecher hätte uns ohne Skrupel ermordet.« Ein Schluchzen entrang sich ihrer Kehle. »Ich werde es mir niemals verzeihen, dass ich mich von ihm habe einwickeln lassen und meine Familie in eine solche Gefahr gebracht habe.«

»Das konnten Sie doch nicht wissen. Dieser Mann ist offenbar ein geübter Lügner«, wandte Mai ein und ließ es sich trotz Annes Protest nicht nehmen, bei der Zubereitung des Frühstücks zu helfen.

Ein bitterer Ausdruck lag auf Sylvias Gesicht. »Trotzdem hätte ich wissen müssen, dass er nur hinter meinem Hab und Gut her war. Dass eine Frau meines Alters und mit meinem unscheinbaren Aussehen keinerlei Anziehungskraft auf ihn ausüben kann.«

»Das Frühstück ist fertig«, verkündete Anne, offenbar entschlossen, aus Mitleid für Sylvia und Verlegenheit das Thema zu wechseln. »Wie wollen Sie Ihr Porridge mit den verbundenen Händen essen?«

»H-helfen?«, fragte Libby, nahm einen Löffel und gab ein wenig Brei aus Sylvias Schüssel darauf.

»Oh, gütiger Himmel, Kind, ich kann doch nicht zulassen, dass du so etwas tust. Ich komme mir ja wie ein Baby vor.«

Libby hielt Sylvia den Löffel vor den Mund. »P-pusten.«

Sylvias Verblüffung angesichts dieses Rollentausches war beinahe komisch, trotzdem pustete sie gehorsam und rang sich ein Lächeln ab, als alle lachten.

Henry verschlang sein Frühstück im Handumdrehen. »Ich mache mich dann auf den Weg. Bestimmt haben sie schon mit der Suche nach Price angefangen.« Er wandte sich Anne zu. »Ich kann doch darauf vertrauen, dass Sie und Jimmy sich hier um alles kümmern?«

»Gab es bis jetzt einen Anlass zur Beschwerde?«

»Keineswegs.«

Henry drückte Mai einen Kuss auf die Wange. »Du solltest dich lieber wieder hinlegen und ausruhen, wenn du gefrühstückt hast.«

Als Henry aufgebrochen war, wanderte Mai ruhelos im Laden umher. Prices gemeiner Verrat und der Tod, dem die Budds nur knapp entkommen waren, wollten ihr nicht mehr aus dem Sinn gehen. Sie dachte an Sylvias und Libbys Verletzlichkeit; daran, wie Agnes Roberts und ihre Kinder auf Gedeih und Verderb ihrem betrunkenen Schwein von Ehemann ausgesetzt waren; an die Frauen, die Hohn und Spott getrotzt hatten, um ihre Meinung zur Abstinenz zu verkünden.

Eine Idee begann in ihrem Kopf Gestalt anzunehmen. Ohne auf Annes Einwand zu achten, verließ sie den Laden. Nach nicht einmal einer Stunde war sie wieder zurück.

»Ich habe schon die ganze Straße nach Ihnen abgesucht«, schimpfte Anne. »Sie haben uns einen Heidenschreck eingejagt. Henry zieht mir bei lebendigem Leib das Fell über die Ohren, wenn Ihnen etwas zustößt. Wo waren Sie denn die ganze Zeit?«

»Ich musste etwas erledigen, das ich hätte schon lange tun sollen. Etwas, das Henry möglicherweise nicht gefallen wird«, erwiderte Mai mit einem Anflug von Trotz in der Stimme. Bei der Vorstellung, was ihr Ehemann zu den Plänen sagen würde, die sie umzusetzen begonnen hatte, wurde ihr heiß und kalt.

Kapitel 39

Sie fanden Price am späten Nachmittag. Er lag in der Nähe des Sägewerks mit dem Gesicht nach unten im Moos. Henry hörte seine gedämpften Rufe als Erster. Er rollte den Mann auf den Rücken und wich entsetzt zurück. Eine Hälfte seines Gesichts sah wie geschmolzen aus, und das Auge war vollständig verschwunden.

Henry schluckte die Gallenflüssigkeit hinunter, die in seiner Kehle aufstieg. Bei genauerer Betrachtung stellte er fest, dass Prices zweites Auge nicht fehlte, sondern lediglich die Haut der Lider nahezu vollständig verbrannt war. Sie hoben ihn auf die Füße, legten ihm Fesseln an und führten ihn zur Lichtung.

»Jedes Mitgefühl für diesen Kerl ist reine Verschwendung«, grollte der Sergeant und wandte dem winselnden Mann den Rücken zu.

Hinter den Männern hörte Henry ein leises Miauen. Er drehte sich gerade noch rechtzeitig um, um etwas Rotweißes im Gebüsch verschwinden zu sehen.

»Hierher, Kätzchen«, rief er, ging in die Hocke und streckte die Hand aus.

Misstrauisch näherte sich das Tier und berührte mit seiner trockenen, rauen Nase seinen Finger. Dann sprang es pfeilschnell zurück und begann, mit der Pfote einen schmutzig-gelben Gegenstand auf dem Boden herumzuschubsen.

Henry hob das Ding auf und betrachtete es eingehender. »Großer Gott«, stieß er hervor. Es war ein Fingerknochen.

Beim vorsichtigen Ausheben der Grube kam ein Schädel mit einem Haarbüschel daran zutage, gefolgt von einem nahezu vollständig erhaltenen Skelett. Kleidungsreste bedeckten manche der bräunlich-grauen Knochen, ebenso wie das eine oder andere ausgetrocknete Stück Gewebe, das sich möglicherweise aufgrund der Nähe des Grabes zum Sumpf nicht zersetzt hatte.

Schließlich stieß die Schaufel auf Metall. Der Sergeant befahl seinen Männern, die Arbeit zu unterbrechen, kniete sich hin und schob ein wenig Erde beiseite, worauf eine schmutzverkrustete Geldkassette zum Vorschein kam.

Die sterblichen Überreste wurden aus der Grube geholt, in ein Leintuch gehüllt und auf eines der Pferde gehoben, während der Sergeant die Geldkassette an sich nahm. »Könnte Hinweise darauf geben, wer er war.«

Keiner der Männer mochte den Sattel mit Price teilen. »Lieber nehme ich die Leiche mit«, grollte sogar einer von ihnen und spie aus, so dass es am Ende dem Sergeanten zufiel, Price zu sich aufs Pferd zu heben.

Die Katze war im Gebüsch verschwunden, als die Männer zu graben begonnen hatten, und tauchte erst wieder auf, nachdem sie fertig waren. »Komm her, Kätzchen«, lockte Henry leise.

Das Tier starrte ihn aus seinen grünen Augen an, ohne zu blinzeln. Henry starrte zurück, wobei ihm der kurze Schwanz des Tieres auffiel.

»Da hol mich doch der Teufel! Du bist ja gar kein Streuner, oder? Komm her, Bobby, komm.«

Die Ohren des Katers richteten sich auf. Er trat zu Henry

und rieb den Kopf an seiner Hand, während ein lautes Schnurren in seiner Brust vibrierte.

»Na, Kleiner, du reitest mit mir«, sagte er und schob Bobby in seine offene Jacke.

Die Stimmung der Männer, die in den verkohlten Überresten des Hauses zurückgeblieben waren, um nach Spuren zu suchen, war reichlich gedrückt. »Das hier haben wir im Waschhaus gefunden«, sagte einer und reichte dem Sergeanten eine Leinenreisetasche.

»Guter Mann.« Der Sergeant durchsuchte den Inhalt der Tasche und zog einen Umschlag heraus, der einige Papiere enthielt. Eilig überflog er sie.

»Die Eigentumsurkunde des Hauses der Budds, eine Versicherungspolice – so eine Überraschung! – und jede Menge auf Arnold Price lautende Wechsel.« Er blätterte durch die restlichen Unterlagen und hielt inne. Er hob ein Blatt Papier hoch, so dass die anderen Männer es sehen konnten. »Das hier ist eine Quittung, die auf einen gewissen Alfred Thwaites ausgestellt wurde. Für ein Gebiss, gefertigt von einem Zahndoktor in Dunedin, am 14. Juni 1876.« Er tippte mit dem Zeigefinger darauf und wandte sich an den einzigen anderen Polizisten unter ihnen.

»Desmond, alter Junge«, sagte er, »du warst doch damals in diesem Bezirk eingesetzt, richtig?«

Der Constable nickte. »Aye, das war ich.«

»Erinnerst du dich, wie Grub Parkers Leiche an den Strand von Hokitika gespült wurde? Das muss im April dieses Jahres gewesen sein. Etwa um die Zeit, als Donald MacKinnon gestorben ist, deshalb kann ich mich noch daran erinnern. War es nicht so?«

»Aye … aye, ja, das stimmt«, bestätigte der Constable nach einem Moment.

»Dann wissen wir jetzt wohl mit ziemlicher Sicherheit, weshalb wir Alf Thwaites' Leiche nie gefunden haben. Weil es nämlich gar keine Leiche gibt. Da ist unser Mann.« Er nickte in Arnold Prices Richtung, der zusammengesunken auf dem Pferd des Sergeanten saß. »Mrs Budds neuer Ehemann ist kein anderer als Alf Thwaites.«

Seit ihrer Rückkehr schwankte Mai zwischen gespannter Erregung und Beklommenheit. Es war fast zehn Uhr abends, und sie, Anne und Jimmy saßen in der Küche und warteten auf Henry.

»Ich muss eine Sache mit euch besprechen, will aber nicht riskieren, etwas zu sagen, bevor Henry hier ist«, hatte sie ihnen mehrere Stunden zuvor erklärt.

Die Uhr auf dem Kaminsims schlug.

Jimmy gähnte. »Mai, meinst du nicht, dass das, was du uns zu sagen hast, bis morgen früh warten kann? Sylvia ist schon lange eingeschlafen.« Er nickte in Sylvias Richtung, die neben Anne auf dem Sofa döste. »Anne und ich müssen morgen früh mit den Hühnern raus.«

»Bitte, nur noch ein paar Minuten«, bettelte Mai und sah in diesem Moment mit einer Mischung aus Erleichterung und Besorgnis Henry die Küche betreten.

»Alle Achtung, das ist wirklich nett. Ein Empfangskomitee«, scherzte er, knöpfte seine Jacke auf und hob ein ingwerfarbenes Fellknäuel heraus, das er grinsend auf den Boden stellte. »Ich schätze, wir werden morgen früh eine überglückliche Libby erleben, wenn sie das hier sieht.«

»Bobby? Libbys Kater. Der schwächliche kleine Kerl aus Puss' Wurf?« Mai streichelte den Rücken des Katers, der sich an ihrem Bein rieb.

»Sieht ganz danach aus. Ich habe ihn heute Nachmittag

in der Nähe des Hauses der Budds im Gebüsch gefunden.« Henry nahm eine kalte Lammkeule aus dem Vorratsschrank und schnitt eine Scheibe davon ab. Er ließ sie vor Bobby hin und her baumeln und lachte leise, als der Kater daran schnupperte und sich bettelnd auf die Hinterbeine erhob.

Sylvia schreckte aus dem Schlaf. »Eine Katze mit Stummelschwanz. Sehr seltsam.« Sie sah zu, wie Bobby gierig seine Zähne in das Fleisch grub. »Das arme Kerlchen, so dünn. Man sieht sogar seine Rippen.«

»Nichts, was man mit einer anständigen Portion Futter nicht wieder hinbekäme. Erkennen Sie ihn denn nicht wieder?«

Sylvia kniff die Augen zusammen. »Nein … Oh! Das ist doch nie im Leben unser Bobby!«

»Doch, genau der.«

»Wir dachten, er sei längst tot. Es ist ein Wunder, dass er diesen schrecklichen … Unfall überlebt hat.« Bestürzt sah sie Henry an. »Ich dämpfe Ihre Begeisterung ja nur ungern, aber ich ertrage die Vorstellung nicht, Libby könnte dem armen Tier noch einmal etwas antun.«

Anne ergriff das Wort. »Libby würde niemals ein Tier mit Absicht verletzen.«

»Nicht mit Absicht, das nicht. Aber niemand weiß, wozu sie fähig ist, wenn sie einen ihrer Anfälle hat. In diesen Momenten ist sie nicht Herr über ihr Handeln.«

»Nun, da dieser Mann nicht mehr zu Ihrem Leben gehört, wird sich Libbys Zustand hoffentlich bessern«, meinte Anne.

»Ich bete, dass Sie recht haben«, erklärte Sylvia.

Seit Henrys Rückkehr flatterten Mais Nerven. So erfreulich es sein mochte, dass Bobby lebte, hatte sein Auftauchen sie doch davon abgehalten, ihre Pläne darzulegen.

»Ich möchte euch einen Vorschlag machen«, sagte sie nun.

»Einen, von dem wir alle profitieren könnten. Und es muss noch heute Abend entschieden werden.« Besorgt sah sie zu Henry hinüber, wohl wissend, dass er die Hände ringen würde, wenn er von ihrem Vorhaben erführe.

»Nach allem, was Sylvia und ihrer Familie widerfahren ist und was auch Frauen wie Agnes Roberts erdulden müssen, ist mir klargeworden, dass wir eine Zufluchtsstätte für Frauen und ihre Kinder brauchen. Irgendeinen Ort, wo sie sicher vor ihren Ehemännern sind und diese nicht an sie herankommen.«

Sie ließ den Blick von einem zum nächsten schweifen, als wollte sie sie herausfordern, ihr zu widersprechen. Als niemand Einwände erhob, fuhr sie fort, den Blick unverwandt auf Henry gerichtet.

»Ich habe heute mit Mr Selby gesprochen, Henrys Rechtsbeistand. Er verkauft die Fairway Pension im Auftrag der Besitzer. Sie wurde bei dem Brand nicht allzu schwer beschädigt, und mit ein wenig Arbeit und ein paar Reparaturen könnte sie innerhalb von ein paar Wochen wieder eröffnet werden. Die Besitzer sind nach Nelson gezogen und bereit, das Haus für einen überaus vernünftigen Preis zu verkaufen. Sogar zu einem äußerst verlockenden.«

»Verdammt, Mai! Eine Pension? Ich bin Lebensmittelhändler, kein Pensionswirt. Was sollte ich mit so einem Haus anfangen?«, warf Henry ein und sah drein wie ein Fisch, der an einem Angelhaken zappelt.

»Henry ... bitte ... wenn wir das Fairway kaufen würden, könnte Anne es – sofern sie bereit dazu ist – gegen ein Gehalt und Kost und Logis für uns leiten.«

Ein verzücktes Lächeln breitete sich auf Annes Zügen aus.

»Und Jimmy, wenn er interessiert wäre, könnte im Austausch für ein wenig Mithilfe auch dort wohnen. Und zwar zu einer wesentlich geringeren Miete, als er im Exchange Hotel bezahlt.«

»Und wozu das alles?«, fragte Henry verwirrt.

»Um Pensionsgäste zu beherbergen. Wozu sollte man sonst eine Pension nutzen? Aber wir könnten auch ein Zimmer für in Not geratene Mütter und ihre Kinder freihalten.«

»Bevor wir weitersprechen«, ergriff Jimmy das Wort, »erklärt mir vielleicht jemand, welche Aufgaben auf mich zukämen?«

»Du wärst eine Art Hausverwalter. Agnes Roberts hat gemeint, sie könnte ihren brutalen Ehemann niemals verlassen, selbst wenn sie sich Kost und Logis leisten könnte, was natürlich nicht der Fall ist, weil ihr Ehemann sie immer und überall finden würde. Jeder Vermieter würde sie sofort auf die Straße setzen, wenn dieser Kerl die Tür eintritt und solche Dinge.«

Mai, die sich allmählich in Fahrt redete, ließ den Blick eifrig von einem zum nächsten wandern und bemerkte begeistert, dass sie ihre ungeteilte Aufmerksamkeit hatte.

»Wenn uns die Pension gehören, Anne sie führen würde und Jimmy abends dort wäre, könnte er ein Auge auf Burschen wie Bert Roberts haben. Und das Haus steht in der Stafford Street, also nur ein paar Minuten von hier.«

»In der Stafford Street, zwischen dem Gaswerk und der Anglikanischen Kirche, das heißt, wir hätten die Gasversorgung direkt vor dem Haus, und an Gebeten würde es uns auch nicht mangeln, was ich sicher gut gebrauchen kann, wenn ich mich mit Männern wie Bert Roberts herumschlagen muss«, witzelte Jimmy, wurde jedoch sofort wieder ernst, als er Mais leicht gerunzelte Stirn sah.

Wohl wissend, wie wichtig Henry der Profit war, hatte Mai sich das Beste bis zum Ende aufgehoben. »Und wir würden ein hübsches Sümmchen damit verdienen. Denk darüber nach, Henry. Es gibt zwölf Zimmer, acht oben und vier im Erdgeschoss. Wenn Anne und Jimmy jeweils eines belegen, bleiben immer noch neun für reguläre Gäste übrig, sofern wir eines für in Not geratene Mütter und ihre Kinder in Reserve halten. Und wird es einmal nicht gebraucht, könnte es als Salon für die Gäste genutzt werden.«

»Verdammt, Mai, ich wünschte, du hättest das mit mir besprochen, bevor du alle anderen einweihst«, stieß Henry hervor, dessen Stimme sich um eine halbe Oktave gehoben hatte.

»Henry, bitte, es ist so wichtig. Da draußen gibt es Frauen, die dringend Hilfe brauchen, und das hier wäre eine wunderbare Möglichkeit dazu.«

»Ich weiß nicht … ich muss in Ruhe darüber nachdenken, Mai. Wieso ist es denn so lebenswichtig, dass noch heute Abend eine Entscheidung fällt?«

»Weil jede Minute, die wir länger warten, eine Minute ist, in der irgendwo eine arme Frau Schläge von ihrem Ehemann erdulden muss, die sie umbringen könnten.«

Mai wusste, dass die meisten Frauen, die eine Zufluchtsstätte brauchten, zögern würden, weil sie sich davor fürchteten, ihre Ehemänner zu verlassen, auch wenn es einen Ort gäbe, an den sie gehen konnten. Die Gesellschaft war nicht nett zu Frauen, die einen solchen Schritt wagten – sie wurden grundsätzlich gebrandmarkt.

»Sie hat bei Gott recht, Henry«, sagte Jimmy und schlug mit der Faust auf den Tisch. »Was sagst du?«

Mai warf Jimmy einen dankbaren Blick zu. Anne und Sylvia waren vom ersten Moment an auf ihrer Seite gewesen, das hatte sie gespürt. Doch sie hatte gewusst, dass es nicht einfach werden würde, Henry davon zu überzeugen. Einen

Mann zu haben, der sich für ihre Idee einsetzte, könnte jedoch den Ausschlag geben.

»Ich sage …« Henry starrte in die erwartungsvollen Gesichter der Menschen um sie herum. »… ich sage, dass ich mir diese Pension zuerst mit eigenen Augen ansehen will, und die Bilanzen, und dann werde ich eine Entscheidung treffen.«

Henry hatte nicht gänzlich zugestimmt, doch Mai war überzeugt, gewonnen zu haben. Trotz ihrer Begeisterung angesichts dieses Sieges wusste sie, welche Verantwortung das Vorhaben mit sich brachte. Sie holte tief Luft, um ihren Herzschlag zu beruhigen. »Henry, ich schwöre, du wirst diesen Schritt niemals bereuen.«

Kapitel 40

Am nächsten Morgen, als Libby noch schlief, trug Wiremu Bobby zu ihr und setzte ihn aufs Fensterbrett. Er unterdrückte ein Kichern, als der Kater sofort auf Libbys Bett sprang und ihr Gesicht abzulecken begann. Sie legte sich die Hand an die Wange. Bobby stupste sie an, um sie aufzufordern, seinen Kopf zu streicheln. Libby öffnete die Augen.

»B-Bobby!«

Der Kater legte eine Pfote auf ihre Finger. Libbys Grinsen reichte beinahe bis zu den Ohren.

»Kein Zweifel, was er damit sagen wollte«, bemerkte Henry, der im Türrahmen stand.

Grinsend kletterten Wiremu und Don aufs Bett und streichelten den Kater.

»W-wo finden?«

»Pa hat ihn gestern in der Nähe des Sägewerks im Gebüsch gefunden«, antwortete Wiremu. »Und Mr Price auch. Er ist im Gefängnis, stimmt's, Pa?«

»Ja, das stimmt. Du brauchst keine Angst mehr vor ihm zu haben, Libby.«

Im Gegensatz zu den anderen, die sich im Türrahmen versammelt hatten und Libby, dem Jungen und dem Kater zusahen, blickte Sylvia unbehaglich drein. »Das arme Kerlchen ohne seinen Schwanz. Ich bete, dass sie ihm nicht mehr wehtun wird.«

Libby fuhr herum. »N-nicht i-ich.« Sie legte eine Hand auf den Rücken des Katers und tat so, als halte sie ihn mit der anderen fest. »A-Arnold«, stotterte sie und machte eine sägende Bewegung über Bobbys Schwanzstummel. »Schneidet M-Mama K-Kehle durch, wenn ich v-von M-Mann e-e-erzähle.«

»Oh Gott, es war Price, der Bobby das angetan hat. Und es war kein Unfall«, stieß Henry angewidert hervor.

Ein Stöhnen entrang sich Sylvias Kehle, während ihr Gesicht mit einem Mal grau wurde und sie sich am Türbogen festklammerte. Verwirrt starrte sie auf die Blutlache, die sich zu ihren Füßen ausbreitete, ehe sie zu schwanken begann und Sekunden später zusammensank.

Henry, der mit Frauenangelegenheiten nicht recht umzugehen wusste, war heilfroh, dass man ihn losschickte, um den Doktor zu holen.

»Ich sage dir, Jimmy, dass Sylvia ihr Baby verloren hat, war ein ziemlicher Schock«, meinte Henry später an diesem Morgen. »All dieses Blut, und die Frau, die aussah, als könnte man sie in den nächsten Sarg legen. Trotzdem halte ich es für das Beste. Wer weiß, was dieses Kind von Price geerbt hätte.«

Gähnend stellte er fest, dass ihm an diesem Morgen gut und gern noch eine Stunde Schlaf fehlte. Sie waren bis weit nach elf Uhr wach gewesen, um über Mais Idee, das Fairway zu kaufen, zu diskutieren. Was ihn, obwohl er es nicht zugeben wollte, mit großer Begeisterung erfüllte – wenn auch eher angesichts des Profits, der sich damit machen lassen würde, und weniger wegen der Aussicht, irgendwelchen Frauen Schutz vor Schlägen und Misshandlungen zu bieten. Später hatte sich die Unterhaltung um die Suche nach Price oder, besser gesagt, nach Thwaites, wie sie inzwischen erfahren hatten, gedreht. Alle waren sehr erleichtert gewesen, zu hören, dass die Männer ihn aufgestöbert hatten, doch der Schock über den Fund der nicht identifizierten Leiche war dennoch groß gewesen.

»Der arme Teufel. Ich frage mich, wie lange er wohl dort gelegen hat«, hatte Jimmy erschüttert gesagt und zweifellos dem Schicksal gedankt, dass er nicht das Opfer der beiden Verbrecher geworden war.

»Eine beträchtliche Zeit, würde ich vermuten. Und ohne Bobby, der diesen grässlichen Fund gemacht hat, würde er noch immer dort liegen. Es steht außer Frage, dass Thwaites und Parker es waren. Und wir dachten, die Geschichte der armen Libby sei lediglich eine wirre Fantasie ihres gestörten Verstands.«

»Leider ist er nicht umgekommen, als das Haus in Flammen aufging. Er wäre kein Verlust für die Welt gewesen und hätte dem Henker eine Menge Arbeit erspart«, bemerkte Jimmy. »Wobei mir die Vorstellung, diesen Mistkerl am Strick baumeln zu sehen, eine große Genugtuung bereitet. Ich sage dir, Henry, wir können froh sein, dass die Budds überlebt haben, um alles zu erzählen, und dass Libby kein dauerhafter Schaden zugefügt wurde.«

Henry sah zu Wiremu hinüber, der auf der Leiter stand und Schachteln mit verschreibungspflichtigen Medikamenten ins oberste Regal an der hinteren Wand stapelte, die Libby ihm reichte.

»Kaum zu fassen, aber dies ist dasselbe Mädchen, das wir in der Nacht des Brands hergebracht haben«, sagte Henry, als Libby einen von Wiremus Scherzen mit ihrem typisch heiseren Gelächter quittierte.

»Und es ist schwer zu glauben, dass Sylvia auf dieses

Schwein hereingefallen ist«, fügte Jimmy hinzu und schüttelte angesichts von Sylvias mangelnder Menschenkenntnis den Kopf.

»Man kann sich nur wundern, was diese Frau sich gedacht hat. Andererseits ist man im Nachhinein immer klüger. Sogar Will war begeistert von dem Kerl, und ihm hätte ich weiß Gott ein besseres Urteilsvermögen zugetraut.«

»Das stimmt. Die arme Sylvia. All diese schrecklichen Ereignisse haben ihr mächtig zugesetzt«, meinte Jimmy.

»Genauso wie ihre üblen Brandwunden. Hätte sie sich gleich zu Beginn von mir aus dem Fenster ziehen lassen, statt noch einmal zurückzugehen und diese verdammte Schmuckschatulle zu holen, wären ihre Verletzungen vielleicht nicht so schwer gewesen.«

»Mich hätte keine Macht der Welt dazu gekriegt, in dieses Inferno zurückzugehen, wo die Hilfe schon so nahe war«, schnaubte Jimmy. »Schmuckschatulle hin oder her. Selbst wenn sie aus purem Gold gewesen wäre.«

»Ich auch nicht, aber sie hat mir erzählt, sie wäre lieber bei lebendigem Leib verbrannt, als Libbys Medaillon mit Wills Locke darin zurückzulassen.«

In diesem Augenblick betrat der Sergeant den Laden.

»Haben Sie schon irgendeine Ahnung, wer Thwaites Opfer sein könnte?«, fragte Jimmy.

»Das haben wir, Mr Edwards, das haben wir«, antwortete der Sergeant mit einem Anflug von Blasiertheit. Im Lauf der Jahre waren viele Männer irgendwo in den verwaisten Goldminen und dem dichten Wald entlang der Küste spurlos verschwunden. Dass er wenigstens eines der Geheimnisse um die Existenz eines Mannes lüften konnte, verschaffte ihm eine enorme Befriedigung.

»Und er war …?«

In diesem Moment kam Anne mit einem Tablett Tee und Brötchen für Henry und Jimmy herein.

Der Sergeant nickte zum Gruß. »Nun«, sagte er, unübersehbar erfreut, noch mehr Publikum zu haben. »Auf dieser Geldschatulle, die wir bei der Leiche gefunden haben, waren Initialen eingraviert. J. W. H. Vor Jahren verschwand ein Mann namens Jonathan Walter Hartley, und mit ihm eine beachtliche Geldsumme, die seinem Arbeitgeber gehörte. Damals glaubten wir, Hartley hätte sich mit dem Geld aus dem Staub gemacht, aber zu dieser Zeit trieben sich Thwaites und Parker hier in der Gegend herum, deshalb nehme ich an, dass sie diesen armen Teufel umgebracht und sich danach abgesetzt haben.«

Ein ersticktes Schluchzen drang aus Annes Kehle. »Wie war der Name, den Sie gerade erwähnten?«

»Thwaites?«

»Nein, der Mann, den er und Parker getötet haben.«

»Jon Hartley.« Interesse flackerte in den Augen des Sergeanten auf.

Anne streckte die Hand nach der Ladentheke aus und umklammerte sie. »Gilpin ist mein Mädchenname, aber nach meiner Heirat hieß ich Hartley. Mrs Jonathan Hartley.«

Eine Woche später wurden Jon Hartleys sterbliche Überreste beerdigt, doch einige Tage zuvor bat Anne darum, die Stelle aufsuchen zu dürfen, wo sie die Leiche ihres Ehemannes gefunden hatten.

»Halten Sie das für klug?«, fragte Jimmy. Was sollte es bringen?

»All die Jahre dachte ich, er hätte mich einfach sitzen lassen. Ich war überzeugt davon, dass er ein Dieb war, während mein armer Jon in Wahrheit ermordet wurde. Seit ich die

Wahrheit kenne, denke ich ununterbrochen an seine brutale Ermordung und an das Grab, in dem er so lange gelegen hat, ohne dass es jemand mitbekommen hat.«

»Wenn Sie wirklich dort hingehen müssen, werde ich Sie begleiten«, erklärte Jimmy.

Am nächsten Tag machten sie sich auf den Weg zum Sumpf.

Anne stand vor dem behelfsmäßigen Grab. Sie hatte den Kopf gesenkt, und ihre Lippen bewegten sich in stillem Gebet. Jimmy, der einen hysterischen Ausbruch erwartet hatte, war zutiefst beeindruckt von der ruhigen Würde der Frau. Als sie ihren Frieden geschlossen hatte, legte sie einen Kowhai-Zweig in die ausgehobene Grube. Jimmy betrachtete sie voller Mitgefühl.

Schließlich war sie zum Aufbruch bereit. Gemeinsam gingen sie den Pfad zu dem bis auf die Grundmauern niedergebrannten Haus der Budds zurück. Jimmy schritt voran und drückte mit seinem Stock in den Weg ragende Äste und Farnwedel zurück. Als sie sich dem Ende des Pfades näherten, blieb er stehen und bot Anne den Arm an.

Für den Bruchteil einer Sekunde glaubte er, sie würde ablehnen – wie er es in Wahrheit verdient hätte –, doch sie nickte und hakte sich bei ihm unter.

Epilog

Januar 1885

»NEIN, HENRY, NICHT dort. Sie müssen in den Wäscheschrank«, erklärte Mai und musterte Henry, der einen Armvoll Bettlaken auf den unteren Treppenabsatz gelegt hatte, mit gerunzelter Stirn.

»Aber ich dachte, Anne hätte gesagt, ich soll sie hier liegen lassen.«

»Das kann ich mir nicht vorstellen. Hier sind sie nur im Weg. Jemand wird noch darüber stolpern.«

Henry nahm die Laken und trug sie den Korridor hinunter zum Wäscheschrank.

Anne tippte ihm auf die Schulter.

»Henry, haben Sie denn nicht zugehört? Ich habe doch gesagt, Sie sollen die Laken am unteren Treppenabsatz liegen lassen, damit ich sie mitnehmen kann, wenn ich das nächste Mal nach oben gehe.«

»Das habe ich doch getan«, erwiderte Henry mit geduldiger Resignation, kehrte zur Treppe zurück und legte die Laken wieder auf die unterste Stufe, ehe er mit einem erschrockenen Laut zur Seite sprang, als einer der Roberts-Jungen das Treppengeländer heruntergerutscht kam.

»Manchmal kann ich beinahe mit Bert Roberts mitfühlen und verstehen, warum er so gern zur Flasche gegriffen hat«, grummelte er. Libby, die gerade ihren brandneuen Lederkoffer an der Eingangstür abgestellt hatte, kicherte.

Henry zwinkerte ihr zu. »Und ich dachte heute Morgen,

es sei ein Segen, einmal nicht in die Kirche zu müssen, aber im Vergleich hierzu wäre es fast himmlisch gewesen.«

Libby lächelte und vermutete, dass Onkel Henry ohnehin eingedöst wäre, sobald der Pfarrer mit seiner Predigt angefangen hätte.

Sie nahm die Laken. »Nach oben bringen«, sagte sie langsam und voller Begeisterung über die Klarheit ihrer Aussprache. Es schien, als hätte Alf Thwaites' Verhaftung und anschließende Exekution etwas in ihrem Innern aufbrechen lassen. Wenn sie nicht versuchte, zu schnell zu reden, wie es manchmal vorkam, wenn sie aufgeregt oder verärgert war, stammelte sie kaum noch und konnte sich durchaus verständlich machen. Und ihre Anfälle hatten sich nahezu vollständig gelegt.

Vier Monate waren vergangen, seit das Haus der Budds abgebrannt war. Jack hatte es mit Tanes Hilfe wieder aufgebaut, und heute würden sie und ihre Mutter endlich dorthin zurückkehren.

Ohne Eile ging sie die Treppe hoch, betrachtete die leuchtend roten Tapeten, das mit Bienenwachs polierte Treppengeländer und die beiden Gaslampen an der hinteren Wand, auf die Tante Mai so stolz war. Dicht an dicht hingen die gerahmten Fotografien der Bramwells, der Budds und von Anne und Mr Edwards – Erinnerungen, die bewahrt und jederzeit nach Belieben wieder hervorgeholt werden konnten.

Bobby, den Anne im Erdgeschoss aufgescheucht hatte, strich um ihre Beine. »Ich habe eine Schachtel, in die du ihn für den Transport geben kannst«, rief sie Libby zu.

Erst tags zuvor hatte Libby Onkel Henry zu Tante Mai sagen gehört, wie nett Anne und Mr Edwards inzwischen miteinander umgingen. Das hätte sie ihnen gleich sagen können. Sie lächelten einander ständig zu, und sie hatte schon häufig mitbekommen, dass Mr Edwards seine Hand auf Annes Hüfte liegen ließ, wenn sie sich unbeobachtet fühlten.

Sie erreichte den oberen Treppenabsatz und legte die Laken ab. Stimmen, Poltern und Schritte drangen von unten herauf. Überall herrschte emsige Betriebsamkeit, da es Libbys und Mutters letzter Tag in der Pension war. Tante Mai wollte, dass ihr Zimmer tapeziert und frisch gestrichen wurde, ehe sie es an andere Gäste vermieten konnten, deshalb hieß die Parole »Ran an den Speck«, wie Ann gesagt hatte.

Die Fairway Pension war seit dem ersten Tag, als Tante Mai und Onkel Henry die Renovierung abgeschlossen hatten, ein gewaltiger Erfolg. Sie hatten sieben Dauergäste, außerdem die Zimmer, die Anne, Mr Edwards, Mrs Roberts und ihre Kinder, Mutter und sie selbst bewohnten sowie eines, das für notleidende und bedürftige Frauen reserviert war. Nach dem heutigen Tag stünde noch ein weiteres zur Verfügung, da sie und Mutter abreisen würden, doch Onkel Henry hatte sich durchgesetzt.

»Genug ist genug, Mai. Wenn Sylvia und Libby fort sind, wird ihr Zimmer für einen zahlenden Gast verwendet«, hatte er geknurrt, auch wenn er mit einen Grinsen hinzugefügt hatte: »Und wenn Anne und Jimmy sich ein wenig beeilen und endlich heiraten würden, hätten wir noch ein weiteres Zimmer zu vermieten.«

Libby presste sich mit dem Rücken gegen die Wand, als Alison, ein zierliches, dunkelhaariges Mädchen der Roberts-Familie, mit einer Schachtel Putzlappen in der Hand vorbeieilte. Die Familie war in der Pension eingezogen, nachdem ihr Vater – wie Onkel Henry es ausgedrückt hatte – ihnen allen einen Gefallen getan hatte, indem er sich von einem fliehenden Pferd hatte zu Tode trampeln lassen. Alison war noch entsetzlich dünn gewesen, doch inzwischen sah sie wie ein Butterfässchen aus – das Resultat regelmäßigen und guten Essens.

Tante Mai hatte Mrs Roberts angeboten, ihr und den Kindern freie Kost und Logis zu gewähren, wenn sie im Gegenzug dafür Anne bei der Arbeit in der Pension half. Anne meinte, es sei eine Freude zu sehen, wie prächtig sich die Kinder entwickelten, nachdem sie ihrem Vater und dessen trunkenen Tobsuchtsanfällen nicht länger auf Gedeih und Verderb ausgesetzt waren.

»Jack ist da, um dich abzuholen«, rief Anne von unten herauf.

Libby nahm Bobby, steckte ihn in die Schachtel, die Anne ihr gegeben hatte, und lief hastig nach unten. Unter Tränen und freudigem Gelächter kletterten sie auf den Wagen. Libby schaute um das Kattunverdeck herum und winkte den anderen zum Abschied zu.

»Wir werden schon zurechtkommen, Liebchen, wart's nur ab«, sagte ihre Mutter und tätschelte Libbys Hand.

»Ich weiß.« Libby betastete ihr Medaillon und lächelte, als sie die Stimme ihres Vaters hörte.

»Ich bin immer nur einen Gedanken von dir entfernt … vergiss das nie.«

Dank

WIEDER EINMAL GILT mein großer Dank Harriet Allan, die mich angetrieben hat, bis die Feder glühte, und noch ein Stück weiter. Es muss wohl so ähnlich gewesen sein, als würdest du mir ohne Betäubung einen Zahn ziehen, Harriet. Mein Dank gilt auch diesen Menschen: Rachel Scott für ihr Lektorat mit Argusaugen und dem Rest des Teams bei Random House, die wie Cinderellas gute Fee alles darangesetzt haben, einen rohen Kürbis in eine strahlende Kutsche zu verwandeln; Dr. Denis Alder, Berater bei Forest Biometrics, für all die guten Ratschläge und seine Fähigkeit, meine Fantasie anzuregen; Mary Rooney, Archivarin im West Coast Historical Museum, ganz besonders für die wunderbare Karte der Revell Street in Hokitika während der Jahre 1891–96; Lynne Morrison von Dental and Medical Libraries an der Universität von Otago für ihre unermüdliche Suche in den Archiven und ihr geduldiges Ertragen all meiner Fragen – die teilweise, das muss ich zugeben, reichlich merkwürdig waren; Dr. Ted Nye für seine Bereitschaft, die medizinischen Szenen im Seaview Hospital zu lesen. Sollten irgendwelche Fehler darin vorkommen, gehen sie einzig und allein auf mein Konto; Bill Johnson für die Benutzung seiner gewaltigen Bibliothek – seine Begeisterung für die Geschichte der neuseeländischen Westküste ist ansteckend; Margaret Mort und ihren Kollegen im History House in Greymouth; Phillip Jeeves vom ARHS Railway Museum in Victoria, Australien, für die komprimierte Geschichte des Eisenbahnsystems in Victoria; außerdem Judy und Barry Otto, Iris Leach, Loren Teague sowie meiner Schwester, Margaret Stephen, für ihre Ermutigung, ihre Hilfe und Unterstützung.

Historische Anmerkungen

Bis zum Jahr 1866 teilten sich geisteskranke Patienten in Hokitika das städtische Gefängnis mit den Verbrechern. Ein neues Krankenhaus, das bis zu sieben »Verrückte« beherbergen konnte, wurde 1866 in South Spit erbaut, war jedoch bereits 1867 völlig überfüllt, so dass die Patienten ins Sunnyside Lunatic Asylum nach Christchurch geschickt wurden. Die Provinzregierung trug die Kosten von rund 1 Pfund pro Patient sowie 6 Pfund 10 für die Kutschfahrt des Patienten und seiner Begleitperson.

Als Westland 1868 die Selbstverwaltung zugesprochen wurde, bedeutete dies das Ende dieses Arrangements, so dass die zusätzlichen geistesgestörten Patienten erneut im Gefängnis untergebracht wurden. 1870 wurde die Haftanstalt offiziell als Irrenanstalt eingestuft, um dem Vorwurf zu entgehen, dass geistig kranke Menschen gesetzeswidrig dort einquartiert waren. Diese Situation blieb bis zum Bau des Seaview Mental Asylum im Jahr 1872 unverändert.

Hugh Gribben wurde zum Anstaltsleiter ernannt, während seine Frau als Oberschwester fungierte, was zu dieser Zeit gängige Praxis war. Sie blieben bis zu ihrem Ruhestand 1904 dort.

Seaview Terrace, wo die Anstalt noch heute steht, jedoch nicht mehr genutzt wird, wurde unter dem Namen Irrenhügel bekannt – Heimat der Toten, der Irren und der Schlimmen, da sich der Friedhof, die Anstalt und das

Gefängnis alle in unmittelbarer Nähe zueinander befanden.

Das Golden Age Hotel stand in der Revell Street in Hokitika. Minnie Cullen ist eine fiktionale Figur. Die wahre Besitzerin zu der Zeit, in der dieser Roman spielt, hieß Maria Hall, eine kluge und allseits respektierte Geschäftsfrau.

Man nimmt an, dass das erste auf Englisch in Neuseeland gedruckte Schriftstück ein Plakat war, auf dem ein Treffen der Abstinenzler im Jahre 1834 angekündigt wurde. Es wurde in der Church of England Missionsstation in Paihia, Bay of Islands, gedruckt und bat um die »Teilnahme all jener, die das Bedürfnis verspüren, den Wunsch nach Frieden, Ordnung und Nüchternheit zu verbreiten.« Unabhängige Gesellschaften zur Mäßigung und völligen Abstinenz waren bereits in verschiedenen Städten Neuseelands ins Leben gerufen worden, lange bevor zwei Jahre nach der Gründung des ersten Vereins die neuseeländische *Woman's Christian Temperance Union* im Jahr 1885 entstand. Auch wenn die Szene, in der der Protestmarsch einer Abstinenzlergruppe 1884 stattfindet, reine Erfindung ist, habe ich doch keinen Zweifel daran, dass Miss Bignall, die erste Vorsitzende der WCTU in Hokitika, diesen Marsch angeführt hätte, sofern sie davon erfahren hätte.

Epilepsie

Epilepsie ist eine Krankheit, die bereits seit Menschengedenken existiert. Schon im alten Babylon vertrat man die Ansicht, Dämonen lösten die Krämpfe aus, um den Betroffenen zu quälen. Die Römer glaubten, die Krämpfe seien ansteckend und würden durch Berührung mit dem Kranken oder die Atemluft übertragen werden. Im alten Griechenland glaubte man, die Krankheit entstehe durch die Beleidigung der Mondgöttin Selene. Eine ihrer Heilmethoden erforderte den Verzehr von Mistelzweigen, die man ohne eine Sichel oder ein Messer in jener Phase des Mondes ernten sollte, wenn die Mondsichel am schmalsten war – was nicht funktionierte, wenn der Mistelzweig den Boden berührte und somit seine magische Wirkung verlor.

Erst der griechische Physiker Hippokrates erkannte, dass Epilepsie eine Störung des Gehirns war und nicht das Ergebnis eines göttlichen Fluches, dennoch hielten sich diverse abergläubische Ausprägungen noch über Jahrhunderte. So wird in einem handgeschriebenen Buch von Dominikanermönchen aus dem Jahr 1494 behauptet, die Krämpfe entlarvten die Betroffenen als Hexen. Dies führte zur Verfolgung, Folterung und Hinrichtung von über 200 000 Frauen. Die Epilepsie, im Mittelalter auch »Fallsucht« genannt, führte dazu, dass manche Kranke häufig Heilige und Reliquien um Heilung anflehten. So stand ein besonderer, gesegneter Ring in dem Ruf, dem Patienten zu helfen, die Krämpfe unter Kontrolle zu halten. Diese Vorstellung hielt sich noch bis zum Beginn der amerikanischen Kolonialzeit, als George Washingtons Tochter Patsy, die ebenfalls an Epilepsie litt, von ihrem Arzt einen eisernen Ring bekam.

Auch wenn im Lauf der Zeit immer mehr über die Krankheit herausgefunden wurde, hielt man sie noch immer für ansteckend, und Kranke wurden in Hospitäler eingeliefert, wo man sie von anderen Patienten isolierte. Man riet diesen Menschen auch sehr davon ab, zu heiraten und selbst Kinder zu bekommen. Die Bandbreite der Behandlung umfasste die Verabreichung von Abführmitteln und Einläufen sowie das Einsetzen von Haarseilen. Letzteres wurde noch bis zum Ende des 19. Jahrhunderts praktiziert. Außerdem kamen in dieser Zeit auch Bromide zum Einsatz, die trotz ihrer schlimmen Nebenwirkungen halfen, die Häufigkeit und Schwere der Anfälle bei manchen Patienten zu lindern.

Heutzutage kann Epilepsie dank der modernen Medizin noch immer nicht geheilt, aber zumindest kontrolliert werden, und bei regelmäßiger Einnahme von Medikamenten sind die Patienten in der Lage, ein normales Leben zu führen.